Mathias Ullmann

Jonathans Lied brennt

Elemente I - Feuer

Mathias Ullmann

Jonathans Lied brennt

Elemente I - Feuer

Roman

Projekte-
Verlag

Impressum

1. Auflage
Satz und Druck: Buchfabrik JUCO GmbH • www.jucogmbh.de
Umschlaggestaltung: Heike Börner

© Projekte-Verlag 188, Halle 2005 • www.projekte-verlag.de
ISBN   3-938227-75-3
Preis: 19,80 EURO

I

Er war nicht wirklich davongekommen, nicht wirklich gerettet worden. Er war am Leben geblieben, das war alles. Er konnte nicht sagen, wie und schon gar nicht, warum. Er war nicht gefragt worden. Er hatte das Leben behalten und so viel gesehen und gefühlt, dass es dieses Leben lang in ihm rumoren und wüten würde. Die er liebte waren tot. Und er hatte zugesehen. Hatte zusehen müssen und nichts tun können. Diese Angst, diese Ohnmacht. Er hatte nichts tun können, und das steckte wie eine Lanze in seinem Kopf. Er wusste nicht, ob ihn jemand zurückgehalten hatte, um wenigstens ihn zu retten, oder ob er selbst begriffen hatte, dass es sinnlos war. Er wusste es nicht, nicht mehr, und niemand sagte es ihm, weil er niemanden danach fragte. Das zumindest, das hatte er schon vergessen. Anfangs empfand er sein eigenes Überleben als Strafe, als Schande. Warum hatte er überleben dürfen, überleben müssen? Warum er? Und warum er allein? Er hatte nicht darum gebeten. Manchen Fragen versucht man ein Leben lang zu entkommen, weil man weiß, dass es keine Antworten auf sie gibt. So schnell man rennt, sie holen einen doch ein. Er war am Leben geblieben, ohne es zu wollen. Er wollte vergessen, ohne es zu können. Er war am Leben geblieben. Das war alles.

II

Über Nacht war der Winter zurückgekehrt nach Kießlingswalde. Mit aller Kraft und Härte, mit knarrendem Frost, bissigem Wind und körnigem Schneeschauer. Gestern noch hatte die Erde feucht und schwer geduftet nach einer Woche milder Tage, aufnahmebereit für jeden Samen, der ihr anvertraut würde. Heute schon schien dies endlos lange her zu sein, heute lag diese Erde kalt und tot und völlig geruchlos da, wie versiegelt. Verschwunden waren die frühen Farben der letzten Tage, das Blau des Himmels, das Gelb der Sonne, das Grün vorwitziger Knospen und Triebe. Die Farbpalette hatte sich wieder auf Grau- und Brauntöne verengt, unterbrochen nur durch einzelne Fetzen schneeigen und schartigen Weißes. Der Himmel lag wolkenverhangen über dem Land, nur ein dämmeriges Zwielicht spendend, so dass man selbst beim Gehen draußen das Gefühl hatte, sich in einem geschlossenen Raum zu befinden. Dieser Himmel bot dem Blick kein tröstliches Schlupfloch zum Entrinnen, der geruchlose Boden stieß den Blick ebenfalls ab, so blieb ihm also nur der Weg in die Weite, die Strasse entlang in Richtung Norden beispielsweise.

Diese Straße entlang, welche zwischen den Dörfern Gruna und Kießlingswalde verlief, kamen drei Gestalten gezogen. Groß und kräftig der Linke, klein, dünn, und, soweit man das von hier aus sagen konnte, hinkend der in der Mitte, der Dritte irgendwo dazwischen. An manch einem anderen Tag hätten die Kießlingswalder ihr Kommen sicher nicht so frühzeitig bemerkt, da wäre genug auf den Feldern zu tun gewesen, hätten sie auf den Boden vor sich, auf den Pflug, auf das Vieh geschaut, aber heute waren der Frost und die Blicke grimmig, weil so vieles liegen bleiben musste, bis sich das Wetter wieder eines Besseren besinnen würde. Glücklich war heute nur der, der krank war, oder der wie der Martin Köhler mit einem gebrochenen Bein im Bett lag, der verlor einen Tag weniger. Verflucht auch, es ging auf Ende März; wenn das Wetter sich nicht allmählich besserte, würden sie bis weit in den April hinein allein mit der Aussaat zu tun haben. Der Winter hielt sie in diesem Jahr ganz offenbar zum Narren, immer, wenn er vorbei schien, kam er mit Gewalt noch einmal wieder.

So, wie die drei daherkamen, konnte man sie für Musikanten halten, Bierfiedler auf dem Weg von Görlitz vielleicht oder von Penzig nach Lauban und von dort aus nach wer weiß wohin. Aber, Bierfiedler – gab es denn so etwas überhaupt noch? Zumindest seit dem Beginn der schwedischen Invasion vor zwei Jahren schienen die doch alle vom Erdboden verschlungen worden zu sein, oder sie hatten sich in den Städten verkrochen.

Was soll man schon anstellen an so einem vermaledeiten Tag, an dem dieser unerwartete Frost einem jede halbwegs sinnvolle Arbeit verdirbt. Flickwerk an diesem und jenem, nichts, was wirklich Freude machte. Nun, wenn es denn schon nichts Vernünftiges zu tun gab, so konnte man ja einmal durchspielen, einfach nur mal in Gedanken, was es mit diesen Dreien so auf sich haben könnte. Bis sie durch das Dorf hindurch gezogen sein würden, das würde noch eine gute Weile dauern. Zeit genug.

Es könnten natürlich ganz einfach Tagelöhner sein. Und die könnten sie hier im Dorf, falls es irgendwann tatsächlich noch mal Frühling werden sollte, sogar gut gebrauchen. Das, was heute liegenblieb, musste schließlich irgendwann wieder nachgeholt werden. Aber Tagelöhner – das war nun wohl die mit Abstand langweiligste Möglichkeit. Darüber nachzudenken lohnte gar nicht erst. Und, seien wir doch mal ehrlich, wie Tagelöhner sahen die nun wirklich nicht aus. Bettler vielleicht? Ooch, noch langweiliger.

Gut. Also, nur einmal als dritte Möglichkeit angenommen, diese drei, das wären tatsächlich Musikanten. Die Schweden waren schließlich seit einem halben Jahr wieder weg, warum denn also nicht. Irgendwann musste es doch auch wieder ein ganz normales Leben geben, eines, das nicht nur aus Arbeit, Essen, Kirchgang und Schlafengehen bestand, sondern auch aus ein paar kleinen, bescheidenen Vergnügungen und etwas Abwechslung. Wenn es Musikanten waren, dann zogen sie wahrscheinlich hier nur durch, waren unterwegs über Stolzenberg hin nach Schreibersdorf zu der dortigen Straßenschänke oder gar noch nach Lauban hin, das war heute durchaus zu schaffen. Denn dass die drei hier in ihrem Kießlingswalde blieben, das konnte sich keiner recht vorstellen. Schade eigentlich. Immerhin – auch sie hatten einen Kretscham hier, und ihr Schulze braute wohl das beste Bier in der Oberlausitz, ach was, wahrscheinlich in ganz Sachsen. Ja, das muss doch mal gesagt werden. Vielleicht, wenn es denn wirklich Musikanten waren, dann sollte man ihnen das einfach mal erzählen, es könnte ja sein, dann blieben sie einen Tag. Erst mal. Mit so einem Bier im Bauche wären sie sicher zum Bleiben zu bewegen, heute war ja immerhin Sonnabend, und somit wäre ein Bierabend und das Tanzen erlaubt, wenn denn jemand im Kretscham aufspielen würde – das wäre doch endlich wieder einmal eine Abwechslung. Dann wäre dieser so hundserbärmlich kalte Wechselbalg von einem Tag doch nicht ganz für die Katz. Man könnte ihnen zuhören, Bier trinken, tanzen – und vor allem den Musikanten in den Pausen Löcher in den Bauch fragen über das, was sie auf ihren Reisen, auf ihrem weiten Weg durch die Lande so alles gesehen und gehört hätten (und ziehende Musikanten hatten gefälligst weit in der Welt herumgekommen zu sein). Man könnte alles tun, was man an so einem Abend tat, und was sie wahrscheinlich schon fast vergessen hatten.

Vor einem halben Jahr war im Ort der alte Jeremias Lange gestorben, der zu Hochzeiten und manchmal zum Bierabend mit zwei Freunden im Kretscham aufgespielt hatte, mehr schlecht als recht, und seither hatten sie gar keine Musik mehr gehabt. Und während der schwedischen Invasion war das Tanzen ohnehin ganz und gar verboten gewesen. Das war schon recht eintönig alles. Und vor allem so grauenvoll langweilig. Die Musik, die war ja nur das eine, die Neugier nach dem, was in der Welt geschah, diese elende, so lange Zeit nicht gestillte Neugier, die war noch etwas ganz anderes. Und jetzt kamen da drei Gestalten daher, die wie Bierfiedler ausschauten. Zumindest so ausschauten. (Irgendjemand sollte ihnen das mit dem Bier erzählen!) Doch, doch, diese drei, das sind bestimmt Bierfiedler. So etwas sieht man doch! Aber, leider, sie würden nicht hier bleiben. Es war früh am Tag, so früh zogen Musikanten doch nur dann los, wenn sie sich einen langen Weg vorgenommen hatten. Und von weit her konnten sie heute also auch nicht gekommen sein, von Görlitz wahrscheinlich. Obwohl sie da einen ziemlichen Umweg machten. Kannten sich wohl nicht aus hier. Das sah so aus, als ob sie von Görlitz aus in Richtung Kohlfurt gezogen waren, und es sich in Hochkirch plötzlich anders überlegt hätten – aus welchem anderen Grund könnte hier sonst jemand durchkommen. Eine knappe Meile nach Norden hin verlief die große Straße von Görlitz über Kohlfurt nach Breslau, die alte Via Regia. Eine knappe Meile nach Süden hin zog sich die Strasse von Görlitz über Lauban nach Hirschberg hin. Und genau dazwischen, schön abgeschnitten von allem, da lag Kießlingswalde. Wenn die Musikanten in Penzig oder Kohlfurt gewesen wären, das hätte sich herumgesprochen bis hier. Görlitz lag zwar näher, aber Görlitz war eben zu groß, als dass man etwas erführe. Dort gab es außerdem immer genügend Musik, auch in diesen Zeiten. Immer, man stelle sich das vor! Die konnten es sich gut gehen lassen! Also wahrscheinlich aus Görlitz.

Nun ja, und wenn sie also von Görlitz her kamen, dann hatten sie sicherlich auch von ihrem Herrn Kellner gehört, ihrem Pfarrer, und was der für einen Tanz wegen des Tanzens aufgeführt hatte in der Vergangenheit. Kurz gesagt: alle Verdammnis der Hölle, alle Sünden des Fleisches, kurzum, restlos alles, was nötig war, um einem braven Christenmenschen die Gottseligkeit rechtschaffen zu verhageln, alles das hatte der Herr Kellner im Tanzen ausfindig gemacht. Am liebsten hätte er wohl das Tanzen ganz und gar verbieten lassen und hatte sich darüber sogar mit dem Lehnsherrn und den Ämtern gestritten, denn der

Lehnsherr wollte das Tanzen auf gar keinen Fall verboten haben. Und dann waren die Schweden gekommen und in den Kriegszeiten hatten die Stände das Tanzen untersagt, der Jeremias Lange war gestorben – es war ihnen gar keine Gelegenheit mehr zum Tanzen geblieben. So hatte der Streit seither geruht. Aber vergessen, vergessen hatte der Herr Kellner diese Geschichte sicher noch nicht. Und wenn die drei in den letzten Tagen in Görlitz gewesen sein sollten, dann mussten sie ganz einfach von diesem Streit gehört haben. Wenn man ihrem Pfarrer Glauben schenken wollte, sprach ja die halbe Oberlausitz von nichts anderem. Sie würden also nur schnell durch Kießlingswalde hindurchziehen, sich vielleicht diese komischen und armen Leutchen angucken, die nach dem Wunsch ihres Seelenhirten nicht tanzen durften, und dann nur schnell irgend anderswo hin, dorthin, wo sie willkommener wären. (Hoffentlich nur bis nach Schreibersdorf, heute wurde das auf den Feldern sowieso nichts Rechtes mehr, nichts als Ärger mit diesem Wetter. Bis in die Schreibersdorfer Schänke würde man es schon noch schaffen – wenn nur das Bier dort nicht so jämmerlich schmeckte, einen Abend lang würde man das wohl ertragen.)
Und überhaupt – wer sagte eigentlich, dass die drei tatsächlich Musikanten waren? Gut, man konnte sie auf den ersten Blick hin dafür halten. Aber das war eben nur eine von mehreren Möglichkeiten. Und hatten ihnen denn die vergangenen Jahre nicht eingebläut, dass man auf den Augenschein nichts geben durfte? Was trieb sich nicht alles für Gesindel durch das Land in diesen Zeiten. Es konnten ebenso gut Landsknechte sein, krank vielleicht, verwundet, der in der Mitte hinkte schließlich, abgehauen von ihren Truppen, und nun unterwegs, mit nur dem einen Gedanken, sich durchzuschlagen, irgendwie. Hatten sie alles schon erlebt. Auch wenn die drei dafür vielleicht nicht abgerissen, nicht zerlumpt genug aussahen. Aber wer kann das schon wissen, vielleicht waren es ja auch solch geriebene Kerle, die sich zum Schein als Musikanten oder Gaukler ausga-

ben, in der Hoffnung auf einen freundlicheren Empfang. Hatte es auch schon gegeben hier, solche Kerle, die dann auf ihren Instrumenten derart jämmerlich herumgestümpert hatten, dass es einen Hund gegraust hätte. Dafür hatten sie aber auch geklaut wie die Raben, alles, was nicht fest angebunden war. Alles schon da gewesen. Es zog einfach viel zu viel schlechtes Zeug umher. Vom Hundert dieser Sorte konnte man neunundneunzig in einen Sack stecken und mit dem Knüppel drauf hauen – es träfe keinen Falschen.

Gütiger Gott, was waren das nur für Zeiten! Da kamen drei Gestalten in den Ort, es waren ganze drei, nicht etwa dreihundert und auch alles andere als waffenklirrend, drei nur – und schon war auch diese verfluchte Vorsicht, dieses Misstrauen wieder da. Gab es nicht einst Zeiten, da jeder Fremde ein willkommener Gast war? Lange her musste das sein. Hundert Jahre sicherlich.

Aber vielleicht waren es ja eben doch Musikanten. Einfache, freundliche, unterhaltsame Musikanten auf der Suche nach einem Kretscham, einer Bleibe für ein paar Stunden oder Tage, und sonst nichts. Verdient hätten sie es sich in jedem Falle, fanden die Leute aus Kießlingswalde.

Das Nahen der Musikanten, ach, wenn es doch nur welche wären, wurde mit Neugier und Ungeduld verfolgt, nicht nur von den Bauern, die mürrisch beisammen standen, nicht nur von den Kindern, die auch nichts Rechtes mit diesem Tag anzufangen wussten, nicht nur von den Frauen, die ihre knurrenden Männer nun den ganzen Tag daheim ertragen mussten – nein, das alles beobachtete auch jemand, von dem wohl keiner der Dörfler das erwartet hätte, und das mit Gedanken, die ihnen gänzlich unerhört erschienen wären.

Die Neuigkeit von den Dreien hatte sich auf den Weg gemacht, als diese in Hochkirch nicht weiter geradeaus in Richtung Kohlfurt gezogen waren, sondern den Berg hinab über Gruna in Richtung Kießlingswalde und Stolzenberg gekommen waren. Auf ihrem Weg die Dorfstraße entlang war die Nachricht dann auch am Pfarrhaus und darin an Johanna Kellner vorbeigeweht, der Frau des Pfarrers, und nun stand sie in der Kammer an dem einen Spalt geöffneten Fenster, sorgsam bedacht, von außen nicht gesehen zu werden. Schade, wenn die Drei von der anderen Seite, aus Richtung Stolzenberg gekommen wären, dann hätten sie auf dem Weg zum Kretscham hier vorbeigemusst. Dann hätte sie sich selbst ein Bild von ihnen machen können. So aber musste sie warten. Falls sie in der nächsten Stunde hier am Pfarrhaus vorbeikämen, dann würden sie durch Kießlingswalde nur hindurchziehen – und das wäre, zumindest in ihren Augen, doch ein Jammer. Johanna in ihrem Versteck sperrte die Ohren auf, so weit sie konnte, um sich nur keinen Satz, kein einziges Wort von draußen entgehen zu lassen.

Die Dörfler hätten sich zumindest sehr gewundert, wenn sie erfahren hätten, dass die Gedanken von Johanna Kellner und ihre eigenen nahezu die gleichen waren. Was ihr Mann zu diesen Überlegungen sagen würde, das mochte sie sich lieber gar nicht ausmalen. Musikanten. Wenn es doch nur wirklich welche wären. Und wenn sie doch nur hier im Ort blieben, dachte Johanna, dann würde endlich alles wieder von vorne anfangen. Johann hätte den so lange entbehrten Grund, gegen das Tanzen und Saufen im Kretscham zu wettern und zu schimpfen, zu drohen und zu strafen. Und sie, aber ganz sicher würde sie ihm dabei nach Kräften den Rücken stärken. Wo kommen wir hin, wenn wir in Glaubensdingen wanken und weichen! Der Lehnsherr würde zurückzanken und drohen und ihr Johann würde nicht nachgeben und vielleicht, vielleicht würde es so endlich zu einem Ende kommen. Der Lehnsherr würde den Ämtern Bescheid geben und dann würde Johann seines Amtes enthoben werden. Er wäre nicht mehr Pfarrer hier. Und dann könnten sie endlich weg von hier, weg aus diesem Drecknest Kießlingswalde!

Sie wollte nicht ungerecht sein, nein, aber so war das schließlich alles nicht geplant gewesen. Sie war nicht gemacht für so ein Nest, wo ständig dieser ekelhafte, leicht süßliche Geruch von Schweinemist alles durchdringend in der Luft hing. Sie war eine gute Partie gewesen am Dresdner Hof, sie, Johanna Salome, die Tochter des Kammerprokurators August Becker. Und dann war Johann gekommen, Hausprediger beim Generalfeldmarschall von Schöning. Eine stolze Erscheinung, trotz allem, und dann diese Augen. Die hatten wohl am Ende den Ausschlag gegeben. Aber auch diese so unendlich warmen und sanften braunen Augen hätten nichts ausrichten können, wenn er damals schon Prediger in diesem Schweinedorf gewesen wäre. Als Generalstabsprediger – da lag eine glänzende Zukunft vor ihm, vor ihnen beiden – und dann so etwas.

Zuerst, sie trug gerade an ihrem zweiten Kind, war der Generalfeldmarschall gestorben, der immer schützend die Hand über ihren Johann gehalten hatte, und er musste mit der Armee bis hin nach Siebenbürgen. Nach fast einem Jahr war er wieder da, ganz krank und eingefallen. Kaum war er wieder in Dresden, ging alles mit einem Male ganz schnell. Der von Tschirnhaus suchte dringend einen neuen Pfarrer. Das klang gar nicht übel, der Mann war immerhin Rat am Hof; wenn's Not tat, konnte er mit dem Kurfürsten selbst reden, das wäre doch ein Schritt nach oben gewesen. Aber der von Tschirnhaus suchte leider nur einen Pfarrer für sein Dorf daheim, und Johann hatte sich mit dem Magister Francke in Halle lange darüber beraten und war endlich auf den Gedanken verfallen, die Landluft täte seiner angegriffenen Gesundheit gut. Und nun, sie mochte an diese Zahl gar nicht denken, saßen sie seit elf Jahren in diesem gottverlassenen Nest Kießlingswalde, und es stank nach Mist, gerade jetzt im Frühling, wenn der tröstliche Frost verging und die Haufen wieder auftauten.

Sie hatte sich bemüht. Es konnte ihr keiner vorwerfen, dass sie sich nicht bemüht hätte, eine gute Pfarrersfrau zu sein. Sie hatte den Kräutergarten ihrer Vorgängerin zu einem Schmuckstück gemacht, einer wahren Quelle der Gesundheit. Sie hatte alles gelesen, was sie über Heilkräuter in Büchern finden konnte, sie hatte herumgehorcht und sich erzählen lassen. Der Garten war ihr Stolz, ihre Ringelblumensalbe in der ganzen Oberlausitz berühmt. Ja, wenn die Leute aus dem Dorf sich was gequetscht, gestoßen, geschrammt hatten, dann kamen sie angerannt. Und doch, nie wurde sie das Gefühl los, die Leute, besonders die Weiber aus dem Dorf, würden sie nie anerkennen, nie auch nur ernst nehmen. Sie spürte, wie sie hinter ihrem Rücken tuschelten, sie verspotteten, die Pfarrersfrau aus der Hauptstadt, die mit ihrer feinen Haut und den feinen Kleidern, die sich für was Besseres hielt.

Nein, sie hielt sich nicht für etwas Besseres. Sie war nur einfach etwas Besseres gewohnt. Und sie fand, sie hätte auch etwas Besseres verdient als das hier. Aber diese Gedanken hatten sie sich nie anmerken lassen! Niemals! Und was sollte man von den Leuten hier auch schon anderes erwarten. Ungehobelte, grobe, halb heidnische, halb wendische Klötze die Männer; keifende, zu früh gealterte Frauen ohne jeden Sinn für ein wenig Eleganz oder wenigstens nur Sittlichkeit (Himmel! Eleganz! Johann würde ihr was erzählen, wenn sie Eleganz würde haben wollen! Und doch – sie war doch erst eine Frau von Mitte dreißig, von der eine Ausstrahlung ausging, die man nicht anders bezeichnen konnte als eben Eleganz). Und diesen Leuten wollte ihr Johann die heilsame Lehre von der Gottseligkeit beibringen. Wenn man sie, Johanna Salome Kellner fragen würde: Das war vollkommen verlorene Liebesmühe.

Der Lehnsherr, ja, das war ein kluger und weit gereister Mann, mit dem konnte man umgehen. Früher. Aber der war seit ein paar Jahren nahezu nur noch in Dresden; und seit ihr Johann diesen Tanzstreit vom Zaun gebrochen hatte, war ihre Beziehung ganz und gar eisig geworden. Und damit war auch das gute Verhältnis dahin, das sie zunächst mit der Lehnsherrin hatte. Das war doch auch nur ein armes junges Ding, das der von Tschirnhaus geheiratet hatte, zehn Jahre, nachdem seine erste Frau gestorben war. Eine von der Schulenburg, eine von Adel. Sie schienen zwei verwandte Seelen zu sein, zwei Inseln von Welt in diesem Meer von Dorf, wie zwei vor die Säue geworfene Perlen. Sie, Johanna, als die ältere hatte der Lehnsherrin einige gute Ratschläge geben können. Man konnte sie beinahe als Freundinnen bezeichnen.

Früher. Aus. Vorbei.

Ach, wenn es nur um sie selbst zu tun wäre, sie wollte ihr Los schon tragen. Aber sie hatten doch Kinder. Sechs kleine Liebespfänder hatte sie ihm geboren in all den Jahren, fünf davon, Gott sei gepriesen, lebten, waren gesund und munter. Ihre Älteste, die würde in diesem Sommer sechzehn Jahre alt werden. Johann war doch sonst so ein kluger Mensch – sah er denn nicht, was ihr bevorstand? Wenn er sich nicht um sie sorgte, sie als Mutter tat es. Irgendwann würde irgendein Bauerntölpel ihr den Hof machen und sie nehmen, und dann würde ihre Tochter auch eins von diesen Bauernweibern werden. Hatte sie nicht etwas Besseres verdient, bei all der Liebe, die sie ihr und den anderen Kindern hatten zukommen lassen?

Wenn Johann sie wenigstens nach Dresden gehen ließe, ihr Vater würde sich des Mädchens schon annehmen, aber Johann blieb stur. Ewig durften sie nicht mehr warten, wenn man so lange auf einem solchen Dorf gehockt hatte, dann konnte man anschließend sprühen von Geist und Wissen und Witz, man konnte in den vornehmsten und gebildetsten Kreisen verkehren – das Dorf blieb immer an einem kleben (und was hatte Johanna damals in Dresden nicht still gelächelt über die linkischen Versuche der Leute, die vom Dorf neu an den Hof gekommen waren, eben keine Bauerntölpel mehr zu sein). Du kriegst einen Menschen aus dem Dorf heraus, aber nicht das Dorf aus dem Menschen. Das hing einem an, scheinbar ewig und so unentrinnbar wie der Gestank der Misthaufen.

Es waren also tatsächlich Musikanten. So viel schien inzwischen sicher, wie sie dem Gebrabbel der Frauen draußen auf der Gasse entnehmen konnte. (Sprachen die nicht extra etwas lauter, damit auch ihr Johann es hören konnte? Oh, nur keine Sorge, der hörte ohnehin das Gras wachsen.) Selten hatte Johanna Kellner einen Wunsch gehegt, der ihr so sündig vorkam wie dieser: Bitte, lieber Herr Gott, lass sie nicht weiterziehen, lass sie nicht vorbei gehen. Lass sie hier in Kießlingswalde bleiben, lass Johann predigen gegen sie, bis es einen rechten Aufstand im Dorf gibt. Lass den Lehnsherrn die Amtsenthebung in die Wege leiten. Lass das alles endlich ein Ende haben. Die Amtsenthebung würde sie nicht in die Armut stürzen, sie hatten gut gespart in den vergangenen Jahren, und Johann hatte einflussreiche Freunde, die würden ihnen weiterhelfen. Den Magister Francke zum Beispiel, damit hatte sich Johann zumindest oft gebrüstet. Der würde ihnen in Halle sicher etwas verschaffen können. Warte nur noch etwas, hatte Johann immer gesagt. Hab Geduld. Hab Vertrauen. Verdammt, wie lange denn noch? Sie wollte ja Geduld haben, Vertrauen – aber es fiel eben so unsagbar schwer hier, wo alles nach Mist stank, wo einem bei jedem Schritt ein Kuhfladen oder Schweinedreck am Fuß kleben konnte. Lass es endlich vorbei sein, damit wir von hier weggehen können. Bitte!

III

Selbstverständlich waren sie in Görlitz gewesen und selbstverständlich hatten sie mehr als nur eine Nacht hier zugebracht; ja, nahezu den ganzen Winter über hatten sie es sich so richtig gut gehen lassen in der Stadt. Auch deshalb sahen sie vielleicht nicht so zerlumpt und abgerissen aus wie noch im vergangenen Herbst. Und selbstverständlich hatten sie von

Kießlingswalde und Herrn Kellner gehört. Und genauso selbstverständlich war es Strimelins Idee gewesen, geradewegs dorthin zu gehen. Es war überhaupt fast immer Strimelins Idee, irgendwo hinzugehen oder nicht. Nur sah das mitunter in der Idee ganz anders aus als in der Wirklichkeit.

„Leute", hatte er gesagt, als sie am Abend zuvor, wie schon an so vielen Abenden im Blauen Hirschen gesessen hatten, „Männer, spürt ihr das nicht auch? Es wird Frühling, sage ich euch!" Er wartete, dass einer von den beiden anderen ihn unterbräche, um zu fragen, was das nun solle, um ihm so die Gelegenheit zu einer langen, scharfsinnigen Rede zu bieten. Aber sie kannten ihn zu gut, um ihm diesen Gefallen zu tun. „Also, da kann man doch nicht hier in der Stadt hocken bleiben! Nein, da muss man raus, da müssen wir raus, auf die Dörfer, wir müssen zusehen, wie endlich alles erwacht, riechen, schmecken, dass der Winter vorbei geht. Da muss man sehen, wie die Felder bestellt werden, wie die Leute ihre dicken Wintersachen wegpacken ..."

„Ist ja schon gut!", unterbrach ihn Ameldonck nun endlich doch. „Es wird also Frühling. Und nun erzähl, was du willst!"

„Was ich damit sagen will: Lasst uns morgen von hier weiterziehen."

Einen Moment herrschte Schweigen, dann antwortete Ameldonck. „Halt mal, Strimelin, nicht so schnell. Habe ich das jetzt richtig verstanden, hast du gerade eben gesagt, du willst weg aus Görlitz?"

„Genau das habe ich gesagt."

„Ach so. Dann ist es ja gut. Ich hab nur geglaubt, ich hätte mich verhört." Pause. „Sag mal, bekommt dir das Bier nicht?"

„Oh doch, es bekommt mir ausgezeichnet."

„Kannst du mir sagen, warum wir dann von hier weg sollen?"

„Weil wir fahrende Musikanten sind."

„Aber doch nicht jetzt, mitten im Winter."

„Ich hab doch eben gesagt, es wird Frühling. Spürst du das denn nicht? Wir müssen allmählich wieder los, wir fangen ja schon an, Moos anzusetzen. Wird Zeit, wieder etwas Neues kennenzulernen."

„Das brauch ich im Augenblick nicht so dringend, glaub ich. Und außerdem: Wohin – wenn dir auf das Warum schon nichts besseres einfällt?"

„Wohin?" Strimelin verstand die Frage nicht. „Na, los erst mal. Wir werden schon was finden."

„Können wir etwas Besseres finden als Görlitz? Ich glaube nicht, dass man irgendwo anders so freundlich zu fahrenden Musikanten ist. Ich hab zumindest noch nicht gehört, dass es anderswo solche Gesetze gibt! Und du willst weg von hier? Gerade jetzt, wo es mit den Hochzeiten wieder richtig losgeht?"

Dagegen war nun tatsächlich schwer etwas zu sagen. Görlitz war nicht mehr so reich, wie es vor hundert Jahren gewesen sein mochte, aber leben ließ es sich hier nach wie vor sehr gut. Und aller Wirren ungeachtet, die in den vergangenen knapp dreißig Jahren über das Land gekommen waren, galt in Görlitz immer noch die Ratsverordnung von 1679, nach welcher die Bierfiedler nicht nur einfach so geduldet wurden, sondern die Stadtpfeifer ihnen sogar jede vierte Hochzeit überlassen sollten. Anfangs war zwischen Bierfiedlern und Stadtpfeifern ein wenig um den Halbsatz gefeilscht worden, dies solle in Zeiten geschehen, „wenn viel Hochzeiten sind". Am Ende hatte man sich schließlich geeinigt, wahrscheinlich auch deshalb, weil der berühmteste Görlitzer Musikus, der Christoph Schmiedt, von allen nur der Schäfer-Christel oder Christophoré genannt, in seinem Herzen immer ein Bierfiedler geblieben war. Dass es den Dreien so gut gegangen war im vergangenen Winter, lag auch daran, dass Strimelin schlau genug war, dem Christophoré gleich nach ihrer Ankunft die Aufwartung zu machen und ihm eine Flasche guten Meißnischen Wein mitzubringen. So hatten sich ihnen Türen geöffnet, die anderen Bierfiedlern verschlossen blieben.

„Wenn wir noch länger hier bleiben, dann zählen wir nicht mehr zu den auswärtigen Musikanten."

„Und wo willst du hin? Irgendwas finden, das klingt nicht danach, als ob du sehr genaue Vorstellungen hast."

„Lasst uns weiter in Richtung Hirschberg ziehen. Das war doch von Anfang an so ausgemacht, dass wir dorthin ziehen sollten. Nach Hirschberg. Und anschließend ziehen wir dann von mir aus wieder zurück nach Westen oder wohin auch immer. Lasst uns morgen über Lauban in Richtung Hirschberg ziehen. Das ist eine schöne Stadt. Und eine schöne Gegend bis dahin, sanfte Hügel, liebliche Täler. Der Weg ist am schönsten, wenn wir über Kießlingswalde ziehen. Da gibt's ein ganz hervorragendes Bier. Sagt man zumindest."

Ameldonck war fassungslos. Und diese Fassungslosigkeit versuchte er, in den Klang seiner Stimme zu legen. „Du willst nicht wirklich dorthin? Bitte, Strimelin, sag nein. Bitte."

„Warum denn nicht?"

Ameldonck stieß Jonathan an, der gerade ganz weit weg in Gedanken war. „Jonathan, hast du das gehört? Der will uns wegjagen von hier. Und nicht einfach so weg von hier, der will uns genau dahin schicken, wo dieser verrückte Pfarrer das Tanzen verbieten lassen will! Hast du das gehört?"

„Ja, ich bin schließlich nicht taub. Ich hab's gehört." Eine glatte Lüge. „Ich meine, Strimelin wird schon wissen, was er will. Der kennt sich doch aus hier. Gut, da gibt's diesen Pfarrer, hast du gesagt? Na ja, Strimelin wird schon wissen."

„Du bist eine tolle Hilfe! Schlaf weiter!"

Sie waren schon viel zu lange unterwegs, als dass Ameldonck es nicht gewusst hätte: In dem Augenblick, in dem Strimelin vorschlug, irgendwo hinzugehen, da war es auch schon so gut wie beschlossen. Was blieb ihnen auch groß übrig, ihm, Ameldonck, dem großen und starken, aber überall fremden Holländer und Jonathan, diesem ständig vor sich hin träumenden Kind aus dem Wendland, dem immer alles recht war. Jonathan hatte Recht. Strimelin kannte sich wenigstens aus hier, angeblich. Als einziger von ihnen. Selten war Ameldonck das so traurig klar geworden wie heute Abend. Schließlich war es doch wirklich zum Aushalten hier in Görlitz. Nein, nicht nur zum Aushalten war es hier, es ließ sich hier richtig gut leben! Und sie? Sie würden weiterziehen, würden diese schöne Stadt einfach so verlassen, und das alles nur, weil Strimelin es so beschlossen hatte, und Ameldonck verstand es nicht.

„Warum, Strimelin? Warum?"

„Ich hab's dir schon gesagt: Weil wir fahrende Musikanten sind."

„Das hab ich inzwischen auch begriffen. Aber warum um alles in der Welt Kießlingswalde?"

„Ich erklär es dir, wenn ich uns eine neue Kanne Bier geholt habe.

Also", begann Strimelin, als er ihnen nachgeschenkt hatte, „eigentlich müsstest du mich lange genug kennen. Ein Pfarrer, der versucht, den Leuten das Tanzen zu verbieten! Und das hier, in der Oberlausitz. Das ist doch zum Brüllen, Ameldonck. So etwas muss man sich doch ansehen! Zumindest mal ansehen. Was meinst du, was man anschließend für Lieder darüber schreiben kann. Eins komischer als das andere."

„Offenbar hat man uns schon viel zu lange nicht mehr die Instrumente auf dem Buckel zerprügelt."

„Ach komm. So etwas glaubt einem kein Mensch, wenn er's nicht erlebt hat. Ich kenne meine Oberlausitzer. Ehe die sich das Feiern verbieten lassen, da muss schon eine ganze Menge passieren."

„So eine Menge ist schnell passiert."

Strimelin atmete tief durch. Man hat's nicht leicht mit so einem misstrauischen Weggefährten. „Also, um dich zu beruhigen: Ich weiß, was das hier für ein Menschenschlag ist. Ich seh' denen auf dem ersten Blick an, ob sie uns wollen im Dorf oder nicht. Und wenn nicht, dann ziehen wir einfach weiter, bis nach Schreibersdorf oder nach Lauban," Strimelin tunkte mit dem Finger ins Bier und malte Tupfer und Linien auf die Holzplatte des Tisches, Striche und Punkte, die wohl Orte und Straßen bedeuten sollten, eine Zeichnung, aus welcher wahrscheinlich nur er allein schlau werden konnte. „Siehst du, das ist kein so großer Umweg. Du weißt ja, dass ich eh nicht so weit laufen kann mit meinem Fuß."

Ameldonck blickte betont gepeinigt auf Strimelins Zeichnung. „Komm, ein bisschen Bewegung tut gut. Besonders jetzt, wo es Frühling wird. Ich glaub sowieso, wir müssen gar nicht so weit morgen."

„Ja, ja, ich weiß, du kennst deine Oberlausitzer. Und wenn du dich täuschst, was natürlich völlig ausgeschlossen ist, dann verhauen wir sie einfach alle. Au fein!"

„Sag mal, hörst du denn überhaupt nicht zu, wenn sich die Leute unterhalten? Na schön, ein Pfarrer meint also, dass er das Tanzen verbieten müsse. Soll er es doch versuchen! Nur hat in solchen Fragen auf den Dörfern hier in der Oberlausitz immer noch der Lehnsherr das Sagen und nicht der Pfarrer. Und der Lehnsherr hat deutlich ausrichten lassen, dass er das Tanzen nicht verbieten lassen will. Also – wovor sollten wir uns fürchten? Außerdem ist der dortige Bierfiedler vor einem halben Jahr gestorben – die müssen regelrecht auf uns warten dort, die wissen es nur selbst noch nicht."

Es erschien Ameldonck unglaublich, wo überall dieser Strimelin seine Ohren haben musste. Natürlich hatte Ameldonck nichts von alledem gehört – oder nichts davon verstanden. Selbst hier in der Schänke, da sie zu dritt am Tisch saßen und redeten – zu zweit, Jonathans Beitrag beschränkte sich wie meist auf ein verträumtes und undeutbares Vor-sich-hin-Blicken – schienen Strimelins Ohren den gesamten Raum nach irgendwelchen Gesprächsfetzen abzutasten.

Unnützes Geschwätz, sicher. Im Moment jedenfalls. Aber wer weiß schon, wozu man das würde brauchen können. Dieser Kerl konnte saufen, mehr als jeder andere, der hatte selbst Ameldonck schon unter den Tisch getrunken, doch selbst wenn Strimelin dann am Ende manchmal auch nicht mehr stehen und sprechen konnte – sein Gehör, das blieb in bester Ordnung bis zum Umkippen.

„So ungefähr klang das alles vor Zerbst auch."

Noch ein Treffer für Ameldonck. Vor etwa einem Jahr, auch um die beginnende Frühlingszeit herum, war das gewesen, als sie nach ein paar erholsamen Tagen in Zerbst ebenso auf die Dörfer gezogen waren – zumindest hatten sie das vorgehabt, aber dann hatten sie schon im ersten Nest eine derart gewaschene Tracht Prügel bezogen, dass sie hinterher besser kamen, wenn sie die Flecken zählten, die nicht blau an ihnen waren. Strimelin protestierte heftig: „Aber Zerbst ist nicht die Oberlausitz! Verstehst du, das war nicht die Oberlausitz. Das war, das war Anhalt-Dessau oder so was, aber nicht meine Oberlausitz. Hier, hier kenne ich mich aus!"

„Das hast du schon gesagt. Das hast du bisher noch überall gesagt."

„Ach, darüber mag ich mich mit dir nicht streiten. Also, was ist nun – ziehen wir also morgen früh nach Lauban?"

„Lauban?"

„Ja, Lauban. Und vor dort aus weiter nach Hirschberg. Wie es abgemacht war. Und zwischendurch machen wir einen kleinen Abstecher nach Kießlingswalde."

Ameldonck guckte noch ein klein wenig gepeinigter, falls das überhaupt möglich war. „Tolle Idee. Ich wollte schon immer mal einen verrückten Pfarrer kennen lernen. Also Kießlingswalde."

„Und du, Jonathan, was meinst du dazu?"

„Was fragst du ihn? Hat Jonathan schon jemals etwas anderes gesagt als Ja und Amen?"

„Hör auf, auf dem Jungen herumzuhacken. Der weiß sehr gut, was er will."

„Aber genau!", sagte Jonathan und blickte Ameldonck triumphierend an. „Spielt es irgendeine Rolle, was ich dazu sage?" Dabei sah er Strimelin an. „Kießlingswalde also. Klingt lustig. Wie jeder andere Ortsname auch. Und wenn Strimelin denkt, dass das eine gute Idee ist, ja, dann bin ich einverstanden." „Dann sind wir also wenigstens alle drei dafür. Es ist immer gut, wenn wir alle einer Meinung sind. Soll ja keiner sagen, er wäre zu was gezwungen worden! Schön, ich hol' uns dann mal noch eine frische Kanne Bier."

Sie würden also weiterziehen. Strimelin hatte ja Recht, das war nun einmal ihr Los, sie waren fahrende (oder besser: laufende, dem Himmel sei's geklagt) Musikanten. Allein wäre keiner von ihnen bis hierher gelangt. Allein – ach, wer weiß, ob sie dann überhaupt noch am Leben wären. Aber zusammen, zusammen waren sie herumgekommen. Und sie waren nicht die schlechtesten Musikanten, wie sie bei ihren Vergleichen in den Städten herausfanden. Strimelin mit dem Hinkebein, der zur Leier ebenso rotzfreche wie anrührende Lieder zu singen wusste, ganz wie es die Zuhörer wünschten. Jonathan, der die Finger auf der Fiedel tanzen lassen konnte wie kaum ein Zweiter, obwohl er das Ding hielt, dass jedem gelernten Musikus wohl das Grausen angekommen wäre. Und schließlich er, Ameldonck, der Mann für alles, was halbwegs rhythmisch klapperte, rasselte, schepperte oder brummte. Und (mit allem Verlaub) dank seiner Augen, seiner Gestalt meist Garant dafür, dass ihnen zunächst einmal die Frauen eines Ortes ziemlich schnell wohlgesonnen waren. Und mit diesen Fähigkeiten waren sie herumgekommen, kleine Rückschläge (Zerbst!) einmal beiseite gelassen.

Also weiter durch dieses komische Deutschland, zwischen diesen vollkommen unnötigen Bergen entlang. Zwischen diesen Leuten, die so komisch sprachen und sich so ausgiebig über seine, Ameldoncks, Aussprache amüsieren konnten. Die alle behaupteten, fein deutsch zu sprechen und sich oftmals von Dorf zu Dorf kaum verstanden. Gerade hier, in Strimelins ach so gepriesener Oberlausitz, war es völlig verrückt mit dieser rollenden Sprache, in der die Leute beispielsweise immer den Vokal verwendeten, den man am wenigsten erwartet hatte. Weiter nach Osten also. Weiter weg von Holland, auch gut.

Es war ja auch nicht so, dass Ameldonck sich gequält hätte auf dem Weg. Im Gegenteil, je weiter sie nach Osten kamen, um so schöner und eigenwilliger, beispielsweise, wurden die Frauen. Da gab es neben den blonden auch braunäugige, dunkelhaarige, und gerade hier waren sie irgendwie besonders. Wie oft hatte er diese kleine Szene beispielsweise schon erlebt: Man ging die Straße entlang, eine junge Frau kam einem entgegen, den Blick züchtig zu Boden gerichtet, um dann, im Augenblick des Vorbeigehens diesen Blick überraschend zu heben und dem Fremden offen ins Gesicht, in die Augen zu blicken. Das ging immer so schnell, so unerwartet vor sich, dass man nicht reagieren konnte, diesen Blick nicht eigentlich erwidern konnte, ehe er verschwunden war – und es war jedes Mal wieder aufregend und überraschend und schön für Ameldonck. So ein Blick, der konnte selbst den trübsten Tag retten.

Nein, Ameldonck musste sich nicht wirklich quälen dabei, durch dieses Land zu ziehen. Und also würde auch das nächste Stück schon irgendwie gut werden. Nur begreifen, Strimelin begreifen, das würde er doch schon ganz gern.

„Ich wünschte, ich wär' ein reicher Herr," sagte Jonathan brummig, als sie am Morgen durch den frisch gefallenen Schnee aus dem Neißetor hinaus ihren Weg Richtung Kießlingswalde nahmen.

„Warum das nun wieder?"

„Dann hätte ich einen dicken warmen Mantel und nicht dieses elende dürre Zeug auf dem Leibe. Mir ist kalt."

„Wenn du so einen dicken Mantel hättest – du würdest dich schön bedanken. Du ahnst gar nicht, wie schwer diese Dinger sind."

„Hör nicht auf Strimelin", sagte Ameldonck, „wenn du ein reicher Herr wärest und so einen feinen Mantel hättest, dann brauchtest du ihn nicht zu schleppen. Dann würdest du mit einer Kutsche fahren."

„Na um so besser."

„Aber", sagte Strimelin, „wenn du ein feiner Herr mit einer Kutsche wärst, dann könntest du nicht mit uns durch die Welt ziehen und Musik machen. Wär das etwa ein Leben?"

„Ach ja!", seufzte Ameldonck verträumt.

„Nö," sagte Jonathan ganz ernst.

Ameldonck trat mit Schwung einen Schneehaufen auseinander, den der Wind am Wegrand zusammengeweht hatte. „Es wird Frühling, Strimelin", rief er in das Stieben hinein.

„Ich wäre vorsichtiger an deiner Stelle. Wie leicht hätte da ein Stein unter dem Haufen liegen können."

IV

Die Strasse durchquerte das von sanften Hügeln gesäumte Tal, in welchem Kießlingswalde lag, der Länge nach von Norden nach Süden, die Höfe waren säuberlich entlang dieser Straße aufgereiht. Der Kretscham, zu welchem die Dörfler die Drei geschickt hatten, lag nahe dem Zentrum des Ortes, dort, wo die Straße, die ansonsten schnurgerade verlief, einen Schlenker erst nach links und dann gleich wieder nach rechts machte. Kam man aus der anderen Richtung, von Süden her also, mochte das wirken, als habe sich das massige, aus festen Holzbalken und Lehm errichtete Gebäude des Kretschams der Straße dreist in den Weg gestellt und sie schleiche vorsichtig um ihn herum. Entgegen ihrer Marschrichtung verlief ein Bach, welcher in Kießlingswalde die Straße mal kreuzte, mal in respektvollem Abstand davon entlangfloss. Er kam aus den Bergen und floss in der Nähe des eigentlichen Zentrums des Ortes in das Dorf hinein, dort, wo Gutshof, Kirche und Pfarrhaus in scheinbarer Eintracht nebeneinander lagen. Da hat man es beim Streiten wenigstens nicht so weit, dachte Strimelin später, als er den Ort zum ersten Male näher besah.

Der Wirt, ein großer, bärtiger Mann, ergraut schon, vielleicht mochte er fünfzig Jahre alt sein, vielleicht auch etwas älter, hatte sie schon erwartet. Neuigkeiten hatten hier offenkundig ein Tempo, bei dem Menschenbeine nicht zu folgen vermochten. Er hatte sie hereingebeten in den Schankraum, einen großen Saal mit wuchtigen Holztischen und Holzbänken. Auf zwei Seiten des Hauses befanden sich noch weitere Räume, wohl für den Wirt selbst, eine große Küche und Gästekammern. Unten am Bach stand ein kleines Brauhaus. Die Tünche am Kretscham, innen wie außen, bräuchte dringend eine Auffrischung, es sah noch ein wenig durcheinander aus im Saal und in der Luft hing süßlich schal der Geruch verschütteten Bieres – kurz, es war wie in nahezu jedem guten Kretscham um diese frühe Tageszeit.

„Tut mir leid, dass es hier so wie Kraut und Rüben aussieht. Es war ja auch nicht zu erwarten, dass solche hohen Gäste schon so früh am Tage hier ankommen. Also: Ich bin der Christoph Scholze und ich bin der Schulze hier, und falls euch zu diesem lustigen Zufall gerade eine hübsche Bemerkung auf der Zunge liegt – spart sie euch, ich habe alle schon gehört."

Strimelin lächelte verbindlich. „Dann eben nicht. Also, ich bin der Strimelin, und das hier sind Jonathan und Ameldonck – so viel zum Thema lustige Namen, wir kennen da auch eine Menge Sprüche. Jedenfalls sind wir ziehende Musikanten auf dem Weg von Görlitz nach Hirschberg und wollten höflich fragen, ob wir hier wohl für ein, zwei Tage bleiben könnten."

„Wenn jemand auf dem Weg von Görlitz nach Hirschberg ist, dann kommt er aber nicht durch Kießlingswalde. Zumindest nicht, wenn er sich ein wenig auskennt. Hier kommt eigentlich gar keiner nur zufällig mal so durch." Ameldonck war der Meinung, dass Strimelin jetzt eigentlich ziemlich ertappt dreinschauen müsste, das hätte er verdient. Aber ach – keine Spur! „Wirklich, nichts als Zufall. Es ist ziemlich spät geworden gestern Abend. Und deshalb haben wir erst in Hochkirch gemerkt, dass wir uns verlaufen haben. Und außerdem: Kießlingswalde, das hört sich doch gut an." „Das wird sich zeigen. Strimelin – so einen Namen hab ich zumindest noch nie gehört."

„Was ist schon der richtige Name? Der, der einem gegeben wird, wenn man sich noch nicht wehren kann, oder der, den man sich selbst wählt?"

Scholze, bis dahin sehr freundlich, blickte ihn unvermittelt richtig böse an. Das sah so aus, dass er die Augenbrauen zusammenzog, wodurch sich eine furchterregend tiefe Falte auf seiner Stirn bildete. „Falls ihr es mit den Wiedertäufern haltet – da kann ich nur sagen: Lebt wohl, nett, euch kennen gelernt zu haben, und nun verschwindet so schnell wie möglich, hier könnt ihr nicht bleiben. Nicht bei mir. Ich kann weiß Gott eine Menge Dinge brauchen, aber diesen Aufruhr, den ganz bestimmt nicht." Und damit drehte er sich um. Strimelin biss sich auf die Zunge. Offenbar musste er an diesem Ort mehr noch als je zuvor auf seine Worte acht geben. Dieses Misstrauen aber auch immer! Er und die Wiedertäufer, das wäre ein lustiges Verhältnis geworden! „Behüt' mich der Himmel, wenn ich mit denen was zu schaffen hätte. Nein, Scholze, dieser Name, ich trau mich kaum, es zu sagen, der wurde mir einst von einer sehr lieben Frau gegeben. So etwas sieht man mir zwar nicht an, aber auch ich habe so etwas mal gekannt. Und dieser Frau zu Ehren und zum Andenken trage ich ihn immer noch. Ich hab mich einfach an ihn gewöhnt."

Er sah so erschrocken über die Reaktion des Wirtes drein, war aschfahl geworden, er hatte sogar seine Stimme zittern lassen, so dass ihm Scholze schließlich wohl glaubte.

„Schon gut, ich frag nicht weiter. Ihr aber solltet hier euer Mundwerk gut beaufsichtigen. Es gibt Leute in diesem Ort, die lechzen geradezu danach, auch möglichst alles gründlich misszuverstehen. Und das ist der Jonathan – das klingt zumindest etwas vertrauter. Und Ameldonck? Ist das – niederländisch?"

„Holländisch, ja. Und mein richtiger Name." Das sagt der immer, dachte Strimelin.

„Eine weit gereiste Schar also. Und ihr seid Musikanten?"

„Ja, Musikanten. Sonst nichts." Das ist doch immerhin eine ganze Menge, dachte Strimelin. Aber er sagte es nicht.

„Richtige Musikanten?" Scholze sah Strimelin bohrend an.

„Ich weiß nicht, was ihr mit ‚richtige' Musikanten meint. Wir können euch hier im Kretscham keine Opera zur Aufführung bringen, aber wir verdienen uns unser Leben damit. Und das bisher nicht schlecht. Wenn ihr wollt, spielen wir euch gleich hier etwas vor."

„Nicht nötig, ich glaube euch. Erst einmal. Was macht ihr so für Musik? Was für Instrumente habt ihr?"

„Wir spielen was immer die Leute hören wollen. Mit Drehleier, Fiedel und Brummtopf."

„Klingt ja nicht gerade verlockend. Ziemliches Gequietsche."

„Hört es euch an und urteilt dann."

„Nicht jetzt. Also – wenn ihr denn richtige Musikanten seid, dann will ich uns mal eine Kanne Bier holen." –

„So, und nun erzählt", begann Scholze nach dem Einschenken, „wie sieht's aus in der Welt? Was macht unser geliebtes Sachsenland?"

„Haltet mich bitte nicht für unhöflich, lieber Scholze, aber soll ich euch das jetzt auf die Schnelle erzählen? Können wir nicht erst darüber sprechen, ob wir hier bleiben können?"

„Hab ich das nicht schon beantwortet? Hätte ich sonst Bier geholt? Die Antwort ist: Ja. Warum auch nicht? Es ist Sonnabend, es haben euch sicher genug Leute gesehen, als ihr durch das Dorf marschiert seid, und die werden es denen auf der anderen Seite schon berichtet haben. Warum also soll man dann nicht heute einen Bierabend mit Musik halten. Ja, ich glaube, heute könnt ihr erst einmal bleiben. Ich hab da hinten eine Kammer frei, da könnt ihr euer Zeug hineintun, wenn ihr wollt. Und alles Weitere warten wir ab. Das hängt dann davon ab, ob ihr nicht nur richtige, sondern auch gute Musikanten seid."

Die Kammer, das waren eigentlich zwei kleine, nebeneinander liegende Räume, der vordere hatte oben eine kleine Fensterluke, dafür lag der hintere offensichtlich hinter einer Esse.

„Das Richtige für dich", sagte Strimelin zu Jonathan. „Deine Finger werden es warm haben."

„So, und nun erzählt", sagte Scholze, nachdem sie wieder im eigentlichen Kretscham waren. „Was gibt's Neues in der Welt."

„Eigentlich ist alles so wie immer", sagte Strimelin. „Die Menschen arbeiten, und schlafen, sie trinken, essen, sie lieben, zanken und vertragen sich, sie beten, und wenn sie einen Grund suchen, sich gegenseitig den Schädel einzuschlagen, dann finden sie den auch."

„Also wirklich nichts Neues. Aber wenn ihr heute Abend hier spielt, dann macht euch auf einen ganzen Berg solcher Fragen gefasst – und mit so einer knappen Antwort kommt ihr da nicht weg. Immerhin ", Scholze ließ eine lange Pause, „ist es doch schon eine ganze Zeit her, dass zum letzten Male Bierfiedler hier nach Kießlingswalde gekommen sind."

„Tja, wir hatten einen langen Weg bis hierher. Wir haben uns ja beeilt, aber wir konnten nicht eher kommen."

Scholze blickte Strimelin tadelnd an. „Ach, Strimelin, halten wir uns doch nicht gegenseitig zum Narren. Ich bin euer

Freund, falls ihr das noch nicht gemerkt haben solltet. Ihr müsst mir keinen Possen spielen. Ihr wisst doch so gut wie ich, dass die vergangenen Jahre offenbar keine so gute Zeit für fahrende Musikanten gewesen sind."

„Sicher, es sind weniger geworden. Vielleicht ist es ja auch bequemer, in den Städten und an den Höfen sitzen zu bleiben, dort, wo jetzt überall Orchester gegründet werden, wo jeder kleine Fürst seine Musikantenschar haben will. Wer da erst einmal reingekommen ist, nun, der wird sicher nicht mehr sehnsüchtig an die Zeit auf den Straßen denken. Vielleicht sind die Zeiten wirklich nicht so gut. Ich erzähl euch lieber nicht, für was alles man uns schon gehalten hat. Wie auch immer – uns gibt es noch und jetzt sind wir hier. Aber reden wir nicht von uns – wie sieht es hier in Kießlingswalde aus, gibt es hier nicht auch Musikanten? Mit denen könnten wir heute Abend vielleicht das eine oder andere Tänzchen gemeinsam aufspielen!"

„Es gibt keine mehr hier. Gestorben, weggegangen. Das habt ihr doch sicher schon gehört in Görlitz."

„Man kann dem, was man so in den Schenken hört, nicht immer Glauben schenken."

„Richtig. Und was erzählt man denn so in Görlitz über uns?"

„Nun, fangen wir mit dem Erfreulichen an." Strimelin sah in seinen leeren Krug. „Euer Bier wird weithin gelobt. Und nachdem ich es gekostet habe – also, dem Lob darf man wohl kaum widersprechen!"

Scholze lehnte sich ein wenig überrascht zurück, dann ließ er sich das Lob jedoch sichtlich schmecken. „Und das mit gutem Recht! Ihr werdet im Umkreis von zehn Meilen kein besseres finden!"

Strimelin zuckte unsicher die Schultern und blickte noch einmal in den Krug. Immer noch nichts drin.

„Ich merke schon, Strimelin, ihr seid ein rechter Gauner. Wahrscheinlich hättet ihr das Bier auch gelobt, wenn ich euch schiere Jauche eingeschenkt hätte. Ist schon gut, ich hol noch eine Kanne. Eine noch, mehr gibt's dann erst heute Abend. – Und nun erzählt von den unangenehmen Dingen", forderte Scholze, als er mit der Kanne zurück war.

„Ihr tut mir unrecht", klagte Strimelin, „denkt bitte daran, dass wir Bierfiedler weit herumkommen und also auch beim Bier ganz gut Vergleiche anstellen können. Wir haben Braunschweigische Mumme getrunken und das hochberühmte Zerbster Bier – aber euer Gebräu braucht sich dagegen auf gar keinen Fall zu verstecken. Aber ihr hattet mich gefragt nach, nun ja, unangenehmen Dingen, die man erzählt. Ich weiß nicht recht, ob es das so genau trifft, unangenehm. Kommt ja immer drauf an, wen es betrifft."

„Nun mal raus mit der Sprache – ich behalte es auch für mich."

„Also, man redet halt in Görlitz über euern Pfarrer, und dass er das Tanzen am liebsten verboten wissen möchte – die schwedische Invasion hat ihm ja auch beinahe den Gefallen getan. Deshalb habe ich auch gleich zu Anfang gefragt, ob wir hier überhaupt willkommen sind. Mit einem Pfarrer ist nicht gut streiten – das zumindest wissen wir ziemlich genau."

„Oh ja, da habt ihr Recht – mit einem Pfarr ist nicht gut streiten – und schon gar nicht mit dem Herrn Kellner. Der schlägt dir auf alles und jedes zwei Dutzend Bibelstellen um die Ohren – und dann sag mal was dagegen! Oder willst du behaupten, die Bibel habe unrecht?"

„Also, falls es darum geht: Die Bibel kenne ich auch in- und auswendig, falls der Herr Pfarr sich mit mir in eine Disputation einlassen will. Er kann ja keine andere haben als ich."

„Vergesst es, Strimelin."

„Na gut. Schon vergessen. Er will das Tanzen also verbieten lassen?"

„Ja. Oder eher: Nein. Nicht eigentlich verbieten. Angeblich will er, dass die Leute freiwillig mit dem Tanzen aufhören. Auf diesen Unterschied legt er großen Wert. Am Anfang, da hat er sogar mich und den alten Jeremias Lange, unseren früheren Bierfiedler, zu sich auf die Pfarrt bestellt, wir sollten ihm versprechen, keine Musik mehr zu dulden. Und als der Lange das nicht versprechen wollte und dann gestorben ist, da hat der Herr Kellner gesagt, Gottes Gerichte seien eben unergründlich."

„Ich hab von Anfang an gesagt, mir ist nicht wohl mit diesem Kießlingswalde", ließ sich Ameldonck vernehmen.

„Ah, reden könnt ihr also auch? Und der Junge da, kann der vielleicht sogar auch reden?"

„Sicher kann ich das. Aber warum sollte ich, wenn doch Strimelin alles viel besser erklären kann als ich."

„Das merke ich wohl, dass der das kann. Aber nun weiß ich wenigstens, dass auch ihr reden könnt. Und ihr habt nun also Angst, Ameldonck?"

„Angst vielleicht nicht. Nur kein gutes Gefühl. Und vor allem verstehe ich eins nicht: Der Pfarrer wird uns nicht mögen, und trotzdem sagt ihr, wir sollen heute Abend hier bleiben und Musik machen?"

„Ja, Ameldonck. Genau das möchte ich." Scholze fuhr sich mit beiden Händen über das Gesicht, als wolle er eine verirrte Spinnwebe wegwischen. „Ich möchte, dass ihr spielt. Heute erst einmal. Und wenn es den Leuten gefällt, und, vor allem, wenn es mir gefällt, dann sehen wir weiter."

„Aber warum macht ihr das?", wollte Ameldonck wissen. „Und was werden sie Leute aus dem Ort sagen? Und vor allem – was werden sie tun?"

„Ich kann's euch nicht sicher vorhersagen. Ist zu lange her, als dass man es hätte untersuchen können. Vielleicht ist das alles auch nur Gerede und ich mache mir ohne Grund Sorgen. Ich will nichts sagen, die meisten hier im Dorf, ach, eigentlich alle, das sind gute Christen, da gibt es nichts, gute Lutheraner. Aber, sagt doch selbst, was soll man davon halten, dass unser Kurfürst einfach mal so wieder katholisch wird, um

König von Polen werden zu können. Was soll man da noch glauben? Das war jedenfalls der Punkt, wo viele die Welt nicht mehr recht verstanden haben. Die meisten hier, die hören wohl auf den Herrn Pfarrer – solange sie in der Kirche sind. Der eine oder andere wird ihm wohl auch folgen, auch in dieser Geschichte mit dem Tanzen – das kann ich dabei dann auch gleich mit herausbekommen. Aber das ist nicht weiter schlimm, es passen sowieso nicht alle Kießlingswalder in den Kretscham – und, ganz nebenbei, in die Kirche passen ja auch nicht alle. Von den Stolzenbergern und Hochkirchern und den anderen von rings umher ganz zu schweigen, von denen kommen wegen des Bieres auch noch mehr als genug. Ich denke, die meisten hier im Dorf glauben, das mit dem Tanzen, da übertreibt der Herr Kellner. Sie hoffen wohl auch drauf, dass er's von alleine einsieht – in dem Punkt allerdings, da hab ich so meine Zweifel."

„Aber der Lehnsherr steht doch hinter euch?"

„Sicher. Er wäre auch schön dumm, wenn er's nicht täte. Ganz einfach gesagt: Ich habe hier einen Kretscham zu verlegen, um mein Brot zu verdienen. Und das geht am besten, wenn Musik und Tanz ist, dann kommen mehr Leute als sonst und es geht am meisten Bier auf. Und dieses Bier ist nicht zuletzt auch das Bier des Lehnsherrn. Das ist auch der Grund, warum das Bier so gut schmeckt hier – der Lehnsherr, der Herr von Tschirnhaus, hat die Pfannen und alles andere Gerät neu und genau anfertigen lassen. Der ist nämlich nicht nur Lehnsherr, nein, der ist auch Rat am Hof in Dresden, und ein Wissenschaftler obendrein. Der ist richtig berühmt! Sagt man zumindest. Und deshalb schmeckt das Bier eben besser als anderswo. Also, wenn ihr wollt und eine Weile lang hier bleibt, dann könnt ihr mir zur Hand gehen beim Bierbrauen oder beim Branntweinbrennen. Ich sage euch, ihr werdet staunen."

„Das werden wir gerne tun. Wir machen so etwas nicht zum ersten Mal", sagte Strimelin. „Ich könnte euch da Sachen erzählen von unterwegs ... Manche Kessel waren so verdreckt, dass einem der Durst schon beim Brauen vergangen ist. Neue saubere Kessel, das klingt erst einmal gut."

„Nun ja, die Kessel und Pfannen und Destillierblasen, die sind schon wichtig. Das größte Geheimnis aber, das ist das Feuer, das sind die Öfen. Und vom Ofenbau, da versteht der Lehnsherr mehr als jeder andere. Der Ofen, der ist das Entscheidende, die Frage, wie man das Feuer regulieren kann oder nicht. Das ist die ganze Kunst."

Man sah Scholze förmlich an, dass ihm dieses Thema wesentlich mehr behagte als das vorherige, seine Augen glänzten, zumal er in Strimelin offenbar jemanden gefunden hatte, der diese Künste zu würdigen verstand. Am liebsten wäre er wohl auf der Stelle mit ihnen nach unten zum Brauhaus gegangen, dann jedoch besann er sich eines anderen und wurde wieder ernst. „Wie auch immer. Der Lehnsherr hat hier die Schank- und Braurechte. Also ist es sein Geld, um das es hier geht. Er hat sogar dem Verwalter einen Befehl gegeben, ohne den Herrn Kellner beim Namen zu nennen: Wer hier versucht, irgend jemandem das Tanzen oder die Bierabende zu verbieten, außer an den Tagen, an denen es ohnehin durch die Stände verboten ist, der soll bestraft werden. Und wer das Verbieten zulasse, der auch."

„Lustig. Der Lehnsherr will das Verbieten verbieten. Na gut, vielleicht auch nicht so richtig lustig."

„Mir wär's lieber, er selbst wäre öfter hier. Er hat so viel zu tun in Dresden, zu viel. Manchmal bekommt man ihn ein halbes Jahr lang nicht zu sehen. In der Zwischenzeit kann dann der Herr Kellner dann die Dinge drehen, wie sie ihm in den Kram passen. Bei diesem Streit um Bibelzitate und Kirchenväter, um Obrigkeiten und um was weiß ich noch alles, da begreift doch keiner mehr recht, worum eigentlich gestritten wird. Da bleibt am Ende nur die Frage übrig: Hältst du es mit dem Pfarr oder mit dem Lehnsherrn? Aus dem Befehl des Lehnsherrn beispielsweise, da hat der Pfarrer gemacht: Der Herr wolle also den Leuten das Tanzen befehlen und alle mit dem Staupenschlag bestrafen, die nicht tanzen. Und das sei ja nun wohl unerhört und überheidnisch. Ihr habt Recht, Strimelin, mit Pfarrern ist nicht gut streiten. Zumindest nicht mit diesem Pfarr."

„Und ihr wollt trotzdem immer noch, dass wir hier spielen? Habt ihr denn gar keine Angst um euer Seelenheil?"

„Die hab ich. Auch wenn ich manchmal nicht recht weiß, was das ist. Egal. Aber ich hab auch noch ein paar andere gute Gründe dafür, dem Pfarr nicht zu Willen zu sein. Erst einmal: Seht mich an. Ich bin kein junger Mann mehr. Ich fang in meinem Leben nichts Neues mehr an. Ich bin Schulze und das will ich auch bleiben, bis ich eines Tages tot umkippe hier im Kretscham. Wenn der Pfarr erst einmal den Leuten das Tanzen vergrault hat, dann kommen womöglich als Nächstes die Bierabende dran, selbst die ohne Musik, und schließlich die Hochzeitsfeiern und was weiß ich noch alles – und dann kann ich den Kretscham bald zumachen. Dann reicht es ganz einfach nicht mehr zum Leben.

Aber es geht mir auch noch um etwas ganz anderes. Ich habe meinen Gott und mit dem bin ich halbwegs im Reinen, da brauch ich keinen Herrn Kellner dazu. Wisst ihr, Strimelin, ihr seid auch kein ganz junger Hase mehr, euch kann ich so etwas erzählen: Ich habe noch etwas gehabt, was viele Leute in meinem Alter nicht hatten – ich habe meinen Großvater noch gekannt. Darum haben mich viele andere Kinder beneidet, deren Großväter waren alle tot, im Krieg geblieben. Und meiner hat mir sehr viel erzählt von der Zeit so vor sechzig, siebzig Jahren, als sich hier in unseren schönen deutschen Landen die Leute gegenseitig abgeschlachtet haben. Das waren keine Türken oder Heiden, nein, das waren alles Deutsche und Christen. Und alle haben sie für unsern Herrn Jesus Christus gekämpft, und alle hatten sie ihn auf ihrer Seite, und nur sie allein hatten immer den wahren und einzigen. Und am Ende waren sie fast alle tot. Und die, welche zwischendurch mal gewonnen hatten, die haben den Leuten nicht etwa den falschen Jesus weggenommen – nein, nur das Vieh und das Geld und das Fressen und das Leben. Ich war noch ein Kind damals, als mein Großvater davon erzählt hat, aber ich habe das mein Leben lang nicht vergessen. Ich habe die Schnauze voll von all dem Gestreite! Wer hat ihn denn, den wahren Herrn Jesus?"

„Ihr seid ein kluger Mann, Scholze."

„Nein. Nur alt. Und ein bisschen ratlos. Soll ich euch noch was erzählen, Strimelin? Mein Großvater ist ziemlich alt geworden, und in den letzten zehn, fünfzehn Jahren war er krank, sehr krank. Der hat nur noch so vor sich hin gekrepelt. Glaubt mir, der hat sich nicht nur einmal gewünscht, man hätte ihn im Krieg damals erschlagen, kurz und schmerzlos. Tja, es war eben nicht alles schlecht."

V

Der Kretscham war zum Bersten gefüllt am Abend. Die Neuigkeit, das konnte Scholze mit Befriedigung feststellen, war nicht in Kießlingswalde stehengeblieben, sie war weitergestiefelt bis nach Stolzenberg und Schreibersdorf. Dass aus Gruna und Hochkirch Etliche gekommen waren, das verstand sich wohl von selbst, dort waren die Musikanten schließlich durchgezogen am Morgen. Scholze kam kaum hinterher damit, die Krüge und Kannen immer wieder mit Bier zu füllen. Er hatte sich nicht getäuscht – waren die Musikanten erst einmal im Kretscham, so kamen die Leute auch. Scholze konnte jedenfalls eine Menge Leute begrüßen, die schon lange nicht mehr den Weg hierher gefunden hatten. So einen Abend hatte er schon lange nicht erlebt, so einen Abend hatten sie alle schon lange nicht mehr erlebt, aber, wie es schien, hatten sie alle eine gehörige Sehnsucht danach mit sich herumgetragen. Strimelin hatte noch gut in Erinnerung, dass er sich am Vormittag gegenüber Scholze beinahe das Maul verbrannt hatte. Er hatte Scholzes Mahnungen ebenfalls noch im Ohr, und also begann er den Abend so vorsichtig, wie dies Ameldonck und Jonathan lange nicht erlebt hatten.

Ja, selbst Jonathan bemerkte das. Schien der Junge bei Tag auch manchmal ganz weit weg in Gedanken zu sein, so änderte sich das sofort, wenn sie zu spielen begannen. Sobald er vor den Leuten stand wurde er mit einem Schlage aufmerksam und hellwach. Die verträumten Stunden waren dann so etwas wie der Boden, der den Füßen Halt bot. Hin und wieder versuchte er, etwas aus jenen Stunden in sein Spiel hineinzufangen. Das waren Augenblicke, in welchen die Zuhörer entweder große Ohren bekamen, sofern sie einen Sinn für Musik hatten – oder lautstark protestierten – Das Lied geht doch ganz anders! – und die Ameldonck und Strimelin bei aller Bewunderung den Schweiß auf die Stirn trieben – na, findet der Junge auch wieder heim in das Lied, auf das wir uns verabredet hatten? Bisher hatte er das noch immer geschafft, nun ja, fast immer.

Schließlich, aber das konnten die beiden anderen ja nicht wissen, war für Jonathan ein und dasselbe Lied an jedem Tag ein anderes, je nachdem, wie der Kretscham klang, je nachdem, was er den ganzen Tag über so vor sich hergesponnen oder, und das vor allem, was er mit den Ohren so aufgefischt hatte. Ja, auch Jonathan fischte mit seinen Ohren, aber doch nach ganz anderen Dingen als Strimelin. Worte – die beispielsweise interessierten ihn überhaupt nicht. Die störten meist nur. Wie gesagt, davon konnten die beiden anderen nichts wissen. Mussten sie ja auch nicht unbedingt, denn es hätte Jonathan einige Mühe bereitet, Worte zu finden, um es ihnen zu erzählen.

Gleich zu Beginn hatte sich Strimelin mit krächzender Stimme (wobei er mit einem kräftigen Schluck Branntwein nachgeholfen hatte) bei den Gästen entschuldigt, der unerwartete Kälteeinbruch hätte seiner Stimme, eh nicht gerade die einer Nachtigall, vollends den Rest gegeben, weshalb sie auf das Singen lieber so weit wie es ging verzichten und dafür um so mehr spielen wollten. Schließlich wären die Leute zum Tanzen gekommen, und nicht, um seinen, wie er sie nannte, dummen Schnurren zuzuhören. Das war für Strimelin in der Tat ungewöhnlich. Er schien, zumindest an diesem ersten Abend, ernsthaft darauf bedacht zu sein, keinen zu ärgern, keinem einen Anlass zu geben, sich über die Musikanten zu beschweren – offensichtlich hatte er wohl vor, längere Zeit hier zu bleiben. Dass dem Scholzen ihre Musik gefallen würde – daran hatte Ameldonck keinen Zweifel, sie waren die Besten weit und breit, in aller Bescheidenheit. Warum sollten sie auch weiterziehen, das Bier war gut, die Leute machten einen freundlichen Eindruck, der Pfarrer war in der Kirche und also weit weg im Augenblick und dieser Christoph Scholze schien ein feiner Kerl zu sein.

Also spielten sie los. Die fröhlichsten Melodien hatte Strimelin ausgesucht. Strimelin auf der Drehleier, Jonathan auf der Fiedel und Ameldonck hielt beider Gedudel mit Brummtopf und „Klappergelumpe" zusammen, so gut er es eben vermochte. Eine der unangenehmen Eigenschaften von Jonathans Wachheit beim Spielen war, dass er genau merkte, wenn sich Ameldonck auch nur ganz kurz im Rhythmus verhedderte – man konnte schließlich von so vielen Dingen abgelenkt werden – und ihm dann wahlweise belustigte, tadelnde oder wütende Blicke an den Kopf warf. Die Dörfler allerdings schienen Ameldonck ein wenig aus der Übung zu sein, nur ab und an probierte der eine oder andere ein paar vorsichtige Schritte, um sich anschließend nach einem fragenden Blick in die Runde wieder zurück zu seinem Bier zu setzen.

Alles Unfug, dachte Ameldonck, wenn das Gespräch mit Scholze nicht gewesen wäre, dann würdest du das wahrscheinlich gar nicht bemerken. Die sind vielleicht immer so. Haben lange keine Gelegenheit gehabt zum Tanzen. Ach ja, Strimelin und seine – Ha! – seine Oberlausitzer, die angeblich so zu feiern verstünden. Man sollte ihn einmal fragen, wie lange er schon nicht mehr in seiner Oberlausitz gewesen ist. Aber die Musik, die immerhin schien ihnen zu gefallen. Wenn sie auch zaghaft im Tanzen und Drehen waren, sobald sie eine Melodie erkannten, ihnen ein paar Brocken vom Text einfielen, dann sangen sie mit, anfangs zögerlich, später dann auch schon mal aus voller Kehle (ja, ja, und der arme Kerl am Brummtopf, den ohnehin keiner für einen richtigen Musikanten hält, der muss das dann alles irgendwie unter eine Mütze bekommen und im Tempo halten!). Ansonsten waren die Dörfler regelrecht handzahm zu den Musikanten. Auch sie wollten wohl keinen Anlass zu Klagen bieten. Ameldonck ging es nichts weiter an, er sang ja nur wenig, aber wie oft schon hatten sie in Wirtshäusern gespielt, in denen sich ein Teil der Gäste viel lieber lauthals unterhalten wollte, dann musste sich Strimelin die Seele aus dem Leib brüllen, und trotzdem verstand man kaum ein Wort. Dieser Hänfling! Aber heiser wurde er dabei offensichtlich auch nicht, zumindest nicht heiserer, als seine Stimme ohnehin klang. Hier aber waren alle ganz brav und still, außer beim Mitsingen, sie hingen förmlich an Strimelins Lippen (wenn er denn einmal entgegen seiner Ankündigung doch etwas sang), und die Musikanten hörten einander auch besser als sonst. So richtig unordentlich oder wild konnte man das alles nicht nennen. Hat vielleicht auch sein Gutes, so ein strenger Herr Pfarrer.

Auch Strimelin beobachtete die Gesichter der Gäste sehr genau. Die letzten Jahre waren nicht leicht gewesen für sie, das spürte man schon, dennoch schien es den Leuten hier nicht gar so schlecht zu gehen. Da hatten sie auf ihrem Weg schon anderes gesehen. Der Landstrich hier war fruchtbar und dem Menschen zugetan, auch wenn man sich dieser Zuneigung immer wieder durch harte Arbeit versichern musste. Es war diese Arbeit, die die Gesichter der Menschen gezeichnet hatte, nicht das Elend, nicht der Hunger. Es ging ihnen hier vielleicht nicht gut – aber schlecht ging es ihnen deswegen noch lange nicht.

Die Gesichter waren abwartend, aber nicht abweisend, sie waren gespannt, aber nicht angespannt. Da ist noch alles möglich, dachte Strimelin, die sind nicht unfreundlich und in ein paar Stunden, da werden sie freundlich sein.

In den Pausen war ohnehin kein Unterschied zu anderen Abenden zu spüren, da wurden sie mit Fragen bestürmt, dass die ganze Nacht nicht ausgereicht hätte, sie alle zu beantworten. Wer seid ihr wo kommt ihr her wo seid ihr überall gewesen was habt ihr gesehen was habt ihr gehört was redet man in Dresden wie ist das Bier dort gibt es jetzt wieder mehr von eurer Sorte wen habt ihr gesehen getroffen gesprochen erzählt erzählt erzählt. Wie üblich umringte der größte Pulk Strimelin. Der war ja offenbar sowieso der Anführer. Der große Schwarze (oder, wenn man eine Frau war: der große Hübsche mit dem komischen Namen), nun ja, der war ja, wie erzählt wurde, gar kein deutscher Landsmann, wer weiß, ob der einen überhaupt recht verstand. Und dieses Kind mit der Fiedel, das schaute so drein, als habe es unterwegs unglaublich viel erlebt und gesehen und nichts davon begriffen. Also ließen sie Jonathan weiterträumen.

Ihm war es recht. Sobald sie ihre Instrumente für eine Verschnaufpause beiseite legten (von Verschnaufen konnte ja eigentlich keine Rede sein, besonders nicht für Strimelin) verfiel Jonathan wieder in seinen Traumzustand. Strimelin kannte den Jungen gut genug, um zu wissen, dass er nicht wirklich träumte. Jonathan lauschte. Er hörte, wenn auch nicht zu. Er ließ einfach Geräusche, Töne, Stimmen, Klänge in sich hineinströmen, wie in einen riesigen Tontopf. Er machte sich nicht die Mühe, dieses Klanggemisch in seine Einzelteile zu zergliedern (was unter anderem dazu führte, dass er Gespräche zwar als Geräusch, als Teil eines Gesamtklanges wahrnahm, ohne allerdings darauf zu achten, was genau gerade gesagt wurde) – ihn faszinierte der Klang als Summe der verschiedenen Einzelteile. Und es schien ihm merkwürdig, des Erinnerns und Merkens würdig, wie unterschiedlich dieser Gesamtklang sein konnte. Jede Schenke klang ein wenig anders, ja, selbst ein und dieselbe Schenke konnte innerhalb von zwei Stunden völlig verwandelt klingen, von zwei aufeinander folgenden Abenden gar nicht zu reden. Und da sollte er irgendein Lied an jedem Abend immer mit den gleichen Tönen spielen? Sehr geheimnisvoll das alles.

Es schien so etwas wie eine Sprache des Klanges zu geben, welche man entziffern konnte, wenn man sich nur lange genug darauf einließ. Jonathan fühlte, dass er zumindest auf dem Weg dorthin war. So, als ob man in einer fremden Sprache die ersten Worte sprechen und verstehen kann. Bitte. Danke. Es geht mir gut. Es geht mir beschissen. Und dann machte sich Jonathan daran, Melodien zu suchen, zu erfinden, die sich in diesen Gesamtklang einfügen, ihn vervollständigen könnten, ihn „ganz" machen würden. Diese Melodien ließ er dann irgendwann am Abend sehr zu Ameldoncks Pein in sein Spiel einfließen. Einfach so, ohne besonders darüber nachzudenken.

Gut, es gab Lieder. Und diese Lieder kannten die Leute und wollten sie hören. Ein Lied geht so, wie es geht, und wenn es anders ginge, dann wäre es ein anderes Lied. Aber es schien Jonathan, als gäbe es darüber hinaus Melodien, die an einem bestimmten Ort, zu einer bestimmten Zeit genau zu diesem Lied, diesem Ort, dieser Zeit passten, die anderswo und zu einer anderen Zeit grausig falsch klingen mochten. Diese Melodien suchte Jonathan zu finden, und wenn er glaubte, eine davon beim Schopf gepackt zu haben, dann drehte er sie ein paar Augenblicke verträumt zwischen den Fingern seiner linken Hand hin und her, um sie anschließend freizulassen. Nur nicht festhalten. Nichts festhalten. Morgen ist sowieso alles wieder ganz anders.

Jetzt, im Moment jedenfalls ertönte der gesamte Kretscham in einer Art zufriedenem Brummen. Das war eher langweilig. Das kannte er. Da gab es von Kretscham zu Kretscham nur wenige Unterschiede. Spannend wurde der Klang immer erst dann, wenn etwas Überraschendes passierte.

Gegen zehn Uhr wurde ihm dieser Wunsch erfüllt. Mit hochrotem Kopf bat Gustav Prätorius, der Verwalter des Lehnsherrn, um das Wort. „Ich habe hier eine schriftliche Anordnung des Lehnsherrn", sagte er, und es wurde mit einem Schlag noch stiller im Raum. „Die liegt nun schon eine ganze Weile herum, ich hätte sie um ein Haar vergessen, aber heute ist nun wohl der rechte Zeitpunkt gekommen, sie zu verlesen. Also, der Lehnsherr hat verfügt", wieder ließ Prätorius eine lange Pause und blickte mit finsterer Miene in die Runde, die mucksmäuschenstill geworden war, „dass, wenn endlich wieder Bierfiedler hier im Kretscham aufspielen sollten," (noch eine Pause, hier genoss offenbar einer seine Rolle) „hundert Kannen Bier auf seine Kosten und auf sein Wohl ausgeschenkt werden mögen. Also tanzt und trinkt und lasst es euch gutgehen. Prost."

„Auf geht's", sagte Strimelin. Von den Dörflern reichlich mit ihrem nicht zu knapp bemessenen Anteil an dem Freudenbier versehen, spielten sie auf, bis der Frosteinbruch der vergangenen Nacht ganz und gar vergessen war. Die drei schwitzten wie im Hochsommer und die Dörfler tanzten, sprangen und sangen, als ob weit und breit niemand von einem Herrn Kellner etwas gehört hätte. Die haben was nachzuholen, dachte Strimelin. Da war ein Drehen, ein Stampfen, ein Greifen – eben so, als hätten sie alle viel zu lange darauf warten müssen, und als hätten sie Angst, sie müssten nach diesem Abend wieder sehr lange auf das nächste Mal warten.

„Du bist ein Schuft, Gustav", sagte Scholze, als er Prätorius in einem stillen Moment beiseite genommen hatte.

„Ich? Aber ich habe doch nur treu den Befehl des Lehnsherren verlesen!"

„Ich meine die Pausen."

„Du hast es gemerkt, Scholze, stimmt's? Du hast es auch gemerkt! Die haben wirklich nicht gewusst, was nun kommt. Die wären auch aufgestanden und nach Hause gegangen, falls der Lehnsherr doch auf die Meinung des Herrn Pfarr umgeschwenkt wäre! Ich wollte das nur sehen, Christoph, ich wollte es einfach nur sehen."

„Du bist ein Schuft, Gustav."

„Aber ich doch nicht ..."

Klatschnass von Schweiß wollten die Musiker gerade eine erneute Pause machen, die meisten Dörfler machten sich bereit, eine neue Kanne Bier zu holen oder sich einen guten Platz in der Nähe der Musiker zu sichern, um ihnen besser beim Erzählen zuhören zu können, nur ein kleines Männlein wollte unbedingt, dass weiter gespielt würde und veranstaltete einen für seine geringe Größe bemerkenswert lauten Radau deswegen.

„Lass sie in Ruhe, Hans Titzmann", redete Scholze beschwichtigend auf den kleinen Kerl ein. „Gönn ihnen eine kleine Erholung. Es geht ja gleich weiter."

„Was, Erholung?", empörte sich jener. „Brauche ich etwa eine Erholung?" Er war noch kleiner und noch dünner als Strimelin, vielleicht in der Mitte der Dreißiger, vielleicht etwas älter, kurze strähnige helle Haare, Sommersprossen, selbst jetzt im Winter, abstehende Ohren und für seinen Körperbau bemerkenswert kräftige Hände. Und er war weit jenseits jeglicher Nüchternheit. Er hatte von dem spendierten Bier wohl mehr als seinen angemessenen Anteil abbekommen, in jedem Fall mehr als gut für ihn war. Aber eine Erholung, die schien er tatsächlich nicht zu benötigen.

„Los, hört ihr nicht? Ich will tanzen!", brüllte er in den Saal hinein. „Alle sollen tanzen. Der Herr hat's befohlen, es soll getanzt werden!"

„Ist ja gut, Titzmann. Beruhige dich. Gleich wird weiter getanzt."

„Wenn ihr verdammten Bierlatschen nicht aufspielen wollt, dann spiel ich mir eben selber auf!" Und damit stürzte er auf Jonathans Fiedel zu, torkelig genug, dass Jonathan sie noch rechtzeitig vor ihm in Sicherheit bringen konnte. Titzmann sah Jonathan missmutig an. „Du willst Streit, oder?"

„Titzmann!", brüllte dröhnend Scholze von hinten in einem Tonfall, der jedes weitere Gespräch im Raum verstummen ließ. „Noch einen Schritt weiter, mein Guter, und du fliegst raus hier!"

Titzmann hielt inne, dann drehte er sich um und ging auf Scholze zu. „Jetzt hab ich aber Angst, Scholze! Oh, solche große Angst hab ich vor dir! Das wollen wir doch erst mal sehen, wer hier rausfliegt", zischte er.

Es sah schon lustig aus, wie dieses Männlein auf den ihm gegenüber hünenhaften Wirt losging. „Na schön, Scholze. Du willst mich also rausschmeißen, ja? Steckst du also mit dem Pfarrer unter einer Decke? Willst du den Leuten das Tanzen verbieten? Aber warte, Scholze, der Herr kennt mich gut, ich werd's ihm berichten lassen nach Dresden. Du willst das Tanzen verbieten. Weißt du was, Scholze: Ins Halseisen kommst du. Ins Halseisen."

Es war unangenehm still geworden im Kretscham.

„Was willst du eigentlich, Titzmann?" Damit trat Scholze gefährlich nahe an Titzmann heran.

„Was ich will? Ich will Musik haben! Ich will tanzen! Ich will ..." Titzmann sah an Scholze empor, sah sich im Kretscham um und schien plötzlich etwas nüchterner und, vor allem, friedlicher zu werden. „Ich will – gib mir noch eine Kanne Bier."

„Das Bier vom Lehnsherrn ist alle."

„Wer sagt denn, dass ich noch eine Kanne spendiert haben will. Ich kann mein Bier sehr wohl selbst bezahlen, und das weißt du genau, Scholze." Und damit begann er mühsam, Geldstücke aus der Tasche hervorzupolken.

„Du bekommst trotzdem keins mehr. Du hast genug, Titzmann. Mehr als genug. Geh jetzt heim."

„Du hast mir nicht zu befehlen, Scholze."

„Geh heim!"

Titzmann blickte sich noch einmal im Saal um. Von dort war keine Unterstützung zu erwarten. Er spuckte vor Scholze auf den Boden. „Ich verspreche dir, Scholze: Das bereust du noch! Das tut dir irgendwann noch mächtig Leid!"

„Raus!"

Laut schimpfend und lamentierend lief Titzmann aus dem Kretscham, sorgsam darauf bedacht, möglichst jeden, der auch nur annähernd in seiner Richtung stand, anzurempeln. „Ich schreib's dem Lehnsherrn. Es geht ja wohl nicht an, dass der Scholze mir das Tanzen verbieten will. Ich schreib's den Lehnsherrn. Warte ab, Scholze, du kommst ins Halseisen, verlass dich drauf!"

Scholze hatte den Musikanten ein Zeichen gegeben, sie begannen wieder aufzuspielen und zwei kräftige von den Gerichtsältesten, die beim Tanz die Aufsicht hielten, hinderten Titzmann daran, wieder in den Kretscham zurückzukehren, auch wenn der sich zappelnd und schreiend gegen den endgültigen Rausschmiss wehrte. Aber so recht ausgelassen wie zuvor wurde die Stimmung nicht mehr. Es schien, als sei allein dadurch, dass er ihn erwähnt hatte, der Pfarrer leibhaftig durch den Kretscham gelaufen und hätte sie alle mit seinem durchdringenden und strafenden Blick gemustert. Außerdem war es spät geworden inzwischen und das spendierte Bier, Scholze hatte es ja selbst gesagt, war vertrunken. So verabschiedete sich einer nach dem anderen von Scholze und den

Musikanten, nicht ohne laut zu verkünden, wie sehr ihm doch der Abend gefallen habe, und dass es überhaupt eine Schande sei, wie lange sie darauf hatten verzichten müssen. Draußen dann, das merkte Scholze selbst im Kretscham, draußen waren sie dann ganz still und leise, da war nicht das übliche Geplapper und Geratsche wie nach anderen Abenden im Kretscham. Vielleicht konnte sie ja jemand hören, der das nicht unbedingt sollte.

„Gut war's," sagte Scholze zu Strimelin, als die letzten Gäste mehr oder weniger freiwillig endlich den Kretscham verlassen hatten und die beiden mit ein paar Handgriffen zumindest die gröbste Unordnung beseitigt hatten. Jonathan und Ameldonck lagen schon in den Kammern und schliefen, und sie hatten sich noch auf eine letzte Kanne Bier und einen Schluck Branntwein in den leeren Kretscham gesetzt. „Nur das mit dem Hans Titzmann, das hätte nicht sein brauchen. Der arme Kerl säuft sich eines Tages noch völlig um sein letztes bisschen Verstand."

„Ich sag euch was, Scholze: Solche Brummochsen gibt es überall, in jedem Dorf, jedem Kretscham, die gab's immer, die wird es immer geben. Kein Grund, sich von ihnen die Stimmung verderben zu lassen."

„Ich und der Pfarr unter einer Decke – na, das wär doch was!"

„Denkt nicht drüber nach. Lohnt sich nicht."

„Ach, eigentlich ist der Titzmann doch gar kein Schlechter. Nur wenn er was gesoffen hat, dann kennt man den kaum wieder."

„Glaubt ihr, er schwärzt euch an beim Lehnsherrn?"

„Daran kann der sich doch morgen früh gar nicht mehr erinnern. Jedenfalls – mir hat's gefallen, was ihr gemacht habt. Den Dörflern wohl auch, nach allem, was ich gehört habe – und ich höre viel, nicht nur ihr, Strimelin!"

„Habt ihr daran gezweifelt?"

„Ich habe euch schließlich noch nie zuvor gehört."

„An den Dörflern, meine ich,"

„Nein. Oder ja. Doch. Vielleicht sehe ich ja auch Gespenster. Sicher sogar. Alles unnötig."

„Ich verrate euch ein Geheimnis, Scholze. Ich bin überhaupt nicht überrascht. Die Oberlausitzer lassen sich nicht so schnell den Spaß verderben. Ich bin nämlich selber einer, auch wenn das lange her ist."

„Und ich verrate euch auch ein Geheimnis, Strimelin: Das hört man, auch wenn's lange her ist. Also, was haltet ihr davon, ein paar Tage hier zu bleiben? Ich habe mit den Gerichtsältesten gesprochen, und die haben nichts dagegen."

„Wie lange dachtet ihr denn so?"

„Vier Wochen vielleicht?"

„Oha! Das ist eine ganze Stange an Zeit."

Die Lichter waren niedergebrannt, lediglich auf dem Tisch zwischen ihnen blakte ein letzter Docht, warf ihre Schatten riesenhaft flackernd in die entgegengesetzten Winkel des Kretschams.

„In vierzehn Tagen ist die Fastenzeit vorüber. Dann gehen auch die Hochzeiten wieder an. Zumindest sind nach Ostern zwei Hochzeiten geplant – und bei denen würde ich euch schon ganz gerne mit dabei haben, in meinem eigenen Interesse. Denn sagt doch selbst, was ist eine Hochzeit ganz ohne Musik? Und bis dahin – nun, unter der Woche gibt's hier Bierabende, da darf zwar nicht immer getanzt werden, aber Musik ist gestattet. Wisst ihr ja wohl noch von Görlitz. Ihr könnt auch ruhig mal ein, zwei Abende nach Schreibersdorf gehen und dort aufspielen. Der Scholze dort ist ein Vetter von mir und sein Bier ist grauenvoll, aber sonst ist es dort sehr erträglich, und euch wird es nicht gleich langweilig hier in unserem kleinen Dorf, wo ihr doch schon die große Welt gesehen habt."

„Äh, wie war das doch gleich noch mal mit den Possen?"

„Ich schaff das schon noch, euch auch mal richtig schön zu äffen. Ansonsten – es ist Frühjahr, da gibt es eine Menge zu tun, wo ein paar zusätzliche Arbeiter immer willkommen sind. Ich war nicht faul heute Abend, ein paar von den Bauern, die würden euch schon um ein paar Groschen und eine warme Mahlzeit für einen Tag bei sich auf dem Hof haben wollen. Der Ameldonck, ich bin mir sicher, der schafft was weg, wenn's drauf ankommt. Sowas gefällt den Bauern. Und den Frauen wohl sowieso."

„Täuscht euch nicht, ich seh zwar nicht so breit aus wie er, aber dafür bin ich zäh! Ich kann ebenso gut zufassen – ich hoffe, wir werden euch nicht enttäuschen. Ameldonck kann ruhig etwas Bewegung gebrauchen, er hat sich schon fast ein kleines Ränzlein angemästet über den Winter. Nur den Jonathan halten wir von den schweren Arbeiten so weit es geht fern, der soll lieber seine Finger schonen, die werden noch gebraucht."

„Ein seltsamer Junge, sehr seltsam. Ich hab schon einiges gesehen, Strimelin, aber ich habe noch niemanden so auf der Fiedel spielen hören. Dabei hält er das Ding so komisch, dass man kaum hinsehen möchte. Außerdem ist er doch fast noch ein Kind. Und so verschlossen. Erzählt mir von ihm."

„Heut nicht mehr. Das würde zu lang dauern. Und ihr meint nicht, dass der Pfarrer Ärger anzetteln wird, wenn wir bleiben?"

„Den Pfarrer lasst meine Sorge sein."

„Ich danke euch, Scholze."

„Weshalb? Noch einmal: Ich bin auf eurer Seite. Nicht, weil ihr besonders schön oder nett wärt – ich mach das aus meinem eigenen Interesse. So. Und nun werd' ich uns noch eine leckere Kanne Bier holen, und ihr erzählt mir etwas über den Jungen."

„Lasst gut sein, Scholze. Es ist spät. Wir wollen doch nicht so enden wie Titzmann."

VI

Meine lieben Kirchkinder. In der rechten Ordnung unserer evangelischen Kirche hören wir heute, am Sonntag Judica, die Verse des Apostels Johannes 8,46 bis 59:
Welcher unter euch kann mich einer Sünde zeihen? So ich euch aber die Wahrheit sage, warum glaubet ihr mir nicht? Wer von Gott ist, der höret Gottes Wort, darum höret ihr nicht, denn ihr seid nicht von Gott. Da antworteten die Juden und sprachen zu ihm: Sagen wir nicht recht, dass du ein Samariter bist, und hast den Teufel? Jesus antwortete: Ich habe keinen Teufel, sondern ich ehre meinen Vater, und ihr unehret mich. Ich suche nicht meine Ehre; aber es ist einer, der sie suchet und richtet. Wahrlich, ich sage euch: So jemand mein Wort wird halten, der wird den Tod nicht sehen ewiglich. Da sprachen die Juden zu ihm: Nun erkennen wir, dass du den Teufel hast. Abraham ist gestorben und die Propheten, und du sprichst: So jemand mein Wort hält, der wird den Tod nicht schmecken ewiglich. Bist du denn mehr als unser Vater Abraham, welcher gestorben ist? Und die Propheten sind gestorben. Was machst du aus dir selbst? Jesus antwortete: So ich mich selbst ehre, so ist meine Ehre nichts. Es ist aber mein Vater, der mich ehret, welchen ihr sprecht, es sei euer Gott. Und kennet ihn nicht. Ich aber kenne ihn. Und so ich würde sagen: Ich kenne ihn nicht; so würde ich ein Lügner, gleich wie ihr seid. Aber ich kenne ihn, und halte sein Wort. Abraham, euer Vater, ward froh, dass er meinen Tag sehen sollte; und er sahe ihn und freute sich. Da sprachen die Juden zu ihm: Du bist noch nicht fünfzig Jahre alt, und hast Abraham gesehen? Jesus sprach zu ihnen: Wahrlich, wahrlich, ich sage euch: Ehe denn Abraham ward, bin ich. Da hoben sie Steine auf, dass sie auf ihn würfen. Aber Jesus verbarg sich, und ging zum Tempel hinaus, mitten durch sie hindurchstreichend.

Unser Herr Jesus spricht zu den Juden, und sie verstehen ihn nicht. Er streicht durch sie hindurch, und sie fühlen ihn nicht. Sie nennen Gott ihren Herrn und erkennen seinen geborenen Sohn nicht. Ihre Verblendung hat ihnen Augen, Ohren und Geist vernagelt. Bis zu jener Stunde mögen sie vielleicht das ewige Leben besessen haben, mögen sie an jenem Tag des jüngsten Gerichtes für unschuldig und frei befunden worden sein – in dieser Stunde haben sie durch ihre Blindheit und Taubheit alles verspielt. Gottes Sohn hat zu ihnen gesprochen, hat ihnen die göttliche Wahrheit offenbart und sie haben sie nicht annehmen wollen. Nein, um nicht loslassen zu müssen von ihrem alten verderbten Glauben haben sie lieber den Sohn jenes Gottes, den die Juden doch ihren eigenen zu nennen sich nicht entblödet haben, bezichtigt, dass er des Satans sei. Und sind doch damit gleich selbst des Satans geworden. Denn es genügt nicht, Gott mit dem Maule anzunehmen, göttliche Wahrheit aber nicht hören wollen und verdammen und verhöhnen. Denn solche sind des Satans, der schläft nicht, der wartet nur auf solche, denen es zu viel Mühe scheint, Gottes geoffenbartem Wort in Leben und Wandel nachzufolgen. Die reißt er an sich, die wird er nicht mehr aus seinen Klauen lassen. Wer an Gottes Wort hält, das hat uns unser Herr Jesus Christ versprochen, der wird den Tod nicht sehen ewiglich. Die anderen aber, denen droht das Heulen und Zähneklappern, das ewige Ach und Wehe in der Höllen! Und es scheint, nur wenige werden der Hölle entgehen können. Der Fürst dieser Welt, er hat den breiten Weg, der doch niemals zum wahren Seelenheil und zur Gottseligkeit führen kann, so gebahnt, dass nur wenige diesen Weg verlassen wollen. Dabei haben wir doch aber Gottes Wort, der Matthäus 7.13 zu uns spricht: Gehet ein durch die enge Pforte, denn die Pforte ist weit und der Weg ist breit, der zur Verdammnis führt, und ihrer sind viele die darauf wandeln. Aber ach, schon unser Glaubensheld, der liebe Lutherus hat es vor mehr als hundert Jahren beklagt, und seither ist's um nichts besser geworden: Gottes Wort und Wahrheit zu verkünden ist Schande vor der Welt.

Der Satan schläft nicht, und so hat er vieles, das einstmals ein gutes und heiliges Ansehen hatte, verdreht und verdorben und mit seinem Kot besudelt. Ihr wisst es selbst, wovon ich rede, ich habe es euch oft genug gesagt, und es ist mein großer Jammer vor dem Herrn, dass zu Beispiel die Wirtshäuser, die doch einst löblich und göttlich waren, mit den Zeiten immer mehr zu Stätten des Teufels geworden sind. Wahrlich, wie schon unser Kirchenvater Augustinus spricht, dass der Teufel nirgends so geschäftig die Seelen der Menschenkinder an sich zu ziehen vermag wie über Tische, wie reich wird wohl seine Ernte sein bei einem Bierzug im Kretscham. Oh, glaubt mir, mir hat sich der Satan genugsam offenbaret und ich halte fest am Wort des lebendigen Gottes und deshalb kann ich nicht anders sagen als dass die Gasthäuser heute, leider, zu Orten geworden sind, wo nur die Nachfahren der verlorenen Sohnes gerne gesehen sind, die dort ihr Hab und Gut versaufen. Und so kann ein jedes einfältige und unparteiische christliche Gemüte die Gasthäuser heutzutage nicht anders ansehen als des Teufels Garküchen, in denen die Wirte oder Scholzen des Teufels Küchenjungen sind und die Bierfiedler seine Bratenwender, allerseits fleißig darauf bedacht, die Braten, das heißt, die jungen und unschuldigen Leute, wohl zu begießen und zu wenden und sie dem Teufel recht von Herzen schmackhaft zu machen.

Ja, der Fürst dieser Welt gibt keine Ruhe, er geht umher wie ein Löwe und arbeitet und findet stets wieder neue Listen und verschlichene Wege. Aber so klug und verschlagen er ist, so dumm und töricht ist er auch. Hat er denn tatsächlich gedacht, Gottes Liebe zu seinen Kindern schlafe oder sei gar ganz erloschen? Hat er denn vergessen, dass Gott alle Menschen liebt und sie will selig machen? Ihnen das ewige Leben schenken? Sicher, auch Gott weiß, dass viele lieber am fleischlichen, also viehischen und satanischen Leben festhalten wollen. Aber des Kornes ist auch nur wenig zu rechnen gegen die Spreu und doch lässt man sich's dessen nicht verdrießen. Das Korn fährt man in die Scheuern, die Spreu wirft man ins Feuer. Und wie man sich um die Spreu nicht zu bekümmern hat, wenn man nur das gute Korn in die Scheuern bekommen will, so soll man auch ruhig die, welche unbedingt, ungeachtet allen Ermahnens und Lehrens, mit dem Satan leben wollen, getrost zur Hölle fahren lassen.

Aber um der Anderen Willen, um des Kornes Willen, schickt Gott tüchtige Arbeiter in seine Ernte, Prediger, in denen die Liebe und die Wahrheit Gottes wohnt, um denen, die fest an Gottes Wort halten wollen, die Hand zu reichen, sie zu leiten und vor den Klauen des Teufels zu bewahren.

Und als einen solchen Prediger hat Gott mich überzeugt und hat es in hundert und aber hundert Orten allein im Neuen Testament den Menschen offenbar vor die Augen gestellt, dass es der Satan und niemand sonst ist, der durch das Tanzen, Schwärmen und Saufen im Kretscham sein Reich erhalten möchte. Ehe ich bekehret war, da tanzte ich selbst, nun aber, da Gott in mir lebt, da kann ich nicht anders, als diesen Gräuel wider allen Glauben aufzuzeigen, zu bekämpfen und zu bestrafen.

Ja, werdet ihr sagen, es war doch aber zu allen Zeiten schon lange Brauch, im Kretscham bei bestimmter Gelegenheit zu tanzen. Genau so, sage ich euch, haben die Juden gesprochen: Unser Vater Abraham ist tot, die Propheten sind gestorben, wer will denn da glauben, dass das Wort Gottes lebt? Und ihr werdet sagen: Die Geistlichen, die früher hier am Ort waren oder die anderer Orten haben es auch gut geheißen, oder zumindest nicht angegriffen. Nun, so sage ich, sie haben in dieser Sache wohl nicht recht die Schrift und ihr eigen Gewissen befragt. Sicher, es ist auch mein großer Kummer und ich bejammere es vor dem Herrn, dass es viele so genannte

Prediger gibt, denen es genügt, eine Pfarrt zu überkommen, und dann lassen sie sich blenden von den lieblichen Fratzen des Bösen und sehen durch die Finger und tolerieren und tun mit und nehmen ein fein christlich Räuschlein mit nach Hause. Ich richte nicht über diese, es wird ein anderer kommen, der da richten wird. Ich sage nur, ich habe diese Sache nach der Schrift und meinem Gewissen reiflich und unter vielen Qualen erwogen, und dank der Eingebung des lebendigen Gottes kann ich mich darin weder ändern noch jemandem weichen, er sei, wer er wolle.

Der Herr dieser Welt hat also geglaubt, es sei nunmehr an der Zeit, einen neuen Versuch auf eure Seelen zu machen, da es nun schon so lange her ist, dass wir mit Gottes Hilfe keine Bierfiedler mehr im Kretscham hatten. Und vielleicht habt ihr ja die Ermahnungen eures Lehrers schon vergessen unter der Zeit. Und es scheint, er habe Recht behalten, denn kaum sind die Musikanten hier im Ort eingezogen, ob von sich selbst aus oder von der Lehnsherrschaft bestellt, weiß ich nicht, wird mir von so etwas ja auch nicht das Geringste gesagt, gleich geht da an ein Laufen und Flüstern und Zischeln und Maulaffenfeilhalten, und schon rennt ihr in den Kretscham, den Tanz- und Schwärm-Gott zu ehren und den lebendigen Herrn Jesus Christ zu unehren und zu äffen. Aber ich, ich habe nicht vergessen und ich werde tun, was Gott von einem treuen Lehrer, der die ihm anvertraute Kirchfahrt liebt und um ihr Seelenheil ringt, verlangt.

Ich rede mit euch auch deshalb so ernst in dieser Sache, weil in zwei Wochen die Hochzeiten wieder angehen werden. Was wollen wir doch dann aus unseren Seelen machen? Denn, ach, was bei solchen Hochzeiten oftmals zum Schein des Betens, Singens und Lehrens vorgeht, ist doch meist nichts anderes als nur ein Gespött und Gräuel vor dem Herrn. Mit Tanzen und Saufen wird die Ehe zu Ehren des Fürsten dieser Welt angefangen und vollzogen, was soll man da für die Eheleute und die Kinder für Seligkeit noch hoffen? Hochzeitstage sollen Buß-Tage sein, Bekehrungs- und Bet-Tage, da sollen die Eheleute und alle Anwesenden Gott um Vergebung bitten für die Lüste der Jugend, sie sollen den Herrn anflehen um Seligkeit mit dem eigenen Weibe und bei der künftigen Kinderzucht. Aber weil das nicht geschieht, so kann durch ein ganzen gottesfürchtiges Eheleben kaum das wieder aufgebaut werden, was mit der weltlichen Hochzeitfeier eingerissen wurde.

Aber ich, euer Prediger und Lehrer, der euch als seine Seelenkinder liebt und für euer Heil kämpft und bangt, ich sage euch: Ihr habt meine Ermahnungen seit genügend langer Zeit gehört, und jeder, der es begehrt, kann sich bei mir um weiteren Unterricht in dieser Sache angeben. Ihr habt nun die Wahl. Wer von euch das Tanzen nicht lassen kann, der mag nur immer tanzen und schwärmen, über, unter, neben mir. Aber an jenem Tag des Gerichtes, da wird der Herr euch fragen: Hat dieser dein Hirte dich nicht liebreich auf die Wege des Heils gewiesen? Und dann wird euch kein Lügen und Heucheln mehr nütze sein. Gott oder Satan, Himmel oder Hölle, ihr müsst euch entscheiden, und das sehr bald. Ich für mein Teil aber kann diejenigen, die das Tanzen auch fürderhin lieben, treiben und fördern wollen, nicht mit den Mitteln des Heils versehen. Ich werde die wilden Tänzer und üppigen Schwärmer also nicht mehr zu Beichte und Abendmahl zulassen. Wie kann ich ihnen denn durch Handauflegen Sünde vergeben und sie der Seligkeit versichern, wenn sie nicht einmal äußerlich Bußfertige sein wollen? Ich würde ja selbst ein Lügner und Heuchler und ein toller Haushalter. Nein, ohne Buße keine Vergebung der Sünden, ansonsten ist es ein falscher Handel. Wer tanzen will, der soll ruhig tanzen und suchen, wie er denn anders selig werden will.

Ihr wisst, dass ich jeden von euch liebe wie eine Henne ihre Küchlein, ihr wisst, dass ich euch besser kenne als jeder andere, weil ich euch bis auf den Grund eurer Seelen blicken kann. Und ich weiß, dass da keiner von euch hier ist, der wirklich böse, der wirklich von ganzem Herzen unbußfertig ist. Gestern Abend, das war vielleicht Neugier, Unachtsamkeit, vielleicht auch Vergesslichkeit – aber seid nur unbesorgt, ich vergesse nicht, ich werde euch erinnern und immer wieder erinnern daran, was da Gottes Wort und Wille ist. In mir habt ihr einen, auf den ihr euch verlassen könnt.

Aber vielleicht ist da auch Furcht gewesen, Angst vor dem unerhörten Befehl des Lehnsherren, der das Tanzen mit Zwang und Gewalt getrieben haben möchte. Hierzu kann ich euch nur sagen: Werdet stark im Glauben! Noch stärker als bisher! Was vermag denn schon eine kleine Obrigkeit in ihrem Dorfe gegen Gottes Wort? Der Lehnsherr, der mag nur ruhig von Dresden aus zürnen und drohen – ich aber, ich werde hier bei euch bleiben, bewaffnet mit nichts anderem als dem heiligen und unlöschbaren Feuer des Glaubens, und ich werde fest zu euch stehen und mit mir steht Gott selbst euch bei.

Den Oberen aber, die all mein flehentliches und klägliches Bitten nicht gehört haben, und die diesen Tanzgräuel immer noch gestatten ohne ihn zu steuern, ja, die ihn sogar durch unerhörten Befehl erzwungen haben wollen, diesen Oberen rufe ich zu mit Psalm 2: So lasset euch nun weisen, ihr Könige, und züchtigen ihr Richter auf Erden. O, ihr Herren. Potentes potenter examinabuntur, die Mächtigen werden mächtig heran müssen. Sehet auf uns und erbarmet euch endlich, endlich meiner und der Not so vieler im Schlamm liegender Seelen. Steuert, hindert und hebt, so lange noch Zeit dazu ist. Wer das aber nicht will, wer statt dessen lieber die Fleischeslust noch befördern will, der wisse, dass Gott Richter ist, der siehet's, der höret's, der lässt es ihm einen Denkzettel sein. Er hat Geduld. Aber er wird's fordern.
Amen.

VII

Voller Bedauern stellte Jonathan fest, dass der Bach, welcher
unten beim Brauhaus am Kretscham vorbeifloss, ein bemerkenswert langweiliger Vertreter seiner Gattung zu sein schien.
Träge und gemächlich und nahezu geräuschlos floss er vor
sich hin, es fehlte nicht viel, und er wäre wohl eingeschlafen
und vollends stehen geblieben. Herrje, so ein Bach ist doch
schließlich ein junger Fluss, der hat gefälligst den Kopf voller
Flausen, Übermut und Tollerei zu haben, der hat herumzu-
wirbeln, zu springen, zu hüpfen, zu gurgeln und zu plap-
pern! Und gerade jetzt im Frühling, wo der Schnee schmilzt,
darf er da nicht übermütig auch mal über die Stränge schlagen? Wo kommen wir denn hin, wenn schon ein so junger
Bach so grauenhaft gesetzt und altersweise dahergeschritten
kommt!

Dem Bach seinen weiteren Lauf zu folgen schien wenig loh-
nend, der schleppte sich hin in Richtung Gruna, dahin, von
wo sie gestern gekommen waren, und dann würde er sich wohl
irgendwie mit letzter Kraft zur Neiße hinquälen. Da war
nichts, was sich anzuhören lohnte. Statt dessen ging Jonathan in die entgegengesetzte Richtung, dorthin, wo der Bach
herkam, so, als wolle er hinter das Geheimnis dieser Lahmar-
schigkeit kommen, als wolle er herausfinden, was dem Wasser
so gründlich alle Lebensfreude ausgetrieben hatte.

Entlang des Dorfes – nichts. Ein paar Stege, unter die zu
lauschen die Zeit nicht lohnte. Die Straße gequert – unter
der Brücke nicht ein freudiger Gluckser. Hinter Herrenhaus,
Kirche und Kirchhof bog der Bachlauf wieder unter der Straße hindurch nach links ab, entfernte sich von der Straße und
markierte dann offenbar die Grenze des Gutshofes. Dort, etwas abgelegen von der Straße, stand eine Art Wassermühle –
auch deren Mühlrad trieb der Bach mit nahezu aufreizender
Lustlosigkeit und fast vollkommen geräuschlos an.

Der Bach war wie dieser ganze Tag. Es war immer noch kalt, der Himmel wolkenverhangen, alles erschien konturlos grau. Als wolle der Tag, das Wetter, das Dorf, der Bach, als wollten sie alle, dass nichts von ihnen sich wirklich in das Gedächtnis einprägte, nichts außer einem grauen stummen Zwielicht.

In Jonathan regte sich allmählich Missmut. Dabei mochte er Bäche sonst sehr. Gerade an Tagen wie heute, an denen es zu kalt war, um ernstlich zu üben (nichtsdestotrotz hatte er, dick eingewickelt, die Fiedel bei sich, er mochte sie einfach nicht irgendwo unbeaufsichtigt liegen lassen), an solchen Tagen liebte es Jonathan, mit geschlossenen Augen an einen Baumstamm gelehnt zu sitzen oder zu stehen und einem fröhlich daherschwatzenden Bach zuzuhören. Vielleicht erzählte er ihm ja gerade die verwegensten Geschichten in einer Sprache, die er eben leider nicht verstehen konnte, noch nicht verstehen konnte, in der Sprache aus Gemurmel und Geplätscher, aus Geräuschen. Einer Sprache aus Klang und deshalb vielleicht also eines Tages für ihn erlernbar. Stundenlang konnte er dann so sitzen und hören. Aber mach einer mal was mit einem so maulfaulen Bach wie diesem hier.

Jonathan lief und lief, er war inzwischen schon fast außer Sichtweite des Dorfes, dort, wo sich der Bach zwischen den Hügeln entlangschleppte, doch selbst hier war eher das Gekläff zweier Köter im Dorf zu hören, die sich um irgendetwas zankten, als dass der Bach sich vernehmen ließe. Dann eben nicht.

Im Kretscham gingen Ameldonck und Strimelin dem Schulzen zur Hand, soweit der Sonntag dies zuließ. Ein ruhiger Tag. In der Kirche waren sie nicht gewesen, das wurde, seltsamer weise, von fahrenden Musikanten auch nicht erwartet (im Zweifelsfall war man sowieso gerade anderen Glaubens oder wollte sich nicht in eine fremde Kirchfahrt hineindrängen oder es fragte eh keiner danach, so lange man nur ordentlich musizierte und arbeitete). Also hatten sie sündhaft lange und gut geschlafen, und dann hatte ihnen Scholze noch Brot, ein wenig warmes Kraut und einen Topf dampfende Mehlsuppe in die vordere Kammer gestellt. Manchmal konnte das Leben ganz einfach sein.

Nach dem Essen war Jonathan hinausgelaufen. Ab und an hatte er ein schlechtes Gewissen dabei, die anderen schufteten und er streunte über Felder und Wiesen. Andererseits: Strimelin wollte das so. Geh träumen, sagte er, deine Träume helfen uns allen, wenn so schöne Melodien draus werden. Dieser verrückte Kerl. Alles hatte Strimelin ihm beigebracht am Anfang, alles, was er wissen musste, um der Fiedel ein paar vernünftige Töne zu entlocken. Es war ein Anfang, von dem aus Jonathan in der Lage war, allein weiterzugehen. Manchmal hatte Jonathan Strimelin verflucht deswegen, manchmal auch nur den Kopf geschüttelt. So, als Strimelin ihm geradezu befohlen hatte, wenn er denn unbedingt ein Messer benutzen wolle, dann solle er dieses Messer gefälligst mit der linken Hand führen. Jonathan hatte gelacht und gebockt, und Strimelin war stur geblieben. Und dann waren allmählich diese Melodien in Jonathans Kopf gekommen und langsam wuchs in ihm die Fähigkeit, wenigstens einen Teil dieser Melodien wieder herauszulassen, sie aus seinem Kopf zu befreien. Das, was Strimelin ihm gezeigt hatte, hatte ihm geholfen dabei. Und einmal hatte sich Jonathan, als er aus Trotz oder Verschlafenheit das Messer mit der rechten Hand benutzte, in den linken Mittelfinger geschnitten, konnte die Saiten nicht mehr drücken und gleich war es für ein paar Tage Essig mit all der Herrlichkeit. Dieser verdammte, verrückte hinkende Hund, warum musste der auch dauernd Recht haben? Woher wusste der das alles?

Jonathan hoffte, dass das mit der Fiedel wirklich erst der Anfang war. Zu viel war in ihm, was man auf der Fiedel eben nicht spielen konnte, Melodien, die einfach einen anderen Klang haben wollten, ja verlangten als den, den die Fiedel bot.

Und dann würde Jonathan gern auch einmal herumprobieren, wie man ganz andere Dinge durch Musik hörbar machen kann. Das Schlagen einer Turmuhr beispielsweise. Jenen Geruch warmer, erwachender Erde jetzt im Frühling, auch wenn er sich gestern und heute verflüchtigt hatte. Den Blick im Abendlicht vom Westen her auf die Stadt Dresden. Das Flügelschlagen von Vögeln, das Piepsen von Küken. Das alles, da war sich Jonathan sicher, das alles war Musik, und er würde nicht eher aufgeben, bis er wusste, wie man dies alles in Musik fassen könnte. Und die Fiedel war eben nur ein Anfang. Eine Orgel beispielsweise, das wäre schon eine ganz andere Geschichte. Strimelin hatte ihn auf ihrer Reise ein paar Mal in Kirchen mitgeschleppt, wo solch ein Ding stand. So eine Orgel, die hatte Volumen und Tiefe und Kraft und außerdem ließ sich mit der richtig Krach machen, seine Fiedel konnte die mühelos übertönen. Es würde ihn schon reizen, einmal an einer richtigen Orgel zu sitzen. Es würde vielleicht ein paar Augenblicke dauern, aber dann würde er hinter ihre Geheimnisse kommen. Im Grunde sind alle Instrumente gleich, hatte Strimelin gesagt, du brauchst ein großes Herz, einen wachen Kopf, flinke Finger, und auf dem Weg zwischen diesen Dreien darf nicht allzu viel verloren gehen. Auf Strimelins Drehleier hatte Jonathan auch schon ab und an ein wenig üben dürfen. So großartig anders konnte eine Orgel dann auch nicht sein.

Natürlich gab es da auch Nachteile. Mal ganz davon abgesehen, dass sich auch an einer Orgel der Klang nicht beliebig verändern ließ. Der entscheidende Nachteil einer Orgel aber war schlicht ihre Größe. Die konnte man nicht so einfach mitnehmen, nicht einmal zum Üben mit nach draußen. Und an ein festes Haus gebunden zu sein, diese Vorstellung reizte ihn im Moment überhaupt nicht. Manchmal erwischte er Ameldonck und Strimelin bei dem Gedanken, irgendwo für immer bleiben zu dürfen, ein Zuhause zu finden. Vor drei

Jahren, als er begann, mit ihnen herumzuziehen, da hatte er schon seine Sorgen mit dem Gefühl, kein Zuhause mehr zu besitzen. Doch inzwischen wollte er gar nicht mehr anders leben. Noch nicht. Er hatte ein Zuhause aus Geräuschen, Klängen und Melodien gefunden. Es gab zu viel, was er noch nicht gesehen und, dies vor allem, gehört hatte.

Bei manchen Dingen hatte Strimelin wahrscheinlich gar keine Ahnung, was er in Jonathan angerichtet und in Gang gesetzt hatte. Das mit den Kirchen, das war zum Beispiel so eine Geschichte. Nachdem ihn Strimelin immer wieder mit hineingezerrt hatte, wegen der Orgeln und aus was für anderen Gründen auch immer, hatte Jonathan irgendwann begonnen, sich diese Bauten genauer anzusehen. Anzuschauen mit wachsender Begeisterung. Je größer die Kirche, desto besser, es war der Raum darin, der seine Vorstellungskraft weckte. Wie konnte es beispielsweise sein, dass ein Gebäude im Inneren viel größer wirkte, als es von außen aussah. Wie konnte ein solcher abweisender Steinklotz einen solch befreienden Raum in sich bergen? Wie war es überhaupt möglich, einen solchen Raum zu schaffen, ohne dass er gleich zusammenstürzte? Das musste ja irgendwie funktionieren, wenn er auch nicht wusste, wie, und also konnte es auch möglich sein, eine diesem Raum angemessene Musik zu erfinden, auch wenn er ebensowenig wusste, wie. Er wusste es noch nicht. Noch nicht. Das war das Zauberwort.

Er hatte damit begonnen, sich eine Musik vorzustellen, die einen solchen Raum ausfüllen könnte, vollständig, ohne zu quetschen und ohne Lücken zu lassen. Eine Musik, die zu diesem Raum gehörte. Aber jede Kirche war anders (der Dom in Bautzen beispielsweise hatte einen Knick, musste man da eine geknickte Musik erfinden?), jeder Innenraum wirkte anders und müsste also mit einer anderen Musik gefüllt werden. Nun, für den Anfang würde es reichen, wenn er sich erst einmal eine Kirche vornähme.

Oder aber den nächsten Schritt täte. Wie wäre es denn, überlegte Jonathan, wenn er eine Musik erdachte, die dem Zuhörer einen solchen Raum öffnete, ohne die steinernen Mauern ringsherum? Warum sollte es nicht möglich sein, die Töne so zu bündeln und so genau bedacht zu setzen, dass sich zwischen ihnen lichte Weiten öffneten und dass sie gleichzeitig ein Gewölbe tragen könnten, dass dem in diesem Raum Stehenden beim Blick nach oben das Schwindeln ankäme? Er konnte keinen Grund finden, warum das nicht möglich sein sollte. In seinen Gedanken schuf er immer gewaltigere Räume. Er begann darüber nachzudenken, ob sich mit der Musik dann auch der Raum verändern ließe. Die Säulen gedrungener oder schlanker, weiter auseinander oder dicht nebeneinander gesetzt, die Decke als einfaches Flachdach oder als filigrane Spitzbögen, Nebenschiffe rechts und links, das war alles möglich. Davon war er überzeugt. Wie weit konnte man den Raum verändern, ohne dass gleich alles in sich zusammenbräche, das auszuprobieren würde ihn reizen. Und andererseits: Wenn der Raum zusammenbräche, im genau beabsichtigten Moment, vielleicht könnte sogar genau das die Musik erst recht vollkommen machen. Die Zuhörer wären zerschmettert, aber doch am Leib unversehrt.

Nein, die Fiedel genügte dafür beileibe nicht. Dazu müsste er am besten alle Instrumente beherrschen, alle, und dazu brauchte er andere Musiker, die ihn verstanden, die fühlten wie er, aber das waren alles keine unüberwindlichen Schwierigkeiten.

Strimelin brauchte er mit so etwas nicht zu kommen. Der hatte schon einmal gesagt, als Jonathan wieder Bilder mit seiner Musik malen wollte: „Musik ist keine Malerei. Wenn du Bilder malen willst, nimm einen Stift und leg die Fiedel weg!" Musik war für Strimelin Musik und Malerei Malerei und eine Kirche eine Kirche. Ach, wenn es doch nur wirklich so einfach wäre!

Jonathans Gedanken wurden jäh unterbrochen, und zwar durch ein paar Beine, die quer über den Weg lagen und über welche er stolperte. Er ging in die Knie, nur mit Mühe gelang es ihm, das Bündel mit der Fiedel darin so zu halten, dass es weder in den Bach fiel noch dass er selbst darauf stürzte und es zerquetschte. Im Aufrappeln sah er, dass die Beine zu einem Mädchen gehörten, es mochte vierzehn, vielleicht auch sechzehn Jahre alt sein, welches noch dazu äußerst belustigt über seinen Sturz zu sein schien.

„Entschuldigung", murmelte Jonathan zunächst erschrocken, „es tut mir leid, aber ich wollte euch nicht stören." So stand er und stammelte, bis er nach einigen Augenblicken bemerkte, dass sich das Mädchen offenbar köstlich amüsierte über ihn. Ärger stieg ihm hoch. „Das, das war nicht schön von euch eben!"

„Wieso? Sind meine Beine nicht zu erkennen gewesen?"

„Schon. Nein. Ich war in Gedanken."

„Ach!"

„Ja! Ihr habt mich doch kommen sehen!"

„Nein ..."

„Was, nein?"

„Nun, ich war in Gedanken."

Jonathan drehte sich wütend um. Im Kretscham an Abend zuvor hatte er dieses Mädchen nicht gesehen. Sie wäre ihm aufgefallen. Oder eben auch nicht, er hatte ohnehin nicht so sehr auf die einzelnen Leute geachtet. Die schienen hier nicht anders zu sein als anderswo. Aber die hier war sicher noch zu jung, um überhaupt in den Kretscham zu gehen. Blöde Kinderflausen, und er hätte beinah die Fiedel verloren!

„Entschuldige bitte, ich wollte nicht, dass du fällst, oder dass etwas passiert. Manchmal mach ich eben gern ein bisschen Blödsinn. Es tut mir Leid. Und nun geh bitte weiter."

Das wurde ja nun immer besser! „Was soll das? Hättet ihr mir nicht die Beine gestellt, dann wäre ich schon lange weitergelaufen!"

„Geh bitte weiter. Man kann uns vom Dorf aus sehen!"

Jonathan schaute sich um.

Da müsste jemand aber sehr scharfe Augen haben!

„Das ist mir doch egal! Ich kann weitergehen und stehen bleiben wie ich lustig bin!"

„Geh weiter!"

Na wunderbar! Es war einfach nicht zu fassen. Jonathan klemmte die Fiedel unter den Arm und lief, nein er stapfte den Bach entlang weiter. Der Bach machte eine Biegung, dann noch eine, weiter hinten verschwand er dann in einem kleinen Waldstück. Dort schien der Untergrund eher sumpfig zu sein, in jedem Fall nicht unbedingt einladend zum Weiterwandern. Jonathan setzte sich auf einen umgestürzten Weidenstamm kurz vor dem Waldrand.

Nicht auszudenken, wenn der Fiedel etwas passiert wäre. Auch das war Strimelins Schuld. Ganz am Anfang, als Jonathan noch das verstockte, unzugängliche Kind war, da hatte Strimelin ihm die Fiedel in die Hand gedrückt. „Da, nimm", hatte er gesagt. „Ich weiß, du glaubst, du hast niemanden auf der ganzen Welt. Nimm dieses Ding, dann hast schon mal etwas. Es ist wie ein Kind. Alleine kann es gar nichts. Es braucht dich. Du kannst ihm vieles beibringen. Sprechen, singen. Weinen. Und dann ist es sogar noch besser als ein Kind. Dieser Kasten kann Dinge tun, die du nicht selbst tun willst. Der kann für dich heulen, der kann lachen für dich, der kann sogar lügen für dich – und daran, wer das dann versteht, daran kannst du sehen, wer auch dich versteht. Den Jonathan hinter der Fiedel." Strimelinsprüche eben.

Aber solche und andere Sprüche hatten es Jonathan leichter gemacht, sich mit diesem darmbespannten Kasten anzufreunden. Allerdings war das mit dem Kind eine ausgemacht blöde Idee von Strimelin gewesen. Das hatte Jonathan begriffen, als er zum ersten Mal am eigenen Leib erleben musste, wie aufgebrachte Bauern Kleinholz aus ihren Instrumenten gemacht hatten. Da hatte er sich gefühlt, als habe man ihm tatsächlich sein eigenes Kind genommen. Sie hatten sich neue Instrumente kaufen können (natürlich keine neuen, aber zumindest fast neue – ob sie im Moment für einen solchen Fall überhaupt noch genug Geld hätten? Strimelin hütete ihr gemeinsames Geld immer wie eine Henne ihr Gelege), aber Jonathan hatte die neue Fiedel eine Woche lang nicht einmal mit dem Hintern angesehen. Strimelin musste erst richtig gnatzig werden, und dann ging irgendwann das ganze Theater wieder von vorne los. Zerbst.

„Ja, hier sitze ich auch ganz gerne." Das Mädchen stand neben ihm und strahlte, als sei nie etwas gewesen.

„Was wollt ihr hier? Haut ab!" Sie machte keine Anstalten, zu gehen, also schnappte Jonathan seine Fiedel. In den Sumpf wollte er nicht gehen, also würde er eben wieder zum Dorf zurücklaufen. Blöder Nachmittag.

„Komm, das war doch nicht so gemeint vorhin. Außerdem habe ich mich entschuldigt. Du musst auch nicht so höflich mit mir reden, ich heiße Eleonora – wie fast alle Mädchen hier im Dorf, wenn sie nicht gerade Maria oder Rosina heißen."

„Was wollt ihr hier?"

„Das heißt: Was willst du hier? Das könnte ich dich auch fragen. Ich kenne den Platz hier schon viel länger als du. Außerdem habe ich dir meinen Namen verraten und du mir deinen nicht. Findest du das nett?"

„Ich heiße Jonathan. Was willst du hier?"

„Du bist einer von den Bierfiedlern!"

„Erraten. Und?"

„Man bekommt so etwas selten zu sehen hier ..."

„Na meinetwegen, und nun hast du es gesehen und also kannst du auch wieder gehen."

Eleonora hatte lange, wild durcheinander gestrubbelte braune Haare, braune Augen, ziemlich weit auseinander stehende Augen mit schwungvollen Brauen darüber, eine sehr energische Unterlippe unter einem ganz schön breiten Mund, allzu groß war sie nicht, sie trug braune und dunkelgraue Kleider, so als wolle sie mit Feldmäusen und Hamstern Verstecken spielen.

„Vielleicht ist das hier aber gerade mein Lieblingsplatz. Du bist hier immerhin der Fremde, du solltest dich nach den Gepflogenheiten richten."

„Gut, dann gehe ich jetzt. Viel Spaß noch."

„Warte. Und hör auf zu grollen. Der Platz reicht für uns beide." Na gut. Jonathan blieb. Aber nicht etwa wegen dieses Mädchens, lächerlich, nein, er wusste nur nicht, was er jetzt schon im Kretscham sollte.

Eleonora setzte sich neben ihn auf den Baumstamm. „Und außerdem: Nein, das hier ist natürlich nicht mein Lieblingsplatz. Es gibt viel schönere. Ich zeige sie dir, ein andermal, wenn du willst und so lange bleiben kannst."

Eleonoras Gesicht faszinierte Jonathan. Da waren zunächst einmal die Augen. Seltsam, dachte er, für Augen hab ich mich noch überhaupt nicht interessiert. Die klingen nicht. Quatsch. Alles kann klingen. Man muss es nur richtig ansehen, anhören, anfühlen. Was Jonathan verwirrte, dass Eleonoras Augen scheinbar die Temperatur wechseln konnten, dass sie abwechselnd so warm wie das Fell eines Rehes oder so kalt wie der gefrorene Ackerboden sein konnten. Und dann zählte er drei kleine Muttermale, eins auf Eleonoras linker Wange, eines über der rechten Augenbraue und eines neben ihrem rechten Mundwinkel, was den Mund noch ein wenig breiter aussehen ließ. Oh je, dieses Mädchen hat bestimmt den breitesten Mund, mit dem ich je geredet habe. Aber he, was heißt hier überhaupt reden? Warum? Das alles ist doch jedenfalls kein Grund, nicht mehr wütend zu sein. Jonathan versuchte, Eleonora anzusehen, ohne dass die das merkte, und nebenher seinen Gnatz spüren zu lassen.

„Na schön", sagte Eleonora nach einer Weile und stand wieder auf. „Jetzt hast du mich lange genug angeschaut. Ich entschuldige mich noch mal. War dumm von mir vorhin. Aber trotzdem lustig. Vielleicht sehen wir uns ja wieder, ich würde mich freuen. Ich bin jedenfalls öfter hier. Wäre schön, wenn du dann bessere Laune hättest. Übrigens, da vorne an der Biegung kann man bequem über die Steine auf die andere Seite vom Bach springen, und dann geht ein Weg quer übers Feld, hinter dem Herrenhaus lang zu Hartmanns Teich, und dann bist du schon fast am Kretscham. Da willst du doch wohl hin. Ist ein ganzes Stück kürzer. Und dir wird's nicht so langweilig."

Und weg war sie. Beim Aufstehen hatte der Wind ihre Haare nach hinten geweht, da waren noch mindestens zwei weitere kleine Muttermale auf ihrem Hals zu sehen gewesen. Er hatte Eleonora zum Abschied in einer Weise kurz zugewinkt, die man mit viel gutem Willen für einen beinahe freundlichen Abschiedsgruß halten konnte.

Nach einer halben Stunde dachte Jonathan, dass sie nun wohl ganz sicher nicht noch einmal auftauchen würde, also ging er zurück zum Dorf. Schade, so konnte sie nicht sehen, dass er jetzt nicht mehr wütend war.

VIII

Am Sonntagabend wurde ein kurzer friedlicher Bierabend mit Musik gehalten. Selbstverständlich hatte Scholze ihnen die Predigt des Pfarrers haarklein erzählt. Warten wir ab, was die Dörfler sagen. Die kamen wenigstens schon mal, aus Kießlingswalde immerhin fast so viel wie am Abend zuvor. Und die nicht gekommen waren, nun ja, war ja kein Tanz heute und morgen früh ging es wieder an die Arbeit. Zumindest schienen sie es also in des Teufels Garküche nicht gar so unangenehm zu finden. Lachend wurde Ameldonck und Strimelin wohl zwanzig Mal die Geschichte von den Bratenwendern erzählt, und, was Strimelin betraf, noch um den hinkenden Pferdefuß erweitert.

Ansonsten jedoch waren die Dörfler friedlich und brav. Es war nicht mehr das Neue, das kitzelte. Die Bierfiedler würden zum zweiten Male aufspielen, das war schon fast so etwas wie eine liebe Gewohnheit. Sie waren von gestern auf heute geblieben und also würden sie wohl auch noch ein paar Tage länger bleiben, es gab also keinen Grund, in Aufregung und Eile zu verfallen.

Und außerdem war das Tanzen am Sonntag ohnehin verboten, nicht allein vom Lehnsherrn, sondern von der Landesobrigkeit und sogar vom König (Sicher, der war in Sachsen nur Kurfürst. Und ganz genau genommen in der Oberlausitz nur Markgraf. Aber König, das klang doch einfach besser.) Selbst Hans Titzmann wusste das offenbar, jedenfalls winkte er beschwichtigend ab, gleich als er, begrüßt von finsteren Blicken Scholzes, in den Kretscham trat.

„Tut mir Leid, Scholze," sagte er, „ich weiß es ja, heute wird nicht getanzt. Ich werde brav sein, ich verspreche es, und nun gebt mir ein Bier." Und Scholze gab ihm ein Bier. Die Musikanten spielten, und in den Pausen erzählten sie. Die Bauern scharten sich um Strimelin, die Frauen, soweit dies schicklich war, umringten Ameldonck, und Jonathan wurde in Ruhe gelassen. Alles ganz normal. Eleonora war nicht gekommen. Sie war wohl einfach noch zu jung für so etwas. Obwohl: Manche von den Mädchen, die sich hier in Ameldoncks Nähe drängten, waren wahrscheinlich noch jünger. Mindestens.

Man kann nicht behaupten, dass Ameldonck seine Rolle unangenehm gewesen wäre. Oh ja, er wusste es selbst nur zu gut, dass er den Frauen gut gefiel. Ein baumlanger Kerl mit breiten Schultern, an so etwas lehnte sich schon manche Frau gerne einmal an (oder sie träumte zumindest davon). Dazu diese schwarzen Locken, auch wenn sich inzwischen erste graue Eindringlinge in der Haarpracht ausmachen ließen, diese braunen Augen, das Kinn immer fein säuberlich geschabt – sollten sich doch die beiden anderen Stoppelköppe ruhig darüber lustig machen!

Doch, doch, Ameldonck konnte die Frauen durchaus verstehen. Ja, er wusste nur zu gut, dass er eitel war, und weil er das wusste, konnte er dies auch stets gut versiegelt halten, nichts, so seine Erfahrung, langweilte Frauen mehr als ein selbstverliebter Schönling. Aber er hatte sich auch strenge Regeln auferlegt, letztlich war dieses Spiel, was er da trieb, oft gefährlicher als beispielweise das Zungenspiel von Strimelin. Mach dich über einen Bauern lustig, über seinen kahlen Schädel, seine krummen Beine, seinen dicken Wanst, was auch immer, verspotte das Dorf, das Bier im Ort, die Sprache der Leute, ihre Kleider – machte man das so wie Strimelin, bekam man mitunter gar noch eine Kanne Bier dafür und selbst der Verspottete lachte herzhaft mit. Aber streich seinem Weib oder auch nur seiner Tochter im falschen Augenblick über den Hintern, und sei es nur aus Zufall, und du kannst dir eine gewaschene Tracht Prügel abholen. Verheiratete Frauen waren somit außerhalb jeglicher Gedanken, ebenso solche, die schon allzu offenkundig von den jungen Männern im Dorf „in Arbeit" genommen waren. Finger weg. Zerbst. Aber bloß nichts davon den anderen sagen. Und zog man die verbotenen Frauen ab, blieben immer noch genügend übrig.

Ja, Ameldonck sammelte Frauen. Er wusste nicht, was die beiden anderen auf ihrem Weg zu finden hofften, wonach sie suchten, was sie vorantrieb. Bei ihm waren es die Frauen, die überall anders waren, immer wieder neu und nie langweilig. Und immer wieder die ganze Aufregung wert. Und er hatte keine vergessen, nicht eine von den Frauen, denen er auf ihrem Weg begegnet war. Sie alle waren in seinem Gedächtnis, ihre Stimmen, ihre Körper, ihre Wärme, und halfen ihm über manchen kalten Abend, manch langen beschwerlichen Weg, manch mühsame Schinderei hinweg. Er konnte sich an alle erinnern, und wenn das einmal nicht mehr so sein würde, wenn er ihren Weg durch Deutschland nicht mehr anhand dieser Frauen lückenlos zurückverfolgen könnte, dann wäre es wohl Zeit, sich zur Ruhe zu setzen. Schöner Gedanke, nur wo und wie?

Ameldonck war zu allen Frauen gleichermaßen freundlich und zuvorkommend (und das strengt gewaltig an, er konnte ein Lied davon singen, nun ja, zumindest eine zweite Stimme), gleich ob sie nun hübsch, hässlich, alt, jung waren, und hielt doch immer eine sichernde Distanz. Er versuchte es zumindest. Nur immer unverbindlich bleiben. Wichtigste Regel als Nächstes: Klappe halten. Strimelin beispielsweise, der liebte es (vorausgesetzt, sie waren schon eine Weile an einem Ort und kannten die Leute etwas besser), den Weibern, wie er es ausdrückte, mit seinen Liedern unter die Röcke zu greifen. Dass er so etwas aber in die Tat umgesetzt hätte, zumindest seit sie sich kannten – eher unwahrscheinlich. Und das spürten wohl auch die Zuhörer und ließen sich Strimelins Sprüche gefallen, ohne dass sie sich einer realen Gefahr besorgten. Wenn man so miteinander unterwegs war, nun ja, dann ertappte man sich eben auch mitunter gegenseitig in Situationen, in denen man lieber nicht so gern erwischt werden möchte. Dass Strimelin also tatsächlich mit einer Frau jemals etwas angefangen hätte, das war kaum vorstellbar. Ameldonck konnte man auf dem Gebiet nur schwer etwas vormachen.

Er selbst sprach nie davon. Er tat es einfach. Und keiner erfuhr etwas davon. Nun gut, Strimelin und Jonathan, die hatten ihn schon ein oder zwei mal erwischt, unbeabsichtigt, aber ansonsten ahnten die beiden eher als dass sie etwas wirklich wussten. Und wenn Ameldonck dann zupackte, dann nach Möglichkeit auch erst kurz bevor sie einen Ort wieder verließen. Bis dahin wusste er außerdem, welche von den Frauen dieses Geheimnis ebenfalls würde für sich behalten können. Zumindest so lange, bis sie weit genug weitergezogen waren. Strimelin und Jonathan schlossen beim Musizieren oft genug die Augen, Konzentration oder sonst etwas - das nun wieder würde Ameldonck nie im Leben einfallen. So ein Brummtopf hat doch sein Gutes. Zumindest wäre auch das ein Grund, nicht doch noch ein anderes Instrument zu erlernen.

In einer Pause, als Strimelin aufstand, um seine Blase leeren zu gehen, huschte schnell eine von den Frauen auf den so glücklich frei gewordenen Platz. „Ach, das Leben ist so ungerecht!", sprach sie Ameldonck direkt an. Die erste Frau, die ihn hier im Dorf direkt ansprach. Da war noch nie etwas Richtiges draus geworden.

Eine große, dunkelhaarige Frau, vielleicht Anfang dreißig. Ameldonck hatte es allerdings längst aufgegeben, das Alter von Frauen zu schätzen. Im Zweifelsfall waren die ohnehin so alt, wie sie wollten. Also in jedem Fall kein junges unerfahrenes Ding mehr. Und wohl in jedem Fall zu alt. Verheiratet sicher. Finger weg. Frauen, die auf ihn losstürmten wie von der Sehne geschnellt, die hatte er oft genug erlebt. Meistens war das nichts.

„Nun ja, das ist etwa so, als würdet ihr sagen: Nachts ist es dunkel! Wieso beklagt ihr euch? Gefällt es euch nicht heute Abend?"

„Ach, es ist herrlich, und genau das ist ja das Elend. Ich hätte nur eben auch gerne einen eigenen Hufen. Ein halber würde mir auch schon reichen."

„Ich verstehe nicht, warum euch das den Abend verdirbt. Man kann sowieso nicht alles haben. Das ist aber auch gar nicht schlimm. Und so ein Hof, der macht sicher auch eine Menge Arbeit."

„Nun ja, dafür könnte man sich ja Hilfe kommen lassen!"

Ameldonck blickte fragend. Ihr redet in Rätseln, Mevrouw.

„Tut doch nicht so, als ob ihr mich nicht versteht. Der Scholze, der teilt euch schon für mindestens das nächste halbe Jahr den Hufnern und Halbhufnern hier im Ort als Tagelöhner zu. Ihr habt euch eine anstrengende Zeit ausgesucht, um hierher zu kommen. Im April, da wird jede Hand gebraucht.

Und ich würde mir doch auch so gerne einmal drei so stattliche Musikanten als Helfer kommen lassen auf den Hof – nur, ich hab ja eben keinen Hof! Und das finde ich ungerecht. Ich bin übrigens die Maria Grunerin."

Natürlich war Maria ihm schon am Abend vorher aufgefallen. Sie war wahrscheinlich die größte Frau von ganz Kießlingswalde, nicht viel kleiner als er selbst, recht üppig besetzt und dennoch nicht überladen. So trug sie zum Beispiel ein paar unverschämt einladende Brüste vor sich spazieren. So etwas übersah Ameldonck nicht so einfach. Finger weg.

„Ich bin der Ameldonck. Aber das wisst ihr ja sicher schon. So, und nun habt ihr also keinen Hof."

„Nein. Ich bin nur Großmagd beim Lehnsherrn. Ich will mich nicht beklagen, es geht mir gut dort, na ja, wenn ..."

Kommen wir doch einfach mal zur Sache. Die anderen sehen schon her.

„Sicher wäre es eurem Mann aber gar nicht recht, wenn ihr wildfremde Musikanten auf den Hof holen würdet!"

„Ich habe keinen Mann."

„Ist er schon gestorben? Das täte mir Leid."

Maria lachte. „Schön wär's, dann hätte ich zumindest mal einen gehabt. Nein, ich habe ganz einfach keinen abbekommen."

„Ihr haltet mich zum Narren! Ein so hübsches Frauenzimmer wie ihr und keinen Mann gefunden? In so einem großen Dorf wie Kießlingswalde? Nicht in Gruna, nicht in Hochkirch, nicht in Görlitz? Das soll ich euch glauben?"

Maria, so stellte Ameldonck fest, hatte Augen, die irgendwo auf der Strecke zwischen Braun und Grün umhertanzten. Jenem warmen weichen Braun, das hier in Sachsen sehr verbreitet zu sein schien und das ihn oft genug für manche Unannehmlichkeit des Landes (Diese Berge! Diese Sprache!) entschädigte. Braun und sanft und unschuldig, wie ein Reh. Und dies gemischt mit dem Grün der Augen wilder, räuberischer, bissiger Katzen. Eine unverheiratete Frau um die dreißig. Auf dem Dorf. Die so aussieht. Daran muss eigentlich irgendetwas faul sein.

„Ich sehe schon, ihr versteht das nicht. Seht mich doch an, wie lang ich geraten bin. Was soll ich mit einem Mann, der mir nicht einmal bis zum Hals reicht! Und was so bei Jahrmärkten oder der Kirchweihe hier vorbeikommt an Händlern, das ist auch nicht viel besser. Ich glaub manchmal, die Männer haben Angst vor einer so großen Frau – dabei tu ich doch keinem was! Zweimal, ja, da hätte es beinahe klappen können mit der Hochzeiterei, aber im letzten Augenblick ist immer etwas dazwischen gekommen. Jedesmal, wenn ich denke, alles wird gut, geht kurz vor dem Ende doch noch alles in die Brüche und alles redet von: Beinahe. Und Abwarten."

„Tja, den Ärger mit der Größe, den kenn ich auch, leider. Wenn es was zu schleppen gibt, bekomme ich immer das meiste aufgeladen."

Maria schenkte ihm einen langen Blick voller amüsiertem Mitleid.

„Nun ja, es geht schon. Ich beklag' mich nicht."

„Ach, Ameldonck. Wenn ich euch in die Augen sehe, wird mir ganz warm."

Strimelin kam – endlich – vom Pinkeln zurück, schlug ihm auf die Schulter, auf geht's, lass uns weiterspielen. Maria mochte Ameldoncks letzten Blick gedeutet haben wie sie wollte, hätte sie ihn gekannt, hätte sie wohl daraus lesen können: Liebe Maria, tut mir Leid, aber das war nun ganz und gar plump. So wird das ganz bestimmt nichts. Aber Maria kannte ihn ja nicht, sie blieb noch eine ganze Weile sitzen und heftete ihre Augen fest an die von Ameldonck, und dann, nachdem sie einfach keine Pause mehr einlegten, dann war sie irgendwann gegangen.

Als auch die letzten Gäste fort waren, fanden sich Strimelin und Scholze wieder zu einer letzten Kanne Bier im leeren Kretscham zusammen. Maria hatte Recht, Scholze war ziemlich geschäftig gewesen den Abend über. Sie hatten sich eine anstrengende Zeit ausgesucht, jede Hand wurde im Frühjahr gebraucht auf den Höfen und den Feldern, und jede zusätzliche Hand war hochwillkommen, und wer, wie der Martin Köhler mit seinem gebrochenen Bein, nicht selbst in den Kretscham kommen konnte, der schickte eben einen von seinen Leuten hin, um sich bei Scholze nach den Tagelöhnern zu erkundigen. Und so ratterte Scholze herunter, wann sie bei wem mit anfassen sollten und wie viele Groschen dieser oder jener dafür bezahlen würde. Den meisten Bauern allerdings wäre es noch lieber, die Musikanten würden bis nach Ostern bleiben oder dann wiederkommen, dann würde man sie noch besser brauchen können.

„Ich schlage vor, ihr geht vor Ostern mal für ein paar Tage nach Schreibersdorf, ich hab dem Schulzen dort schon eine Nachricht zukommen lassen, der erwartet euch. Und nach Ostern, wenn ihr dann zurück kommt, da können wir dann schon allmählich mal dran gehen, die Hochzeiten vorzubereiten."

„Ach, Scholze", unterbrach Strimelin den nicht enden wollenden Redefluss, „habt ihr das schon ganz vergessen? Wir sind fahrende Bierfiedler! Wir ziehen hier nur durch. Wir wollen uns nicht hier ansiedeln. Woher soll ich heute schon wissen, ob wir von Schreibersdorf aus nicht weiterziehen wollen? Eigentlich wollten wir nach Hirschberg."

„Ich weiß. Ihr könnt doch über Ostern dorthin. Und dann kommt ihr wieder."

„Das haben wir bislang noch nie gemacht."

„Dann wird's Zeit, dass ihr damit anfangt. Versteht mich bitte, Strimelin, ich möchte euch am liebsten so lange wie möglich hier haben. Ihr habt ja gesehen, was gestern und heute für Volk hier zugange war. Für solche Abende ist der Kretscham gebaut, nicht für die zehn Hanseln, die sonst mitunter hier die Zeit totschlagen!"

„Das glaub ich euch gerne. Und was das Arbeiten betrifft, da hat sich noch keiner über uns beschweren müssen. Ich bewundere jedenfalls euer Gedächtnis. Und das um diese Tageszeit." „Ohne dieses Gedächtnis könnte ich den Kretscham zumachen."

„Da sitzen nun wir zwei Teufelsknechte hier und ihr macht Pläne bis sonstwann. Seid ihr denn so sicher, dass man uns nicht schon übermorgen bis hinter Lauban prügeln wird?" „Macht euch keine Sorgen, Strimelin. Habt ihr denn geschlafen heute Abend? Habt ihr nicht gesehen, wie viele da waren? Trotz der Predigt? Ehe die Leute hier dem Herrn Kellner auf den frommen Leim gehen, da muss schon noch eine Menge passieren."

„Scheint, ihr habt nicht die beste Meinung von eurem Pfarr." „Wie sollte ich? Ich habe keinen Streit mit ihm, im Gegenteil, ich mag ihn in vielen Dingen sogar. Aber wenn er versucht, mir meinen Broterwerb zu nehmen, da kann ich doch gar nicht sein Freund sein. Ansonsten hab ich euch gestern schon gesagt, ich bin mit meinem Gott halbwegs im Reinen, da brauche ich den Herrn Kellner nicht dafür. Wenn ich in den vergangenen Jahren wirklich mal Beistand dabei gebraucht habe, dann bin ich nach Lauban gegangen zum Herrn Neunherz, dem Vorgänger von unserem Pfarr."

„Aber die Geschichte mit der Beichte und dem Abendmahl ..." „Das kann der Kellner gar nicht durchstehen. Der darf doch ohne Erlaubnis vom Amt keinen davon abhalten. Wenn der Lehnsherr das erfährt – und Gustav Prätorius wird schon dafür sorgen, dass er's erfährt – dann geht die Sache nach Dresden ins Konsistorium. Und dann bleibt der Herr Kellner wohl nicht mehr allzu lange Pfarrer hier."

„Eure Zuversicht ist zu beneiden. Hoffentlich sehen das noch ein paar Leute mehr so."

„Was bleibt mir anderes übrig? Die, welche hier waren, werden es wohl schon so sehen."

„Und die anderen?"

„Gut, von heute Abend aus kann man keine Schlüsse ziehen. Wir werden sehen, wer von den Dörflern sich von nun an rar macht." Scholze stand auf und holte eine frische Kanne Bier.

„Ihr hattet mir gestern Abend noch etwas versprochen."

„So?"

„Ihr wolltet mir mehr über euern Jonathan erzählen."

„Schade. Ich habe schon gehofft, ihr hättet es vergessen. Ich habe halt nicht mit eurem guten Gedächtnis gerechnet." Scholze gab sich große Mühe, dass Strimelins Krug auch gut gefüllt war. „So etwas vergisst man nicht. Und wenn ich euch gestern nicht gefragt hätte, dann hätte ich es eben heute Abend getan. Dazu ist der Junge einfach zu ungewöhnlich. Wenn der so richtig loslegt, dann könnte man denken, er hat den Teufel im Leib."

„Ich glaube, Scholze, wir beiden untereinander sollten den Teufel doch lieber dort lassen, wo er hingehört."

„Aber wie kommt das, dass einer so spielen kann?"

„Ich sage es euch ganz ehrlich: Ich weiß es selbst nicht. Glück. Talent. Gehör. Gefühl. Übung. Ich weiß es nicht genauer."

„Wie seid ihr zu ihm gekommen? Wo kommt er her? Nun lasst euch doch nicht jedes Wort aus der Nase ziehen!"

Strimelin nahm einen Schluck Bier. „Wir haben ihn im Wendland aufgegabelt, vor drei Jahren etwa. Da konnte er noch gar nichts. Unser damaliger Fiedler hat eine Frau kennen gelernt, eine hübsche Witwe, bei der er dann gleich geblieben ist. Also haben wir einen neuen Fiedler gesucht. Und Jonathan gefunden."

„Der noch gar nicht auf der Fiedel spielen konnte ...."

„Aber ich hab's ihm damals sofort angesehen, der hat was gesucht. Irgendwas, woran er sich festhalten konnte. Also hab ich ihm die Fiedel in die Hand gedrückt. Ich hätte allerdings niemals für möglich gehalten, was daraus mal werden würde."

„Wie war das möglich? Hatte er denn nichts? Das alles klingt so, als wäre er ein Findelkind gewesen, das in einer Holzkiepe den Bach dahergeschwommen kam. Vor drei Jahren – da muss er schon ein recht großes Findelkind gewesen sein."

„Versteht mich bitte, Scholze. Ich weiß ein bisschen von der Geschichte, die passiert ist. Ein bisschen nur, und dieses bisschen hat mir Jonathan erzählt, weil er mir vertraut. Und deshalb möchte ich es auch nicht weitererzählen. Vielleicht macht er das ja irgendwann selbst einmal. Manchmal hab ich das Gefühl, er macht's heute schon, allerdings auf seiner Fiedel, und wir verstehen's nur nicht.

Nur so viel, und damit dann auch endgültig zum letzten Mal über den Teufel: Irgendwann hat er einmal tief in die Hölle hineingesehen. Nur einen Blick wahrscheinlich, aber das war auch schon beinahe zuviel. Und dann hat er das Glück gehabt, dass die Tür oder was auch immer wieder zugeschlagen ist, geblieben davon ist ihm nur diese kleine Brandnarbe über der linken Augenbraue. Aber vergessen kann er das nicht, er ist noch lange nicht fertig damit. Ich glaube schon, das kommt ihm immer wieder in den Kopf und von da aus in die Finger. Aber ich bin mir sicher: Eines Tages wird er fertig sein damit."

„Und dann?"

„Das wird sich zeigen. Dann ist er wieder richtig gesund. Wird vielleicht irgendwo bleiben und ein ganz einfaches und vielleicht glückliches Leben führen können. Eine liebe Frau finden, Kinder in die Welt setzen. Vielleicht findet er ja in irgend einer Stadt eine Anstellung als Musicus, ich wünsche es ihm von Herzen, das Zeug dazu hat er in jedem Falle. Und dann wird er eines Tages vielleicht feststellen, dass ihm irgendetwas fehlt."

„Ihr meint das Rumziehen?"

„Das vielleicht auch. Schlimm für ihn wird's, wenn ihm was anderes fehlt. Die Hölle, von der er geheilt ist."

IX

Es wurde Mittwochnachmittag, ehe Jonathan wieder an den Bach hinauskam. Den ganzen Montag und Dienstag über hatte es geregnet. Ein ekliger dünner Regen, der durch alle Kleider kroch, Wege und Äcker in Schlamm verwandelte, welcher das bloße Vorwärtsgehen schon zu einer unangenehmen Verrichtung machte. Ameldonck und Jonathan sehnten beide den Frühling, den Sommer herbei, die Zeit, in welcher man den Regen auf der Haut, wenn er denn schon fiel, auch genießen konnte. Im Gegensatz zu Strimelin waren sie beide keine allzugroßen Freunde davon, wochenlang in irgendwelchen Räumen herumzuhocken. Die warme Jahreszeit bot beiden die herrlichsten und unterschiedlichsten Möglichkeiten zur Betätigung draußen, Jonathan eher tagsüber, Ameldonck dafür um so mehr in den Nächten.

Jetzt jedoch waren die dafür in Frage kommenden Plätze nass und schlammig. Und kalt obendrein. Der Regen hatte den noch nicht völlig aufgetauten Boden zunächst mit einem glitschigen, rutschigen Glibberschlamm überzogen, dass man bei jedem Schritt fürchten musste, auf dem Hosenboden oder gleich der Länge nach im Dreck zu landen. Dann weichte allmählich der Boden durch, und nun war es egal, ob man hinfiel oder nicht, man steckte ohnehin bei jedem zweiten Schritt bis über die Knöchel in einem unvermuteten Schlammloch. Es wird Frühling, Strimelin.

Montag und Dienstag hatten sie bei Jeremias Altmann gearbeitet, einem der Gerichtältesten von Kießlingswalde. Ein freundlicher, hoch gewachsener und ziemlich spilleriger Mann. („Ich weiß nicht, was das ist," sagte er, „vor ein paar Jahren war ich noch rund wie eine Tonne. Es geht mir gut, ich esse so viel wie früher, na, fast jedenfalls, und doch werde ich immer klappriger. Nicht mehr lange, dann wird mich der Schmied beschlagen müssen, damit mich der Wind nicht fortträgt.")

Sie hatten ihm geholfen, die restlichen Ackergeräte nach dem Winter wieder in Schuss zu bringen, mehr war wegen des Wetters nicht möglich, so dass Strimelin auf die Hälfte des vereinbarten Entgeltes verzichtete. Als er sie am Dienstagnachmittag noch zu einer gemeinsamen Suppe zu sich hereinbat, waren plötzlich („das hab ich seit vielleicht drei Jahren nicht mehr erlebt!") alle seine sieben Kinder mit am Tisch, die Gäste anzustaunen. Sie mussten dann allerdings enttäuscht erfahren, dass die drei Fremdlinge, obgleich sie doch in Dresden gewesen waren, den König nicht gesehen hatten („Der ist doch in Polen, Kinder! Wartet, wenn der Lehnsherr wieder da ist. Der hat den König schon oft gesehen und sogar geredet hat er mit ihm!" – „Aber der Lehnsherr kommt nicht auf eine Suppe zu uns.").

Altmann war einer von den Gerichtsältesten, die im Kretscham Aufsicht halten mussten, damit die Kinder nicht allzu lange dort herumsprangen und auch sonst keiner über die Stränge schlug. In diesem Amt musste er am Dienstag wieder einmal tätig werden, als erneut Hans Titzmann anfing, auf dem Tisch herumzuspringen, zu krakeelen und die anderen Gäste zu beschimpfen. Ihm war das alles einfach noch nicht wild genug. Er wollte tanzen, und alle, so schrie er, alle sollten es ihm gleichtun, der Lehnsherr habe es schließlich so befohlen. Man konnte meinen, das Bier, welches doch die anderen Gäste eher fröhlich und friedlich machte, weckte bei Hans Titzmann ein Gefühl unermesslicher Kräfte. Mit vereinten Kräften mussten ihn Altmann, Scholze, und noch ein paar andere Gäste recht unsanft aus dem Kretscham werfen, und sie hatten gut zu tun dabei. Strimelin hatte bewundernd zugesehen, mit welch einer Ausdauer sich dieses winzige Männlein Hans Titzmann gegen seinen Rausschmiss zur Wehr gesetzt hatte.

Ansonsten begann man, sich näher zu kommen, die Kießlingswalder und die Musikanten. Es wurde getanzt, es wurde getrunken, gesungen und gelacht. So, als ob es immer so gewesen wäre. Sie wurden bei Tag auf der Straße gegrüßt. Sie gehörten dazu. Die vergangenen Jahre lösten sich in Rauch auf.

Ameldonck stellte unversehens fest, dass zumindest einige der Frauen aus Kießlingswalde nicht die Absicht hatten, sich allzu lange in Geduld zu üben. Da war zum einen, natürlich, die Maria Grunerin, welche sehr geheimnisvoll tat: „Ich hab mir was ausgedacht. Ich kann es aber noch nicht verraten. Vielleicht kann ich euch doch noch überraschen. Und vor allem, Ameldonck, seid auf der Hut. Einige von den jungen Weibern hier, die haben wohl ein Auge auf euch geworfen. Seid vorsichtig, ich kenne dieses junge Gemüse, die machen sich einen Spaß daraus, einen Mann so richtig in Wallung zu bringen und ihn dann sozusagen in den kalten Regen zu stellen." Ach Maria, so wird das doch nichts.

Dann war da ein Mädchen namens Eleonora, vielleicht knapp zwanzig Jahre alt, mit großen grasgrünen Augen, viel kleiner und magerer als Marie, aber mit einem so unglaublich ansteckendem Lachen. Und mit einem regen Mundwerk: „Passt nur gut auf euch auf, Ameldonck, die Grunerin, die hat allmählich Angst, dass sie gar keinen mehr abbekommt, die würde euch wohl am liebsten auf der Stelle schnappen und in ihr Bett zerren, euch dort festbinden und euch mit Klauen und Zähnen verteidigen. Da könnte ich mir für euch aber noch etwas viel Besseres vorstellen!" Ameldonck fragte lieber nicht weiter nach.

Und dann war da noch ein Mädchen, deren Namen er nicht erfuhr (es wäre ein wenig plump gewesen, irgend jemanden danach zu fragen, das war nicht Ameldoncks Art, nein, wenn er denn ihren Namen würde erfahren wollen, dann würde ihm das auch gelingen), die in so ziemlich allem zwischen der Grunerin und Eleonora stand, Alter, Größe, die hatte noch überhaupt nicht mit ihm gesprochen, die hatte ihn nur den ganzen Abend über (und, wie er sich erinnerte, zumindest auch am Sonntag zuvor) nahezu unverwandt angestarrt. Seinem Blick war sie nicht ausgewichen, im Gegenteil, nur wenn er versuchte, wie beiläufig in ihre Richtung zu gehen, dann hatte sie sich schnell abgewandt. Es schien, als wollte sie sich durch ihre Blicke langsam in seine Sinne bringen, und ansonsten, leicht amüsiert, die Kämpfe zwischen den anderen Frauen abwarten, um erst am Ende in das Geschehen einzugreifen. Sie war also offensichtlich trotz ihrer schweigsamen Art ganz schön erfahren. Oder ganz schön klug. Oder eben noch ganz schön schüchtern.

Es würde nicht ganz einfach werden, alle drei, und das waren beileibe nicht die einzigen interessanten Frauen hier, auf Abstand zu halten. Aber so mochte es Ameldonck schließlich, das gehörte zum Spiel dazu. Er durfte nur keine von ihnen vorschnell verprellen oder ihre Eifersucht herauszufordern – so etwas gab in einem kleinem Dorf dann oft Zank und Tratsch, der leicht in so richtig dicken Ärger umschlagen konnte. Und sie waren schließlich gerade erst angekommen So lange ihm dieses Kunststück gelang, so lange ließ es sich gut aushalten. Aber es war eben, wie jede gute Kunst, auch ziemlich anstrengend. Davon beispielsweise machten sich Strimelin oder Jonathan doch gar keine Vorstellung, wenn sie sich über ihn lustig machten. Was willst du eigentlich? So gut wie du möchten wir es auch einmal haben, eigentlich hättest du schon längst ein ganzes Buch von Liedern schreiben können.

Am Mittwoch jedenfalls hatte sich endlich das Wetter gebessert. Von warm mochte man noch lange nicht sprechen, aber zumindest regnete es nicht mehr und die Sonne war hinter dünnen Wolkenschleiern schon zu erkennen. Sie arbeiteten bei Christoph Höppner, ganz anders war der als Jeremias Altmann, obwohl auch er einer von den Gerichtsältesten war. Mürrisch, verschlossen. Der hatte über Jeremias Altmann im Kretscham Bescheid geben lassen, dass er die Musikanten gut mal einen Tag auf dem Hof gebrauchen könnte.

„Tut mir Leid, dass ich euch nicht mehr geben kann. Die letzten Jahre waren nicht so gut. Und außerdem: Es ist nicht gut, dass ihr hier seid. Schön, für mich, heute, da ist es gut. Ich kann euch gebrauchen. Und noch schöner für den Martin Köhler, bei dem sollt ihr ja auch mit anpacken, der würde sonst in diesem Jahr gar nicht recht zu Potte kommen. Aber ansonsten nicht. Es gibt Ärger im Dorf und das ist schlecht. Ihr solltet weiterziehen, es gibt schönere Orte in unserer Oberlausitz."

„Aber gestern Abend ..."

„Täuscht euch nicht. Lasst euch nicht täuschen. Von niemandem. Und belügt euch nicht selber. Ich bin auch ein Gerichtsältester. Ich gehorche den Befehlen des Lehnsherrn, weil ich es muss. Aber ich denke eben auch über das nach, was der Pfarrer sagt. Und deshalb bin ich auch nicht im Kretscham, so lange ihr dort seid. Mag der Lehnsherr mich dafür bestrafen oder nicht. Und wenn ihr nicht da wärt, dann hätten alle mehr Zeit, noch ein wenig mehr nachzudenken. Nachzudenken über das, was der Pfarrer will. Was soll denn aus uns werden, wenn wir den verlachen und hintergehen, der uns Gottes Gnade bringt?"

Dann war die Sonne endgültig herausgekommen und die beiden anderen hatten Jonathan ziehen lassen, der Junge hatte ohnehin an den letzten beiden Tagen wie in einem Ameisenhaufen gesessen. Das kam schon ab und zu vor bei ihm, nichts, worüber man sich Sorgen machen musste, aber in den letzten Tagen schien ihn die Sehnsucht nach draußen (oder wonach auch immer) doch besonders schwer zugesetzt zu haben. Also sollte er ruhig herumstreunen, wenn es etwas Wichtiges wäre, das ihn hinauszog, dann würde er es Strimelin schon sagen. Glaubte Strimelin.

„Ich dachte schon, du kommst überhaupt nie mehr."

Jonathan spürte einen Kloß im Hals. Eleonora war da, darauf hatte er ja schließlich gehofft. Nur – nun musste er ja wohl mit ihr reden – und das war nun nicht gerade das Gebiet, auf welchem er sich sicher fühlte. Er setzte sich neben Eleonora auf den Baumstamm.

„Es hat geregnet."

„Na und?"

Eleonora hatte heute die Haare zusammengebunden. Auf dem linken Ohrläppchen hatte sie also auch ein kleines Muttermal.

„Du hättest schließlich in den Kretscham kommen können."

„Ach, der Kretscham interessiert mich nicht. Vielleicht bin ich ja zu jung und die Gerichtsältesten lassen mich gar nicht rein."

„Wie alt bist du denn?"

„Ist das wichtig?"

„Nein."

„Ich werd's dir schon noch sagen. Ein andermal. Und? Wie gefällt dir Kießlingswalde?"

„Dazu kann ich noch nicht viel sagen. Eigentlich ist es nicht anders als anderswo."

„Das lass aber hier im Dorf keinen hören. Für die ist Kießlingswalde was Besonderes."

„Ich bin noch nicht so ganz klar mit dem Ort hier."

„Könntest du mal so reden, dass ich es auch verstehe? Ich bin nur ein armes dummes Mädchen vom Dorf, weißt du?"

„Ich suche noch nach dem Besonderen hier. Nach dem Klang. Und den hab ich noch nicht gefunden."

„Ah ja!"

„Das ist für jemand anderes wahrscheinlich schwer zu begreifen. Für mich ist es normal. Eine Angewohnheit eben."

„Ich glaube, das erklärst du mir bei Gelegenheit noch mal in Ruhe. Aber die Leute hier, die mögen euch doch sicherlich?"

„Ja, sicher. Gut – der Pfarrer mag uns nicht leiden, aber bisher hat es noch immer irgendjemanden gegeben, der uns nicht gemocht hat. Kein Grund zur Aufregung."

„So. Meinst du."

„Ich glaub, die Leute im Dorf scheren sich nicht so furchtbar um den Pfarrer. Die machen ihre eigene Sache."

„Ah ja. Und du? Gehst du überhaupt in die Kirche?"

„Selten."

„Aber du gehst?"

„Ja. Eben – selten."

„Und wie redest du sonst mit Gott?"

Oh je, war er jetzt hierher gekommen, um über Gott zu reden?

„Muss man das in der Kirche tun?"

„Aber – ach, lassen wir das. Eigentlich möchte ich dich so viele andere Dinge fragen: Wo kommst du her, wie lange ziehst du schon so durch die Gegend, wo bist du überall schon gewesen, wie sieht es dort aus, das musst du mir genau erzählen, was du gesehen hast, wie es aussieht an all den Orten, wo ihr gewesen seid, warum bist du Musikant geworden, was soll später mal aus dir werden und und und. Guck nicht so erschrocken, du bist der erste fahrende Musikant, den ich treffe. Wem sonst sollte ich also diese ganzen Fragen stellen. Fangen wir also mal so an: Warum hast du eigentlich dieses Ding immer dabei?"

„Das ist eine Fiedel."

„Die könnte schließlich kaputt gehen!"

„Hm. Bei mir ist sie sicher," (irgendwelche in der Gegend herumliegenden Beine mal außer Acht gelassen) „außerdem kann ich sie so schnell auspacken, wenn keiner in der Nähe ist, und dann übe ich oder ich spiele einfach so vor mich hin."

„Das klingt interessant. Ich habe noch nie jemanden auf einer Fiedel spielen gehört." Eleonora versuchte, mit ihren Augen ganz nah an seine heranzukommen, etwas umständlich, so, wie sie beide dort nebeneinander saßen auf dem umgestürzten Baumstamm. „Jonathan – würdest du etwas für mich spielen?"

„Ich hab doch gerade gesagt, ich übe, wenn keiner in ..."

„Bitte!"

„Du könntest im Kretscham ..."

„Ich hab bitte gesagt!"

„Aber ..." Diese Augen machten Widerrede zwecklos. „Na schön. Ich meine nur: Ich glaube, das wird so nichts. Ich kann nicht spielen, wenn mir jemand dabei zusieht."

„Soll ich lachen? Guckt im Kretscham vielleicht niemand?"

„Das ist was anderes. Da spiele ich ja schließlich nicht alleine."

„Bitte."

Da sag mal einer was! Jonathan packte die Fiedel behutsam aus, stimmte sie, und versuchte sich an ein paar Melodien. Grauenvoll, dachte er. Es krächzt und fiept, aber es schwebt und singt nicht. Oh Jammer, hast du denn alles verlernt? Eleonora sah ihn unverwandt an, ohne den Blick von seinem Gesicht abzuwenden, nicht einmal auf seine Finger schaute sie, das machte Jonathan nervös. Er schloss die Augen, doch er meinte, Eleonoras Blick trotzdem zu spüren. Er hatte das, was er spielen wollte, irgendwo ganz weit hinten im Kopf, er konnte es nahezu mit den Händen greifen, und er kam und kam doch nicht heran, er kam nicht einmal dahinter, was genau ihm den Weg dorthin verstellte, und alles, was übrig blieb war Gekratze und Katzengejammer.

„Das war schön", sagte Eleonora, als Jonathan, reichlich unzufrieden, den Bogen absetzte.

Jonathan schaute sie argwöhnisch an: Doch, das war anscheinend ernst gemeint gewesen. „Du verstehst nicht allzu viel von Musik?"

„Nein, so richtig nicht. Wieso?"

„Es war schauderlich, was ich zusammengespielt habe!"

„Fand ich nicht. Außerdem hat mir noch nie irgendjemand etwas vorgespielt. Darf ich dich um noch einen Gefallen bitten?"

„Wenn du möchtest, dass ich beim Spielen jetzt auch noch tanzen soll, dann muss ich dich enttäuschen."

„Nein, bitte, ich meine es ernst. Könntest du hier vielleicht eine Viertelstunde auf mich warten? Höchstens eine halbe Stunde!"

„Warum?"

„Wirst du dann sehen. Lass dich überraschen!" Und weg war sie.

Jonathan wartete also, fiedelte und übte und fiedelte und wartete. Wie zum Teufel sollte er denn feststellen, wann die Viertelstunde herum war? Er fiedelte noch ein bisschen. Kratz krächz. Irgendwo gab es doch sonst so einen Schlüssel, wie er an die Melodien herankam. Warum nur heute nicht? Inzwischen war aber doch wohl die halbe Stunde vorbei. Ganz sicher sogar. Es begann schon bald zu dämmern. Wer sagte ihm denn, dass Eleonora überhaupt zurückkommen würde? Fragte einen aus über Kießlingswalde und Gott und ließ sich was vorspielen und rannte dann so einfach weg! Und er sitzt hier, bis es dunkel wird und bricht sich auf dem Weg in den Kretscham sämtliche Knochen. Also gut, jetzt war nun aber mindestens eine halbe Stunde vergangen, da war er sich ganz sicher. Wenn nicht gar schon eine ganze Stunde. Jonathan stand auf, wickelte langsam, ganz langsam die Fiedel ein, und machte sich dann, zögerlich zunächst, dann allmählich schnelleren, entschlosseneren Schrittes auf den Rückweg. An der Bachbiegung wäre er um ein Haar mit der atemlos dahergestürzt kommenden Eleonora zusammengestoßen.

„Was soll denn das jetzt? Vertraust du mir etwa nicht? Du hattest doch versprochen zu warten!"

Wäre er doch nur früher gegangen. Fünf Minuten früher, und er wäre jetzt schon fast am Kretscham. Gut, dass er so lange gezögert hatte.

„Ich, ich wollte mir ein wenig die Beine vertreten! Mir war kalt."

„Du wolltest zurückgehen!"

„Nein!"

„Du hast gedacht, ich komme nicht mehr und wolltest gehen!"

„Nein!"

„Sei ehrlich!"

„Ja."

„Ist schon gut. Es hat etwas länger gedauert. Beinahe hätte ich wirklich nicht mehr kommen können."

„Na toll. Und jetzt?"

„Lass uns wieder zum Baum zurückgehen."

„Und dann?"

„Ich möchte dich zeichnen." Eleonora hielt das Bündel hoch, welches sie mit sich gebracht hatte.

„Du möchtest was?"

„Dich zeichnen! Hab ich so undeutlich gesprochen? Ich möchte dich zeichnen, wie du da sitzt und auf deiner Fiedel spielst." Jonathan hatte von Ameldonck gelernt, halb unfreiwillig, dass Frauen mitunter seltsame Einfälle hatten. Aber dies hier schien ihm denn doch eine Spur zu seltsam. Und dabei sah Eleonora völlig ernst aus.

„Und – das kannst du?"

„Sagen wir: ich versuche es. Jeder macht eben was anderes. Du kratzt auf der Fiedel rum, und ich auf Papier. Ein bisschen kann ich es schon, glaub ich, sonst hätte ich dich nicht gebeten. Will mich ja schließlich nicht blamieren."

Am Baumstamm angekommen, entnahm Eleonora dem Bündel ein paar Federn, ein Messer, einige Stücke Papier und ein kleines verstöpseltes Fläschchen. „Setz dich bitte. Genauso, wie du vorhin dort gesessen hast. Und dann spiel. Bitte."

Jonathan war viel zu verwundert, um nicht folgsam zu sein. Er setzte sich hin, schloss die Augen (nein, das hatte keinen Sinn, er spürte Eleonoras Blick ja doch auf seinem Gesicht, und dieses Mal wusste er ja sogar, dass sie ihn ansah) und spielte drauflos. Na schön. Sie zeichnet dich eben. Ist ja wohl auch die normalste Sache der Welt. Ich habe ihr was vorgespielt und zum Ausgleich zeichnet sie mich. Hoffentlich zeichnet sie nicht so schlecht, wie ich gespielt habe.

„Nein, so geht das nicht! Du musst stillhalten!"

„Fein. Und wie soll ich dann spielen?"

„Hm. Da könntest du Recht haben. Mir war gleich so, als ob es da ein kleines Problem gäbe. Bleib einfach still sitzen und tu so, als ob du spielst. Dann können wir auch besser miteinander reden."

„Ohne den Mund zu bewegen?"

„Das geht schon. Wo stammst du eigentlich her?"

„Aus dem Wendland. Die Gegend wirst du nicht kennen. Irgendwo auf halbem Wege nach Holland, so in etwa."

„Kenn ich nicht. Weit weg?"

„Ziemlich. Drei Jahre. So lange jedenfalls bin ich schon weg von dort. Und du kannst also zeichnen?"

„Ich hab ja gesagt, ich versuche es. Aber im Moment glaube ich eher, ich kann es nicht."

Sie nahm ein neues Blatt und begann von vorn.

„Genau so, wie es mir vorhin mit dem Fiedeln ging ...“

„Scheint so. Mist!" Sie nahm noch ein Blatt. „Jetzt muss es klappen, ich habe nicht mehr Blätter dabei!"

„Was ist das in dem Fläschchen?"

„Galläpfeltinte."

„Klingt nicht besonders lecker."

„Ist auch nicht lecker – ist aber billig zu machen und außerdem sehr gut, um hier draußen zu zeichnen. Zappel nicht so!"

Ruhe.

„Ich beneide dich um deine Augen", sagte Eleonora mit einem Mal.

„Warum? So besonders sind die auch nicht."

„Ich beneide dich um das, was du alles mit diesen Augen gesehen hast. Drei Jahre, hast du gesagt, bist du nun schon unterwegs. Das sind drei mal Frühling, Sommer, Herbst,

Winter, jedesmal eine andere Landschaft, ein anderes Licht, andere Menschen, und du hast das alles mit deinen Augen ansehen können. Darum beneide ich dich."

„Ich weiß nicht. Irgendwie sah es überall ziemlich gleich aus."

„Aber man zieht doch umher, um Neues zu erleben, um Neues zu sehen!"

„Kann sein. Manchmal zieht man aber auch nur umher, weil man nichts zum Bleiben hat."

Stille. Kratzen.

„Wo hast du das gelernt?"

„Durch Abschauen."

„Bei wem?"

„Aus Büchern."

„Was bitte?"

„Erzähl mir nicht, da weißt nicht, was Bücher sind!"

„Ah, doch, also ..."

„Du kannst doch wohl lesen?"

„Aber natürlich kann ich lesen! So ziemlich jedenfalls."

„Kannst du lesen?"

„Na ja, nicht so gut. Eher nicht. Ich hab es halt nie richtig gelernt. Aber Bücher, die kenne ich. Ich habe schon welche gesehen, da waren sogar Bilder drin."

„Siehst du! Und genau von solchen Bildern kann man das Zeichnen lernen."

„Das ist verrückt! Auf so etwas wäre ich nie gekommen. Das musst du mir genauer erklären."

„Ein anderes Mal."

„Das hab ich nun schon ein paar mal gehört von dir."

„Versteh' mal, es wird bald dunkel, und man muss das Licht ausnutzen, so lange es da ist." Eleonoras Stimme klang zunehmend gereizt. Jonathan saß und tat nur so, als ob er Geige spielte und kam sich dabei ziemlich dusslig vor. Eleonora schwieg. Ich könnte auch einfach aufstehen und weggehen, dachte Jonathan. Überhaupt, was sitze ich hier herum, der rechte Arm wird immer schwerer, saukalt ist es inzwischen ohnehin, Eleonora wird immer mürrischer, ich zähle jetzt innerlich einfach bis zehn, dann stehe ich auf und gehe, soll sie doch zeichnen, wen oder was sie will. Der Baum ist ja auch ganz schön. Der hält auch von alleine still. Gut. Dann eben noch einmal bis zehn. Zum letzten Mal. Bei sieben sprang Eleonora auf.

„Nein, nein, nein, verdammter Mist noch mal, nein! Ich krieg das einfach nicht hin. Ich bin zu blöd! Genau, ich bin einfach zu blöd, dieses verdammte Bild auf das Papier zu bekommen. Das kann doch einfach nicht wahr sein! Nein!" Wütend knüllte sie das Bild zusammen, warf es in den Bach, raffte ihr Bündel zusammen und weg war sie.

Jonathan saß. Möglichst nicht bewegen. Wahrscheinlich kam sie gleich wieder um die Ecke gebogen und zankte, falls er aufstand. Er lauschte. Im Dorf bellte ein Hund. Irgendwo schnoberte ein Pferd, ganz leise Stimmen, ganz weit entfernt. Männerstimmen. Ruhe. Es dämmerte. Es wurde langsam dunkel. Er musste los, um den Weg nicht zu verlieren, es hatte sich wieder bewölkt, der Mond würde ihm keine Hilfe leisten können. Er sah etwas Weißes. Das zusammengeknüllte Blatt war nicht in den Bach gefallen, ein paar vertrocknete Stängel Beifuß vom vergangenen Jahr hatten es aufgefangen. Jonathan strich das Blatt behutsam glatt. Die Tinte war beim Zusammenknüllen an ein paar Stellen verschmiert worden, aber ansonsten – doch, es war alles noch sehr gut zu sehen darauf. Und das war doch ganz unzweifelhaft er, Jonathan, wie er so dasaß und auf der Fiedel spielte. Jonathan fühlte sich seltsam. So sah er also aus, oder? So hatte ihn zumindest Eleonora gesehen. Herrje, die Haare! Er musste dringend mal wieder seine Haare bürsten, er sah aus wie eine Strohgarbe, die unter die Wildschweine geraten war! Aber wahrscheinlich hatte das Bild recht. Wenn er so auf das Blatt sah, meinte er förmlich, seine Fiedel zu hören. Warum war dann Eleonora so unzufrieden damit gewesen? Das auf der Zeichnung, das war doch er, ganz ohne Zweifel. Und nur das hatte sie doch zeichnen wollen. Oder nicht?

Er schob das Blatt Papier vorsichtig unter sein Wams. Wie einen Schatz. Er musste sich beeilen, zum Kretscham zu kommen, ehe es völlig finster war. Er stolperte, knickte um, morgen würde er geschwollene und schmerzende Knöchel haben. Ach, egal.

X

Gewaltige Rauchschwaden waberten durch den Raum. Und wenn man genau hinsah, dann konnte man inmitten dieser Schwaden eine triefnasse Maria erblicken, die immer und immer wieder das Leinenzeug in den riesigen hölzernen Waschbottich stukte. Hier drinnen fühlte sie sich wohl, hier in diesem warmen Nebel, wo es nicht mehr zu unterscheiden war, ob es noch eigener Schweiß war oder die Nässe, die aus dem Waschkessel aufstieg, was ihr die Kleider an der Haut festkleben ließ, ihr von Stirn und Nacken den Hals und den Rücken herunter in die Gräben zwischen ihren Brüsten oder ihren Pobacken entlang hinablief. Stundenlang konnte sie so im Waschhaus herumwuseln, und hinterher fühlte sie sich dann restlos erschöpft und bis ganz tief innen rein. Alles Mistige und Ärgerliche und Traurige war weggeschwitzt. Einige Strähnen ihres Haares hatten sich gelöst, und so sah sie aus wie ein durch den Nebel tobender rosiger Irrwisch.

Gustav genoss den Anblick, der sich ihm bot, nachdem er gewahr wurde, dass Maria sein Kommen offenbar nicht bemerkt zu haben schien – worin er sich, wie in so vielem, täuschte. Der Gedanke daran, dass Gustav, der eh bei der geringsten Anstrengung ins Schwitzen geriet, nun hier in diesem heißen Wrasen stand, nur um ihr, wie er wohl dachte unbemerkt, zusehen zu können, dieser Gedanke belustigte Maria ebenso wie er ihr ein sanftes Kribbeln auf der Haut verursachte.

Nicht, dass Gustav für Maria als Mann ernsthaft in Frage gekommen wäre, klein und dick und fast kahl, wie er war. Wenn man bedachte, dass Gustav fünf Jahre jünger war als der Lehnsherr, dann konnte man – mit allem Verlaub – nur feststellen, dass sich der Lehnsherr aber ein ganzes Stück besser gehalten hatte. Und verheiratet war der Gustav obendrein, was ihn allerdings nicht ernstlich daran hinderte, den anderen Mägden wie ein geiler Gockel hinterherzusteigen. Die hatten ja wenigstens noch Respekt vor ihm, dem Herrn Verwalter.

Und wenn es zehnmal nur der Gustav war, Maria genoss es, beobachtet zu werden. Es war ja wohl nicht verboten, wenn sie sich ausmalte, dass das dort an der Wand ein anderer sei. Dass dort zum Beispiel dieser Holländer stünde. Das wäre genau die Sorte Mann, die dort stehen sollte. Aber, Himmel, der machte ja auch den Eindruck, als finde er Maria zwar ganz hübsch, aber habe trotzdem Angst vor ihr. Sie mochte sich gleich gar nicht vorstellen, was diese Ziege von Eleonora ihm eingeflüstert haben könnte. Und wahrscheinlich hatte sie selbst sich ihm gegenüber ja auch benommen wie ein ausgemachter Trampel. Sie konnte doch nichts dafür, sie war nun mal wirklich so dumm und unerfahren. Mit den Männern spielen, sie um den Finger wickeln, so wie dies manche von den Mädchen aus dem Dorf von sich behaupteten, das hatte sie nie gelernt, das konnte sie einfach nicht. Hier drinnen sollte der Ameldonck sie mal erleben, hier und jetzt, und nicht im Kretscham, dann würde sich seine Furcht schon legen. Sie müsste ihm nur irgendwie die Gelegenheit dazu verschaffen – ein Königreich für einen guten Einfall.

Sicher, sie war keine von den jungen Gänsen mehr. Sie war eine Frau, eine richtige Frau, gottverdammt noch einmal, und was hatte sie davon? Warum begriff das keiner? Warum nur hatte das nie geklappt mit einem Mann? Er würde sich nicht beklagen müssen, an ihr war alles dran, feste Brüste, stramme Schenkel und ein runder knackiger Hintern, da war noch nichts schwabbelig und aus den Fügen geraten. Sie war auch keins von diesen hundsbeindürren Dingern, bei denen man Angst hatte, dass sie beim ersten Stoß auseinanderbrechen. Sie konnte zupacken und das sah man auch und das konnte sich auch sehen lassen. Gut, sie war ein wenig lang aufgeschossen für die hiesige Männerwelt. Dafür war von allem Schönen um so mehr an ihr dran, ohne dass es störend wirkte.

Sie hatte ein bisschen was gespart, wofür denn hätte sie es auch ausgeben sollen? Sie würden nicht Hunger leiden müssen. Und eine gute Hausfrau würde sie jedem Mann, der nur wollte, auch sein können. Nicht nur das Waschen, nein, sie konnte auch kochen, dass es nur so eine Freude war. Ihre Latwergen, von denen waren selbst der Lehnsherr und der Herr Pfarrer jedesmal begeistert. Der Lehnsherr nahm sogar immer etwas davon mit nach Dresden.

Noch einen letzten genießerischen Moment lang malte Maria sich aus, es wäre nicht der dicke Gustav, der da heimlich (und unheimlich schwitzend) im Nebel stand und sie beobachtete (und wohl auch begutachtete, sein Atem verriet, dass er bei dieser Begutachtung offenbar zu ziemlich erregenden Ergebnissen zu kommen schien). Aus den Augenwinkeln blickte sie noch einmal zu ihm herüber, es war schon bewundernswert, wie er nahezu mit der Wand zu verschmelzen schien, wäre da nicht sein leuchtend rotes Gesicht gewesen. Sie ließ ihm noch eine Weile sein Schauvergnügen, dann beschloss sie, dass Gustav sich nun lange genug sattgesehen hätte. Betont arglos wandte sie sich in Gustavs Richtung, um plötzlich ganz furchtbar zu erschrecken: „Gustav! Herr im Himmel, wie kannst du mir nur solch einen Schrecken einjagen!" „Entschuldige Maria, ich wollte dich nur nicht stören." „Na, da danke ich dir auch sehr. Dafür hast du mich jetzt um so mehr in Angst versetzt! Das hätte ja sonstwer sein können, der hier herumschleicht!" Sie hielt sich rücklings an einem Zuber fest, um ihr Erschrecken noch kräftig zu untermalen. „Na schön, wenn du also schon einmal da bist, dann sei bitte so gut und hole noch ein bisschen Holz herein, ich muss den Waschkessel nachfeuern."

Gustav rührte sich nicht von der Stelle. „Später, Maria, später." Er stand einfach nur da und sah sie an.

„Ist alles in Ordnung mit dir, Gustav?"

„Ja. Alles bestens. Du sahst so schön aus. Und so ganz und gar zufrieden. Fast glücklich. Ich konnte dich einfach nicht stören. Du sahst – ganz einfach schön aus."

„Hilfe, seit wann machst du denn Komplimente? Und dann noch mir!"

„Ach Maria, du weißt doch genau, wie ich dich sehe."

Och nö, nicht schon wieder. Sie hätte es ahnen müssen, dass das schon wieder losging. Irgendwann wird so etwas langweilig, wenn es zu oft passiert. Aber der Plan, der in ihr vorhin begonnen hatte Gestalt anzunehmen, wenn sie den nicht gleich verderben wollte, dann durfte sie Gustav auch nicht so sehr vergrätzen. Also versuchte sie es auf die bewährte, ganz sanft vorwurfsvolle Weise.

„Ich weiß, Gustav. Und du weißt genau, dass ich das eigentlich gar nicht wissen dürfte."

„Warum?"

„Du bist verheiratet, Gustav! Ist es so heiß hier drinnen, dass du das vergessen hast?"

„Aber Maria, es geht mir um dich. Du bist doch nicht glücklich."

„Du selbst hast doch gesagt, ich hätte eben glücklich ausgesehen."

„Im Waschhaus! Eine Frau wie du!"

„Was meinst du damit?"

Gustav winkte Maria näher heran, so, als wolle er ihr ein großes Geheimnis ins Ohr flüstern. „Das weißt du ganz genau.

Mag sein, dass all die anderen Männer blind sind oder was weiß ich vor den Augen haben. Ich jedenfalls, Maria, ich weiß, was du wert bist."

„Das ist lieb von dir, Gustav. Nur hilft mir das im Augenblick auch nicht recht. Und Holz kommt davon auch keins unter den Kessel."

Gustav sprach wieder lauter, jetzt sogar richtig energisch. „Eine Frau wie du, die braucht einfach einen Mann. Einen Mann, der sie zu schätzen weiß! Einen Mann, der weiß, was sie braucht. Nun – einen Mann wie mich, um das in aller Bescheidenheit mal genau zu sagen. Wenn ich nur an deine leckeren Äpfelchen denke", völlig ungeniert begann er, an ihren Blusenbändern herumzunesteln, „die wollen doch bestimmt auch einmal verwöhnt werden, Maria. Oh ja, das kann ich dir versprechen, ich würde sie verwöhnen, so oft und so gründlich, dass du keinen Grund hättest, dich zu beklagen. Und nicht nur die. Denk daran, eines Tages ist die Schönheit dahin, dann ist es zu spät."

Ehe Gustav ihren Busen noch ganz ausgepackt hätte, ging Maria lieber zum Gegenangriff über – sie trat frech einen entschlossenen Schritt nach vorn, so dass ihre Brüste dem kleinen Gustav fast an die Nase stießen. Bedien dich. Der trat erschrocken einen Schritt nach hinten, fiel dabei um ein Haar in einen Bottich mit kaltem Wasser – wenigstens nahm er die Hände von ihrer Bluse.

„He, Gustav, was machst du da!"

„Ich tu uns was Gutes."

Maria blickte so richtig ängstlich und sorgenvoll. Sie hätte für ein ganz junges Ding durchgehen können mit diesem Blick. „Ach Gustav, wie soll denn das gehen. Du hast deinen Spaß, und ich habe dann die Schande und werde aus dem Dorf gejagt wie damals die Tochter vom Hoffmann."

„Also erstens ist die aus dem Dorf gejagt worden, weil sie ihrer Mutter Rattenpulver ins Essen geschüttet hat, unabsichtlich, wie sie gesagt hat, wer's glaubt, wird selig. Und zweitens würdest auch du deinen Spaß haben und drittens bin ich alt und erfahren genug, dass nichts Schlimmes passiert."

„Ach was. Irgendjemand merkt immer etwas. Und dann? Dein Weib kratzt mir die Augen aus und der Pfarrer macht mir die Hölle heiß. Genau, Gustav, dein Weib. Vergiss das bitte nicht. So schön es vielleicht auch wäre – aber der Preis ist mir einfach zu hoch."

„Ach, mein Weib ..." Oh je, so schrecklich geknickt konnte Gustav also gucken. Man konnte richtig Mitleid bekommen mit ihm. „Das war noch nie so toll mit der Anna. Und seit der letzten Geburt vor fast zwei Jahren, seitdem hat sie mich gleich gar nicht mehr an sich ran gelassen."

Du Armer. Fehlt nur noch, dass du schluchzend an meinen Busen sinkst.

„Bitte Gustav, lass uns von etwas anderem reden."

„Aber Maria, verstehst du denn ..."

„Bitte!"

„Du bist grausam."

„Alles Glück kommt zu dem, der warten kann."

Hatte sie das eben wirklich gesagt, so einen Bockmist? Und vor allem – was meinte sie damit überhaupt? Also, manchmal könnte sie sich selbst in den Waschbottich stuken für ihr Plappermaul, in den mit dem ganz kalten Wasser.

„Warten. Wie lange denn noch?"

Angebissen.

„Warte es ab. Aber da du nun schon einmal da bist und offenbar kein Holz holen möchtest, dann sag mir wenigstens: Hat sich der Lehnsherr schon mal gemeldet?"

„In den letzten Tagen nicht. Wieso? Möchtest du dem etwa den Kopf verdrehen? Der ist auch verheiratet. Und außerdem viel zu alt für dich."

Sieht aber besser aus als du.

„Kannst du denn an gar nichts anderes denken? Nein, ich frage nur – er wird doch sicher über das Osterfest hierherkommen. Die Herrin wird bald niederkommen, da muss ihm der König doch ein paar Tage frei geben!"

„Schön, dass du dich um die Herrin sorgst, aber ich verstehe nicht, was du willst."

„Dann sieh dich doch nur einmal um, wie es hier ausschaut."

„Ich weiß, wie es hier ausschaut, da muss ich mich nicht lange umsehen. Ich bin nicht zum ersten Mal in der Waschküche."

„Siehst du – du verstehst mich nicht."

„Das hab ich eben schon zugegeben."

„Sieh dich um, Gustav. Hier drinnen, auf dem Hof, im Haus, im Garten, überall. Mach die Augen auf! Ein einziges großes Durcheinander. Und da soll sich der Herr entspannen können? Da soll dann das kleine Würmchen auf die Welt kommen und sich wohl und zu Hause fühlen?"

„Ich weiß immer noch nicht, worauf du hinaus willst. Wenn du es für den Herrn hier besonders schön machen willst – dann mach doch. Ich hab nichts dagegen. Ich werde den beiden Jungmägden Bescheid geben, dass sie dir zur Hand gehen sollen. Noch was?"

„Sehr schön. Ich soll also mit den Jungmägden draußen die ganzen Rumpelecken wegräumen, das Haus an den Ecken neu verputzen, die Tünche ausbessern und all so was. Sag mal, wie stellst du dir das vor?"

„Soll ich es vielleicht tun?"

Eigentlich wäre haargenau das deine Aufgabe, Gustav, aber das verrate ich dir nicht.

„Hör mir doch bitte einmal zu! Was wäre denn beispielsweise dagegen zu sagen, wenn wir uns auch für ein paar Tage lang ein paar Tagelöhner herkommen lassen? Im Kretscham sind doch die Musikanten, und Scholze schickt die zu den Bauern, dort arbeiten sie dann tagsüber. Das kostet nicht viel!"

„Du willst bitte was tun?"

„Die Musikanten herholen. Bei Jeremias Altmann und Christoph Höppner haben die auch schon für ein paar Groschen gearbeitet, und die waren alle sehr zufrieden mit ihnen. Die könnten hier mit anfassen. Und, wenn man dem Höppner glauben darf – richtig zupacken können die schon, besonders dieser große Holländer."

Maria sah in Gustavs Gesicht und stellte entsetzt fest, dass ihre letzten Worte, ihr Gesichtsausdruck, der Klang ihrer Stimme, ihr Lächeln, ihr Augenaufschlag, das unwillkürliche Straffen ihres Körpers, dass das alles, alles, alles vollkommen falsch und verräterisch und dumm und am unpassenden Ort und überhaupt einfach nur restlos blödsinnig gewesen sein musste. Gustav jedenfalls trat einen weiteren Schritt zurück, wobei er auf alle Bottiche achtete, pfiff durch die Zähne und bemühte sich, so kalt und verachtungsvoll er nur irgend konnte, dreinzublicken.

„Ah ja. So ist das also. Unsere Marie treibt's mit dem Holländer. War ja auch nicht zu übersehen im Kretscham. Und der gute alte blöde Gustav, der soll nun nur noch Ja und Amen sagen, damit ihr's auch hier auf dem Gutshof treiben könnt, und dann soll er sich gefälligst trollen. Ah ja. Sehr schön, Maria, sehr schön hast du dir das ausgedacht!"

„Hör auf, Gustav, du hast das alles völlig falsch verstanden. Du weißt ja nicht, was du redest."

„Oh doch, Maria. Ich weiß sehr gut, was ich rede. Ich weiß es nur zu gut. Denkst du denn, ich bin blind oder völlig verblödet oder was? Denkst du, ich hätte nicht gesehen im Kretscham, wie du ihn mit deinen Blicken befingert hast? Jeder, jeder konnte es sehen, wie du um ihn herumgestrichen bist, wie eine läufige Hündin! (‚Hör auf, Gustav!') Na los, erzähl schon, wie hat er es dir besorgt, der Holländer? Wie machen die es so? War es gut, wie er dir unter die Röcke gekrochen ist? (‚Hör bitte endlich auf, Gustav!!') Hat er dich endlich mal so richtig durchgestoßen, so wie du es brauchst? Los, rede, wie oft treibt ihr es denn so? (‚Du sollst endlich aufhören!!!') Und nun hast du ihm versprochen, dass er dich auch im Bett vom Lehnsherren ..."

Maria hatte sich aus einem Bottich ein Stück klatschnasses Leinen gegriffen und es Gustav ins Gesicht geschmissen. Der ließ es einfach von sich abfallen auf den Boden und sah Maria an wie einen toten, stinkenden Fisch. Himmel, was für ein berechnendes Miststück sie doch war! Und mit so etwas hätte er sich um ein Haar eingelassen!

„Das hast du nicht umsonst getan, Maria. Du wirst noch lange an den guten alten Gustav denken, noch sehr lange, das kann ich dir versprechen." Maria hob an, etwas zu entgegnen, ließ es dann aber doch bleiben. Sinnlos. Zu spät. Dann stürmte Gustav aus dem Waschhaus, wo sich Maria erst einmal auf einen umgekehrten Bottich setzte, um sich über ihre eigene Blödheit auszuheulen.

Der Pfarrer saß über einen dicken Folianten gebeugt, als er durch seine Frau den überraschenden Besucher hereinbitten ließ. Obschon es bereits stark dämmerte, hatte er noch kein Licht angezündet. Entweder hatte der Herr Kellner sehr, sehr gute Augen – oder er las gar nicht, doch sich mit solchen Fragen herumzuquälen, dazu fehlte Gustav im Moment ein wenig der Nerv.

„Tretet ein Gustav. Was führt euch so überraschend zu mir? Neuigkeiten vom Lehnsherrn? Es ist doch kein Schreiben angekommen?", begrüßte er Gustav, ohne den Blick auch nur von dem Buch aufzuheben.

Im Gegenteil, noch während Gustav grübelte, wie er am geschicktesten beginnen sollte, blätterte der Pfarrer geräuschvoll eine Seite um.

„Also. Nein, nichts Neues vom Lehnsherrn. Ich komme aus eigenem Grund. Ihr – ihr müsst das beenden, das Ganze."

„Ah ja. Selbstverständlich. Und was, bitte?"

„Nun, diese ganze Geschichte mit den Musikanten und so. Das muss ein Ende haben. Ihr müsst es den Leuten verbieten."

„Ich verstehe euch nicht recht, Gustav."

„Ihr müsst den Leuten verbieten, zu den Musikern in den Kretscham zu gehen. Die sollen weiterziehen, abhauen von hier!"

„Ihr sprecht mit dem falschen Mann, Gustav. Stellt euch vor einen Spiegel und erzählt es dann noch einmal. Behüte mich Gott – ich habe hier in Kießlingswalde niemandem etwas zu verbieten. Ich bin der Pfarrer. Verbieten kann hier nur der Lehnsherr etwas, und wenn der nicht da ist, sein Verwalter in seinem Auftrag. Und das, soweit ich weiß, seid ihr. Ihr könnt die Bierabende und das Schwärmen und Saufen und also auch, wie ihr es nennt, diese ganze Geschichte mit den Musikanten und so – ihr könnt das alles verbieten lassen. Ihr, Gustav. Nicht ich."

„Aber, Herr Pfarrer, ich bitte euch. Ihr kennt doch so gut wie ich den Befehl vom Herrn. Ich dürfte etwas Derartiges gar nicht wagen. Der Herr würde mich sofort meines Amtes entheben. Und ich habe doch ein liebes Weib und kleine Kinderlein."

„Nun, Gustav", an dieser Stelle nun endlich hob Kellner den Blick von seinem Folianten und blickte Prätorius an, „ich sehe nicht, wie ich euch da aus eurer Not helfen kann. Ich kann das Tanzen niemandem verbieten. Ich will das auch nicht. Ich tue, was eines Pfarrers ist: Ich sehe auf mein Gewissen, und nach dessen Ratschluss kann ich keinen, der das Tanzen liebt, übt und fördert, zu Beichte und heiligem Abendmahl zulassen. Euch übrigens auch nicht, Gustav, da ihr ja beim Tanzen als Gerichtsältester die Aufsicht mit haben müsst. Aber wer tanzen will – bitte, soll er nur. Alles Weitere muss ich dem Herrn befehlen, der wird's richten." Der Blick ging wieder zurück auf das Buch.

„Ja, aber, ich kann doch nicht, ich, nein, ich könnte, doch, nein, ihr, ihr müsst nur noch eindringlicher gegen das Tanz-

und Saufwesen predigen, gegen dieses gottlose fleischliche Herumtreiben. Ich weiß, dass ihr mich nicht zur Beichte zulassen könnt. Oh, wenn ihr ahnen würdet, wie diese Schmach brennt. Das wenigstens sollt ihr wissen, wie sehr ich unter meinem erzwungenen Gehorsam leide. Aber ihr, ihr müsst es den Leuten noch deutlicher vor Augen stellen, wie sehr sie sich an Gott versündigen damit. An ihrer eigenen Seele. Damit sie es endlich unterlassen, damit sie diese Teufel von Bierlatschen aus dem Dorf jagen, ach was, prügeln sollen."

„Warum sagt ihr den Leuten nicht selbst, dass sie es tun sollen. Dann wärt ihr auch der Schmach ledig."

„Ich darf es doch bei Verlust meines Amtes nicht tun."

„Ihr seid feige, Gustav."

„Nein. Ich darf nicht nur an mich denken. Ich habe eine Familie. Vielleicht bin ich wirklich feige, aber wenn ich es denn bin, dann nur um meiner lieben Familie Willen. Ich weiß, ich darf nicht zur Beichte kommen. Dabei könnte ich euch so viele interessante Dinge berichten! Nennen wir es eben nicht Beichte. Ich werde euch nur ein paar Sachen erzählen, die ihr vielleicht nicht wissen könnt, weil ihr ja im Kretscham nicht dabei seid. Dinge, die euch vielleicht nützlich sein können, um mit desto größerer Macht gegen diesen Gräuel zu predigen."

„Ich will es nicht wissen, Gustav. Gott allein wird mir alles berichten, was ich wissen muss. Er wird mir die richtigen Worte eingeben."

Gustav stand ziemlich fassungslos da. „Ihr wollt also nicht wissen, was hier im Ort für Sünde vorgeht?"

„Ich will es nicht wissen."

„Ihr wollt also nicht wissen, was dieser Strimelin oder wie auch immer der Kerl heißen mag, für gottlose Reden führt: Der Herr werde zwar angerufen, fleißige Arbeiter in seine Ernte zu senden. Wenn er aber die Pfarrer so ansehe und ihnen zuhöre, dann müsse er jedoch sagen, von Saatkrähen steht da nichts geschrieben. Und das, Herr Kellner, das ist noch das Harmloseste!"

„Ich will es nicht wissen."

„Ihr erklärt also ernstlich, dass ihr nichts von diesem Fiedler wissen wollt? Dass hier im Dorf einer umhergeht, der offensichtlich vom Teufel besessen ist? Das behaupten zumindest alle, die diesen Jungen gesehen haben, dass so kein normaler Mensch auf der Fiedel spielen kann. Man muss ihm bloß ins Gesicht sehen beim Spielen, dann sieht man förmlich die Funken sprühen!"

„Ich will das nicht wissen."

„Und ihr wollt also auch nicht wissen, dass dieser Holländer, dieser, dieser, dass der also, man braucht ihn doch bloß mal anzuschauen, dass der also, und was man so reden hört, dass der ganz offenbar zu allem auch noch ein Jude ist?"

„Ich will es nicht wissen, Gustav. Und nun geht bitte, es ist spät und ich habe noch zu arbeiten." Und damit stand er auf, wandte Gustav den Rücken zu und trat vor sein Bücherbord. Gustav spürte, wie es immer dunkler vor seinen Augen zu werden schien, noch dunkler, als es ohnehin im Zimmer war. Nachdem er aus dem Zimmer gegangen, ach was, gegangen: gewankt war, drehte sich Kellner noch einmal um und blickte zur Tür. Kein guter Mann das, dieser Prätorius. Zu weich, zu schwankend, und außerdem hatte er allem Anschein nach seine Gefühle nicht unter Kontrolle, was immer ihn jetzt eben auch hierher getrieben haben mochte. Ganz und gar kein guter Mann. Aber gut, dass der Lehnsherr einem solchen Mann offenbar vertraute.

Maria hatte inzwischen ihre Beherrschung wiedergefunden. Eine halbe Stunde hatte sie gesessen und über ihre eigene Trampeligkeit geheult. Wie eine von diesen dämlichen jungen Gänsen hatte sie nahezu alles verdorben gehabt. Wieder einmal. Dann hatte sie sich den Rotz und die Tränen aus dem Gesicht gewischt und sich gesagt: Nein, so leicht gebe ich mich nicht geschlagen. Von Gustav gleich gar nicht! Mit der Lehnsherrin (die schon ab und an ein gutes Wort für Maria eingelegt hatte) zu reden, das war momentan sinnlos, die hatte andere Sorgen im Kopf so kurz vor der Niederkunft. Also war Maria zu der alten Gablentzin gegangen, der Schwester des Lehnsherrn, die, seit sie Witwe war, hier in Kießlingswalde im Herrenhaus lebte und in Abwesenheit des Lehnsherrn das Kommando führte. Vor der kuschte selbst der dicke Gustav.

Zuerst hatte auch die Gablentzin auf Gustav verwiesen, aber schließlich hatte die alte Frau eingewilligt. Dabei hatte sie Maria mit einem Blick angesehen, dass die sich sicher war, die Gablentzin wusste nur zu genau Bescheid, was hier gespielt wurde. Herrje, was wurde denn schon gespielt? Nichts, buchstäblich nichts wurde gespielt! Wenn Gustav wenigstens recht hätte mit seinen dämlichen, eitlen und beleidigten Beschuldigungen! Aber da war ja nichts – auch das noch! Maria wurde rot wie eine von den Jungmägden, wenn die bei einer Eselei oder einem sündigen Gedanken erwischt wurden. Aber schließlich, nach dem Intermezzo mit Gustav war es eh schon alles egal. Irgendwie sollte sie versuchen, ihn wieder freundlich zu stimmen. Aber wie, dazu fiel ihr im Augenblick rein gar nichts mehr ein.

XI

„Komm mit, ich möchte dir etwas zeigen", sagte Eleonora, als Jonathan an dem umgestürzten Baumstamm anlangte. Wie lange sie dort auf ihn gewartet hatte, das verriet sie nicht, aber es war ihr anzusehen, dass sie sein Kommen erwartet hatte. Noch ehe Jonathan irgendetwas entgegnen oder gar widersprechen konnte, war sie aufgestanden und ihm voraus den Weg entlang des Baches in Richtung auf den Waldrand zu gelaufen. Dort angekommen, blieb sie einen Moment stehen und drehte sich um. Jonathan spürte ihren Blick und spürte zum ersten Mal so etwas wie Trauer, dass Eleonora noch nie im Kretscham gewesen war, als sie spielten. Diese Augen würde er gerne einmal dort beim Spielen spüren. So ein Unfug, sagte er sich im selben Moment, ich kenne dieses Mädchen doch überhaupt nicht!

„Pass gut auf, wo ich hintrete", sagte Eleonora, „und lauf mir schön brav hinterher. Hier wird es ziemlich morastig und ich allein bin wahrscheinlich nicht stark genug, um dich irgendwo wieder herauszuziehen. Dann wäre es wohl vorbei mit dem Fiedeln!" Sie drehte sich um und lief weiter, in den Wald hinein. Der Bach, dort, wo sein Bett innerhalb des Waldes verlief, löste sich auf, zerfaserte in eine Unzahl kleiner Rinnsale, welche um einen immerhin gerade noch so erkennbaren Hauptarm herum durch den Wald verliefen. Der Boden machte keinen allzu vertrauenserweckenden Eindruck, er sah fett und braun und gierig und vor allem sehr, sehr nass aus, was wohl durch die Feuchtigkeit der vergangenen Wochen noch verstärkt wurde. Ein unbedachter, mutwilliger Tritt, und wahrscheinlich steckte man, im günstigsten Fall nur bis an den Hintern, im Morast. Aber immerhin hatte Eleonora einen halbwegs trockenen Weg mitten durch diese sumpfige Drohung zu bieten. Doch selbst auf diesem Weg schmatzte der Boden unter ihren Füßen unangenehm hungrig. Jonathan lief ihr treu und aufmerksam hinterher, genau, wie es ihm aufgetragen war. Braver Junge. Einmal, kurz nur, drehte sie sich um und reichte Jonathan die Hand, um ihm über ein paar übereinandergestürzte Baumstämme hinweg zu helfen, eine beiläufige, flüchtige Berührung, schon vorüber, noch ehe Jonathan ihre Hand in seiner recht spüren und ihren sanften Druck erwidern konnte.

Eine ganze Weile liefen sie schweigend so hintereinander her durch den Wald, als sich plötzlich, ohne jede Vorankündigung, der Bach, oder das, was am Ende des Waldes überhaupt erst einmal ein Bach werden sollte, vor ihnen zu einem kleinen, nahezu kreisrunden See ausbreitete. So klein, dass Jonathan ohne Anstrengung mit einem Stein von einem Ufer zum anderen hätte werfen können. Das Ufer war auf der Seite, auf welche sie sich befanden, etwas erhöht, vor allem war es trocken, an einer Stelle lagen mehrere dicke Stöcke ordentlich aufeinandergeschichtet. Das war nicht zufällig entstanden, hier hatte sich jemand einen gemütlichen Sitz gebaut.

„So, da wären wir. Ich glaube nicht, dass außer mir noch jemand diese Stelle kennt. Und du natürlich, jetzt. Um diese Jahreszeit herum mag's noch gerade so gehen, von der Nässe mal abgesehen, aber im Sommer, wenn das ganze Unterholz und Gestrüpp wuchert und wächst wie nichts, da muss man schon sehr genau wissen, wo man langgehen kann, um lebend bis hierher zu kommen. Und jemanden, der das genau weiß – den hätte ich über kurz oder lang hier sicher schon getroffen. Sieh dich um! Wie gefällt es dir? Du sagst gar nichts ...“

Jonathan sah sich um. Und noch einmal. Wieder und wieder. Zum vierzehnten Mal? Zum Zwanzigsten?

„Das ist also dein Fleckchen Erde.“

„Ja, genau das ist es. Das ist meine Höhle, in die ich mich vor der Welt verkriechen kann. Und? Nun sag, wie es dir gefällt!“

„Es ist – schön hier.“

„Schön?“

Jonathan spürte, dass Eleonora dieses Wort nicht genügte. Es musste andere Worte geben, bessere, passendere, und auf die wartete Eleonora, aber sie fielen ihm einfach nicht ein.

„Ja, es ist schön hier. Wenn ich mir ein kleines Stückchen Paradies, nur für mich alleine, ausdenken würde, das würde vielleicht genauso aussehen. So abgelegen, so friedlich, so – schön. Es ist nur“, ach wenn er doch nur endlich aussprechen könnte, was er dachte, er sollte bei Strimelin Unterricht im Wortefinden nehmen, „Du hast gesagt, ich soll mich umsehen. Das mache ich ja. Und ich spüre, ich kann es gar nicht.“

„Red' mal Eleonora-Deutsch. Ich versteh nämlich kein Wort!"
„Weißt du, ich habe lange nachgedacht über dich, darüber dass du malst und über alles das. Ich glaube, wir haben ganz unterschiedliche Weisen, die Welt in uns hineinzulassen."
„Das ist auch noch nicht viel verständlicher."
„Ich glaube, wer malt, so wie du, der braucht zuerst einmal seine Augen. Mit denen schlingt er die Welt in sich hinein."
„Also, schlingen würde ich das nicht nennen. Vom Schlingen wird einem manchmal übel, und dann muss man – entschuldige – kotzen. Ich hoffe nicht, dass meine Bilder wie gekotzt aussehen."
„Gut, nenn' es anders, ganz wie du möchtest. Ich hab nur eben gemerkt, dass ich ganz anders bin. Bei mir sind es die Ohren, mit denen ich alles in mich hineinziehe. Diesen Ort hier, dich, das ganze Leben Die Augen, die brauche ich eigentlich nur, um nicht irgendwo dagegenzulaufen."
„Schade drum. Ich glaube, du verpasst eine Menge dadurch."
„Das begreife ich so langsam auch. Kannst du dir das vorstellen: Wenn ich hier eine Weile ruhig sitzen würde, dann kann ich mir vielleicht eine Musik ausdenken, die hierher, zu diesem Ort, diesem Raum passt, ihn ausfüllen könnte."
„So etwas kannst du?"
„Ich versuche es. Aber wenn ich dann wieder im Kretscham bin, dann habe ich diese Musik noch im Kopf, ich könnte sie einem anderen sogar vorspielen, – aber ihm beschreiben, wie es hier aussieht, das könnte ich wahrscheinlich nicht."
Eleonora sah verwirrt aus.
„Es ist schön hier", sagte Jonathan noch einmal. „Ich fühle mich wohl hier, daran mag der Ort schuld sein oder nur die Tatsache, dass du bei mir bist. Ich, ich bin nur so, so unruhig. Selbst wenn ich versuchen würde, mir alles hier ganz genau anzusehen, mit den Augen einzuprägen, ich hätte gar nicht die Ruhe dazu. Ich habe tausend, ach, hundert mal tausend Fragen in mir drin, die mir im Kopf herumgeistern

und die ich dir stellen möchte, und ich weiß nicht, mit welcher ich anfangen soll, und das macht mich völlig irre im Kopf, und dann soll ich auch noch ein Wort finden, das mehr sagt als einfach nur schön ...“

„Psst, ist ja gut, nicht gleich aufregen. Setz dich hin. Bleib ein paar Augenblicke einfach ruhig sitzen, ganz still, und schau einfach, oder hör' meinetwegen. Vielleicht beantworten sich ja viele von den Fragen dann auch ganz einfach von selbst.“

Der kleine Sitz bot Platz für sie beide. Jonathan schaute auf das Wasser. Dann schaute er wieder auf Eleonora. Wieder auf das Wasser und wieder zu Eleonora. Immerhin hatte sie ja gesagt, er solle sich alles ganz genau und in Ruhe anschauen. Sie hatte die Haare streng nach hinten gebunden, eine einzelne Strähne jedoch hatte sich offenbar nicht bändigen lassen wollen und fiel ihr immer wieder in die Stirn. Die Art, wie Eleonora diese Strähne verspielt immer wieder zurücksteckte, förmlich um nur darauf zu warten, dass sie sich wieder löste, das zeigte, dass sie über diesen Ungehorsam alles andere als böse zu sein schien. Diese Geste jedenfalls beeindruckte und berührte Jonathan mehr als der ganze Wald um sie herum, den See mit inbegriffen. Wenn er doch nur endlich in die Ruhe kommen könnte!

„Es tut mir Leid, Eleonora, aber ich kann das alles hier gar nicht so recht genießen. Ich platze nämlich fast vor Neugier. Was bist du für ein Mädchen? Was macht du so den ganzen Tag über? Warum haben wir uns nicht schon früher getroffen – gut, das ist eigentlich gar keine Frage, das frag ich mich nur selbst. Warum gehst du mir nicht aus dem Kopf? Warum zeigst du mir das hier alles? – Woher kannst du das? Warum hast du neulich das Bild einfach weggeworfen und bist weggerannt? Warum dies, warum das, das wären schon mal die ersten paar Fragen, die mir so im Kopf herumstreunen.“

„Nicht so laut. Erinnerst du dich – genau das habe ich dir so ähnlich neulich auch gesagt. Dass ich tausend Fragen habe, die ich dir stellen möchte, dass ein Tag nicht ausreichen würde, sie alle zu beantworten." Eleonoras Stimme war sanft und leise und ein bisschen rau. „Manche Fragen finden ihre Antwort von ganz allein, gerade, wenn man sie nicht stellt. Schau doch einfach auf das Wasser. Man kann im Spiegel der Wasseroberfläche den Himmel sehen, die Bäume, siehst du das nicht auch? Das Wasser ist ziemlich sauber hier, sauberer als man denkt. Ich war im Sommer auch schon baden hier drin. Man kann fast bis auf den Grund schauen. Und im Herbst, dann schwimmen auf dem Wasser auch noch Blätter. Himmel, Blätter, Grund – das sind dann drei Bilder in einem, kannst du dir so etwas vorstellen? Da schaust in einen Spiegel und gleichzeitig hindurch – es kann einem manchmal richtig schwindelig werden dabei. Und das, genau das möchte ich irgendwann einmal zeichnen können. Ein Bild, bei welchem du nicht mehr genau weißt, ist das nun ein Spiegel oder ist es das, was davor ist. Oder das dahinter. Ist das dein eigenes Spiegelbild oder jemand ganz anderes? Siehst du, das bin ich. Wenn du wissen willst, wer ich bin, musst du sehen lernen."

„Das scheint viel mehr zu sein als nur zu gucken ..."

„Das ist es. Aber wenn du mich kennenlernen willst, musst du deine Augen wohl oder übel richtig aufmachen."

„Und du deine Ohren ..."

„Genau so. Das ist mir ebenso klar. So, und nun weißt du auch, was ich will. Und du? Was willst du erreichen, was ist dein Ziel?"

Herrje! Ein Ziel, auch das noch. Sollte er Eleonora erklären, was er spielen wollte, was er irgendwann in Musik einfangen wollte? Sie würde es im günstigsten Fall nur nicht verstehen.

„Ich? Ich will mal nach Flandern."

Eleonora schluckte.

„Hast du Flandern gesagt?"

„Ja, Flandern. Das liegt da ..."

„Ich weiß, wo Flandern ist."

„Da will ich jedenfalls mal hin. Ich will lernen, wie man richtig Musik macht. Wie man zum Beispiel drei Melodien zu einer macht, so wie du drei Bilder in einem malen möchtest. Wie man alles Mögliche zu Musik machen kann. Dinge, die man fühlt, die man sieht. Lach nicht!" Eleonora tat alles andere als zu lachen, sie sah sehr ernst aus „Ich glaube, so etwas geht. Wenn man weiß, wie Musik funktioniert. Das will ich lernen. Und die beste Musik, das erzählt zumindest Strimelin, die beste Musik ist früher in Flandern gemacht worden. Ach so, das kannst du nicht wissen, Strimelin ist einer von uns Dreien. Vielleicht ist das ja heute schon wieder anders, ich glaube aber fest daran, dass ich dort alles lernen kann, was man für die Musik braucht. Und deshalb möchte ich dahin. Ameldonck, unser dritter Mann, kommt aus der Gegend, der kann mir sicher auch noch ein paar Dinge verraten, die mir weiterhelfen."

Flandern. Jonathan glaubte, dieses Land zu kennen, obwohl er noch nie dort war. Ameldonck hatte ihnen viele Lieder aus Flandern beigebracht. Das war nicht immer einfach, da er doch kein Instrument spielen konnte, er hatte gesungen, und Strimelin und Jonathan hatten dann versucht, ein Lied draus zu basteln. Meist hatte Strimelin dann einen deutschen Text für das Lied geschrieben, er hatte allerdings immer Ameldonck um Rat und Zustimmung gebeten. Dennoch liebte Jonathan diese Lieder besonders dann, wenn Ameldonck sie auf flämisch sang. Jacob Obrecht. Te Andernaken. Weite. Ruhe und Geschäftigkeit. Das Meer. Jonathan war gespannt auf Flandern, er wollte sehen, ob das Land wirklich so war, wie er es aus den Liedern kannte. Für Ameldonck war es vielleicht seine Art, mit dem Heimweh umzugehen, die ihn dazu gebracht hatte, den beiden diese Lieder beizubringen, sie, wann immer es sich anbot, zu spielen, und damit hatte er zugleich den Samen des Fernwehs in Jonathan gedrückt. Jacob Obrecht. Te Andernaken. Flandern.

„Das ist verrückt."

„Findest du? Na gut, manchmal finde ich das selber auch. Manchmal glaube ich auch nicht so recht daran. Andererseits, so weit ist Flandern gar nicht weg, und wenn wir in Hirschberg gewesen sind, wollen wir ohnehin wieder zurück in Richtung Westen ziehen.

Weißt du, ich habe mich unterwegs mit anderen Musikanten, mit solchen, die das richtig gelernt haben, unterhalten, das war meist eher traurig. Die spielen die Musik, aber die haben gar keine mehr in sich. Ich glaube jedenfalls, da werde ich anders sein. Ich will's lernen. Und dazu muss ich nach Flandern. Dorthin, wo man das am besten lernen kann. Nein, ich finde nicht, dass das verrückt ist."

Eleonora wartete lange mit ihrer Antwort. So lange, dass Jonathan schon befürchtete, sie würde wieder im nächsten Moment aufspringen und wegrennen.

„Und es ist doch verrückt. Flandern, weißt du, das ist nämlich, ach, das begreifst du wahrscheinlich sowieso nicht, aber Flandern – da kommen auch die besten Maler her. Die besten Mallehrer. Flandern, das ist so ziemlich genau das, wo ich auch einmal hinwill. Irgendwann jedenfalls." Eleonora war ziemlich aufgeregt. So aufgeregt, dass sie selbst die Haarsträhne nicht mehr beachtete.

Jonathan spürte, dass er genau das, was ihm jetzt ganz vorne auf der Zunge lag, auf gar keinen Fall aussprechen durfte. Er würgte daran, schluckte es hinunter, so schwer es auch fiel, und schwieg so deutlich, als ob er es gesagt hätte.

„Es wird bald zu dämmern anfangen. Wir sollten uns auf den Rückweg machen, ehe wir im Modder versacken", sagte Eleonora und stand auf.

„Morgen früh wollen wir erst einmal für ein paar Tage nach Schreibersdorf ziehen. Ich weiß es ja, in den Kretscham hier in Kießlingswalde kannst oder magst du nicht kommen, aber vielleicht ..."

„Es geht nicht."

„Schade."

„Ja. Schade."

„Ich hoffe, dass wir bald wieder hier sind. Oder falls Strimelin mal wieder alles anders beschließen sollte, dann komm' ich von Schreibersdorf aus hierher. Das kann ja nicht so weit sein. Und dann", Jonathan suchte eine kleine Weile lang nach Worten, „ich wollte dir sagen, dass du schön bist." Eleonora sah aus, als schwanke sie zwischen Verblüffung, Belustigung und Verärgerung. „Was soll denn das jetzt, Jonathan? Was redest du da für ein blödes Zeug? Offensichtlich hast du tatsächlich Probleme damit, deine Augen richtig zu benutzen." Sie drehte sich um, und lief los. „Komm schon, wir haben nicht mehr viel Zeit." Kein Umdrehen, keine Berührung, auch nicht an den Baumstämmen. Eleonora achtete nicht einmal darauf, dass Jonathan ganz ängstlich und hilflos guckte, so als müsse er gleich im Schlamm versinken. Rein gar nichts. Als sie an der Stelle angekommen waren, an welcher der Weg über die Felder abzweigte, drehte sich Eleonora dann doch noch einmal zu Jonathan um. „Geh wieder hier entlang, bitte. Vielleicht sehen wir uns ja in der nächsten Woche. Vielleicht. Ich würde mich freuen. Ich wünsche dir viel Vergnügen in Schreibersdorf. Das meine ich ganz ernst. Leb wohl, Jonathan. Bis bald. Und – danke. Für alles."

Und weg war sie.

XII

Vielleicht wäre es schön, wieder einmal träumen zu können. Zumindest versuchen könnte man es ja.

Jonathan erinnerte sich dunkel an die Träume seiner Kindheit. Die waren in seiner Erinnerung weich wie ein Schaf vor dem Scheren. Die waren so unverschämt bunt und voller Verheißungen. Verheißungen, von denen er wusste, dass sie ohnehin nie in Erfüllung gehen würden, um so mehr konnte er sie im Traum genießen. Jeder Traum war wie eine wunderbare Decke, die ihn umhüllte, wärmte und vor allem Bösen beschützte.

Später hatte er erfahren müssen, dass die Träume nicht von vornherein seine Freunde waren. Nicht alle. Dass Träume auch ebenso unerbittlich und grausam sein konnten. Ungebeten und ohne Gnade brachten sie ihm immer und immer wieder in das Bewusstsein zurück, was er doch gerade mit viel Mühe vergessen hatte. Oh nein, nicht in jeder Nacht, das nicht, und das machte es nur noch um so grauenvoller. Es gab auch keine sicheren Vorzeichen dafür, wann sie es taten, nichts, woraus man ihr Kommen hätte schließen können. Nichts. Unberechenbar, feindselig und gemein.

Seine Tage hatte Jonathan unter Kontrolle, nur die Nächte entzogen sich ihm. Er wollte doch auch sehen und nicht nur hören. Er hatte es verlernt. Denn das Sehen hatte sich als gefährliche Angelegenheit herausgestellt, besonders nachts. Im Traum kann man vor nichts die Augen verschließen. Da musste er nachhelfen.

Wenn man einen so feigen und hinterhältigen Gegner hat, dann findet man meist auch einen Freund, der einem beisteht. Und dann fragt man den Freund nicht einmal, warum er einem hilft, wer er ist, wo er herkommt und ob er es überhaupt ehrlich und gut mit einem meint. Man ist einfach dankbar, dass er da ist. Genau genommen hatte Jonathan sogar zwei solcher Freunde gefunden, einen großen starken, welcher die Hauptarbeit verrichtete, und einen kleinen, hinterlistigeren, welcher gegebenen Falls auf dem letzten Stück mithalf. Bier und Branntwein hießen sie. Manchmal auch Wein, der konnte am Abend sehr lecker sein, den gab es leider nicht überall und schon gar nicht für die Musikanten. Und außerdem bekam man von dem manchmal so eine pelzige Zunge. Dann lieber doch Bier und Branntwein, das war solide.

Nicht, dass er sich betrinken würde, so wie dieses Zappelmännlein Hans Titzmann, nein, das nicht gerade. Das war ihm zwei, drei (na gut, vielleicht auch fünfmal) passiert, und es war eine Erfahrung, an die er nicht sonderlich gern zurückdachte. Er hatte keinerlei Kontrolle mehr über sich selbst gehabt, und er hasste sich deshalb am nächsten Morgen, um so mehr, wenn ihm Ameldonck oder Strimelin mit nachsichtiger Miene erzählten, was er am Abend vorher so getrieben hätte, dass er beispielsweise plötzlich begonnen habe, ohne Unterlass zu reden oder, einmal, plötzlich und ohne erkennbaren Anlass, zu weinen – und sich Jonathan schlicht an nichts davon mehr erinnern konnte. Er hatte auch ein, zwei Mal ihre Kammern vollgekotzt, was ihm doppelt unangenehm war, weil die beiden anderen den Dreck dann wegmachen mussten. Und am meisten nervte ihn an solchen Tagen neben den jeden Gedanken, jede Melodie tötenden Kopfschmerzen Strimelins mitleidige Nachsicht.

Nein, er hatte nicht nur das Fiedeln gelernt auf ihrem Weg, er hatte auch eine hervorragende Übung darin bekommen, wie man mit Bier und Branntwein die Träume ganz einfach austricksen, in eine finstere Kammer ohne Fenster stellen konnte. Aus der kamen sie nicht heraus und gleich gar nicht in seinen Kopf.

Je nachdem, wie das Bier an dem Ort, wo sie einkehrten, gebraut war, trank er so vier, fünf bis sieben Krüge am Abend, das trank sich beim Musizieren ohnehin einfach so weg an einem Bierabend im Kretscham, und dann spülte er mit ein, zwei kleinen Bechern Branntwein nach. Er hatte es inzwischen im Gefühl, wann der Punkt gekommen war, an welchem er noch nicht richtig betrunken war und sich dennoch ohne Furcht vor ungebetenen Träumen auf sein Schlaflager trollen konnte. Da würde dann nichts mehr sein. Ein schwarzes, warmes und sehr wohltuendes Nichts, welches bis zum Morgen vorhielt. Meist schaffte er es, dass er gerade zum Ende des Spielens, wenn ohnehin nur noch geredet, ach was, gelabert, gebrabbelt und gesabbelt werden würde, diesen Grad der Angetrunkenheit erreicht hatte, es fiel also auch kaum auf. Und wenn diese hinterhältigen und widerspenstigen Träume bei Tag kein Zeichen für ihr Kommen sandten, dann musste er eben, wenn irgend möglich, jeden Abend Vorsorge tragen. Was soll's.

Er vermisste die Träume kaum. Was er in den vergangenen drei Jahren erlebt und gesehen hatte, das war ohnehin größer und aufregender als alles, was er aus den Träumen seiner Kindheit in Erinnerung hatte. Da hatte er, beispielsweise, zusammengesetzt aus den Brocken verschiedener Erzählungen, von fernen Städten geträumt. Am Morgen hatte er selbst lächeln müssen, wie er in seinen Träumen die Häuser, Straßen, Kirchen, Menschenmassen ins Gigantische, Unermessliche, ja geradezu ins Monströse gesteigert hatte – und nun hatte er Städte kennengelernt, Magdeburg, Leipzig, Dresden, und die waren noch größer und schöner und unermesslicher und manchmal monströser als in seinen übertriebenen Träumen. Und er würde noch mehr Städte erleben, Strimelin hatte es ihm versprochen. Und dann, dann würde er Flandern sehen. Und dort bleiben, das hatte er sich vorgenommen.

Oft genug hörte er, wie die Männer von den Frauen ihrer Träume sprachen. Er musste nicht von Frauen träumen. Er hatte genug Frauen gesehen auf ihrem Weg, eine schöner als die andere und manche auch atemberaubend hässlich, jung und alt, fett und klapperdünn, duftend und stinkend, und gleichwohl ahnte er, dass er noch nicht reif genug für die Frauen sei. Wenn er das Gefühl haben würde, nun sei es endlich auch für ihn an der Zeit mit den Frauen, nun, dann würde es sicher keine Mühe bereiten, eine abzubekommen. Er wusste die Blicke schon zu deuten, die sie ihm im Kretscham oft genug zuwarfen. Seine Zeit würde kommen. Dann würde Ameldonck Mühe haben, die Schönsten für sich zu ergattern. Also. Warum eigentlich träumen.

Und doch.

Und sei es, um Eleonora zu sehen.

Als er nach dem Treffen mit Eleonora zurück zu den anderen kam, waren die noch immer bei Jacob Gründer an der Arbeit, wie schon an den beiden Tagen zuvor. Sie hatten ordentlich zu placken dort, Gründers Ältester hatte aus dem Dorf heraus geheiratet, es gab Arbeit genug und die wurde ordentlich bezahlt. Jonathan fragte nicht lange, sondern packte noch einmal ordentlich mit zu. Er schwitzte, zum ersten Mal nach langer Zeit verspürte er Genugtuung bei diesem Gefühl, den eigenen Schweiß fließen zu spüren. Er wollte sich müde arbeiten, ohne auf Strimelins Blicke zu achten. Müde arbeiten und dann den Träumen eine Chance geben. Und sei es nur heute und vielleicht um den Preis, in der Nacht von Angstschweiß gebadet aufzuwachen. So wie Eleonora auf das Wort Flandern reagiert hatte, das bot doch Stoff für eine wärmende, wunderbare Traumdecke. Erst als sie zu dritt nach getaner Arbeit bei Gründer noch eine Suppe aßen, spürte er seine Knochen. Es tat gut.

Als sie dann auf dem Weg zum Kretscham waren, etwa in Höhe von Hartmanns Teich, (Ach, wenn es doch nur schon wieder hell wäre, dachte Jonathan, von hier aus geht's über die Felder hin zum Bach!) rief plötzlich eine Stimme aus dem Halbdunkel hinter einem Haus: „Herr Ameldonck, Herr Ameldonck!"

Der drehte sich um. „Ach, ihr seid's, Eleonora. Einen schönen Abend!" Jonathan glaubte, ihm setze der Herzschlag aus. Wie schafft man es nur, nach hinten zu schauen, ohne sich umzudrehen? Eine endlose Sekunde, dann sagte die angesprochene Eleonora „Kann ich euch kurz einmal sprechen?" – und von Jonathan fielen Felsbrocken der Erleichterung ab. Nein, das war eine ganz andere Stimme. Hatte nicht Eleonora, also, seine Eleonora, selbst gesagt, in Kießlingswalde hieße nahezu jedes zweite Mädchen so?

„Was willst du", fragte Ameldonck, nachdem Eleonora ihn in das Halbdunkel hinter dem Haus gezogen hatte, offensichtlich, um von niemandem gesehen zu werden, eine ziemlich unsinnige Vorkehrung, wie Ameldonck meinte. In Dörfern wie Kießlingswalde fiel man gerade um so weniger auf, je offener und ungezwungener man mitten auf der Straße miteinander redete.

„Ich wollte dich warnen."

„Warnen? Wovor?"

„Kannst du dir das nicht denken?"

Denken konnte sich Ameldonck vieles. So viel, dass es Eleonora nicht unbedingt zu wissen brauchte. „Nein."

„Ich möchte dich noch einmal vor der Maria Grunerin warnen. Sei vorsichtig, sie ist im Moment gerade dabei, Himmel und Menschen in Bewegung zu setzen, damit ihr auf dem Gut und dem Hof vom Lehnsherrn arbeiten könnt, wenn ihr aus Schreibersdorf zurück seid. Sei auf der Hut, Ameldonck."

Eleonora wartete auf Ameldoncks Fragen, aber der zog es vor, erst einmal gar nichts zu sagen. Also redete sie weiter. „Ich kenne die Maria ja nun schon ein bisschen länger. Die hat bisher noch keinen Mann abbekommen, und so langsam hat sie wohl die Hosen voll, dass das nun auch nichts mehr wird. Die glaubt wahrscheinlich, so eine Gelegenheit wie dich, die bekommt sie nicht noch mal. Die will dich schnappen, dich festnageln, damit du nicht wieder wegkannst. Fass die bloß nicht an, hörst du!" Ameldonck sagte immer noch nichts. „Verstehst du mich nicht? Fass die nicht an! Die kriegt dich wahrscheinlich dahin, ohne dass du es merkst, dass die ein Kind von dir im Bauch hat und dann hat sie dich und lässt dich nie wieder weg aus ihren Klauen."

Es wurde Zeit, Eleonora ein wenig zu bremsen.

„Ah ja. Das glaubst du also."

„Ich glaube es nicht, Ameldonck, so etwas weiß man ganz einfach, wenn man die kennt!"

„Ich verstehe dich trotzdem nicht."

Eleonora stutzte. „Rede ich so undeutlich?"

„Das nicht gerade. Vor allem redest du sehr laut. Aber warum du so redest, das weiß ich nicht."

Eleonora sah sich um, ob auch niemand hören konnte, was sie jetzt sagte. „Du bist zu schade für dieses Weibsstück."

„Meinst du nicht, dass ich alt genug bin, um auf mich aufzupassen?"

„Sicher, nur ist dir vielleicht so eine falsche Schlange wie die Maria einfach noch nicht begegnet!"

„Aber warum sagst du mir das?"

„Hast du mir nicht zugehört? Du bist zu schade für die!"

Es war genau die Art Unterhaltung, die Ameldonck nicht mochte, und gleich gar nicht, wenn er müde und abgearbeitet war. Hier wollte ihm jemand zu früh zu dicht auf die Pelle rücken. Und das war nicht Maria. „Also, was willst du eigentlich?"

„Wieso ich?"

„Schön, die Maria Gruner will mich also einfangen und festbinden und was weiß ich noch alles, als ob ich das so einfach mit mir machen ließe. Aber es geht um dich! Was willst du? Warum erzählst gerade du mir das alles?"

„Ich will einfach nicht, dass die Maria dich bekommt."

„Das ist mir schon klar. Aber was willst du?"

Eleonora schien durcheinander, unsicher, beinahe trotzig schob sie die Unterlippe vor. Sie suchte nach Worten, so, als traue sie sich kaum, die, welche ihr einkamen, auch wirklich auszusprechen. „Vielleicht, vielleicht will ich, dass du dich statt mit Maria ein bisschen mit mir beschäftigst?"

Ameldonck sagte wieder gar nichts mehr, blickte Eleonora nur in die Augen. Dieses Schweigen verwirrte sie offenbar noch mehr.

„Vielleicht will auch ich endlich mal ein bisschen Spaß haben!"

Ameldonck sagte immer noch nichts. Dann nach einer ganzen Weile fragte er: „Spaß?"

„Ja, Spaß, was denn sonst."

Wieder nichts als Schweigen und ein langer prüfender und etwas mitleidiger Blick, der Eleonoras Augen nicht auswich, ganz im Gegenteil.

„Eben Spaß! Dafür seid ihr Bierfiedler doch schließlich da, oder? Gibt doch sonst nichts hier!" Eleonora versuchte sich erschrocken auf die Zunge zu beißen, aber die war schneller und redete einfach immer weiter. „Vielleicht will ich ganz einfach mal wissen, wie das so ist, wenn man den Teufel küsst!"

„Ach so."

„Ja genau, unser Pfarrer sagt doch, dass ihr Bierfiedler alle des Teufels seid, seine Spießgesellen! Na und, so etwas wollte ich schon immer mal haben! So etwas darf man sich doch nicht einfach so entgehen lassen, das muss man doch zumindest mal probiert haben. Wenn das so weitergeht mit dem Herrn Kellner, wer weiß denn, ob man so etwas Aufregendes jemals wieder zwischen die Knie bekommt. Also los, Ameldonck, kümmere dich gefälligst um mich und nicht um dieses alte Grunerweib!"

Es war Eleonora anzusehen, dass sie in diesem Moment nicht ganz bei sich war. Irgendwie war die Unterhaltung in eine Richtung gelangt, wo sie nicht hingelangen sollte, wo Eleonora keine rechte Kontrolle mehr über das hatte, was sie sprach. Schade eigentlich, dachte sich Ameldonck, gerade jetzt sieht sie richtig verführerisch aus. Geradezu unverschämt schön mit ihren weit aufgerissenen Augen, den feuchten, trotzig aufgeworfenen Lippen und dem Haar, das der Wind gezaust hatte, bis es in dem letzten bisschen Licht, das von irgendwoher kam, wie eine Aureole um ihren Kopf herum stand, verführerisch und unverschämt und schön. Aber viel zu gefährlich. Finger weg von Frauen, die außer sich sind.

„Das war dumm, Eleonora. Das war richtig dumm, was du eben gesagt hast, dumm und blöd und, ach, ich weiß auch nicht, was ich sagen soll. Nein, das war ganz dumm eben, und ich habe keine Lust, so mit dir zu reden. Leb wohl. Und lass mich in Ruhe."

„Dann geh doch, du blöder Bierlatschen!"

„Das mach ich."

Ameldonck drehte sich um und ging zu Straße hin.

„Los, hau doch ab, geh zu deiner fetten Maria, ach Scheiße, mach dir's doch selbst, du blöder Idiot!"

In dieser Weise brüllte Eleonora noch eine ganze Weile hinter ihm her, Leute auf dem Weg blieben stehen und blickten Ameldonck nach. Nicht so komisch, das Ganze, überhaupt nicht zum Lachen, aber was kann man da anderes machen als einfach weiterlaufen und das Gezeter überhören. Wenn er jetzt stehen bliebe, dann würde er ja zugeben, dass dies hier irgendetwas mit ihm zu tun hätte, dann bliebe diese Situation wie Hundescheiße an ihm kleben.

Aber wenn er weiterliefe, ohne sich auch nur umzudrehen, dann wäre da einfach ein durchgedrehtes Weib, welches die Straße entlang einem Bierfiedler hinterherkeifte, was ging ihn das an. (Maria war es also offensichtlich ernst um ihn. Es würde interessant sein, herauszufinden, wie viel Maria dafür wohl würde riskieren wollen. Und bekommen würde die Maria ihn ja am Ende doch nicht. Aber das musste man ihr ja nicht gleich sagen.)

Nein, Ameldonck beispielsweise, der hatte es nicht nötig, seine Träume zu verjagen, auf welche Weise auch immer. Er trank wenig, trank nur, um keinen Durst zu haben, und er schlief, um zu schlafen und zu träumen und konnte sich eigentlich auch nicht recht vorstellen, dass es anders sein könnte. Und wenn er träumte, dann träumte er ohnehin meist von Frauen, und in seinen Träumen waren diese Frauen immer viel unkomplizierter und viel weniger anstrengend als in der Wirklichkeit. Und darauf, auf diese Träume, hätte Ameldonck nun wirklich sehr ungern verzichtet.

XIII

Am Samstagmorgen packten die Musikanten ihre Bündel zusammen und zogen weiter zur Schreibersdorfer Straßenschänke. Gütiger Himmel, eine ganze Woche waren sie nun schon hier in Kieslingswalde, das hatte vorher nicht einmal Strimelin geglaubt. Und nach allem, was er gestern Abend noch mit Scholze besprochen hatte, würde ihr Aufenthalt nach Ostern eine Fortsetzung erfahren. Dann würden die Hochzeiten angehen und es gäbe für zunächst einmal zwei Wochen gut zu tun. Es war fast zu schön um es zu glauben.

Zunächst würden sie in ein paar Tagen nach Hirschberg weiterziehen, in jene Stadt, welche Strimelin glaubte unbedingt besuchen zu müssen, aus Gründen, über die nie gesprochen worden war. Die anderen fragten ihn nicht, warum auch, Strimelin wollte durch die Oberlausitz nach Hirschberg ziehen, und damit war es gut, solange es nur vorwärts ging. Dass ihm selbst dabei nicht immer ganz wohl war, das wusste Strimelin jedenfalls geschickt zu verbergen. In Hirschberg würden sie über die Ostertage bleiben. Und dann? Es sah also danach aus, als würden sie anschließend umdrehen und wieder zurück in Richtung Westen marschieren. Und dann würde es wohl Ameldonck sein, dem jeder Schritt weiter gemischte Gefühle bescherte. Es ging in Richtung Heimat. Auch das noch. Es war nie wirklich ernsthaft darüber gesprochen worden, aber der Junge wollte nach Flandern, und also würden sie über kurz oder lang auch dorthin ziehen. Nur war sich Ameldonck keineswegs sicher, ob er das überhaupt wollte. Genauer gesagt: Sich zurück in seine Vergangenheit zu stürzen, das war so ziemlich das Einzige, wovor Ameldonck richtig

Angst hatte. Danach spürte er nun überhaupt kein Verlangen. Nur: Der Junge brauchte ihn, er, Ameldonck, kannte sich doch wenigstens aus dort. Aber eilig, dorthin zu kommen, eilig hatte er es nicht.

Aber nun waren sie ja erst einmal in Schreibersdorf, und das war ja noch knappe fünf Meilen von Hirschberg entfernt.

Nach dem Völkchen zu urteilen, welches sich am Nachmittag von Kießlingswalde aus auf den Weg nach Schreibersdorf machte, schienen Strimelin und Scholze recht zu haben – ein ordentlicher Bierabend mit Musik und Tanz schien den Kießlingswaldern allemal mehr wert zu sein als ihr Seelenheil. Solange sie alle in Kießlingswalde gewesen waren, nun gut, man konnte sagen, da war vielleicht der eine oder andere, der einfach nur in Ruhe sein Bier trinken wollte abends im Kretscham, und also notgedrungen die Bierfiedler über sich ergehen lassen musste. Gab ja nur den einen Kretscham hier im Ort. Aber diese vielleicht vierzig Leute, gut, das war nur knapp die Hälfte von den Dörflern, die in der vergangenen Woche in Kießlingswalde im Kretscham waren, aber die hatte ja wohl keiner gedrängt oder gar gezwungen, die gute halbe Meile hinüber nach Schreibersdorf zu laufen. Die gingen dorthin, weil sie, Herrn Kellner hin, Seligkeit her, Lust drauf hatten. Und das war doch schon erst einmal ziemlich ermutigend.

Ganz so einfach und freudig, wie es den Anschein hatte, war es allerdings nicht. Am Vormittag hatten sich die Gerichtsältesten daheim bei Friedrich Hartmann versammelt. Zweien von ihnen, Christoph Hänsche und Jacob Gründer, hatte Herr Kellner mitteilen lassen, dass sie sich gar nicht erst zur Beichte angeben brauchten, er könne sie ohnehin nicht annehmen, wenn sie ihr Leben nicht änderten. Als Gerichtsälteste wären sie nach dem Befehl des Herrn beim Tanzen mit dabei gewesen, um Aufsicht zu halten, also müsste er sie zu den Förderern des Tanzes zählen. Auf die anderen würde ein solcher Bescheid über kurz oder lang auch noch zukommen.

Nicht, dass die beiden nun so versessen darauf gewesen wären, beim Pfarrer beichten zu gehen. Andererseits, das war allen klar, dies würde nur der Anfang sein. Und das mit dem Seelenheil, das war eine verzwickte Geschichte, wer weiß denn schon, wozu man das noch einmal würde brauchen können. Und wenn es an sie selber käme, würden viele von den anderen Gerichtsältesten diese Angelegenheit nicht so gelassen sehen wie Hänsche und Gründer.

Zu Beginn hatte Prätorius berichtet, was in der vergangenen Woche alles so geschehen war in dem Streit zwischen dem Lehnsherrn und dem Herrn Kellner. Der Landreiter jedenfalls hatte ordentlich zu tun in diesen Tagen.

Zunächst einmal hatte der Lehnsherr an den Herrn Kellner geschrieben. Wenn es überhaupt jemandem zustehe, den Leuten von Kießlingswalde das Tanzen zu verbieten, so schrieb der von Tschirnhaus, dann sei das einzig und allein Sache der Obrigkeit, der weltlichen Obrigkeit wohlgemerkt. Und wenn also er als diese Obrigkeit den Leuten das Tanzen gestatte, und auch nicht zulasse, dass jemand anders es ihnen untersagen wolle, dann habe er dafür schon seine wohlüberlegten Gründe. Der Herr Kellner solle sich ansonsten an die Epistel Pauli an die Römer und da an das Kapitel 7 halten, wo ja wohl deutlich genug stehe, wie man sich gegenüber einer christlichen weltlichen Obrigkeit zu verhalten habe.

Der Herr Kellner wiederum, so erzählte Prätorius, hatte dem Lehnsherrn geantwortet, und dies nicht nur einmal, jedenfalls war in jeder Post mindestens ein Bogen vom Pfarrer an den Lehnsherrn dabei. Wie könne der Herr nur auf den abwegigen Gedanken verfallen, er, Kellner, wolle den Leuten das Tanzen verbieten. Da müsse wohl jemand dem Lehnsherrn etwas ganz Falsches oder Verlogenes berichtet haben, der Lehnsherr dauere ihn, wenn er so unehrliche Untertanen habe. Das wisse er schließlich selbst nur zu genau, dass ihm dies nicht zukomme, sondern nur einer christlichen weltlichen Obrigkeit.

Doch so wie eine weltliche Obrigkeit ihr Amt ausübe, nämlich durch Verbieten, Gestatten, Bestrafen und, wenn es sein müsse, auch durch Zwingen, genau so müsse er als geistliche Obrigkeit sein Amt ausüben, und zwar zuallererst durch Sünde vergeben oder Sünde behalten. Und also könne seinetwegen ein jeder tanzen so viel, so oft und so wild er wolle, nein, deswegen allein jedenfalls weise er niemanden vom Beichtstuhl ab.

Aber, der Lehnsherr möge sich eines sagen lassen: Das nämlich wisse er, der Herr Kellner, nur zu genau, wer da tanze, besonders jetzt, nach des Pfarrers so langjähriger und liebevoller Belehrung, der beweise damit nur allzu deutlich, dass sein Herz, seine ganze Seele an den Dingen dieser Welt und den fleischlichen Gelüsten hinge, und also von wahrhaftiger Bußfertigkeit noch nichts wissen könnte oder wollte. Und über die Seelen der Menschen zu wachen und zu walten, das sei nun eben nicht Sache der weltlichen Obrigkeit, sei sie so christlich, wie sie wolle. Die Seelen gehörten Gott und um die habe er sich als Gottes Knecht und Hirte auf Erden zu sorgen und zu kümmern, die habe er zu loben oder zu strafen. Er wolle nicht weitläufig fallen, aber er könnte dem Herrn von Tschirnhaus wohl mehr als tausend Stellen aus der Bibel und aus den alten und neuen Kirchenlehrern vor Augen legen, die allesamt gegen das weltübliche Tanzen sprächen. Wenn der Lehnsherr doch nur einmal in Ruhe und unvoreingenommen das Neue Testament lesen wollte, so würde es ihm sicher schon von allein in die Augen springen. Für sich selbst jedoch könne er nicht anders handeln, und selbst wenn er wollte, so hätte er doch immer diesen einzigen Spruch aus Actorum 5, 29: Man muss Gott mehr gehorchen als den Menschen. Und alle obrigkeitliche Ordnungen seien nun einmal, mit Verlaub, von Menschen gemacht.

So, und nun entscheide doch mal einer hier, welche Bibel Recht hat!

Da es nicht den Anschein hatte, als würden der Lehnsherr und der Herr Kellner zu einer gütlichen Verständigung kommen, hatte der von Tschirnhaus die ganze Angelegenheit an die Ämter übergeben. Was Kellner getan und gepredigt hatte, das dürfte wohl weder vor dem Amt in Görlitz noch vor dem Oberkonsistorium in Dresden sonderlich großen Beifall finden, geschweige denn Unterstützung. Und das bedeutete, so, wie sich die Mühlen der Ämter nun einmal drehten, ihrem Pfarrer würde zunächst einmal die Amtsenthebung angedroht werden. Falls er dennoch bei seiner Meinung bliebe, und genau das würde der Herr Kellner sicher tun, dann würde diese auch durchgesetzt werden. Herr Kellner müsste fort und ein neuer Pfarrer käme nach Kießlingswalde.

Das allerdings konnte noch eine ganze Weile dauern. Der Landvogt in Görlitz, der alte von Gersdorf, ehe der sich mal zu einer Entscheidung durchrang, da konnte noch viel Wasser die Neiße herunterfließen. Und so fromm wie der immer tat, würde er sich in einem Fall, wo es gegen einen Geistlichen ging, noch mehr Zeit lassen, um alles aber auch wirklich ganz genau zu überlegen – um es dann zur Entscheidung vorsichtshalber doch lieber an das Oberamt in Bautzen oder gar an das Oberkonsistorium in Dresden zu überstellen.

Es sah also weder danach aus, dass ihr Herr Kellner nachgeben würde, noch dass sie ihn allzuschnell loswerden würden. Die Amtsenthebung wäre allerdings auch aus einem anderen Grunde nicht ganz so erfreulich für eine Menge von Leuten aus Kießlingswalde – dann würde der Pfarrer nämlich sicher die ganzen Schulden zurück fordern, die nahezu alle aus dem Dorf bei ihm hatten, den Lehnsherrn eingeschlossen. Nicht gezahlte und aufgeschobene Gelder für Kindtaufen, Trauungen, hier mal fünf und da mal zehn Taler, wenn es denn gar zu eng war mit dem vermaledeiten Geld, wenn es ganz dringend war, der Herr Kellner borgte immer und die Zinsen waren erträglich. Tja. Alles nicht so einfach.

„Ach, das ist alles so ein großer Mist. Und was machen wir nun?", fragte Christoph Hartmann, der älteste von ihnen, in die Runde.

„Nichts. Abwarten", schlugen die meisten vor.

„Großartiger Gedanke! Und was machen wir heute?"

„Heute? Heute sind die Musikanten in Schreibersdorf. Das geht uns also gar nichts an!"

Es war ausgerechnet Prätorius, der vorschlug: „Wir sollten trotzdem nach Schreibersdorf. Wir sind die Gerichtsältesten hier. Ich meine, es werden immerhin etliche von hier rübermachen. Und wir haben den Befehl vom Lehnsherrn, gute Aufsicht zu halten, damit keiner den wilden Keiler spielt. Wenn wir mit dabei sind, dann reißen sich die Leute vielleicht ein bisschen am Riemen, und der Pfarr hat nicht über seine Schäfchen zu klagen."

„Der klagt sowieso", winkte Hansche ab.

„Du meinst", fragte Gründer, „wir sollten nicht nur die Leute hinrennen lassen, wir sollten auch selbst mitgehen? Und das sagst ausgerechnet du, Prätorius?"

„Ich versteh nicht, was du damit meinst: Ausgerechnet du?"

„Na, wer hängt denn dauernd mit dem Pfarrer zusammen! Wer ist denn hier so richtig dicke Tinte mit dem Herrn Kellner? Der lässt dich ja sogar die Briefe lesen, die er an den Lehnsherrn schreibt!"

„Hör mal, Gründer ..."

„Ach hör doch auf, du frisst doch eh dem Pfarrer aus der Hand, wenn der Lehnsherr nicht da ist!"

Es gab ein mächtiges Gemurmel. Martin Francke erhob sich: „Moment mal, Gründer. Ich finde, dieses Mal gehst du zu weit. Wenn du Prätorius schon nicht leiden kannst, das ist dein gutes Recht, aber dann kläre das auf andere Art." Die meisten von den anderen jedoch stimmten Gründer offenbar zu, was Gustav in ziemliche Rage brachte.

„Sagt mal, seid ihr bescheuert oder was ist mit euch los? Falls du das vergessen hast, Gründer, ich bin der Verwalter hier!

Ich muss mit dem Herrn Kellner reden, und zwar im Auftrag des Lehnsherrn, ob mir das nun passt oder nicht. Das heißt doch aber noch lange nicht, dass ich auf der Seite von Herrn Kellner stehe! Im Gegenteil, mir hat er vor ein paar Tagen auch gesagt, dass er mich nicht zur Beichte annimmt. Nicht nur dir, Gründer!"

„Ja, ja."

„Hör auf, Gründer! Wenn wir jetzt hier anfangen, uns gegenseitig irgendwelche Verdächtigungen anzuhängen, wenn wir uns weiter so angiften, dann hat der Herr Kellner bald genau das erreicht, was er wahrscheinlich vorhat. Bis jetzt waren wir uns, wenn's drauf ankam, am Ende immer irgendwie einig. Aber wenn das so weitergeht, dann sind wir hier in Kießlingswalde nur noch ein völlig zerstrittener Haufen, und der Pfarr kann machen, was er will!"

„Und wenn wir einig und brav abducken, dann macht er das auch. Wo ist da der Unterschied?", fragte Martin Wiesner, der als Zimmermann im Dorf arbeitete.

„Es wäre besser, der Lehnsherr käme bald mal selbst wieder her", versuchte Francke das Gespräch in ruhigere Bahnen zu lenken.

„Dann hol ihn doch her!" Prätorius war immer noch wütend. Er und der Pfarrer unter einer Decke! Sich so etwas überhaupt vorzustellen!

„Komm, bleib mal ruhig, Gustav", bemühte sich Hartmann. „Francke hat recht, der Lehnsherr sollte wirklich kommen, dann ließe sich manches schnell klären."

„Das geht nun mal zur Zeit nicht. Ich reise aber am Montag nach Dresden."

„Dann sag ihm, dass er kommen soll. Und zwar bald. Es muss etwas passieren. Vielleicht sollten wir uns morgen nach der Predigt noch einmal treffen und einen Brief an den Lehnsherrn schreiben."

„Ich weiß nicht recht. Irgend etwas an der Geschichte stinkt zum Himmel", begann Gründer erneut.

Er war ein langer hagerer Kerl, der kaum noch Haare auf dem Kopf hatte, dafür aber einen gewaltigen Riechkolben und einen langen, dünnen, stets etwas nach vorn gereckten Hals mit einem bemerkenswert großen Adamsapfel. Wenn man ihn sah konnte man gar nicht anders als an einen großen Vogel denken. Dieser Vogel wiegte im Moment den Kopf angriffslustig nach allen Seiten, bereit, dem Nächstbesten mit dem Schnabel die Augen auszuhacken. „Der Lehnsherr kann manches richten, gut. Aber darum geht's doch gar nicht. Das faule Ei liegt hier in Kießlingswalde. Und es stinkt so gewaltig, dass man sich fast die Nase zuhalten muss! Jemand aus dem Dorf ist nicht ehrlich. Vielleicht sogar einer von uns hier. Gut, die von uns, die zum Pfarrer halten, die gehen sowieso nicht in den Kretscham. So wie du, Höppner."

„Halt mal, halt mal!"

„Lass gut sein, Höppner, das soll kein Vorwurf sein, kann keiner was dafür, wenn er so ein frommes Weib hat. Ist ja auch vielleicht gut für dein Seelenheil. Das ist schon in Ordnung. Aber von den anderen, da spielt jemand falsch."

„Hör auf mit diesen blöden Beschuldigungen, Gründer. Sag, wen du meinst oder halt den Mund", ermahnte ihn Hartmann.

„Ich kann euch keine Namen nennen. Aber ich finde einfach, der Herr Kellner, der weiß mir ein bisschen zu gut Bescheid, was im Kretscham so geredet und getan wird. Und selbst ist er nicht da. Ich glaube nicht, dass der Herr Kellner durch Mauern schauen und hören kann, auch wenn ihm Gott noch so sehr helfen mag."

„Und? Was soll das heißen?"

„Also muss jemand im Kretscham mit den anderen mittun und anschließend alles brühwarm dem Herrn Kellner berichten."

„Du willst sagen, hier lauscht jemand für den Pfarr? Und wer soll das nun wieder sein?"

„Das ist ja eben der Dreck: Jeder. Jeder im Kretscham könnte das sein. Auch von uns."

„Das ist gefährlicher Unfug, Gründer", widersprach Francke. „Wenn das so weitergeht, dann streiten wir nicht mehr nur miteinander, dann trauen wir einander nicht mehr über den Weg. Und das ist Mist, großer Mist!"

„Ich sage nur, was ich denke."

Es herrschte lange Zeit unentschlossenes Schweigen, ehe Friedrich Hartmann aufstand, es war Zeit, einen Beschluss zu verkünden, auch wenn es ihm nicht leicht fiel. „Geht also nach Schreibersdorf. Von mir altem Mann werdet ihr das hoffentlich nicht verlangen. Und – sauft nicht so viel, der Kellner riecht's sonst morgen früh schon gegen den Wind, was los war."

„Bei der Plürre? Wer sollte da schon zuviel saufen wollen?"

„Ich bleibe hier", sagte Francke. „In Schreibersdorf zählt der Befehl des Lehnsherrn nicht."

Gründer sah Francke lange in die Augen.

„Starr mich an, so lange du willst, Gründer. Ich will meine Ruhe haben. Der Lehnsherr, die paar Tage, die der im letzten Jahr hier war, das kannst du an zwei Händen abzählen. Aber der Pfarrer, der ist jeden Tag hier, mit dem müssen wir auskommen. Nenn mich einen Feigling, da scheiß ich drauf!"

Ganz zum Schluss, als sie alle schon auseinandergehen wollten, ergriff Höppner noch einmal das Wort. „Wir reden und reden hin und her, was der Herr Kellner angeblich alles so gemacht und getan hat. Aber hat schon mal einer von euch darüber nachgedacht, was er überhaupt sagt? Und warum?"

„Was meinst du damit?"

„Diese Sache mit dem Tanzen. Du kannst über mich lachen, Gründer, aber ich halte das, was der Herr Kellner sagt, für ziemlich vernünftig."

„Wann warst denn du das letzte Mal im Kretscham, Höppner? Vor zwei Jahren, oder sind es schon drei?"

„Spielt das eine Rolle? Das ist wie mit den Pilzen. Man muss nicht erst alle probieren, um zu wissen, welche giftig sind. Man kann sich da auch von jemandem helfen lassen, der sich auskennt mit sowas. Kann sein, dass dann jemand anders kommt und schreit: ‚Genau die Pilze, die man dir vermiesen will, die angeblich giftigen, das sind die leckersten von allen!' Und, Gründer? Würdest du sie probieren?"

Die Schreibersdorfer jedenfalls waren ein wenig überrascht, was da aus Richtung Kießlingswalde auf sie zugeströmt kam. Na schön, so etwas war nicht unerwartet, man hatte schließlich auch Augen und Ohren, war in der vergangenen Woche ja selbst drüben in Kießlingswalde gewesen. Die da angelaufen oder auf dem Karren dahergefahren kamen, die waren außerdem freundlich und ausschließlich darauf aus, einen weiteren schönen Abend zu haben. Dafür nahmen sie sogar in Kauf, dass das Bier nicht ganz so gut war wie das in Kießlingswalde. So drückten es zumindest die Schreibersdorfer aus. Und jetzt merkten selbst die Musikanten, was für ein edles Gebräu ihnen Scholze stets aufgetischt hatte.

Und da die Schreibersdorfer und die Kießlingswalder ohnedem sei jeher reichlich miteinander versippt und verschwägert und sich zudem noch einig in ihrer Abneigung gegen die Hochkircher und besonders die Rachenauer waren, gab es nichts, was einem schönen Bierabend hätte den Weg verhauen können.

Nun gut, falls es Streit gäbe, da wäre es dann nicht so vorteilhaft, wenn zu viele aus Kießlingswalde hier waren, die waren ja glatt in der Mehrheit! Man würde für heute Abend wohl noch ein paar Leute aus dem Dorf zusammenholen müssen.

Lediglich Jacob Gründer ging die ganze Geschichte zu sehr im Kopf herum, als dass er den Abend hätte genießen können. Immer wieder ging er die Namen derjenigen durch, die eigentlich auch hätten hier sein können. Leute, die früher keine Gelegenheit ausgelassen hätten, so einen Bierzug mitzumachen, ganz gleich, ob der nun in Kießlingswalde gewesen wäre oder in Schreibersdorf oder, wer weiß, meinetwegen auch in Gruna oder Hochkirch. Standen die nun schon auf des Pfarrers Seite? Vielleicht, vielleicht auch nicht, manchem war der Weg zu weit, Titzmann zum Beispiel, der musste arbeiten (hin und wieder verdiente er, der ja nur einfacher Häusler war, sich ein paar Groschen als Nachtwächter am Gutshaus dazu), mancher fühlte sich nicht recht wohl – waren das nun Ausflüchte oder ehrliche Gründe? Und falls der Herr Kellner in den nächsten Predigten wieder zu genau auch über den heutigen Abend Bescheid wüsste, dann wären sie ohnehin entschuldigt.

Zwölf Gerichtsälteste waren sie. Dass Hartmann und Höppner nicht mitkommen würden, das war ihm vorher schon klar, aber dass Francke nun plötzlich auch lieber seinen Frieden mit dem Pfarrer machen wollte, das hatte ihn getroffen.

Dass der Herr Kellner ihn, Gründer, von der Beichte abgewiesen hatte, das war nichts Neues, sie lagen miteinander schon seit dem vergangenen Herbst gründlich über Kreuz, als sein Sohn die Marie Bertelmann aus Rachenau geheiratet hatte. Ja sicher, das hatte viel blödes Gerede gegeben damals, ausgerechnet Rachenau, aber was soll man den jungen Leuten sagen, die hören auf nichts, wenn die Brunft da ist, schlimmer als der Fuchs in der Ranz. Der Junge war so vollkommen aus dem Häuschen, er war durch nichts umzustimmen gewesen, muss ja eine tolle Ranz gewesen sein! Nun gut, die Marie war eine junge Witwe mit einem halben Hufen Hof, das wog eine Menge Dinge auf, die gegen Rachenau sprechen konnten.

Die beiden hatten jedenfalls in Rachenau geheiratet, und das mit gutem Grund. Und trotzdem hatte der Herr Kellner einen Taler gefordert. Das muss man sich mal vorstellen: einen Taler dafür, dass er keine Traupredigt halten musste! Einen ganzen Taler dafür, dass er keine Arbeit mit ihnen gehabt hatte. Vier Groschen für das Aufgebot wollte Gründer ihm geben, vier gute Groschen und nicht einen Pfennig mehr. Sein Sohn war nun in Rachenau kein Kießlingswaldischer Untertan mehr, sie hatten wegen der Schweden sowieso nur eine kleine Abendhochzeit gefeiert, ganz ohne große Predigten und ohne rauschende Feier und all das, und dafür musste er auch noch den Pfarrer aus Gruna, wohin Rachenau eingepfarrt war, bezahlen. Da kam ihm der Herr Kellner gerade richtig, der zu denken schien, er, der Jacob Gründer, scheiße die Taler nur so aus sich raus. Vier Groschen – oder gar nichts sollte er kriegen.

„Es geht mir doch gar nicht um den Taler", hatte der Herr Kellner ihm erklärt, „es geht mir um das Prinzip. Seht ihr, Gründer, in diesem Buch, da ist festgehalten, wie es seit alters her gemacht wird mit der Hochzeiterei hier im Dorf und in der Oberlausitz überhaupt, und das können wir doch nicht einfach so übern Haufen werfen. Wenn ihr alles übern Haufen werft, Gründer, dann könnt ihr das gerne tun, aber dann sagt mir bitte auch: Was soll euch dann noch Halt geben? Jedenfalls: Wenn eine Mannsperson aus dem Dorf herauszieht und sich losmacht, so muss sie sich mit dem Pfarrer abfinden. Bleibt sie in der Nähe, so hält der Pfarrer eine Predigt, bekommt vier Groschen für das Aufgebot, einen Braten, 12 Groschen für die Predigt, ein Opfer von allen Hochzeitern, er darf mit seiner Familie das Hochzeitsmahl mitgenießen, und das ist dann alles. Zieht die Person zu weit fort oder will sie keine Predigt, so muss sie sich mit dem Pfarrer vergleichen. Und dafür ist nun einmal seit ewigen Zeiten ein Taler gesetzt. Und, Gründer", Herr Kellner hatte ihn mit seinen sanften braunen Augen angesehen, jenen Augen, die immer wieder die Leute in die Knie gezwungen hatten, so viel Wärme und Güte war in ihnen, „ein Taler ist ja nun wahrlich nicht zuviel verlangt. Überdenkt nur selbst, wieviel Sorge, Unterricht und Fürbitte der Pfarrer an so einen jungen Mann wie euren Sohn aufgeopfert hat. Und dann zieht der einfach weg, und der Pfarrer hat nichts mehr als Lohn zu erwarten. Wahrlich, Gründer, da ist ein Taler nicht zu viel. Ihr seht, es geht mir nicht um euren Taler, den wollte ich euch gern erlassen und noch tausend dazu, wenn es dem Seelenheil diente. Es geht mir ums Prinzip, und darum, nur darum kann ich ihn euch nicht erlassen. Wir können nicht einfach so alle Regeln ändern, nur weil sie uns nicht gefallen."

Als ob es ihm, Gründer, um den Taler ginge! Ihm ging es erst recht um das Prinzip. Diesmal, so hatte er sich geschworen, diesmal würde er nicht nachgeben. Mochte der Herr Pfarrer ihn auch von Beichte und Abendmahl abweisen, egal. Immer, immer hatten sie am Ende nachgegeben, immer waren sie zum Schluss dem Herrn Kellner in den Hintern gekrochen, immer. Das musste endlich einmal aufhören. Aber allem Anschein nach ging es auch diesmal weiter, wie es ihm schien, krochen auch in der Tanzsache die ersten schon wieder zu Kreuze. Und dass sie es heimlich taten, machte die Sache noch schlimmer. Er musste es herausbekommen, er musste wissen, wer hier ein falsches Spiel trieb. Und er würde es herausbekommen, so blöde war er nun wieder auch nicht. Er wollte wissen, auf wen er sich überhaupt noch verlassen konnte hier im Ort.

XIV

Ameldonck fragte sich, ob es wirklich so geschickt war, Eleonora zu verprellen. Gut, das Mädchen war ein bisschen wirr im Kopf. Sie hatte offenbar seltsame Vorstellungen von einem Bierfiedler, wahrscheinlich, weil so lange keine hier gewesen waren. Ihren Spaß wollte sie, Spaß! Ja, bitte, das ist ja auch nichts Schlimmes. Aber doch nicht so! Nicht mit Gewalt! Dennoch hatte Ameldonck das Gefühl, dass es nicht sonderlich klug gewesen war, derart abweisend zu ihr zu sein. So recht erklären konnte er es sich nicht, was ihn geritten hatte. Das Mädchen kannte ihn überhaupt nicht und versuchte schon, ihm Vorschriften zu machen, so, als gehöre er ihr. Da war sie genau an den Richtigen gekommen. Ameldonck gehörte niemandem und das sollte auch so bleiben.

Und doch hätte er viel darum gegeben, das Gespräch von gestern Abend ungeschehen zu machen. Man konnte nie wissen, was dieses Mädchen für einen Ruf im Dorf hatte, wie leicht sie durch ein paar kleine, gehässige Tuscheleien und Bemerkungen ihren Freundinnen gegenüber Dinge in Umlauf bringen konnte, die unangenehm für die Musikanten werden konnten, ob sie nun der Wahrheit entsprächen oder nicht. Sein Verhalten gestern Abend, das war eine Dummheit, fand Ameldonck, eine Dummheit, die gefährlich werden konnte. Und er hatte das Gefühl, dass er sich aus so einer Situation auch schon gewandter befreit hatte. Es war eine Dummheit, eine Unvorsichtigkeit, die sich noch bitter rächen konnte, und die ihm früher wahrscheinlich nicht passiert wäre.

Außerdem wäre Eleonora dann vielleicht hier heute Abend und auch er hätte sein Vergnügen. Es wurde nämlich ein sehr schöner Abend in Schreibersdorf, ein wunderschöner Abend wohl für die meisten, nur eben nicht für Ameldonck. Nicht, dass es nicht auch in Schreibersdorf hübsche Frauen gegeben hätte, aber diese Sache mit Kießlingswalde, die lag nun irgendwie angefangen in der Gegend herum und ließ ihm keine rechte Ruhe. Als ob sich alles gegen ihn verschworen hätte, hatte Ameldonck nicht nur keine Eleonora, sondern auch keine Maria und auch keine Schweigsame, dafür aber den ganzen Abend über in jeder freien Minute Gustav Prätorius an seiner Seite.

Der tänzelte und scharwenzelte in den Pausen um ihn herum und fragte ihm Löcher in den Bauch, als sei Ameldonck vor wenigen Stunden erst von einer langen Reise um die ganze Welt heimgekehrt. Soviel begriff Ameldonck immerhin, so weit konnte er durch Gustavs Wortschwall hindurch lauschen, dass das irgendwie mit Maria zu tun haben musste. Die wiederum hielt sich im Getümmel versteckt, schaute zu ihm und Gustav und sah alles andere als glücklich aus. Mitunter schien es Ameldonck, als versuche sie, ihm irgendwelche Zeichen zuzusenden, die er jedoch nicht zu deuten wusste, und dann hatte sich auch schon Gustav wieder mit einer neuen Kanne Bier eingefunden, um ihn in ein Gespräch zu verwickeln über irgendwelche Belanglosigkeiten, die für Prätorius jedoch von allerhöchster Wichtigkeit zu sein schienen.

Eleonora gar nicht da, Maria irgendwie verhuscht in den Ecken und die schweigsame Blonde, Ameldonck begann allmählich an seinem Verstand zu zweifeln, die schien heute Abend ausschließlich Augen für Strimelin zu haben. Und das war dann doch ein ziemlich starkes Stück. Dass jemals eine Frau den Strimelin so angesehen hätte auf der gesamten Reise, die sie hinter sich hatten, daran konnte sich Ameldonck beim besten Willen nicht erinnern (und, so wie Ameldonck auf jede halbwegs ansehnliche Frau achtete, wäre ihm das sicher aufgefallen). Sicher, die Frauen hatten Strimelin angeschaut, aufmerksam, belustigt, manchmal mit gespielter Entrüstung über einen derben Spruch, manchmal auch mitleidvoll, aber so – nein, niemals.

Es wäre interessant zu erfahren, was dieses Mädchen in Strimelin sah, in ihm suchte, dachte Ameldonck. Aber, das ahnte er, er würde es nicht erfahren, nicht heute Abend zumindest, denn da schien er selbst Luft für sie zu sein.

Strimelin hatte diese Blicke ebenfalls nicht übersehen können, und ihm war inzwischen recht eigenartig zumute. Dieses zierliche Weib schien ihn alten Kerl förmlich aufzufressen mit den Augen. Das machte ihn verlegen und unsicher, zumal es kein Entrinnen vor diesem Blick zu geben schien, der nicht zu deuten, aber irgendwie sehr ernsthaft war. Fast sorgte sich Strimelin, das Mädchen habe Fieber, so wie ihre Augen glänzten. Das wäre dann auch gleich ein Grund, warum sie ihn anglänzte und nicht Ameldonck, im Fieber bringt man manches durcheinander.

Er war mitten im Gespräch mit Jacob Gründer, der ihn über alles und jedes ausfragte, aber mit den Gedanken scheinbar ebenso wenig bei der Sache war. Strimelin hätte ihm genauso gut haarsträubenden Unsinn erzählen können, Gründer hätte andächtig genickt dazu. Aber Strimelin kam nicht auf den Gedanken, er hatte mit sich selbst genug zu tun. Schließlich bemerkte er, dass er ständig im Satz stolperte, am Ende des Satzes vergessen hatte, wie er ihn begonnen hatte, und so hielt er es nicht länger aus und fragte Gründer: „Wer ist dieses Mädchen dort?"

„Welches Mädchen, Strimelin? Interessiert ihr euch vielleicht plötzlich doch für Weiber?"

„Die Blonde da hinten. Die Stille."

„Welche? Ach die. Das ist nur die Anna Bühlerin. Die ist harmlos."

„Aber irgendwas ist mit ihr?"

„Was soll sein? Still ist sie, da habt ihr recht. Sehr still sogar! Sie ist stumm, das ist alles. Kein Grund für euch, mir nicht noch mehr über die Messe in Leipzig zu erzählen. Und trinkt endlich mal eure Kanne Bier leer, ich hol dann eine neue."

Aus den Augenwinkeln hatte Strimelin gesehen, dass Anna sehr wohl bemerkt hatte, dass die beiden über sie gesprochen hatten. Als Strimelin sie unvermittelt anblickte, erwiderte sie seinen Blick, drückte ganz kurz die Augen zu, zu lange, als dass es ein normales Blinzeln hätte sein können, und kurz genug, um nicht von irgend einem anderen bemerkt zu werden. Es ist gut. Alles ist gut.

Was das Musizieren betraf, so waren sie zum Erbarmen schlecht heute Abend. Nicht, dass es dem Publikum nicht gefallen hätte, ganz im Gegenteil, die bemerkten das überhaupt nicht und waren begeistert. Aber sie selbst merkten genau, was für ein Gestümpere, was für ein, wie Strimelin es nannte, Rumgegurke sie heute veranstalteten. Gut, das lausige Bier, die neue Umgebung, alles Gründe, aber doch nicht der Grund. Jeder von ihnen war mit den Gedanken ganz woanders, und jeder von ihnen bemerkte dies zuerst an den beiden anderen.

Vielleicht hatten sie sogar im gleichen Augenblick wortgetreu denselben Satz im Kopf: Na, Freunde, was spielen wir denn heute für ein Zeugs zusammen? Ihr seid wohl nicht recht bei der Sache? Wenn du auf der Bühne stehst, denke an das, was du dort willst, an das Publikum und an nichts anderes. Oder stell dich gar nicht erst dorthin. Heute, heute mochte es vielleicht einmal angehen, beim nächsten Mal spätestens würden die Zuhörer das merken und verstimmt sein.

Abgesehen vom Bier war der Schreibersdorfer Kretscham recht gemütlich. Und, wie Ameldonck ein wenig wehmütig feststellen musste, viel schöner gelegen als der in Kießlingswalde. Man saß nicht so auf dem Präsentierteller. Das Dorf zog sich entlang der Straße nach Lauban hin, wobei auf der einen Seite die Felder lagen, auf der anderen Seite erhob sich ein sanfter (für holländische Maßstäbe gewaltiger), leicht bewaldeter Hügel, an welchen sich auch der Kretscham schmiegte. Dieses Wäldchen barg ausreichend lauschige Eckchen für Pärchen, die ihrer vielleicht bedurften. Und es gab ebenso viele Plätze, an welchen man sich ungestört und in aller Ruhe die Blase oder den Darm entleeren konnte. (Und um beides nicht durcheinanderzubringen, – was freilich nur die ersteren wirklich gestört hätte – wurde jedem, der neu war in diesem Kretscham und den es, dem Augenschein nach, nach einfacher Erleichterung drängte, beim Hinausgehen zugeflüstert: Geh nach links!)

Strimelin hatte sich auf eben dieser Seite gerade Linderung seines Dranges verschafft, als ihm auf dem Rückweg Anna gegenübertrat. Er war eher erleichtert denn erschrocken. Er hatte mit solche einer unvermittelten Begegnung gerechnet, so, wie sie ihn beobachtet hatte, und nun hatte das Gerätsel vielleicht ein Ende.

Sie blickte ihn nach wie vor mit ernstem, aber interessierten Gesicht an (die Nacht gab zumindest so viel Licht, dass er ihre Augen erahnen konnte. Die hatten nichts von ihrem Glanz verloren). Sag was, hieß der Blick wohl.

„Du kannst nicht sprechen?", fragte Strimelin, wobei er nach den ersten beiden Worten erschrocken innehielt, sich umdrehte, um eventuelle Lauscher erkennen zu können, und dann im Flüsterton weitersprach. Anna ergriff seine Hand und zog ihn ein ganzes Stück vom Kretscham fort. Hier kannst du sprechen. Und hell genug war es immer noch. Sie drehte ihn jedoch so, dass das bisschen Mondlicht sein Gesicht beschien, nicht ihres. Also doch wieder viel Raterei.

„Also, du kannst nicht sprechen?" Kopfschütteln.

„Aber du hörst sehr gut?"

Äußerst überzeugtes Nicken.

„Kannst du lesen oder schreiben?"

Ein unentschlossenes Kopfwiegen, dann eher ein Nein. Und spürbarer Unmut. Frag mich was anderes.

„Gut. Ich bin also der Strimelin, aber das weißt du ja sicher schon, und du bist die Anna Bühlerin, ich weiß, dass du weißt, dass ich das weiß. Und – Sprache hin oder her – du bist sehr hübsch." (Und würdest du mich bitte, bitte! jetzt aus dieser idiotischen Situation wieder herauslassen? Ich kann so etwas nicht mehr, weißt du, ich hab so etwas vielleicht noch nie gekonnt, geh zu Ameldonck, der ist bei uns für die Frauen zuständig, ich tu nur immer so.)

Strimelin fühlte sich wie ein Halbwüchsiger, der endlich, nach Wochen voller Hoffnungen und Träume, ein Stelldichein mit seiner Angebeteten allein hat, und dem plötzlich aller Mut verloren gegangen ist, der am liebsten weit fortlaufen, besser noch, sich eingraben möchte, so tief es geht.

Eine Art Augenverdrehen, soweit man das überhaupt erkennen konnte. Können wir mal das Vorgeplänkel sein lassen? Los, mach schon weiter!

„Ja, Anna. Du bist hübsch. Sehr hübsch – und sehr jung. Und ich bin alt und hässlich. So, und nun gehen wir beide wieder hinein, ich mache Musik und du schaust dir junge hübsche Männer an."

Das war doch nun wirklich elegant gelöst!

Unmut. Eindeutig.

„Gut, das wolltest du nun eben gar nicht hören. Aber was willst du?"

Hierbleiben.

„Mach ich doch. Ich weiß nur nicht, warum!"

Anna begann zu gestikulieren. Ihr ganzer Körper war in Bewegung.

„Ich soll was? Reden? Dir etwas erzählen? Nein. Tut mir leid, ich errate es nicht. Ich soll – ich soll singen?"

Genau!

„Aber ich singe doch schon den ganzen Abend. Nein. Ich soll für dich singen? Hier?"

Nein, das nun nicht. Nicht jetzt.

„Gut, wenn du willst, dann singe ich die nächsten Lieder von jetzt an nur für dich. Ich werde auch nur noch Lieder aussuchen, die zu dir passen könnten, die dir gefallen könnten. Ich meine das ehrlich, ich werde dich immer wieder anschauen, damit du mir auch glaubst. Ich sag das auch den anderen, wenn du es willst: Dieses Lied singe ich nur für die Anna Bühlerin!"

Nein. Um Himmelswillen nur das nicht!

„Also nicht. Aber singen soll ich. Und für dich. Ich soll nur für dich singen. Wann? Später? Gut, später. Und wo? Auch später. Nur für dich. Gerne. Schreiben? Ich soll schreiben? Ein Lied für dich schreiben, ach so. Und es dir dann vorsingen, nur für dich, ganz alleine. Nun gut, wenn es das ist, was du dir wünschst (Puh, hoffentlich ist es nur das!) – ich mache es. Ich verspreche es."

Schwöre!

„Ach, weißt du, schwören – das mache ich nicht so gern. Das glaubst du wohl nicht? Siehst du, auch Musikanten haben manchmal Skrupel. Aber ich verspreche es dir und ich habe in meinem Leben erst sehr wenige Versprechen gebrochen."

Anna sah zufrieden aus und dennoch nach wie vor genau so ernst. Es schien, als wollte sie sich umdrehen, doch dann blieb sie stehen und legte ohne jegliche Scheu ihre Hand auf Strimelins Hose, zwischen die Beine, und drückte kurz und sehr sanft zu, wobei sie ihn unverwandt mit diesem ernsten Blick ansah, keine Spur von Frechheit vielleicht oder von jugendlichem Schalk, einen alten Mann zum Narren zu halten. Ganz selbstverständlich tat sie das. Ebenso unverwandt nahm sie die Hand wieder fort, und schloss, wie schon zuvor am Abend, kurz die Augen. Keine Sorge, alles ist gut. Warte bitte eine Weile, ehe du wieder hineingehst. Und dann drehte sie sich um und ging.

Und wie, bitteschön, soll man sich an so einem Abend noch auf das Musikmachen konzentrieren? Strimelin fühlte sich mit einem Male sturzbetrunken, er nahm das, was um ihn herum geschah wie durch einen Schleier wahr. In der nächsten Pause zog ihn erneut Gründer auf die Seite und redete auf ihn ein. Strimelin hörte ihm zu, die Worte polterten in seinem Kopf hin und her und fügten sich doch nicht zu einem sinnvollen Gebilde. Er begriff nichts. Alle hatten sie sich verschworen gegen ihn, sie wollten ihn durcheinander, um den Verstand bringen, das war's! Er solle etwas tun, was er an den Abenden in Kießlingswalde nicht getan hätte, darum zumindest schien Gründer ihn zu bitten. Irgendetwas Besonderes. Aber warum? Was war das wieder für ein Spiel? Wozu sollte das gut sein? Und woher sollte er denn überhaupt wissen, was alles in Kießlingswalde schon gesagt und getan war und was nicht? Hatte er das nicht alles vergessen?

Strimelin versuchte sich zu erinnern und wusste doch nicht, ob er sich überhaupt erinnern wollte. Ja, es hatte eine Zeit gegeben, da ihm sein Schwanz etwas anderes war als ein träger und schlaffer Mitbewohner an seinem Körpers, gerade noch zu gebrauchen zum Wasserabschlagen, manchmal nicht sehr gut riechend und oft genug im Weg. Nein, es hatte auch andere Zeiten gegeben, auch wenn dies lange her war. Er hatte es vergessen. Er hatte es zum Glück vergessen! Viel zu lange her. Er hatte ein Weib gehabt und mit diesem Weib drei Kinder, und sie hatten aneinander das Fleisch zu schätzen und zu genießen gewusst. Und Strimelin hatte gute Gründe, warum er diesen Teil seines Lebens so tief in sich vergraben hatte, dass er eigentlich durch nichts zu erreichen war.

Hatte er gedacht. Und dann kommt da so ein stummes junges Ding und holt mit einer so sanften, beinahe schon unabsichtlichen, zufälligen Handbewegung alles wieder hervor. Genau wie die Anna Bühlerin, genau so hatte sein Weib damals, nach der Trauung, oft genug die Hand auf seinen Schwanz gelegt, wie um ihn zu necken war sie fortgerannt, wohl bedacht, dass er sie auch einholen möge, er hinterher, atemlos, oh ja, da konnte er noch richtig rennen damals, und sie ließ sich willig einholen, sie hatten ja auch viel zu viele Sachen am Leibe, die sie sich gegenseitig gar nicht schnell genug herunterreißen konnten. Und wie er sein Weib bewundert hatte, als sie ihm erzählte, es täte ihr oft auch weh und dass sie dieses Spiel trotzdem wollte und genoss. Und das alles war vorbei und lange, lange her und sollte doch nun bitte endlich auch vergessen sein. Manchmal vergisst man anscheinend, was alles man vergessen wollte.

Irgendwann sagte er zwischen zwei Liedern: „Ich bin heute Abend um einen Gefallen gebeten worden. Es spielt keine Rolle, wer mich darum gebeten hat, es ist auch gar nicht wichtig, worum es geht, wichtig ist nur, dass derjenige weiß: Es ist gut. Ihr seid meine Zeugen. Alles ist gut. Ich werde mein Versprechen halten."

Hatte er das eben wirklich gesagt? Warum? Weil Gründer ihn um so einen Unfug gebeten hatte? Was versprach er sich überhaupt davon? Dank von Gründer? Eine Belohnung von Anna? Und was sollte die sein?

Anna sah zu ihm, er erkannte ein gerade noch wahrnehmbares Lächeln zu ihm hin, gegenüber allen anderen wirkte sie so, als sei sie nicht gemeint, als könne sie überhaupt nicht gemeint sein, als beneide sie den Unbekannten, dem dieser Musikant sein Versprechen gegeben hatte.

Gründer nickte ihm ebenfalls zu, ebenso kaum merklich. Offenbar war es das, was er erhofft hatte. Aber warum? Was hatte er davon? Sie spielten Verstecken und Strimelin begriff nicht, was das alles sollte, und das machte ihn nur noch verwirrter. Verdammt noch mal, was wird hier eigentlich gespielt?

Ach vergiss es.

Aber ich will doch wenigstens wissen, was ich hier für eine Rolle spiele!

Los, vergiss es!

Alles!

XV

Meine lieben Kirch-Kinder. Heute, am Sonntage Palmarum hören wir die Verse aus der Epistel Pauli an die Philipper, Kapitel 2, Versus 5 bis 12:

Ein jeglicher sei gesinnet, wie Christus auch war. Welcher, ob er wohl in göttlicher Gestalt war, hielt es nicht für einen Raub, Gott gleich sein; sondern äußerte sich selbst, und nahm Knechts-Gestalt an, ward gleich wie ein anderer Mensch, und an Gebärden als ein Mensch erfunden. Er erniedrigte sich selbst und ward gehorsam bis zum Tode, ja, zum Tode am Kreuz. Darum hat ihn auch Gott erhöhet und hat ihm einen Namen gegeben, der über alle Namen ist, dass in dem Namen Jesu sich beugen sollen alle der Knie, die im Himmel und auf Erden, und unter der Erden sind. Und alle Zungen bekennen sollen, dass Jesus Christus der Herr sei, zur Ehre Gottes des Vaters.

Meine geliebten Kinder im Herrn. Bei Matthäus im Kapitel 11 tritt die selbständige Wahrheit auf, erbeut sich, unsere Lehrmeisterin zu sein, und spricht: Lernet von mir, denn ich bin von ganzem Herzen demütig. So, wie es der Gluck-Henne eine Freude ist, dass sie ihre Küchlein, und dem Hirten, dass er seine Schäflein, so ist es Jesus Christus eine Freude, dass er die Frommen führen möge. Vergleicht er sich doch mit eben einer solchen Gluck-Henne, wenn er dem jüdischen Volke voller Schwermut nachflehet: Jerusalem, Jerusalem, wie oft habe ich deine Kinder versammeln wollen wie eine Henne versammelt ihre Küchlein unter ihren Flügeln. Und nennet er sich selbst nicht ebenso einen guten Hirten? Darum, wie die Küchlein der Henne, und die Schafe ihrem Hirten, so müssen wir unserem Herrn Jesus Christus folgen. An der Nachfolge Christi erkennet man den wahren Christen. Und seht, wie freundlich er uns lockt: Lernt von mir. Seine Lehre ist heilsam, sie dringt tief in die Menschen ein, reinigt sie scharf und bewegt sie mit aller Macht. Er lehret uns aber auch die herzgründliche Demut, nicht jene, die nur von außen gleißt und glänzt, sondern jene, die inwendig Wurzeln geschlagen hat in unseren Herzen. Und er lehret sie nicht nur mit Worten, er lehret sie mit seinem eigenen Beispiel. Welches alles uns Paulus zur Nachfolge vorstellt in der heutigen Lektion. Gott gebe doch, dass wir alle miteinander in das Bild des demütigen Jesus verwandelt werden, ja doch, oh Herr, das lasse geschehen, Amen.

Paulus hat die Philipper ermahnt zur Christlichen Eintracht. Weil aber dieselbe ohne die wahre Demut nicht erhalten werden kann, dränget er sie in dem heutigen Text zur Tugend, er dringt in sie mit dem Beispiel unseres Herrn Jesus Christus, so, als wolle er sagen: Schäme dich, du stolzer Wurm, da dein Heiland, der große Gott, sich gebücket und gedrücket hat, wogegen du nur daran denkst, wie du empor steigen möchtest. Doch er stellt auch die liebliche Folge der Erniedrigung Christi uns vor und schließt: Je tiefer die Wurzel, desto höher der Baum. Wer sich selbst erniedrigt, der, nur der wird erhöhet werden.

Den Anfang macht er mit den folgenden Worten: Seid gleich gesinnet. Christen, und ich rede hier nur von wahren und nicht von Maul-Christen, die haben Christi Herz und Sinn. Wen das Feuer ergreift, den zündet es mit an. Die Liebe Jesu ist so feurig, dass sie uns anzündet, uns verbrennt, verwandelt, und uns dem geliebten Jesus gleich machet. Dahin muss aller treuer Prediger Arbeit gehen, dass ihre Zuhörer gleichsam geistliche Wunder-Spiegel werden, darinnen das Bild Christi leuchte.

Und, ach, wie hell leuchtet doch wohl Christi Bild in uns bei unserem geliebten Kretscham-Saufen und Tanzen, wie wunderbar tief reichen doch die Wurzeln unserer Demut, wenn wir gleich bis hin nach Schreibersdorf rennen müssen, um unserem Tanz-, Sauf- und Schwärm-Gotte huldigen und dienen zu können. Wo ist da Demut, wo ist da Gehorsam, wo ist da Gott? Keiner von euch würde in eine Behausung gehen, in welcher er nicht willkommen ist und wo es ihm aus allen Ecken entgegenstinket. Aber unserem Heiland, unserem Herrn Jesus Christus, dem bietet ihr in euch eine solche Behausung an, auf dass er sich darinnen gefälligst wohl fühlen möge. Und seinen treuen Diener, euren Pfarrer und Beicht-Vater, den lasst ihr reden und dann lacht ihr ihn hinter seinem Rücken aus und rennt in den Kretscham und sprecht mit Jeremias 44, 16: Was du im Namen des Herren sagest, das wollen wir nicht tun. Aber ich muss euch warnen: Das ist ein falscher Handel, der euch noch sehr sauer ankommen wird. Und das ist mir, der ich euch doch allesamt als seine Seelenkinder liebe wie die Gluck-Henne ihre Küchlein, das ist mir der größte Herzenskummer, das ist mein Jammer und meine Pein bei Tag und bei Nacht: Ich als euer Lehrer offenbare euch nichts anderes als Gottes lautere und reine Wahrheit, die heilsame Lehre von der Gottseligkeit, 1. Brief an Timotheum, 6, 3. Denn ich weiß, und ich bin von unserem Herrn Gott recht im Herzen davon überzeugt worden, dass es keinen anderen Weg gibt als diesen zu Erlösung und ewigem Leben. Und weil ich euch alle liebe wie meine eigenen Kinderchen, darum möchte ich keinen von euch, nicht einen einzigen, kampflos der Verdammnis und dem Höllenfeuer übergeben. Darum bitte ich, flehe ich euch an, seht doch, bitte, seht doch nur endlich einmal auf Gottes offenbartes Wort! Ein jeglicher sei gesinnet, wie Christus auch war. Hört ihr das? Meint ihr denn wirklich, Christus hätte seine Freude gehabt an Dingen wie dem Tanzen im Kretscham? An Bierzügen? Am Schwärm- und Wollust-Leben? Wenn mir einer von euch auch nur einen einzigen Spruch aus dem gesamten Neuen Testament weisen kann, der das Tanzen als etwas Löbliches gutheißt, wie es der ungnädige Befehl eurer Herrschaft wohl haben will – wenn mir einer auch nur den kleinsten Ausspruch Christi oder der Apostel zeigen kann, der dies haben will, so will ich mich gerne überwunden geben. Aber glaubt mir, ich habe dieses heiligste, kostbarste aller Bücher Jahr um Jahr wohl schon hundert Mal von Anfang bis Ende durchlesen, deshalb bin ich mir so sicher, dass sich nichts dergleichen darin finden lassen wird. Wohl aber genügend Worte vom Buße tun, den Staub von den Füßen schütteln, den neuen Menschen anziehen.

Christus erniedrigte sich selbst und ward gehorsam bis zum Tode, hört ihr, er ward gehorsam bis zum Tode am Kreuz, den Christus für uns, für uns alle hier auf sich genommen hat. Unser Heiland ist gestorben, um für uns das ewige Leben zu gewinnen, für jeden von euch, der nur Augen und Ohren hat zu sehen und zu hören und ein frommes Herz, zu fühlen und zu verstehen. Er erniedrigte sich und ward gehorsam und darum hat ihn Gott auch erhöhet.

Und was tun doch wir? Wir rennen nach Schreibersdorf zu den Bierlatschen, ja nicht genug, dass wir's dort treiben und unsern Herrn Christus ein wenig äffen, als seien wir Heiden oder Türken, nein, wir bitten die Bierfiedler auch noch um diesen oder jenen Gefallen. Ja, Wünsche gar sollen sie uns erfüllen, etwas ganz Besonderes für uns tun, auf dass wir uns hinterher erhöhen mögen gegenüber den anderen, seht nur her, nur mir zu Liebe haben die braven Musikanten dies und jenes getan! Seht mich an, ich bin etwas ganz Besonderes! Und alle, die da waren, werden zum Zeugen berufen, was ich doch für ein besonderer Freund dieser Bierlatschen bin, mag doch der Pfarrer reden, wie er immer will. Christus erniedrigte sich selbst und wurde darum durch Gott erhöhet. Wer sich aber selbst erhöhet, der soll und wird erniedriget werden dahin, wo er nichts anderes als Lohn finden wird als Heulen und Zähneklappern.

Ich weiß sehr wohl, dass viele von euch diesen Gräuel mit mir erkennen, dass die meisten ihren Lehrer gern treu und gehorsam folgen wollen, und dass sie unter Tränen und Seufzern den unerhörten Zwangsbefehl der Obrigkeit auf ihrem Gewissen lasten spüren. Wahrlich, zu denen rede ich hier nicht, aber sie werden es verstehen und gutheißen, wenn ich jetzt so lange und ausführlich mich an die verstockten, verblendeten, rohen und unsinnigen Leute unter euch wende. Denn zu denen, ja zu denen rede ich, wenn ich sage: Ihr habt der Pharisäer Weisheit noch lange nicht, unseren Herrn Jesus zu fangen!

Der Herr weiß es, weil er in mein Herz sehen kann, dass ich euch liebe wie ein Vater seine Kinder, als wäret ihr alle in Christo mein eigen Fleisch und Blut. Aber zur väterlichen Liebe gehört auch die Strenge und die Zucht. Ich frage euch, die ihr selber Kinder habt: Was würde wohl ein Vater sagen, wenn er einen Sohn hätte, der steht am Morgen auf, greift sich seine Butterschnitte und rennt damit hinaus auf die Gassen zum Toben und Spielen. Am Mittag kommt er nach Hause, nur um zu essen, danach rennt er ohne Dank und Gruß wieder davon, kommt erst am Abend wieder, sprechend: Vater, schaff mir Essen her, Vater, die Hose ist mir zerrissen, schaff mir eine neue? Wird dieser Vater wohl nun sagen: Dies ist mein geliebter Sohn, der mag tun und lassen was er will, ich schelte ihn darum nicht, nein, ich erfülle jeden seiner Wünsche? Oder wird er nicht vielmehr das Kind ermahnen, wird es strafen? Und wenn dies alles nicht fruchten will, dann wird er sagen: Was willst du von mir, ich kenne dich nicht! Und nicht etwa, weil er's böse mit dem Kind meinte, nein, sondern weil er es liebt und weil er es zur Besinnung bringen möchte.

Und eben so macht es doch auch Gott, unser Herr und Vater Jesus, wie unser Luther redet: Eben darum hat Christus dies Feuer in die Welt gesendet, und den grausamen Behemoth erwecket, nicht darum, dass er's gräulich mit uns meinet, wie Hiob saget, sondern, dass er uns unterwerfen und züchtigen will, damit wir verstehen, dass es nicht aus unseren Kräften kommt, die denn viel zu schwach sind, sondern aus der Stärke Gottes, damit wir uns nicht berühmen oder in Vermessenheit fallen wider die Gnade Gottes.

Und ebenso ist es auch um euer Beicht- und Abendmahlgehen bestellt. Und das muss ich schon sagen, das schmerzt und kränkt mich ungemein, dass, ich weiß nicht wer, wird mir ja auch nichts gesagt von alledem, dass jemand von euch an den Lehnsherrn geschrieben haben muss, ich hielte euch von Beichte und Abendmahl ab. Ich bete für den Schreiber, der Herr möge ihm diese Unwahrheit nicht bestrafen. Gott schütze und behüte mich, wenn ich solches täte! Nein, ein anderes tue ich und muss ich als euer Seelen-Vater tun: Ich trage Sorge, dass wir alle miteinander würdig zum Tische des Herrn gehen. Und dazu gehört an erster Stelle die Bußfertigkeit, aber die wahre und ehrliche Bußfertigkeit. Wer die nicht im Herzen hat, für den ist es sowieso alles vergebens und verloren, und wenn ich ihm gleich hundertmal die Hand auflegte und ihm die Absolution erteilte, so würde es ihm doch nichts nützen, und ich würde ein Heuchler und Lügner, weil ich ihm eine Ewigkeit verspreche, die er vor Gott, dem Herrn, nicht hat noch in seinem Zustande erlangen kann.

Ich halte also keinen von euch ab von Beichte und Abendmahl, nein, so wie der Vater sucht, seinen Sohn zu Besinnung und Vernunft zu bringen, so versuche ich doch nur, dass ihr euch besinnt, dass ihr in euch geht und zurückfindet zu dem, was wirklich der Wille des Herrn ist. Nicht ich halte euch von der Beichte und dem Abendmahle ab, nein, eure eigene Unbußfertigkeit hält euch davon ab, würdig zu gehen, und also müssten wir alle Heuchler und Lügner werden, wenn ich da schweigen würde. Da kann eine weltliche Obrigkeit ruhig befehlen und drohen und in mich dringen, ich kann hierin weder Edelmann noch Fürsten noch großen Königen nachgeben, wenn mir mein Gewissen und mein eigenes Seelenheil lieb ist, geschweige denn einer kleinen Unter-Obrigkeit in ihrem Dorfe.

Ihr berichtet also eurem weltlichen Herrn, was euer Pfarrer in der Kirche zur Rettung eures Seelenheiles alles tut. Und ich kann nur um euretwegen flehen und beten, dass ihr bei den Berichten auch immer fein bei der klaren und reinen Wahrheit bleibt. Nun, so könnt ihr dem Lehnsherrn auch berichten, dass ich nicht weiß, wie es denn werden soll nach Ostern, wenn die Hochzeiten angehen. Soll denn da wieder Bierzug, Tanz und üppiges Leben vorgehen? Soll da wieder der Pfarrer das Brautpaar unserem Herrn Gott andienen und es anschließend losschicken, auf dass es nur recht ungöttlich und wild zugehen möchte? Das soll allen Ernstes von mir verlangt werden?

Ich bin für mich noch zu keinem Schluss gekommen, das mögt ihr, wenn ihr schon so versessen auf das Schreiben an den Herrn seid, ihm ruhig berichten, es müsse mir schon vom Oberkonsistorium in Dresden oder gar vom König selbst angewiesen werden, dass ich bei sogestalten Umständen den Brautpaaren den Segen geben soll.

Kommt zur Besinnung, um des Todes Jesu Christi Willen, tut Buße, so lange noch Zeit dazu ist, und ich werde jeden von Euch in Freuden und Liebe annehmen. Wer dies aber nicht will, wer weiter die Werke des Satans in sich wirken lassen will, dem muss ich als ein liebender Vater sagen: Wer bist du? Was willst du von mir? Ich kenne dich nicht! Der mag von mir aus saufen, bis es ihm oben und unten wieder herauskommt, der mag getrost über, neben und unter mir tanzen und schwärmen, so lange und so viehisch er nur immer will, sein Blut jedenfalls soll an jenem Tage nicht von mir gefordert werden. Wer da nicht gesinnet sein will, wie Christus es war, der wird an jenem Tage zur Spreu gerechnet werden und ins Feuer geworfen.

Ich warne euch also noch einmal, und sage euch mit den Worten unseres Herrn. Lukas 12, 49: Ich bin gekommen, dass ich ein Feuer anzünde auf Erden, was wollte ich lieber, als es brennete schon.

Amen.

XVI

Jonathan war zeitig munter an diesem Sonntagmorgen, nicht so wie an den anderen Tagen, an denen er sich immer als Letzter und meist übellaunig von seinem Lager hochquälte. Kaum konnte er es abwarten, mit den anderen einen Happen zum Frühstück in sich hineinzustopfen, schon machte er sich auf den Weg nach Kießlingswalde. Er überlegte lange hin und her, aber dann ließ er die Fiedel doch lieber in Schreibersdorf in der Kammer. Er fühlte sich ganz und gar nicht wohl dabei. Der Tag versprach, mild zu werden, aber es sah auch danach aus, als ob es heute noch regnen würde. Und außerdem machte der Kretscham einen halbwegs vertrauenerweckenden Eindruck. Im Ernstfall waren ja Ameldonck und Strimelin auch noch da. Zudem er hatte sich einen langen Weg vorgenommen, länger als seine üblichen Spaziergänge, hin und zurück mochten es bald anderthalb Meilen oder mehr sein. Und zu guter Letzt war es doch vollkommen übergeschnappt, darauf zu hoffen, dass er Eleonora treffen würde – er fühlte sich jedenfalls entschieden unwohl dabei, seine Fiedel so ganz allein zu lassen. Drei, vier Mal blieb er auf dem Weg stehen, kurz davor, umzukehren, zurückzulaufen und sie zu holen, und jedes Mal lief er nach ein paar kurzen Augenblicken des Innehaltens weiter.

Je näher er Stolzenberg kam, desto mehr wünschte er sich, Strimelin hätte mit seinem Bierfinger auch einmal einen Plan von Schreibersdorf und Kießlingswalde auf den Tisch gemalt, dann hätte er jetzt wenigstens eine Art Landkarte im Kopf, die es ihm ermöglichte, außen um Stolzenberg herum bis zum Bach und von dort aus vielleicht zum Sumpfwäldchen zu gelangen, weit genug entfernt von den Dörfern, um nicht den Argwohn der Hunde zu erwecken und von den Bauern für einen Streuner, einen Marodeur gehalten zu werden, und doch nahe genug, um nicht vollkommen die Orientierung zu verlieren und am Ende sonstwo herauszukommen, in Görlitz womöglich oder weiß der Himmel wo. Wenn wenigstens die Sonne schiene – aber der Himmel zeigte von einem Horizont zum anderen nichts als dieselbe einfallslose Palette von Grautönen, die sie schon bei ihrem ersten Einzug in Kießlingswalde begrüßt hatte.

Ein nahezu aussichtsloses Unterfangen. Stolzenberg und Kießlingswalde, diese beiden, nahezu ineinander übergehenden Dörfer, waren einfach zu sehr entlang der Straße in die Länge gezogen. Konnten die hier ihre Dörfer nicht auch so bauen, wie er das von sich daheim im Wendland kannte, in der Mitte eine Kirche, einen Anger und alles andere schön im Kreis darum? Die meiste Zeit konnte er auf halber Höhe der sanften Hügel laufen, die das Tal, in welchem Kießlingswalde lag, im Osten begrenzten, so lange das ging, hatte er einen guten Blick hinab auf die Straße. Der Kirchturm von Kießlingswalde war die meiste Zeit so etwas wie ein Anhaltspunkt für ihn, gleich daneben lag das Gutshaus und nicht weit neben dem Gutshof floss der Bach. Doch oft musste Jonathan weit außen um die Hügel herum, versperrten ihm Waldstücke oder Felder den Weg, so dass er den Kirchturm aus den Augen verlor. Gut, dass er seine Fiedel nicht dabei hatte (hoffentlich lag sie sicher im Schreibersdorfer Kretscham).

Bei jedem Anschlagen eines Dorfhundes drüben hockte sich Jonathan unbeweglich nieder und verfluchte seine Idee, sich wie ein Dieb um das Dorf herumschleichen zu wollen. Mehrfach war er sich sicher, den Weg endgültig verloren zu haben, dann erkannte er in der Ferne doch wieder ein Haus, einen einzeln dastehenden Baum, eine Kleinigkeit, welche ihm die Orientierung zurückgab. Und plötzlich läutete die Kirchenglocke. Endlich ein Geräusch, ein Klang, der ihm half, sich zurechtzufinden. Ohne recht zu wissen, warum, befand er sich neben dem umgestürzten Baum am Rand des schweigsamen Baches. Doch, das war schon eine großartige Idee, Jonathan. Herzlichen Glückwunsch.

Vorsichtig tastete er sich Schritt für Schritt den Weg in den Sumpfwald hinein, von dem er hoffte, er möge ihn zu dem kleinen See führen bevor er versackte. An den Rückweg mochte er lieber gleich gar nicht denken. Immer wieder versuchte er, den Weg, den er vor sich hatte mit dem in seiner Erinnerung in Einklang zu bringen, bis er tatsächlich und ohne größere Fehltritte die Lücke zwischen den Baumwipfeln erkannte, wo der See lag. Er ging bis zu jener Stelle, an welcher er mit Eleonora gesessen hatte, kauerte sich nieder und blickte schweigend auf das Wasser. In dessen Spiegel entdeckte er plötzlich Schattierungen in den Wolken, die er nicht wahrnahm, wenn er direkt zum Himmel hinauf sah. Seltsam.

Einen Augenblick lang bedauerte er es nun doch, die Fiedel zurückgelassen zu haben. Nur einen kurzen Augenblick lang. Benutze deine Augen, hatte Eleonora ihm gesagt. Also versuchte er, zum ersten Mal ganz bewusst, zu all den Geräuschen um ihn herum, zu der Musik, die diesem Ort innewohnte, auch die Bilder zu erkennen. Die immer noch kahlen Bäume, deren Knospen jedoch schon zum Platzen gefüllt waren, der braune, an vielen Stellen mit braungrünem Efeu bedeckte Boden, das glatte Wasser des Sees, an dessen Rand sich weißbraune Grashalme des Vorjahres erhoben. Alles schimmerte grün, obwohl das frische Grün noch gar nicht selbst zu sehen war, es steckte wohl noch in den Dingen drin, hauchdünn unter der Oberfläche, ein paar warme Tage, und es würde unaufhaltsam hervorbrechen. Jonathan versuchte, seinen Augen mehr zu vertrauen, ihnen mehr zuzutrauen. Gar nicht so einfach. Aber wenn er dieses Mädchen, Eleonora, kennen und verstehen lernen wollte, kam er daran wohl nicht vorbei.

Jonathan hörte ein Knacken aus der Richtung, aus welcher er selbst gekommen war. Ihm blieb nahezu das Herz stehen. Wie lange er so gehockt, gelauscht und geschaut hatte, wusste er nicht, aber jetzt hörte er deutlich, dass jemand kam, und das konnte eigentlich nur Eleonora sein. Was nun? Ihr freudig entgegengehen oder Versunkenheit vorspielen, um sich von ihr überraschen zu lassen? Dazu müsste er sich besser verstellen können. Er wartete also, bis Eleonora nahe genug an ihn herangekommen war, um dann aufzustehen, und ihr lächelnd drei, vier Schritte entgegenzugehen.

„Ich habe mir gewünscht, dass du kommen würdest. Ich habe es mir so sehr gewünscht. Und nun ist mir doch tatsächlich mal ein Wunsch in Erfüllung gegangen."

„Gewöhne dich bloß nicht zu sehr an so etwas", entgegnete Eleonora. Sie machte eine abwehrende Bewegung mit den Händen, so, als fürchte sie, Jonathan würde ihr vor lauter Seligkeit gleich um den Hals fallen. „Die Fiedel hast du wohl gar nicht dabei?"

„Ich hab überlegt, aber, na ja, der lange Weg, und es sah nach Regen aus …"

„Schade eigentlich"

„Ja, schade. Ich würde dir gerne etwas vorspielen. Heute wäre mir danach. Ein andermal. Ich verspreche es dir."

„Fragt sich nur, wann das sein soll. Ihr zieht bald weiter, habe ich gehört."

„Ja, schon. Übermorgen wollen wir nach Hirschberg weiterwandern. Frag mich bitte nicht, was Strimelin, unser Anführer, wenn du so willst, was der dort will. Es muss wohl irgend etwas Besonderes sein mit dieser Stadt. Ich weiß es nicht. Ich war ja noch nie dort. Aber wir kommen wieder zurück. Nach Ostern. Wir sollen doch hier im Dorf und vielleicht auch in Stolzenberg auf Hochzeiten aufspielen. Wir kommen ganz bestimmt wieder."

„Was ist, wenn dein Strimelin gar nicht wieder weg will aus Hirschberg?"

„Das geht nicht! Das darf der gar nicht. Wir sind immerhin zu dritt. Und wir haben es gemeinsam abgemacht! Aber ... falls wirklich irgend etwas dazwischen kommen sollte, dass die beiden anderen nicht wieder weg wollen aus diesem sagenhaften Hirschberg, oder aber der Herr Pfarrer hier beackert die Leute so gründlich, dass sie die Musik ein für alle mal verbannen wollen ...", Jonathan machte ein Gesicht, so ernst und entschlossen er nur eben konnte, „ich habe dir jedenfalls eben versprochen, dass ich dir noch etwas vorspielen werde. Und das halte ich auch. Dann werde ich eben alleine zurückkommen, nur wegen dir, nur um dich zu sehen, und um ein paar Liedlein für dich zu erfinden."

Eine Weile herrschte Stille. Jonathan war von seiner eigenen Entschlossenheit sehr beeindruckt und hoffte, dieses Gefühl strahle auch auf Eleonora aus. Zumal sie ihm die gesamte Zeit in die Augen gesehen hatte, mit dem wohl wärmsten Blick, den sie besaß.

„Und – schleichst du dann wieder um das Dorf herum, dass alle Hunde verrückt spielen und die Bauern meinen, es treibe sich ein Wolf herum?"

Sie ließ sich lachend auf den Boden fallen und schlug mit der flachen Hand neben sich, Jonathan zu bedeuten, er solle sich neben sie setzen. Unter ihrem Rock holte sie ein Bündel hervor.

„Malzeug?"

„Nein, nein. Der weite Weg, weißt du, und es sah nach Regen aus ..." Vorsichtig wickelte sie ein Buch aus. „Das hab ich mir beim Lehnsherrn ... ausgeborgt." Sie schlug das Buch auf und hielt es Jonathan unter die Nase. „Na, wie findest du das?"

Jonathan sah auf die Blätter. Da waren Linien. Und Punkte und Kringel und Häkchen und und und. „Was ist das?"

„Was ist was?"

„Das da. Ich kenne das nicht. Was ist das?"

„Du willst sagen, du kennst diese Musik nicht? Das ist der Psalter, genauer gesagt, ein Teil davon, vertont von Heinrich Schütz."

„Ja, schon, aber ..."

Eleonora schaute sehr skeptisch. „Oder willst du sagen, dass du nicht weißt, was das hier überhaupt ist?"

„Hm."

„Oh, Jonathan! Ich habe es befürchtet, ach, geahnt! Du weißt nicht, was das ist? Das, das sind Noten! Das ist Musik! Geschriebene Musik!!"

So. Noten also. Jonathan zumindest wusste ganz genau, dass es das gab, ja geben musste. Ganz sicher. Er hatte davon gehört. Manche anderen Musiker hatten wohl auch schon mal so etwas erwähnt. Nur genau angesehen hatte er sich so etwas noch nie. Wo auch? Wann denn?

„Ich habe noch keine Gelegenheit gehabt dazu, Noten zu lernen."

„Ach, Jonathan, das ist, das ist so ... ach, Mensch."

„Muss man das so dringend können?"

„Nein. Natürlich nicht." Eleonora sah enttäuscht aus. Das alles würde wohl nicht ganz so leicht werden wie sie sich er-

hofft hatte. „Nicht, wenn du dein Leben lang nur ein Bier-fiedler bleiben willst. Nicht, wenn du dein Leben lang über die Dörfer ziehen willst. Aber: Wie soll denn das alles wer-den? Wie willst du dich denn mit deiner Musik bis nach Flan-dern durchbringen und dort dann vielleicht dein Brot damit verdienen als Musikus, wenn du noch nicht einmal das Ein-fachste kennst, was man dazu braucht? Du kannst dir doch nicht jedes Mal deinen Part erst vorsingen lassen und ihn dann aus dem Gedächtnis nachspielen? Ich hab ja keine Ahnung von Musik, aber ich fürchte, manchmal ist es genau vorge-schrieben, was der Fiedler spielen soll, da kannst du dann nicht einfach mal so deine Ideen sprudeln lassen und drauflos-spielen, was deiner Meinung nach am besten hineinpassen würde. Also, Jonathan, wie soll das gehen? Mit Flandern?"
Jonathan hatte schon immer geahnt, dass gerade dann, wenn alles ganz wundervoll zu werden versprach, irgendwoher häss-liche Schwierigkeiten auftraten. „Andere können das. Man kann das also lernen. Wahrscheinlich genau so, wie man Le-sen und Schreiben lernen kann. Das kann nicht so über-menschlich schwer sein. Und jetzt, wo du es sagst, begreife ich ja selbst, dass ich das wohl lernen muss. Also werde ich es auch lernen."
Eine ganze Weile schwiegen sie und blickten auf das Wasser, um sich nicht gegenseitig ansehen zu müssen. Ganz langsam, ganz allmählich lehnte Eleonora ihre linke Schulter gegen Jonathan, und ohne nachzudenken (denn dann wäre er davor zurückgeschreckt) legte er ihr seinen Arm um die Schultern.
„Schöner Mist, oder?"
„Sehr schön."
„Ich meine ja nur", begann Eleonora, „so schwer kann das nun auch wieder nicht sein. Ich kenne zumindest auch ein paar Leute, die das beherrschen – und so dumm wie die ansonsten sind, da wirst du das erst recht begreifen!"
„Ich werde es lernen."

„Ich glaube dir."

Einfach so sitzen, durch die Kleidung hinweg die Nähe, den Hauch von Wärme des anderen spüren. Sitzen, schauen, hören. Und, was Jonathan betrifft, das vorhin Gesagte noch einmal Wort für Wort zurückholen.

„Warum hast du das mit Flandern gesagt?"

Eleonora nahm mit einem Mal ihren Blick von ihm weg, schaute wie abwesend auf das Wasser. „Ach, nur so."

„Das glaube ich nicht."

„Weil", sie hatte sich soweit gefangen, dass sie Jonathan doch wieder ansehen konnte, „weil ich dachte, dass dir die Sache mit Flandern wichtig ist."

„Dir doch auch. Wegen der Malerei."

„Eben."

„Was eben?"

„Weil es mir wichtig ist." Der Blick ging wieder auf's Wasser.

„Ich verstehe es nicht. Oder ich bin mir nicht sicher, ob du das wirklich meinst, was ich verstanden habe."

„Ach nichts. Ich bin eine blöde Gans."

Darauf muss man nichts sagen, fand Jonathan.

„Du hättest jetzt wenigstens widersprechen können", setzte Eleonora einige Minuten später fort, „aber, ich weiß, dass das blöd ist, ich hab mir nur so ausgesponnen, wenn du doch nach Flandern willst, und ich will auch dorthin ..."

„Und das hast du dir also ... ausgesponnen?"

„Ja. Schöner Unsinn, was?"

„Ja. Schöner Unsinn. Vor allem, weil ich mir genau denselben Unsinn auch schon ausgesponnen habe."

Eleonora war aufgesprungen. „Oh Mist! Musstest du das jetzt sagen? Kannst du mir nicht diese ganze Spinnerei einfach ausreden? Bitte!"

„Warum sollte ich?"

„Weil es doch gar nicht geht! Los, sag, dass es nicht geht!"

„Gut. Es geht nicht. Reicht das?"

„Nicht so lustlos. So glaubt dir das keiner. Versuch's noch mal!"

„Ich habe keine Lust dazu. Komm setz dich wieder hin."

Eleonora setzte sich neben ihn, geradezu trotzig zog sie seinen Arm wieder um ihre Schultern.

„So. Und was machen wir nun?"

„Ich nehme an, du willst nicht gleich heute mit mir aufbrechen?"

„Besser wär's schon."

„Ach, Eleonora. Wir kennen uns doch kaum!"

„Wir würden uns schon kennenlernen unterwegs, da kannst du sicher sein."

Jonathan musste achtgeben, jetzt nicht in die Rolle von Ameldonck hineinzugeraten. Dem passierte das nahezu in jedem Ort ihrer Reise, dass plötzlich eine von den Frauen dort beschloss, alles stehen und liegen lassen zu wollen, um mit ihnen, genauer gesagt mit Ameldonck, in die Welt hinaus zu ziehen, wenn sie ihn schon nicht dazu bewegen konnte, zu bleiben. Wenn es nach den Frauen gegangen wäre, so würde ihnen inzwischen schon ein recht ansehnlicher Trupp nachfolgen. Jonathan war dann und wann unbemerkter (und unbeabsichtigter) Ohrenzeuge geworden, wenn Ameldonck versuchte, die Frauen wieder zu Vernunft zu bringen. Aber das hier mit Eleonora, das war ja wohl bitteschön etwas vollkommen anderes.

„Was weiß ich denn schon von dir? Ich kenne deinen Namen, weiß, dass du schön bist ..."

„Fang bloß nicht wieder damit an!"

„Na gut, dann weiß ich eben, dass ich dich schön finde. Ich weiß, dass du malst, dass du das richtig lernen willst und deshalb nach Flandern möchtest. Und dass ich gerne mit dir zusammen bin. Und du weißt von mir auch nicht viel mehr."

„Genügt das nicht?"

„Ich weiß noch nicht einmal, wo du herkommst, wer deine Eltern sind, nichts. Noch nicht einmal, wie alt du eigentlich bist?"

„Warum willst du das alles wissen? Das sind doch alles unwichtige Sachen!"

„Ich meine nur so ..."

„Würde das etwas ändern? Wäre ich ein anderer Mensch für dich, wenn du zum Beispiel meine Eltern kennen würdest?"

„Ich fürchte: Nein."

„Also. Ich erzähl's dir – aber nicht jetzt. Wir werden schon noch genügend Zeit zum Erzählen haben."

„Du hast mich ja noch nicht einmal gehört und gesehen, wenn ich Musik im Kretscham mache. Und das ist ein ganz wichtiger Teil von mir – und du kennst gar nichts davon."

„Vielleicht hab ich ja heimlich vor dem Kretscham gelauscht? Nein, guck nicht so erschrocken, natürlich nicht. Du hast recht. Aber einmal werde ich dorthin kommen. Und das verspreche ich jetzt dir."

„Ich komme doch bald aus diesem Hirschberg zurück. Bis dahin können wir uns das alles noch einmal überlegen. Ich habe Angst, dass das alles nur so eine dumme Idee ist."

„Immer nur überlegen ist genauso blöd!"

Eleonora nahm nun auch Jonathans linke Hand und kuschelte sich an ihn.

„Aber du glaubst auch, wir zwei könnten es bis nach Flandern miteinander aushalten?"

„Unbedingt! Und wieder zurück, wenn's denn sein muss."

„Du spinnst. Und das ist so schön. Es ist fast egal, ob das nun alles wahr ist und ob und wie das alles werden soll – die Vorstellung alleine, die ist so schön. Komm nur gut aus Hirschberg wieder. Ich glaube, wir müssen langsam auch wieder los."

„Jetzt schon? Ich mag noch nicht!"

„Ich auch nicht. Aber vielleicht haben wir ja noch sehr viel gemeinsame Zeit vor uns."

„Nicht vielleicht. Bestimmt! Ich freue mich drauf."

„Freuen reicht nicht. Du musst daran glauben."

Mitten auf dem Weg zurück drehte sich Eleonora um und ließ sich von Jonathan in die Arme nehmen.

„Du könntest mich ruhig wenigstens einmal küssen, wenn du mich schon kennen lernen willst!"

Stand er noch auf dem Weg? Flog er? Steckte er mitten drin im Morast. Egal. Eleonora roch und schmeckte nach Spucke und nach Rauch und ein bisschen nach Wurst und nach Erde und nach Frühling und anders als alles andere.

„Hör zu", sagte Eleonora, als sie den Waldrand erreichten. „Wenn du den Weg nimmst, den ich dir neulich Abend gezeigt habe, dann kommst du direkt am Kretscham raus. Und von dort aus kannst du geradewegs nach Schreibersdorf laufen, wenn einer was Dummes fragt, erzählst du eben, du hättest was im Kretscham vergessen beim Scholzen. Ich will nicht, dass du noch vor lauter Heimlichtuerei verloren gehst. Also, wann zieht ihr weiter? Und vor allem: Wann seid ihr zurück?"

„Morgen Abend wollen wir in Schreibersdorf noch ein bisschen aufspielen, ganz ruhig, schon gut, ich frag nicht, ob du kommst. Dienstag wird's dann wohl weitergehen. Und wenn alles so bleibt, wie es gedacht ist, sind wir am Donnerstag oder Freitag nach Ostern wieder zurück. Und wegen der Hochzeiten werden wir dann wohl mindestens zwei Wochen lang bleiben."

„Morgen habe ich keine Zeit. Aber ich werde auf dich warten. Sieh mich an: Ich weiß, dass das alles heute und morgen nicht geht, einfach so auf- und davonzugehen. Wenn's auch schön wäre. Aber wenn wir beide das wollen, ganz fest, dann wird das auch in Erfüllung gehen."

„Ich glaube daran."

„Nun geh."

XVII

Jonathan war nicht der einzige, der außergewöhnlich früh dran war an diesem Sonntagmorgen. Anna Bühlerin in Kießlingswalde war ebenso zeitig wach, genauer gesagt hatte sie überhaupt nicht geschlafen in der vergangenen Nacht. Sie hatte viel vor heute, so viel, dass die Gedanken daran sie nicht zur Ruhe kommen ließen, viel zu viel hatte sie vor, um es zu verschlafen.

Ihre Zeit war gekommen, endlich. Wenn alles so verlief, wie sie sich das in unzähligen Abwandlungen in der vergangenen Nacht ausgemalt hatte, dann würde sie heute erleben, zum ersten Male erleben, ob es noch andere Möglichkeiten gab, von einem Mann angefasst und berührt zu werden. Andere Möglichkeiten als die, welche sie bisher erlebt hatte, grob, gefühllos, verächtlich, besitzergreifend, benutzend. Sie ahnte ja, dass es so etwas geben müsste. Nein, sie ahnte es nicht nur, sie hatte es bei anderen erlebt, gesehen oder gehört. Bei Jacob Gründer und seiner Frau, bei den Höppners, ja selbst dieser Saufkopf Hans Titzmann behandelte seine Frau auf zärtliche Weise, eine Weise, die sie, Anna Bühlerin, bisher noch nicht erfahren durfte.

Sie war ja stumm. Und gegenüber einem Menschen, der nicht sprechen, der kaum seinen eigenen Namen schreiben konnte, der noch dazu in dem Ruf stand, nicht ganz richtig im Kopf zu sein, gegenüber einem solchen Menschen hatte man in Kießlingswalde wenig Geheimnisse. Und keine allzugroßen Skrupel, leider auch das. Wie sollte sie auch jemandem klarmachen, wie oft sie begrapscht, betatscht, befummelt worden war. Glaubt ja sowieso keiner. Und die, die es glauben würden, oder die, die es genau wussten, die würden höchstens sagen: Hab' dich nicht so. Gib doch zu, dass es dir selbst Spaß macht. Machte es nicht. Was soll's. Also ließ sie es. Ließ es zu, dass die Männer ihr unter die Röcke gingen, ihr die

Bluse aufzerrten, besoffen, dummgeil, so wie erst letzte Nacht der Johannes Gehler auf dem Heimweg von Schreibersdorf, der sie einfach vom Weg heruntergezerrt hatte. Was soll's, sie war ja ganz offensichtlich jedermanns Hure, und sie selbst fragte keiner. Mindestens drei, vier Kerle hatten in der Nähe gestanden und hatten zugesehen. Und offenbar nichts dabei gefunden. Und Gehlers Vater war einer von den Gerichtsältesten, da würde man ihr sicher glauben!

Sie hatte mit den Jahren gelernt, was sie tun musste, damit die Männer friedlich blieben, damit sie nur nicht wieder grob wurden, nicht wieder schlugen, nur das nicht. Genau genommen war ja auch nicht viel dabei, so einen kleinen Piephahn, der sich größer als alles in der Welt dünkte, zu melken. Zum Äußersten wollten es die Kerle ja doch nicht kommen lassen, dazu hatten sie zu viel Schiss. Selbst bei einer blöden Anna hätte man sich gefragt, wo denn nun dieses Kind herkommt. Also waren die Männer zufrieden, wenn sie einfach irgendwie abspritzen durften. Und danach waren sie zufrieden und fast freundlich und Anna fühlte sich zum Kotzen, aber danach fragte ja auch keiner. Aber das konnte anders werden. Das würde anders werden. Dieser Strimelin, der würde sie anders anfassen, das wusste sie genau. Der hatte sich verraten dabei, wie er sie angeschaut hatte. Der war zu überrascht gewesen, beinahe erschrocken, ungläubig wie ein Kind. Der war anders. Der würde sie berühren, so wie sich das selbst eine stumme und angeblich blöde Anna Bühlerin erträumte. Und sie würde ihn berühren, so zärtlich und sanft und so geschickt, wie er das wahrscheinlich schon lange nicht mehr erlebt hatte, wenn überhaupt. Und sie würde ihn anfassen, wie er das verdiente, wenn er das, was er tun sollte, auch tun würde. Denn anschließend, ja dann würde dieser Strimelin sie herausholen aus all dem Dreck hier, der würde sie fortbringen, irgendwohin, wo es besser war als hier. Also an nahezu jeden beliebigen anderen Ort.

Und dafür würde sie ihm ja auch noch mehr geben. Etwas, das für ihn vielleicht noch viel wichtiger sein würde als Zärtlichkeit. Sie würde ihn Dinge wissen lassen, die er besser wissen sollte. Sie war stumm. Aber sie hatte ja Augen und Ohren. Sie wusste, was hier in Kießlingswalde vor sich ging. Und so wie die Musikanten auftraten, wussten die das offensichtlich nicht, wussten nicht einmal, wie gefährlich das war. Sie hörte nicht nur gut, sie wusste sich auch zu bewegen, so lautlos und unbemerkt wie eine Katze. Vor ihr blieb nichts geheim. Sie wusste Bescheid. Und sie würde Strimelin an diesem Wissen teilhaben lassen.

Hol mich hier heraus, Strimelin. Es soll nicht dein Schade sein.

Maria Gruner war ebenso zeitig wach an diesem Sonntag. Nur war es in ihrem Falle die blanke Wut, die sie nicht hatte zur Ruhe kommen lassen. Dieser Gustav war ja wohl das allermieseste, hinterhältigste Schwein, das man sich denken konnte. Auf alles war sie gefasst gewesen gestern Abend, doch dass ihr ausgerechnet der Gustav den Ameldonck ausspannen würde, darauf nicht. Dabei hatte sie sich so lange zurechtgelegt, was sie Ameldonck sagen würde. Er sollte sie weder für eine dumme Pute noch für eine alte Jungfer halten, die Angst hat, keinen Mann mehr abzubekommen. Sie hatte sich so viel ausgedacht, war in tiefe Selbstgespräche versunken umhergelaufen, bis alles so geklungen hatte, wie es klingen sollte. Und dann kam dieser Klops und machte alles zunichte.

Warte nur ab, Gustav, im Moment bist du obenauf, aber wir sprechen uns noch. Spätestens wenn die Gablentzin dir aufträgt, die Musikanten nach Ostern für ein paar Tage hier arbeiten zu lassen.

Trotzdem, es musste doch außerdem eine Möglichkeit geben, Gustav loszuwerden – für ein paar Stunden zumindest. Warum auch musste er denn nicht mal wieder hinaus nach Dresden zum Lehnsherrn? Sonst war er doch alle Nasen lang dahin unterwegs, machte sich vielleicht in der Hauptstadt ein paar lustige Tage – warum verdammt noch mal zur Zeit denn nicht? Es gab doch wohl genügend Aufruhr in Kießlingswalde, um den sich der Lehnsherr am besten persönlich kümmern sollte.

Sie musste doch irgend etwas tun können. Irgend etwas. Zunächst jedoch war es Zeit, sich für den Kirchgang zu bereiten. Sie würde in der Kirche darüber nachdenken – auch wenn das nun ganz und gar nicht fromm war, was sie da begrübelte.

Johanna Kellner (Sie hasste ihren Vornamen – nicht dass eigentlich etwas dagegen zu sagen wäre, wenn sie nur nicht einen Johann geheiratet hätte. Salome, ihr zweiter Vorname, das hatte etwas Geheimnisvolles, das klang nach Abenteuer und dunkler Ferne. Johanna, das klang haargenau so wie Kießlingswalde, und Johann und Johanna erst – das klang wie zwei alte Latschen) stand in der Küche, als ihr plötzlich übel wurde. Um Himmels Willen, sie würde doch nicht schon wieder ... Obwohl sie nicht laut gesprochen hatte, biss sie sich auf die Zunge, um den Gedanken nicht zu Ende zu bringen. Zwecklos. Noch jedes Mal, wenn sie diesen Gedanken, und sei es auch nur bis zu dieser Stelle, im Kopf gehabt hatte, dann war sie auch schwanger, ob sie das nun wollte oder nicht. Der Gedanke ließ sich vielleicht verbieten, der Born, aus dem er stammte, sprudelte dennoch. Sie kannte diese Geschichte inzwischen zu gut, um daran zu zweifeln.

Das siebente Kind. Und sie hatte sich so sehr gewünscht, wenn schon noch ein Kind käme, es nicht mehr in diesem Kaff auf die Welt bringen zu müssen. Aber es stand nicht rosig um diesen Wunsch. Dabei hatte es doch ganz gut angefangen vor einer Woche. Und ihr Gustav war schon fast wieder ganz der Alte, wie er da von Beichte und Abendmahl redete. Sicher war auch schon längst an die Ämter geschrieben worden. Doch, doch, die vergangene Woche hatte ziemlich gut begonnen.

Aber nun würde wohl alles beim Alten bleiben. Diese elenden Feiglinge von Musikanten waren einfach weitergezogen. Sie wollten nach Ostern wiederkommen. Behaupteten sie. Aber wer kann diesem Gesindel schon trauen. Johanna Salome Kellner sollte sich doch eigentlich freuen, aber ihr war zum Heulen zu Mute.

XVIII

Selbst Strimelin war früh auf den Beinen an diesem Sonntag, viel früher, als man das von ihm kannte. Im ersten Morgengrauen hatte er noch überlegt, einfach den ganzen Tag hier auf seinem Lager zu bleiben, für nichts und niemanden zu sehen, zu sprechen, zu erreichen. Dann siegte aber doch sein Wissen um das gegebene Versprechen, und seine Neugier, wenn er auch nicht beschreiben konnte, worauf. Er wollte wissen, was hier vor sich ging, zum Beispiel gestern Abend – die Anna, lachte er in sich hinein, die würde es ihm ganz bestimmt sagen.

„Es muss die Luft sein hier in der Gegend", sagte er bei ihrem gemeinsamen Frühstück zu Jonathan, der ihm nicht zuhörte, und zu Ameldonck, den das nicht interessierte, „jedenfalls kommen mir plötzlich Lieder und Texte in den Sinn wie schon seit ewigen Zeiten nicht mehr. Ich werde mich in eine ruhige Ecke setzen und ein bisschen kritzeln, vielleicht nachher auch draußen vor mich hinklimpern – macht euch also keine Gedanken, mir geht es gut. Ich meine, es wäre doch schön, mal wieder etwas Neues zu spielen und nicht immer nur den alten Kram!"

Da Jonathan ohne Antwort nach draußen stürmte, glaubte wenigstens Ameldonck, Strimelin etwas sagen zu müssen, wenn er schon um das bisschen Liederschreiben so viel Aufhebens machte. Das tat er doch sonst auch nicht. Müssen schon komische Lieder sein, die der im Kopf hat. „Man soll aber doch am Sonntag nicht arbeiten", erklärte er. „Noch nicht einmal denken sollte man. Nur den Sonntag heiligen. Sonst nichts. Aber tu, was du willst. Ich jedenfalls habe nicht vor, zu sündigen, gegen wen auch immer." Mit diesen Worten goss er sich den halben Krug Bier, der vor ihm stand, in den Hals, danach stand er auf und zog sich in der Kammer auf seinen Strohsack zurück.

Strimelin saß lange am Tisch mit seinen alten Papierfetzen, reimte, strich wieder durch, kritzelte drüber, bis er endlich einigermaßen zufrieden mit dem Ergebnis war. Es sollten schließlich keine Kunstwerke werden, sondern nur ein paar kleine dumme Lieder, um jemandem einen Wunsch zu erfüllen.

Gegen Mittag nahm er dann die Leier und ging hinaus aus dem Kretscham in das Wäldchen. Er versuchte, ungefähr die Stelle zu finden, an welcher er mit Anna Bühlerin zusammengetroffen war am Abend zuvor, sehr darauf bedacht, sich nicht an einem der Pinkelbäume niederzulassen. Er wusste nicht, ob Anna kommen würde. Er hielt sich nicht für einen Mann, dem garantiert keine Frau einen Korb gab, und auch die Zeiten, in denen er geglaubt hatte (und sich auch genauso immer wieder getäuscht hatte), die Frauen zu kennen, zu verstehen, auch diese Zeiten waren lange vorbei. Aber wenn sie denn käme, hier würde sie ihn leicht finden können, wenn sie ihn suchte. Obwohl es ihm in diesem Moment lieber gewesen wäre, sie käme nicht.

Aber sie kam. Irgendwann am frühen Nachmittag, als Strimelin, mit dem Rücken an einen Baum gelehnt, gerade ein wenig eingenickt war, stupste sie ihn ganz sanft mit dem Knie gegen die Schulter. Strimelin brauchte einen kurzen Moment, sich zu besinnen. Der Wind, der ganze Tag war so überraschend mild.

„Schön, dich zu sehen, Anna."

Ganz meinerseits.

„Ehrlich gesagt, ich bin überrascht. Ich geb's zu, ich hatte nicht damit gerechnet, dass du kommen würdest."

Als Antwort legte Anna einfach den Kopf ein wenig zur Seite. In ihren Augen immer noch jener ruhige Ernst des Vorabends, aber auch so etwas wie ein paar Funken Freude und etwas, das Strimelin als Zutrauen deutete. Nicht mehr der fiebrige Glanz vom Vorabend. Ruhe. Sichere Ruhe. Warum hätte ich nicht kommen sollen?

„Ja, weißt du, das mit den Bierabenden, das ist so eine eigene Geschichte. Glaub mir, es gibt nicht viele Dinge, mit denen ich mich so gut auskenne wie damit. Da wird so viel geredet und versprochen und gemacht und wenn's sein muss geschworen und im nächsten Augenblick wieder vergessen. Das ist einfach so, da braucht man nicht zu klagen darüber."

Und nun?

„Nun ja. Jedenfalls bist du nun da."

Vielleicht, vielleicht hätte er doch noch einmal mit Ameldonck reden sollen, was man in einer solchen Situation reden und anstellen sollte. Der hätte ihm sicher einen fundierten Unterricht erteilen können. Wenn er ihn nicht, und das war wahrscheinlicher, einfach ausgelacht hätte. Und deshalb hatte er ihn auch nicht gefragt. Auf was für einen Quatsch hatte er sich hier nur eingelassen!

Anna ergriff seine Hand und zog ihn tiefer in das Wäldchen hinein. Sie kannte sich aus, an welchen Plätzen man gut beobachten konnte, falls ungebetene Störung nahte und wo man gleichzeitig selbst nicht so schnell gefunden werden konnte.

Anna setzte sich auf den Boden, aus dem die ersten Gräser und Kräuter hervorsprossen und bedeutete Strimelin, es ihr gleichzutun.

Strimelin nahm seine Leier zur Hand. Da hatte er wenigstens etwas, woran er sich festhalten konnte. Diese Anna ist jung, dachte er, auch wenn sie schon so ernst und erwachsen aussieht. Vielleicht ist sie nicht einmal viel älter als Jonathan. Sie könnte deine Tochter sein.

Genau. Betrachte sie als ein Kind, dem du eine Freude machst. Nicht mehr.

„Also, gestern Abend, das war ja noch nicht ganz das, was du dir gewünscht hast. Ich sollte ja wohl ein Lied ganz für dich alleine spielen und singen, oder? Also habe ich mich heute morgen hingesetzt und habe zwei Lieder geschrieben, nur für dich." Eigentlich waren es drei Lieder gewesen, aber das dritte unterschlug Strimelin, das erschien ihm jetzt hier etwas zu anzüglich, da war zu sehr von Frausein und Schönheit und solchen Sachen die Rede, die beiden anderen, die waren unverfänglich und harmlos, das ging es um den Frühling und um Blüten und Wiesen und hüpfende Füße und um so was. Kinderkram. Gerade richtig. „Weißt du, wir machen es so: Ich spiele sie dir vor und dann gebe ich die die Zettel davon. Ich hab sie aufgeschrieben. Ich hab sogar so eine Art Notation für die Leier daneben geschrieben, wenn du mal einen Mann findest, der diesen Kasten auch spielen kann, na ja, der kann dann vielleicht sogar die Melodie erraten. Ich gebe sie dir, denn die sollen bei dir bleiben. Weil sie nur für dich sind, werde ich sie nirgendwo sonst spielen. Nur heute. Nur für dich."

Anna lächelte. Tatsächlich. Und nun spiel los! Sie lehnte sich an einen Baum und schloss die Augen. Das, soviel hatte Strimelin schon begriffen, war bei ihr offenbar ein Zeichen von großem Vertrauen.

Als Strimelin nach dem zweiten Lied die Leier beiseite legte, öffnete Anna ihre Augen wieder. Ja, sie freute sich, das sah Strimelin ganz deutlich, aber irgendwie ... Sie zog eine Schnute, gestikulierte.

„Ich versteh' nicht, was du mir sagen willst. Ich rate, und du nickst, wenn es stimmt. Es hat dir nicht gefallen, oder? Das schon, aber da gibt's noch ein Aber? Du möchtest mehr, noch mehr? Ja. Hör mal, ganz so schnell sprudeln die Einfälle aus einem alten Mann wie mir auch nicht mehr heraus."

Wieder Gestikulieren. Anna stand auf, streckte sich, wiegte sich in den Hüften, zeigte auf ihre Brüste.

„Ja, du bist schön, Anna. Das hab ich zwar schon gesagt – aber manche Dinge kann man ruhig auch öfter sagen."

Nein! Das meine ich nicht.

„Du bist groß, du ..."

Streng dich an! Sieh mich an!

„Du bist kein Kind mehr."

Getroffen.

„Und du meinst, das eben, das waren Kinderlieder?"

Noch ein Treffer.

„Das stimmt aber nicht! Die waren für dich! Und ich weiß sehr genau, das du kein Kind mehr bist."

Komm schon, du kannst doch auch anders. Ich hab's doch im Kretscham gehört!

Na schön, dann eben doch das dritte Lied.

Hinterher lächelte Anna Strimelin ganz offen an. Nun schon das zweite Mal. Na also. Geht doch.

Als Strimelin ihr die Zettel mit den Liedern darauf reichen wollte, legte Anna ihm sanft, ganz sanft, mit ruhiger Bestimmtheit die linke Hand auf den Mund, mit der rechten öffnete sie seinen Hosenlatz, und dann bewies sie ihm, dass er noch lange nicht so alt war, wie er sich selbst gern gab.

„Warum, warum hast du das eben getan?"

Lächeln, ein Schulterzucken, ein schneller Blick auf die Leier, auf die Zettel.

„Als Dank? Aber das war doch, nein, ich meine, die Lieder, die habe ich für dich geschrieben, ohne an so etwas als Dank zu denken.

Du meinst ich schwindele?

Nun ja, vielleicht hast du ja recht. Vielleicht habe ich auch an so Etwas gedacht. Es ist nur schon so lange her, dass ich das erleben durfte, weißt du. Und – jetzt habe ich dir zu danken. Es war schön. Viel schöner, als diese albernen Lieder überhaupt sein können."

Anna zuckte erneut nur kurz mit den Schultern und legte ihm erneut die Hand auf den Mund. Hör auf zu erzählen, warte es doch nur mal ab, das eben, das war erst der Anfang von Fest! Und anstelle einer weiteren Erklärung öffnete sie ihre Bluse, ganz langsam zog sie sich aus, bis sie schließlich mit nacktem Oberkörper vor Strimelin stand, der nicht wusste, wo er überhaupt hin oder wo nicht hinsehen sollte. Auf dem Rücken hatte sie überall kleine Narben und Striemen, an ihrer linken Brust, neben dem Bauchnabel. Das waren keine Pockennarben, nein, wie die aussahen, das wusste Strimelin nur zu genau. Das war etwas ganz anderes.

„Man hat dich geschlagen."

Wieder ein Schulterzucken. Mit der linken Hand machte Anna eine Bewegung, als werfe sie ein zerknülltes Blatt Papier über ihre Schulter. Schon vorbei. Sieh dir lieber was anderes an. Sie ergriff Strimelins vor Aufregung schweißnasse Hände und legte sie sich auf die Schultern. Ihr weißer, anscheinend so zerbrechlicher Körper, diese vielen kleinen Buckel und Unebenheiten, die die Narben auf ihrer Haut hinterlassen hatten, all das erweckte in Strimelin mit einem Male das Gefühl einer lange vergessenen Zärtlichkeit, und so begann er Anna ganz sanft zu streicheln, furchtsam geradezu, um nur nichts kaputtzumachen an ihr, ihr nicht wehzutun. Anna hatte sich inzwischen auch ihrer restlichen Sachen entledigt, aus denen sie auf dem Boden eine Art Lager hergerichtet hatte, auf welches sie Strimelin hinabzog. Und dann bewies sie ihm, dass sie nicht nur einen sehr zarten und hellen Körper hatte, sondern auch ziemlich genaue Vorstellungen davon, wie dieser Körper berührt, gestreichelt und geküsst werden wollte.

Strimelin kam es so vor, als sei er von Anna auserwählt worden, mit seinen Händen, seinem Mund jeden Schlag, jeden

Hieb, jeden Stoß, jeden Kratzer, den ihr Körper hatte hinnehmen müssen, von ihr wieder fortzunehmen, ihn auszulöschen, ihn ungeschehen zu machen, und es schienen Unmengen von Schlägen gewesen zu sein. Strimelin war nicht in der Lage, einen klaren Gedanken zu fassen, alles was er noch zuwege brachte, war, sich ganz und gar willig von Anna leiten zu lassen. Nahezu besinnungslos ließ er immer wieder seine Finger über ihren Hals gleiten, über ihre kleinen, spitzen Brüste mit den rosa Türmchen, über ihren Rücken, ihren kleinen festen Bauch, er küsste ihre Pobacken, ihre Schenkel, ihren Bauchnabel, kein Schlag, keine Verletzung sollte von ihm unentdeckt, ungeheilt bleiben, Als ihm bei der Betrachtung von Annas weißblondem Vlies das Feuer restlos den Verstand zu rauben drohte, versuchte er, in sie einzudringen. Sie wehrte ihn ab, ganz ruhig und zärtlich, aber doch so bestimmt, dass er zum ersten Mal spürte, dass in diesem zerbrechlichen Körper mehr Kraft steckte als man glauben mochte, und dann half sie ihm erneut mit Hand und Mund aus seiner Bedrängnis, als sei dies die einfachste, natürlichste Sache von der Welt. Es musste ja nicht gleich ein Kind aus ihrer gemeinsamen Reise, die Anna noch lange nicht zu beenden gedachte, entstehen.

Irgendwann, wer weiß wie lange sie so gelegen haben mochten, schnaufend und seufzend der eine, still, ganz still auch jetzt die andere, verloren Annas Augen für einen Moment jenen Blick, der Strimelin die gesamte Zeit so genau und aufmerksam betrachtet hatte. Sie schloss die Augen, rollte sich zusammen wie eine Kugel, schlug sich die Hände vor das Gesicht, als würde sie weinen. Strimelin begriff, dass sie ein paar Augenblicke ganz mit sich alleine sein wollte. Sie atmete tief durch, zehnmal, zwanzigmal, dann öffnete sie die Augen wieder. Sie stand auf, ohne den Blick von Strimelin abzuwenden, drückte ihm einen langen Kuss auf den Hals und zog sich an.

Danke, zumindest deutete Strimelin ihren Blick so.

Ich komme wieder.

„Das wäre schön, Anna. Aber übermorgen ziehen wir erst einmal für ein paar Tage nach Hirschberg."

Ich weiß. Am liebsten würde ich mitkommen. Genau, das wäre sowieso das Beste. Ich komme ganz einfach mit dir!

„Ich fürchte, das geht nicht so einfach."

Oh Gott, Ameldonck, wie erklärt man so etwas? „Aber wir kommen wieder."

Bitte.

„Nein, Anna. Das geht nicht so schnell. Im Moment haben wir genug damit zu tun, uns selbst halbwegs durchzubringen. Wir kommen zurück, in gut zehn Tagen, dann sehen wir uns wieder. Und außerdem: Was meinst du, was die Leute sagen, wenn du mit uns fortgehst und dann nach Ostern wiederkommst?"

Du hast Recht, trotzdem war das nicht gerade das, was ich jetzt hören wollte.

„Wir sehen uns nach Ostern wieder. Und dann sehen wir weiter. Versprochen."

Na gut. Erst einmal.

„Und – danke."

Anna hob die Zettel hoch und strich ihre Kleider glatt. Ich danke dir, dann nahm sie Strimelins Hand, drückte einen Kuss auf seine Finger und lief hinunter zur Straße und zurück nach Kießlingswalde.

„Ich kann mich täuschen", sagte Ameldonck, als sich Strimelin auf den Strohsack neben dem seinen fallen ließ, „aber du riechst so, wie ich nie vermutet hätte, dass du jemals riechen könntest. Man könnte das auch unfreundlicher sagen – aber ich mag nicht."

Strimelin schnupperte an seinen eigenen Fingern. Ameldonck hatte recht. Einen Moment lang noch zog Strimelin diesen Geruch in die Nase und holte die Bilder zurück, die zu diesem Geruch gehörten. Er durfte gar nicht daran denken, wo diese Finger eben spazieren gegangen waren, dann wurde ihm schon ganz schwummerig. Also schüttelte er nur lachend den Kopf und ging sich waschen.

Genau so, wie Eleonora es vorausgesagt hatte, war Jonathan, nachdem er in der Nähe des Kretschams auf die Straße nach Schreibersdorf gelangt war, kaum einem Menschen begegnet, und diejenigen, die er traf, kümmerten sich nicht um ihn. Auf knapp halbem Wege nach Schreibersdorf allerdings, als er gerade aus Stolzenberg heraus war, kamen ihm drei Jungen entgegen, Halbwüchsige, vielleicht zwei oder drei Jahre jünger als er. Sie waren aus Kießlingswalde, Jonathan hatte sie ab und an auf der Dorfstraße gesehen, im Kretscham jedoch nicht, da waren sie vielleicht noch zu grün dazu.

„He", rief der eine, „nun seht doch mal, wen wir da haben! Na aber – ist das nicht einer von diesen beschissenen Bierlatschen? So ein Zufall aber auch."

Jonathan spürte, dass die drei offenbar auf Krawall aus waren, und bei diesem Krawall würde er, nicht gerade ein Hüne an Gestalt, wohl nicht allzu gut aussehen. Allein gegen drei, das war nicht so komisch. Er verbiss sich seine Erwiderung und zwang sich, ohne jede Reaktion ruhig weiterzugehen.

„He, du redest wohl nicht mit jedem? Sind wir dir nicht gut genug, du Wichser?"

Sein Gefühl sagte ihm, dass es gegenüber diesen Rotzlöffeln nichts bringen würde, den Älteren und Überlegenen herauszukehren. Am besten wäre es wohl, er nähme die Beine in die Hand. Als er diesen Gedanken endlich gefasst hatte, wurde er auch schon zu Boden gerissen. Die drei versuchten, auf ihn einzutreten, er spürte einen Fuß in seinem Gesicht, einen anderen in seinem Unterleib, doch den bekam er zu fassen und drehte ihn, sich selbst vor Schmerz auf die Zähne beißend, um, so dass einer der Bengel der Länge lang neben ihm in den Dreck fiel. Mit vereinten Kräften gelang es den Dreien schließlich, Jonathan halbwegs am Boden festzuhalten. Einer, offensichtlich so etwas wie der Anführer, kniete sich auf Jonathans Brustkorb und spuckte ihm mitten ins Gesicht.

„So, du kleiner Scheißer, jetzt haben wir dich. Und jetzt machen wir dich alle. Eins wollen wir dir nämlich sagen: Unsere Hennen hier im Dorf, die treten wir immer noch selbst, hast du das verstanden? Da brauchen wir nicht so einen dahergerannten halben Hahn wie dich dazu. Und selbst, wenn es bloß diese zickige Pfarrerstochter Eleonora ist. Die ist nämlich auch noch fällig, hörst du? Aber nicht von dir, verlass dich drauf! Vorher schneiden wir dir nämlich noch deine Eier ab!"

Er sammelte tief unten in der Kehle erneut eine große Ladung Spucke, als es Jonathan in rasender Wut gelang, sich mit einer blitzschnellen Drehung aus der Festhalte zu befreien, seinen Reiter auf den Boden zu werfen und selbst auf die Füße zu kommen. Als der Anführer sich gleichfalls aufrappelte und wieder auf ihn losgehen wollte, schnappte ihn Jonathan behände bei den Hüften und rammte ihm mit aller Wucht sein Knie in den Unterleib, so dass der mit einem Stöhnen vornüber sackte. Den beiden anderen, die gerade noch auf ihn eintreten wollten, nahm dies wohl erst einmal jeglichen Angriffsmut, lieber kümmerten sie sich um ihren Kumpan.

„Hau bloß ab", zischte der Jonathan zu (das musste man ihm nicht sagen). „Und lass dich nie wieder in Kießlingswalde blicken, hörst du! Sonst fackeln wir dir nämlich deinen verdammten Arsch ab, hast du das verstanden? Deinen fetten Arsch!"

Jonathan sah zu, dass er nach Schreibersdorf kam. Sie hatten ihn getreten und geschlagen, dass seine Knochen bei jedem Schritt jämmerlich schmerzten. Nun gut, das passierte einem eben als Bierfiedler. Sie hatten ihn bespuckt, das tat weh. Er dachte noch nicht einmal daran, dass es nun doch noch eine gute Idee gewesen war, die Fiedel in Schreibersdorf zu lassen. Dort, wo er Schläge abbekommen hatte, brannte alles an ihm. Aber mehr noch, so sehr, dass er Rotz und Wasser heulte, mehr noch brannten ihre Worte. Diese Schweine wussten etwas, das offenbar jeder hier in Kießlingswalde wusste, nur er nicht. Eleonora war die Tochter des Pfarrers. War die Tochter von jenem Johann Wilhelm Kellner, der das Tanzen ganz und gar abschaffen und verbieten wollte. Und sie hatte ihm kein Wort davon gesagt. Nichts. Das, das tat zum Heulen weh. Dagegen waren die Tritte Streicheleien, die Spucke Küsse!

Strimelin fragte ihn, ob er etwas erzählen wolle, als er verdreckt und verheult in den Kretscham kam. Jonathan schüttelte nur wortlos den Kopf, wusch sich Rotz und Blut aus dem Gesicht und heulte sich in den Schlaf.

Anna Bühler konnte sich nicht erinnern, wann sie zum letzten Mal mit einem Gefühl so ruhiger, glücklicher Müdigkeit eingeschlafen war. Das musste irgendwann in den letzten Jahren ihrer Kindheit gewesen sein. In ihr brannte etwas, das sie wärmte. Dieser Strimelin, der war etwas Besonderes, das hatte sie geahnt und nun wusste sie es. Sie wusste, dass es dumm war, voreilig, ihm heute schon zu zeigen, dass sie mit ihm mit wollte. Das hätte beinahe alles kaputt gemacht. Sie würde sich gedulden müssen. Das hatte sie gelernt. Und Strimelin würde sie brauchen, mehr denn je. Auf dem Nachhauseweg war ihr das Kind entgegengekommen, der Fiedler, zerschlagen, heulend, viel zu sehr mit sich selbst beschäftigt, als dass er Anna überhaupt wahrgenommen hätte. Da hat wohl einer von den Dreien eine erste Ahnung bekommen, was hier los ist, wovon ihr alle nichts wisst. Guck dir den Jungen genau an, Strimelin, und dann denk dran, dass du hier im Ort jetzt jemanden hast, dem du vertrauen kannst.

Einen kurzen Moment da draußen hatte sie mit dem Gedanken gespielt, Strimelin ganz und gar gewähren zu lassen und nicht nur seine Finger und seine Zunge. Es hatte ja nicht mehr viel gefehlt. Aber dann wäre nichts von dem möglich, was sie sich ausgemalt hatte. Dieser Strimelin, das wäre vielleicht ein Mann, den man mit einem Kind an sich binden könnte. Der würde wahrscheinlich sogar bleiben. Aber sie wollte ihn ja nur an sich binden, und nicht an dieses elende Kießlingswalde. Hier wollte sie kein Kind zur Welt bringen, schon gar nicht eins für Strimelin, hier, wo jeder das Kind als Hurenbalg bezeichnen würde, hier, wo so viel Dreck war. Mitnehmen sollte Strimelin sie, fort, weit fort, und das würde mit einem dicken Bauch nicht so gut gehen.

Armer kleiner Strimelin, dachte Anna, ehe sie einschlief. So schnell kriegst du mich jetzt nicht mehr los, weißt du das eigentlich? Du wirst es merken, glaub mir nur! Morgen werde ich nicht nach Schreibersdorf kommen, ach nein. Ich habe gar nicht die Zeit dazu, und außerdem sollst du ruhig ein bisschen Sehnsucht spüren nach der armen kleinen Anna. Und wenn du ganz lieb bist, dann lass ich dich beim nächsten Mal noch ein bisschen mehr machen. Mein kleiner Po, der hat so viele Dinge lernen und aushalten müssen, die möchte ich auch einmal ausprobieren, wenn ich es will. Das wird dir gefallen, Strimelin, glaub es mir.

Du brauchst mich. Du weißt noch gar nicht, wie sehr. Aber nun schlaf gut, lieber Strimelin. Alles wird gut, verlass dich auf mich.

XIX

Am Montagmorgen hörte Maria draußen Pferde trappeln. Ihr Herz schlug bis an den Hals hoch, als sie sah, dass Gustav die größere der beiden Kutschen bestieg. „Grüß meinen Bruder, oder bring ihn am besten gleich mit", rief die Gablentzin ihm hinterher.

Also fuhr Gustav nach Dresden zum Lehnsherrn. Und dieser Mistkerl hatte auch nicht ein Wörtchen davon verraten. Maria musste sich beherrschen, nicht laut aufzujubeln. Ein Blick von Gustav streifte das Fenster, hinter welchem Maria stand, und dieser Blick zeigte, dass Gustav offenbar sehr genau ahnte, wer da wohl hinter dem Fenster stand und schaute und sich mühsam die Freude verbiss. Schwärzer als dieser Blick konnte es auch in der Hölle nicht sein.

Prätorius fuhr nach Dresden. Wahrscheinlich würde er den Lehnsherrn mitbringen über die Ostertage, wozu sonst die große Kutsche. Heute Abend jedenfalls würde er wer weiß wo sein, nur nicht in der Schreibersdorfer Schänke. Maria empfand so ein Glück als nahezu schon unanständig. Aber verdient.

Wie schon am Sonntag zuvor in Kießlingswalde wollten die Musikanten auch heute aufspielen, nur so, ohne Tanz. Der Schreibersdorfer Schulze sollte für seine Gastfreundschaft belohnt werden, denn so viel schien sicher, es würden wieder etliche von Kießlingswalde und von Stolzenberg herüber kommen, es würde mehr Bier aufgehen als sonst, somit würde der Schulze seinen guten Schnitt machen. Es waren außerdem noch viele Dinge zu besprechen wegen der Hochzeiten nach Ostern. Und, was ja nicht ganz zu vernachlässigen war, sie wollten schon ganz gern wissen, was der Herr Pfarrer in seiner Predigt gestern gesagt hatte. Es betraf sie ja wohl auch in nicht geringem Maße.

Ameldonck und Strimelin halfen dem Schulzen bei Tag, Bier zu brauen, aber sein Zeug war alt und schlecht, wie sollte da vernünftiges Bier herauskommen. Der Lehnsherr von Kießlingswalde hatte schon lange versprochen, sich der Sache anzunehmen, dann könnte man hier ebenso gutes Bier brauen wie in Kießlingswalde – aber seither hieß es immer nur: keine Zeit, keine Zeit.

Jonathan streunte über die Felder. Er war nicht mit Zangen anzufassen. „Warum hast du mir nie gesagt, wie wichtig es für einen Musikanten ist, Noten lesen zu können", hatte er am Morgen Strimelin angeknurrt.

„Warst du deshalb so verheult gestern Abend? Weil du auf den Feldern entdeckt hast, dass es so etwas wie Noten gibt?"

„Du hast mir alles beigebracht! Warum nicht auch das Wichtigste?"

„Bisher haben wir das doch nie gebraucht, oder?"

„Was meinst du damit?"

Jonathan sah böse aus. Das war nicht die Traurigkeit, die Strimelin an ihm kannte, eine Traurigkeit, die bei Strimelin Halt und Trost suchte. Jonathan war wütend. Und weil es sonst niemanden gab, gegen den er diese Wut schleudern konnte, richtete er sie gegen Strimelin. Der begriff den Grund nicht, aber er bemühte sich, den Jungen zumindest wieder auf die Erde zu bekommen.

„Ich erklär's dir, wenn du dich ein bisschen beruhigt hast."

„Ich bin so ruhig, noch ruhiger wäre schon tot!"

„Na schön, weißt du, als ziehender Musikant, da muss man eine ganze Menge Dinge beherrschen, um halbwegs lebendig durchzukommen – und das Notenlesen kommt dabei ziemlich weit hinten."

„Vielleicht will ich aber nicht mein ganzes Leben lang als Bierlatschen über die Lande ziehen. Vielleicht will ich ja irgendwann einmal auch zu Hause sein können. Und was soll ich dann machen? Ich habe doch nichts gelernt, rein gar nichts außer der Musik. Und nun merke ich, dass ich das auch nicht gelernt habe." Das klang wenigstens schon nicht mehr wütend. Nur traurig und enttäuscht. Das war einfacher.

Strimelin sah Jonathan lange an. Der Junge wurde erwachsen. Strimelin hatte damit gerechnet. Aber doch nicht so bald.

„Ich werde dir die Wahrheit sagen: Ich habe dich das Notenlesen nicht gelehrt, weil ich es selbst nicht kann. Lach nicht. Ich weiß ein paar dürre Fetzen davon, viel zu wenig, um dir ein Lehrer sein zu können. Ich würde dich nur völlig durcheinander bringen mit den paar Brocken, von denen die Hälfte wahrscheinlich auch noch falsch ist. Aber gut, inzwischen hast du so viel begriffen von der Musik, ich werde dir das Wenige, was ich sicher weiß, auch beibringen. Und ansonsten – es gibt in den Städten, zum Beispiel schon in Hirschberg, jede Menge Buchverkäufer. Und die werden glücklich sein, uns ein Buch raussuchen zu können, das dir weiterhilft. Das alles zusammengenommen könnte für den Anfang reichen.

Aber eins lass dir noch gesagt sein, Jonathan. Du hast wahrscheinlich inzwischen viel mehr von der Musik begriffen als Ameldonck und ich zusammengenommen, viel mehr als so mancher, der wohl Noten lesen und schreiben kann und sich Musicus schimpft. Ich habe Leute heulen gesehen bei deinem Spiel, und so etwas kann man auch aus den besten Noten nicht lernen. Das Notenlesen allein macht noch lange keinen Musiker. Aber du hast recht, ganz ohne geht es auch nicht."

Jonathan stapfte am Nachmittag in weitem Bogen um den Kretscham herum. Er brachte es nicht fertig, sich einfach nur mal hinzusetzen, er konnte versuchen, was er wollte, er kam einfach nicht in die Ruhe, die er suchte. Laufen, bewegen, das linderte nicht alles, aber doch eine Menge von der Wut und der Ohnmacht in ihm.

Er fühlte sich betrogen. Eleonora war also die Tochter des Pfarrers. Sehr lustig das Ganze, wirklich sehr lustig. Zum Totlachen geradezu. Vielleicht hatte sie abends mit ihrem Vater beisammen gesessen und Eleonora hatte ihm berichtet, dass einige von diesen Teufelsknechten gar nicht so gefährlich seien. Das sind doch einfach nur dumme Jungs, die man wunderbar an der Nase herumführen kann. Oh ja, das würde ein tolles Gelächter gegeben haben. Und warum wollte sie von ihm geküsst werden? Wollte sie spüren, wie die Hölle schmeckt? Was war das alles nur für eine elende verlogene Kacke. Was sollte dieses ganze Gerede von Flandern und all diesem Zeug, was, außer, ihn zum Narren zu halten?

Morgen würden sie weiterziehen. Nach Hirschberg, also noch ein ganzes Stückchen weiter weg von Flandern. Um so besser. Von ihm aus könnten sie anschließend gleich noch bis zu den Türken laufen.

Genau so, wie er sich fühlte, spielte er am Abend auch. Strimelin hätte gesagt: herzergreifend jämmerlich, da stand kein Ton wie ein Lichtstrahl im Raum, da war kein Singen wie aus einer anderen Welt, kein Glänzen von innen heraus, da war nur Geknarze und Gequietsche und Gekratze. Strimelin sagte nichts, er hatte schon begriffen, dass Jonathan heute mit Worten nicht beizukommen war. Statt dessen gab er lieber dem Schulzen ein Zeichen, Jonathan einen ordentlichen Becher Branntwein zu bringen. Den schien er heute dringender denn je zu brauchen – und dann würde es auch allmählich wieder ein bisschen besser werden mit dem Spielen. Ganz so abschreckend herumstümpern durften sie schließlich auch nicht, sonst überlegte sich der Tobias Francke das doch noch einmal mit der Hochzeit seines Sohnes.

Jonathan nahm den Branntwein dankbar entgegen. Genau so. Hallo, alter Freund, dich hab ich ja schon tagelang nicht ordentlich gewürdigt! Scheiß doch auf die Hochzeiten, ich hab eh keine Lust darauf. Einfach das beschissene Denken wegspülen. Bloß keine blöden Träume! Und morgen einen Brummschädel haben, der mindestens bis nach Lauban und noch weiter reichte und ihm so recht die Wut auf diesen heutigen Tag und seine Gedanken hochtrieb. Genau so. Mehr Branntwein. Mehr.

Martin Francke würde am Sonntag nach Ostern heiraten. Schon möglich, dass der Herr Kellner Schwierigkeiten machen würde. Ziemlich sicher sogar. Aber da die Braut, Rosina Martin, aus Hochkirch stammte, hatten sie durch Prätorius an den Lehnsherrn die Bitte übermitteln lassen, die Trauung in Hochkirch vornehmen zu lassen und erst am Nachmittag in den Kretscham nach Kießlingswalde zu ziehen. Dazu müsste nur das Amt in Görlitz eine Weisung an den Pfarrer in Hochkirch herausgeben. Nach allem, was der Herr Kellner in den vergangenen Monaten über das Tanzen gesagt hatte (und was der Lehnsherr sicher auch an das Amt berichtet hatte), müsste das zu machen sein. Eine Hochzeit ohne Tanz, und das hier in der Oberlausitz, das konnte und mochte man sich wirklich nicht vorstellen. Sie, also Strimelin, Ameldonck und Jonathan, sollten die Braut mit Musik zur Kirche und wieder zurück zum Brauthaus begleiten, am Mittag dort auf der Straße spielen, anschließend würden sie auf dem Brautwagen mit nach Kießlingswalde fahren und dort mit allen anderen Gästen den Kretscham beziehen. Das klang nach einer richtig guten Hochzeitsfeier.

Am darauf folgenden Wochenende würde dann Christoph Hansche die Rosina Förster heiraten (es wimmelte hier nur so vor lauter Rosinen). Der Vater des Bräutigams, Jeremias Hansche, war allerdings wesentlich ängstlicher. Seine künftige Schwiegertochter kam ja auch nicht aus Hochkirch oder von sonstwoher, die kam aus Kießlingswalde und also würde sich die ganze Feier auch dort abspielen. Ja doch, natürlich würde er schon gerne Musikanten haben, aber sicher doch, zumal doch der Lehnsherr es befohlen hatte. Und sein Bruder, der sei doch auch einer von den Gerichtsältesten, dem wollte er auch um nichts in der Welt Schwierigkeiten machen. Alles schon richtig.

Aber, der Pfarrer eben, und sie hatten ja nun einmal keinen anderen, also, man sollte lieber noch ein wenig abwarten, was sich da ergeben würde, ehe man etwas fest vereinbarte. Am Sonntag vorher, auf Martin Franckes Hochzeit, da würde er ihnen genauen Bescheid geben. Ja doch, er sei ein treuer Tschirnhausischer Untertan, aber – kann man mit einem Pfarrer, der schließlich das Wort Gottes hat, so umspringen? Ihn so vor den Kopf stoßen, indem man stracks wider seine Lehren handelte? Musste man denn nicht Gott mehr gehorchen als den Menschen? Fragen, viel zu groß für den kleinen kahlen Kopf von Jeremias Hansche. Es würde sich ganz bestimmt alles legen, schließlich hatten sie doch seit jeher Musik und Tanz auf ihren Hochzeiten gehabt in der Oberlausitz, und Gott schien nichts dagegen gehabt zu haben, oder?

Die Verhandlungen führte Strimelin allein und der drang auch nicht weiter auf den Martin Francke ein. Das würde sich alles geben. Die Hochzeit nach Ostern, die würde ihn schon überzeugen, da machte sich Strimelin keine Sorgen. Dazu hatten sie schon viel zu oft auf Hochzeiten gespielt, da waren sie immer besonders gut, und also wurden das auch die Feiern.

Jonathan war unterdessen damit beschäftigt, Bier und Branntwein in sich hineinzuschütten, was zwar sein Spiel etwas anhörbarer machte, aber auch dazu führte, dass er in den Pausen dauernd nach draußen rannte, um sich zu übergeben. Dabei hatte er einmal Gesellschaft von Hans Titzmann, der genauso abgefüllt war wie immer, wenn sie ihn getroffen hatten, nur war er heute Abend von verblüffender Freundlichkeit. Und so erbrachen sie sich Arm in Arm nebeneinander. Er höre Stimmen, erklärte Titzmann. Sie würden ihn wohl bald holen kommen. Nichts für ungut, Hans Titzmann, hören wir nicht alle manchmal Stimmen? Ja, vielleicht. Aber mich werden sie holen kommen. Bald schon. Na, auch gut.

Ameldonck war ebenfalls beschäftigt. Maria hatte keinen Zweifel aufkommen lassen, dass sie heute an der Reihe war. Aber doch ganz anders, als Ameldonck befürchtet hatte.

„Hört zu, Ameldonck", hatte sie ihn angesprochen, „nur einen kurzen Moment. Ich brauche nur fünf Minuten, und dann könnt ihr in Ruhe über alles nachdenken. Ich weiß genau, was über mich geredet wird. Ich nehme an, ihr habt das gehört, und deshalb ahne ich auch, was ihr vermutlich von mir denkt. Es ist mir egal. Und deshalb will ich jetzt auch mit euch hier drinnen bleiben, obwohl es hier laut und stickig ist und ich viel lieber draußen mit euch umherginge, um in Ruhe zu reden – aber dann wird das Gerede nur lauter und doch nicht richtiger."

„Und ich, werde ich auch gefragt?"

„Nein, jetzt nicht." Das wäre an jedem anderen Abend für Ameldonck das Signal gewesen, aufzustehen und zu gehen. Er konnte sich selbst nicht erklären, warum er statt dessen nur einen tiefen Schluck Bier nahm und wortlos neben Maria sitzen blieb. „Ich sag doch, ihr könnt hinterher über alles nachdenken. Ich will euch nicht festbinden, ich will überhaupt niemanden festbinden. Das denkt höchstens der dicke Gustav, weil ich ihn nicht ranlasse. Ich mag vieles sein, eine Hure bin ich deswegen noch lange nicht, noch dazu mit einem verheirateten Mann. Ihr gefallt mir, Ameldonck, ich glaube, das merkt man. Ich bin gerne in eurer Nähe und wir sind zwei erwachsene Menschen. Mehr nicht.

Ich habe mit der Schwester vom Lehnsherrn gesprochen. Nach den Ostertagen könnt ihr auf dem Gutshof arbeiten. Dort gibt es genug zu tun, es wird halbwegs ordentlich bezahlt und – ich gebe es ja gerne zu, dass ich euch lieber aus der Nähe als aus der Ferne sehe.

Und noch etwas. Traut nicht jedem hier im Dorf. In Kießlingswalde, meine ich. Der Pfarrer ist die eine Sache. Aber bei dem weiß man wenigstens, woran man ist. Viel schlimmer, viel gefährlicher sind die anderen. Die, die hintenrum reden und handeln. Ihr könnt mir glauben, damit kenne ich mich aus. Ich werde die Augen und die Ohren offenhalten für euch. So, und nun könnt ihr losgehen und euch mit den anderen Frauen hier vergnügen, die warten schon. Ihr könnt über alles nachdenken, bis ihr aus Hirschberg zurück seid. Oder ihr lasst es bleiben." Und damit stand sie auf, schenkte Ameldonck noch einen langen Blick, dann verschwand sie wieder in der Menschenmenge im Kretscham. He, wie war das doch gleich noch mal mit dem Spazierengehen draußen? Als er Maria wieder zu Gesicht bekam, gab er ihr ein Zeichen, sie solle sich zu ihm setzen. „Es denkt sich leichter nach, wenn ihr in der Nähe seid."

Und so blieb Ameldonck fast den gesamten Abend über, wenn sie nicht gerade spielten, bei Maria sitzen. Sie redeten fast nicht. Seltsam. Manchmal sind die Leute ganz anders, wenn sie sich etwas in den Kopf gesetzt haben. Oder ich habe von Anfang an ein falsches Bild von Maria gehabt.

Und dann wurde es später und der Bierabend war zu Ende, alle gingen friedlich nach Hause, Jonathan kotzte sich draußen das Gelbe aus dem Magen und nur Strimelin fragte sich, warum wohl die Anna nicht gekommen sein mochte. Und es wurde wieder morgen und sie zogen weiter nach Lauban und von dort aus nach Hirschberg, nur weil Strimelin der Meinung war, er müsse dorthin. Und also gingen sie eben nach Hirschberg. Um vielleicht wiederzukommen nach Kießlingswalde. Denn was ansonsten nach Hirschberg kommen sollte, darüber hatte Strimelin nie auch nur ein Wort verloren. Also gingen sie.

XX

Es war alles bereit. Die Osterfeiertage in Kießlingswalde waren von einer ungewohnten Betriebsamkeit geprägt gewesen. Am Gründonnerstag war Gustav Prätorius mit dem Lehnsherrn aus Dresden gekommen. Der Lehnsherr war im ganzen Dorf herumgegangen und hatte mit den Leuten geredet, über ihr Leben, das Tanzen, das Wetter, den Pastor, die Aussaat, die Beichte, über alles. Gleich am Morgen des Karfreitages dann hatte er die Gerichtsältesten zu sich ins Gutshaus bestellt und sich von ihnen über die vergangenen Wochen berichten lassen. Sie seien ja immerhin dafür verantwortlich, dass es im Kretscham immer mit der gehörigen Ordnung und Zucht zuginge, und wenn der Herr Kellner sich so ereifere, nun, vielleicht hätten sie zu oft die Augen zugedrückt, vielleicht hätte doch der eine oder der andere hin und wieder über die Stränge geschlagen. Am Samstagmorgen dann fuhr der von Tschirnhaus mit dem Wagen fort, manche munkelten, er sei nach Görlitz gefahren, um mit dem Amtshauptmann über die Angelegenheit zu reden – aber etwas Genaues wusste keiner zu berichten.

Als er am Abend wieder nach Kießlingswalde zurück kam, machte er einen entspannten, heiteren Eindruck – aber das mochte auch daran liegen, dass er nach langer Zeit wieder einmal ungestört mit der Lehnsherrin zusammen sein konnte, gerade jetzt, wo die hoffentlich glückliche Niederkunft so dicht vor der Tür stand.

Die Leute erzählten ja viel, so zum Beispiel, ob er wirklich so glücklich dabei sei, in Dresden als Rat am Hofe zu sein. Gut, das brachte Ansehen, und ein bisschen von diesem Ansehen strahlte sicher auch auf ihren kleinen Ort ab, der Lehnsherr, und also auch ihr Dorf, die waren in ganz Europa bekannt – aber davon konnten sie sich nichts kaufen, und die junge hübsche Frau des Lehnsherrn saß tagaus, tagein hier allein herum. Und, wenn man die beiden sah, einen kurzen Blick auf sie erhaschen konnte in den Stunden, in denen der Lehnsherr hier zu Hause war, dann sah man, dass der Lehnsherr, der doch sonst immer so viel davon redete und schrieb, dass man seine Gefühle im Griff haben müsse und nicht umgekehrt, dass er sich in dieser Frage hiervon eine Ausnahme gestattete. Und dann sah man auch wie wenig es ihm schmeckte, so selten zu Hause sein zu dürfen. Abgesehen von den vielen anderen Dingen, um die er sich wegen seiner Abwesenheit gar nicht oder doch nur zumindest unzulänglich kümmern konnte. Man konnte im Moment ja sehen, was dabei herauskam.

Der Lehnsherr jedenfalls war offenbar bei bester Laune, und das wiederum schien den Herrn Kellner unsicher zu machen.

Mit Spannung hatten die Dörfler seine Osterpredigt erwartet, sie hätten, wenn dies nicht gar zu vermessen gewesen wäre, nahezu schon Wetten darauf abschließen wollen, der Herr Kellner würde der Obrigkeit endlich einmal deutlich seine Meinung um die Ohren schlagen (und sich, wie wohl auch mancher hoffen mochte, dabei endgültig um Kopf und Kragen reden).

Wer jedoch einen Sturm erwartet hatte, der wurde enttäuscht. Das was der Pfarrer am Ostersonntag predigte, das war nicht einmal ein lindes Frühlingslüftlein, das jedenfalls hätte kein noch so schwaches Kerzlein in Gefahr gebracht. Es schien, als fehle seinen Angriffen das rechte Ziel. Die Musikanten waren weitergezogen, dem Himmel sei's gedankt, wer weiß, ob sie die jemals wiedersehen würden.

Der Lehnsherr hatte zudem seit seiner Ankunft alles vermieden, was den Zorn des Herrn Kellner hätte erregen können. Er hatte gleich nach seiner Ankunft Prätorius zum Pfarrer geschickt, ihm Grüße überbringen lassen und ihm angeboten, wenn der Herr Kellner mit ihm etwas zu bereden hätte, dann könne er das gerne tun, wenn er sich denn erst einmal um Frau, Hof und all die anderen vordringlichen Dinge gekümmert hätte. Nach all den Monaten harten Arbeit in Dresden wolle er zunächst einmal den Kopf freibekommen, dann wäre ihm der Herr Kellner herzlich willkommen. Dieses Angebot hatte Kellner wohl überrascht, jedenfalls hatte er schnell geantwortet, es gäbe nichts zu besprechen, nichts, was nicht beiden schon bekannt sei. Wegen des Tanzens, dies noch ließ er Prätorius dem Lehnsherrn sagen, könnte er seine Meinung sowieso nicht ändern, wozu dann also zum hundertsten Male das Für und das Wider durchkauen. Hinterher hätte er sich dafür ohrfeigen können, schließlich war jetzt er es, der ein Angebot des Lehnsherrn abgelehnt hatte. Diesmal konnte er dem Lehnsherren keinen Vorwurf machen, aber das ging ihm erst auf, als er Prätorius schon wieder zurückgeschickt hatte.

Also erging sich Kellner in seiner Predigt lang und breit darin, was denn Obrigkeit sei, weltliche und geistliche, was jede davon solle und müsse und was ihr nicht zukomme. Man wolle ja keine neue Papstherrschafft aufrichten, die sei gottlob überwunden und vorbei, deshalb müsse man diese beiden Dinge sauber voneinander trennen. Sicher, er kam immer wieder darauf zurück, dass die Dinge, welche die Seelen der Menschen angehen, alleine Sache der geistlichen Obrigkeit seien, und dass die Frage, ob ein Mensch tanzen wolle oder nicht, ja wohl die Seele des Menschen, und nur seine Seele angehe, und dass es ja wohl heidnisch wäre, jemanden gegen sein eigenes Gewissen zum Tanzen zu zwingen – allein, gut, die Worte waren schon da, aber da war kein Schwung, kein Feuer, keine Schärfe, und so kam es, dass selbst da, wo er zumindest versuchte, den Leuten eindringlich zu drohen, niemand etwas davon recht bemerkte, weil alles vor sich hindöste oder gar eingeschlafen war. Es war schwer zu glauben, aber man konnte meinen, den Herrn Kellner hätte in Gegenwart des Lehnsherrn aller Eifer und Mut verlassen, und so waren eigentlich alle unzufrieden mit seiner Predigt. Die einen, weil er nicht bei seiner scharfen Linie geblieben war, die anderen, weil er sich nicht, wie sie gehofft hatten, aus der Pfarre heraus geredet hatte. Hatte Kellner vielleicht eingesehen, dass er aus diesem Streit nicht als Gewinner hervorgehen konnte? War er vielleicht schon zufrieden mit dem, was er in den vergangenen Wochen erreicht hatte? Das konnte sich keiner so recht vorstellen. Wollte er also nur nicht einfach so trockenes Stroh ins Feuer werfen? Hatte er tatsächlich, wie manche munkelten, Angst davor, seines Amtes enthoben zu werden? Man konnte schließlich als Pfarrer in Kießlingswalde, wenn man sich in das eine und andere zu fügen wusste, ein angenehmes und ruhiges Leben führen. Alle seine Vorgänger hätten dem Herrn Kellner das bestätigen können. War das also nun Feigheit oder war es Vernunft?

Johanna Kellner jedenfalls schalt hinterher ihren Johann einen Hasenfuß. Jetzt, wo sich endlich einmal die Gelegenheit ergeben hatte, dass er Lehnsherrn vor allen Leuten die Wahrheit ins Gesicht hätte sagen können, ach was, müssen, da kniff er, und wenn dann der Lehnsherr wieder abgereist sei, dann würde er wieder über ihn klagen und schimpfen. Zu ihr jedenfalls bräuchte er dann nicht zu kommen. „Was nützt dir denn all dein Dulden und Einsehen, Johann, wenn deine Seele Schaden nimmt?"

„Du weißt, dass ich dich liebe", entgegnete Johann, „du weißt, dass mir dein Rat schon oft geholfen hat. Aber es gibt nun einmal Dinge, die solltest du einfach mir überlassen und darauf vertrauen, dass ich genau weiß, was ich tue. Nämlich das, was das Beste ist. Für uns das Beste." Und damit hatte er sich umgedreht und war in sein Bücherzimmer gegangen, noch ehe Johanna etwas entgegnen konnte.

Es war alles bereit.

Am Ostersonntag nachmittags hatte der Lehnsherr dann Prätorius und die Gerichtsältesten erneut in das Herrenhaus rufen lassen. Er sei, begann er, nach all den Briefen, die Herr Kellner ihm geschrieben habe, zu dem Schluss gekommen, dass es keinen Sinn habe, mit diesem noch weiter über diese ganze Angelegenheit zu disputieren. Er habe ihm zwei lange Briefe gesandt, doch der Herr Kellner habe keine Belehrung annehmen, kein Argument gelten lassen wollen. Und es machte auch nicht den Eindruck, als habe er seinen Sinn nunmehr geändert, auch wenn in der Predigt heute schon so manches zahmer und gemäßigter geklungen habe. Darauf bauen wolle er freilich nicht, zumal der Herr Kellner auch vorgestern zu keinem Gespräch bereit gewesen sei. Da es aber so nicht weitergehen könne, habe er sich an den König, an das Oberkonsistorium und an das Amt in Görlitz gewandt, und dabei die folgenden Reskripte erwirkt. Mit diesen Worten griff er sich eine Mappe, aus welcher er mehrere, mit dicken Siegeln versehene Schreiben entnahm. Damit auch niemand behaupten könne, er verschweige, unterschlage etwas, ließ er diese Schreiben durch Prätorius vorlesen. Das alles dauerte gut eine Stunde, die Ältesten saßen schweigend, Prätorius entzifferte die Schreiben und las, während der Lehnsherr still am Fenster stand und abwechselnd aus dem Fenster hinaus auf den Hof und hinüber zur Kirche und auf die Ältesten im Raum blickte, um ihre Reaktionen zu ergründen.

Kurz zusammengefasst war der Inhalt der Reskripte der folgende:

Das Tanzen im Kretscham, abgesehen von jenen Tagen, an welchen es durch die Stände oder durch den König untersagt war, sollte weiterhin jedem Kießlingswalder offen und gestattet sein, erst recht bei jenen Gelegenheiten, bei denen es seit alters her getrieben worden wäre, also bei Hochzeiten, Kirchweihen und dergleichen.

Der Martin Francke erhielt die Erlaubnis, in Hochkirch zur Trauung zu gehen, schließlich musste er die Braut ja von dort holen. Die Braut sollte, wie es seit jenen Zeiten üblich sei, in denen noch keiner von ihnen überhaupt gelebt hatte, mit Musik zur Kirche und von dort wieder nach Hause zum Hochzeitsschmaus geleitet werden. Und wenn am Abend der Kretscham in Kießlingswalde bezogen würde, sollten die Musikanten aufspielen, was das Zeug hielte, dass jeder der Gäste, der tanzen wollte, dies auch tun könnte. So war es, und so würde es auch in Zukunft gehalten werden bei allen Hochzeiten, auch bei der vom Christoph Hansche in der Woche darauf. Sollten die Musikanten bis zum Freitagmorgen nach Ostern nicht wieder aus Hirschberg zurückgekehrt sein, so sollte Prätorius nach Görlitz reiten und den dortigen Stadtpfeifern Bescheid geben, die wären über alles unterrichtet und würden dann kommen. Und wenn künftig jemand gar kein Geld hätte für die Musik, für den würde der Lehnsherr die Musikanten bezahlen.

Der Pfarrer jedenfalls habe nicht das Recht, irgendjemandem das Tanzen verbieten zu lassen oder ihn, weil er getanzt habe, von der Beichte und dem Abendmahl auszustoßen. Sollte er davon nicht endlich abstehen, so habe das Oberkonsistorium dem König geraten, den Herrn Kellner zunächst streng zum Gehorsam zur ermahnen, und wenn er diesem nicht Folge leisten würde, solle er seines Amtes enthoben werden und müsste die Pfarrt räumen. Ein entsprechendes Schreiben aus dem Geheimen Rat würde der Pfarrer in den nächsten Tagen zu erwarten haben. Alle diejenigen aber, die Herr Kellner nach wie vor nicht zu Beichte und Abendmahl zulassen wollte, aus was für Gründen auch immer, die sollten sich nur nach Hochkirch an den Pfarrer Wilde halten, an den sei durch das Amt Befehl ergangen, dass er sie annehmen sollte.

Der Lehnsherr stand immer noch schweigend am Fenster. Er dachte an seine Versuche mit Brennspiegeln und Brennlinsen. Bei einer bestimmten Menge des Feuers wird es interessant, die Gegenstände zu beobachten, die der Wärme ausgesetzt sind. Manche halten dem Feuer stand, andere verbrennen. Wenn das Feuer nur stark genug, die Hitze nur groß genug ist, dann verändern sich die verschiedenen Elemente, dann verbinden sie sich manchmal zu etwas völlig Neuem, sie verändern ihre Struktur, und dies bleibt auch nach dem Abkühlen so. Andere Dinge, die ewig vereint scheinen, werden im Feuer getrennt. In der Wissenschaft waren dies Dinge, da kannte er sich aus. Ein solcher Punkt schien auch nun gekommen zu sein. Er mochte sich im Moment nicht vorstellen, was nach dem Absetzen von Kellner kommen würde. Der würde zunächst einmal die Schulden zurückfordern, etwas über 500 Taler, von denen der von Tschirnhaus nicht recht wusste, woher er sie nehmen sollte. Und was der Magister Francke in Halle zu alledem sagen würde, das mochte er sich gleich gar nicht ausmalen. Bei dem hatte er auch noch genug Schulden.

Es war egal. Er mochte einfach nicht an einen Zufall glauben bei allem. Kellner war ein Schüler Franckes. Und der wiederum hätte vom Lehnsherrn als Gegenleistung für das geborgte Geld nur zu gerne gewusst, wie man Porzellan machen konnte. Francke hatte nicht verstanden, dass der Lehnsherr ihm das nicht sagen wollte, nicht sagen konnte. Er hatte in Dresden schon seit langem mit dem jungen Böttger und dem Berghauptmann Pabst von Ohain darüber geforscht und experimentiert, sicher, sie standen kurz davor, aber noch war das Porzellan nicht fertig. Und wenn, dann hatte er sich immer noch durch einen Vertrag dem König verschrieben. Es ging nicht, auch wenn Francke das nicht wahrhaben wollte.

Und plötzlich, aus heiterem Himmel, nachdem der Lehnsherr Francke einen Korb gegeben hatte, fing der Herr Kellner an, gegen das Tanzen und Saufen im Kretscham zu wettern. Ganz zufällig. Nicht, dass dem Lehnsherrn wirklich so viel am Tanzen gelegen hätte. Für die Behändigkeit des Körpers, da war es sehr zu empfehlen, ansonsten mochte das jeder für sich selbst entscheiden. Aber das Bier, das musste verkauft werden, das brachte ihm die letzten wenigen Groschen ein, die ihm neben all seinen Schulden verblieben waren. Und Tanz hieß immer: mehr Bier.

Wenn er sich von dem Geld wenigstens ein schönes Leben gemacht hätte! Aber er hatte alles, restlos alles in seine Arbeit, seine Experimente gesteckt. Wenn er an seine Frau dachte, dann tat es ihm Leid, was hätte er der nicht alles bieten wollen. Sein alter Freund aus Studientagen, der Leibniz in Hannover, der hatte vielleicht doch recht: Wissenschaft und Frauen, das ging nicht zusammen. Ach, hätte er doch nur ganz und gar die Frauen gewählt!

„Diese ganze Geschichte macht mir keine rechte Freude", sagte der Lehnsherr schließlich, nachdem Prätorius geendet hatte. Er trat von seinem Platz am Fenster wieder in die Mitte des Raumes. Die heitere Gelassenheit der vergangenen Tage war gewichen, der Lehnsherr sah ernst und klein und sehr, sehr müde aus. Schade eigentlich, dass er die Musikanten nicht selbst angetroffen hatte. Heute Abend wäre ihm nach Musik zumute. „Es hätte nicht so weit kommen müssen. Mir liegt doch selbst am allerwenigsten daran, dass es hier Unruhe und Durcheinander gibt. Aber – irgendwann muss auch einmal klargestellt werden, wer hier im Dorf welche Dinge zu entscheiden hat. Sonst findet der Herr Kellner bald an jeder Sache etwas, das das Gewissen der Leute angeht, und dann kann er nach seiner Meinung alles entscheiden.

Ich weiß, dass es vielen nicht schmecken wird, wenn der Herr Kellner seines Amtes enthoben werden sollte. Mir auch nicht. Denn da kann ich mir, wie so mancher von euch, ihr braucht da jetzt nichts zu sagen, schon mal Gedanken machen, wo ich die Talerchen hernehmen soll, die ich ihm schulde.

Aber – warten wir es ab. Vielleicht kommt es ja auch ganz anders. Jedenfalls machen wir es so, wie ihr es gehört habt. Es wird getanzt.“

Prätorius brachte die Schreiben zum Pfarrer, dieser nahm sie an sich, um sie zu lesen und abzuschreiben. Nach einer reichlichen Stunde wollte er sie zum Herrenhaus zurückbringen, statt dessen nahm ihm Johanna die Briefe aus der Hand. „Lass mich das machen,“ sagte sie. „Und denke bitte daran, dass auch ich weiß, was das beste für uns alle ist!“

„Mein Mann kann und will dazu nichts sagen,“ erklärte Johanna Kellner gegenüber Prätorius. „Es scheint, so meint er, als müsse er nun selbst auch noch an den König schreiben, um seine Unschuld zu retten. Und an den preußischen König auch noch, schließlich ist Johann ja ein geborener preußischer Untertaner. Und dann wird er den Rat einiger hochgelehrter Kollegen einholen müssen. So lange jedenfalls wird mein Mann zu all dem nichts sagen. Und bei diesem Stand der Dinge ist es ja wohl verständlich, wenn er bis dahin auch nichts mit dem Lehnsherrn, seiner Frau, jemandem aus seiner Familie oder sonst irgend jemandem anders hier über den Gottesdienst hinaus zu schaffen haben will. Verwirft uns unser gnädigster König, sagt er, Johann habe Unrecht – dann können und werden wir nicht länger hier bleiben. Aber bis dahin wird Johann bei seiner Gemeinde bleiben, sie trösten und aufrichten. Dies mag dem Lehnsherrn gesagt werden."

„Und was ist mit der Frau des Lehnsherrn? Bald wird ein Kind zu taufen sein!"

„Das mag der Lehnsherr mit sich selbst ausmachen."

Es war alles bereit.

Am Montagmorgen war der Lehnsherr wieder abgereist. Aber nicht allein, seine Frau hatte er mitgenommen. Es gab ein ziemliches Getuschel im Dorf, schließlich sollte man in einem so schwangeren Zustande nicht unbedingt eine so weite Reise unternehmen. Offenbar hatte der von Tschirnhaus die Worte Johanna Kellners so gedeutet, dass der Pfarrer sich weigern würde, das Kind zu taufen. Oder zumindest bei der Taufe einigen Aufruhr veranstalten. Nach Dresden konnte er seine Frau schlecht mitnehmen, nach dem, was Prätorius über das kleine Zimmerchen berichtet hatte, welches der Lehnsherr dort bewohnte. Wahrscheinlich würden sie also gar bis nach Mühlberg in der Nähe von Wurzen fahren, wo die Eltern der Lehnsherrin lebten. Lange Reise. Wenn das mal gut geht.

Verstärkt wurde das Gemurmel und Getuschel durch Jeremias Altmann. Der wollte gehört haben, wie der Herr Kellner beim Abzug der Lehnsherrin der Kutsche hinterhergesagt habe: „Kommst du in Frieden wieder, so hat mein Mund nicht die Wahrheit gesprochen."

Es war alles bereit.

Gustav stand vor seinem Haus und starrte in den Abendhimmel. Er wusste kaum noch, wo ihm der Kopf stand. Er sollte ein Auge und vor allem ein Ohr auf den Pfarrer haben. Er sollte dafür sorgen, dass auf den Hochzeiten alles so ablief, wie der

Lehnsherr das wünschte. Er sollte dem Lehnsherrn regelmäßig Bericht erstatten. Er sollte gemeinsam mit den Gerichtsältesten Aufsicht halten, dass trotz der Tanzerlaubnis im Kretscham sich niemand zu sehr von Hafer stechen ließe. Und obendrein hatte der Lehnsherr ihm aufgetragen, er solle, wenn die Musikanten wieder zurückkommen sollten, diese in der Woche zwischen den Hochzeiten als Tagelöhner auf dem Gutshof anstellen, das schmeckte Gustav am allerwenigsten. Er sollte, er sollte, er sollte. Herrgott, war er hier der Dumme für Alles, oder was? Der Lehnsherr hatte eine lange Liste erstellt, was vorzurichten wäre, damit, wenn er in vielleicht einem Monat mit seiner Frau und dem hoffentlich wohlgeratenen Nachwuchs wieder zurückkäme, der Gutshof wohnlich und freundlich sein solle. Nur sein Laboratorium, von dem sollten sie die Finger lassen – obwohl es dieser wüste Haufen von verschiedenen Gerätschaften, Papieren, Büchern, Steinen, Pulvern und nicht genau zu bestimmendem Krempel weiß Gott am nötigsten hätte, dass dort mal Ordnung geschaffen würde.

Gustav wusste nur zu genau, wer hinter dieser Anordnung steckte. Die Gablentzin wünsche das so – dass ich nicht lache. Nun gut, Maria hatte sich also etwas in den Kopf gesetzt, und er kannte sie gut genug um zu wissen, dass sie dann nicht locker lassen oder nachgeben würde. Und wenn er sich nun, wie er das eigentlich vorhatte, bockbeinig stellte, hätte er es wohl auf sehr lange Zeit gründlich verdorben, mit Maria, mit der Gablentzin, und die würde schon Wege finden, ihm beim Lehnsherrn anzuschwärzen. Und außerdem war Maria einfach zu appetitlich als dass er seinen Trotz allzu lange würde aufrecht erhalten können. So schien es ihm also besser, gute Miene zum bösen Spiel zu machen und ihr die Freude zu lassen. Die Musikanten würden ja nicht ewig bleiben, wenn sie denn überhaupt kämen.

Gustav war vielleicht kein so heller Kopf wie der Lehnsherr, aber ganz blöde war er nun auch nicht. Er hatte außerdem auch ein bisschen was gesehen von der Welt, nicht zuletzt, wenn er regelmäßig den Lehnsherrn in Dresden besuchen fuhr. Er hatte genügend Bierfiedler und Stadtpfeifer und alles dergleichen erlebt, und sich mit ihnen unterhalten, genug, um diese Sorte Mensch ein wenig einschätzen zu können. Und dass einer dieser Musikanten, noch dazu derjenige, der offensichtlich von den Dreien die Aufgabe hatte, den Frauen den Kopf zu verdrehen, dass sich dieser also tatsächlich von einer Frau wie Maria – womit nichts gegen sie gesagt sein sollte – dazu überreden ließ, das Umherziehen aufzugeben und bei ihr zu bleiben, das mochte vielleicht Maria glauben, er würde ihr diesen Glauben auch nicht ausreden. Träum du mal schön weiter, Maria. Er jedoch, Gustav, wusste es besser.

Irgendwann würden sie also weiterziehen, so wie seit ewigen Zeiten die Musikanten nach einer Weile weitergezogen waren, das war der Lauf der Dinge. Je schöner die Zeit bis dahin für Maria wäre, um so trauriger würde sie anschließend sein. Und er, der liebe alte Gustav, für den Maria im Moment so gar kein Auge und kein gutes Wort hatte, er würde immer noch da sein und ihr Trost spenden können. Wenigstens was. Seine Frau rief ihn zum Nachtmahl. Er hatte keinen Hunger. Er würde sich einiges verbeißen müssen in den nächsten Wochen, falls die Musikanten denn wirklich kämen, falls! Immer in der Hoffnung, dafür dann belohnt zu werden. Er fand diese Aussicht ebenso reizvoll wie zum Kotzen. Seine Frau rief erneut, ob er vielleicht die ganze Nacht da draußen stehen bleiben wolle. Warum eigentlich nicht?

Wird man so zum fahrenden Musikanten? Waren Strimelin und dieser vermaledeite Holländer so dazu geworden? Hatten die beiden vielleicht auch jemanden gehabt, der sie herumkommandiert hatte, hatten sie irgendwann eine Frau gehabt, die ihnen ein lärmendes und quengelndes Kind nach dem anderen geboren hatte, die nie Lust hatte, wenn man selber welche hatte, die nach ihnen gekeift hatte, wenn das

Essen auf dem Tisch stand? Und waren sie eines Tages einfach nicht mehr zum Essen ins Haus gegangen, sondern losmarschiert? Hatten sie einmal, ein einziges Mal nur den Gedanken, alles hinzuschmeißen, Frau, Kinder, Stellung und und und, alles das sausen zu lassen, einen Gedanken, den auch Gustav gut genug kannte, hatten sie ein einziges Mal diesen Gedanken nicht weggeschoben, ihn sich nicht verboten, sondern ihm nachgegeben? Einmal nur an sich selbst und sonst an niemanden gedacht? Und waren in die Welt gezogen, hatten ferne Städte und fremde Frauen kennenlernt? So könnte das gehen. Gustav konnte diesem Gedanken einiges abgewinnen. Herrgott, Gustav, dann musst du eben alles kalt essen! Es war alles bereit.

Eleonora hatte erfahren, was Jonathan auf dem Weg nach Schreibersdorf zugestoßen war. Sie ahnte, wie er sich fühlen würde, es würde nicht leicht sein, nach diesem Zwischenfall sein Vertrauen, von Zuneigung noch gar nicht zu reden, zurückzugewinnen. Sie würde das schaffen, auch wenn sie noch keine rechte Vorstellung hatte, wie. Den Gedanken, dass vielleicht Jonathan aus diesem Grunde gar nicht mehr von Hirschberg zurückkommen könnte, diesen Gedanken verbot sie sich ganz einfach. Statt dessen tat sie so, als wäre alles das, was sich so ungebeten zwischen sie gedrängt hatte, aus der Welt geschafft, und machte an diesem Punkt weiter. Das gab ihr auch Zeit, über das Wie nachzudenken.

Sie hatte sich beim Lehnsherrn (der zu ihr so freundlich wie seit je gewesen war, sie ohne groß zu fragen oder zu belehren in seiner Bibliothek herumblättern ließ – was konnte sie schließlich für ihren Vater) zwei Bücher über die Anfangsgründe der Notenlehre ausgeliehen. Der Lehnsherr würde mindestens einen Monat fortbleiben, bis dahin könnte sie das Wichtigste aus diesen Büchern sicher abgeschrieben haben. Wirklich beunruhigte sie etwas anderes, dass es nämlich jemand geschafft haben musste, sie und Jonathan zu beobachten.

Anna hatte sich in einem verborgenen Winkel ihrer Kammer einen Platz geschaffen, wo sie ein paar Sachen zusammengeschnürt hatte. Wann immer es losginge – und es würde irgendwann einmal losgehen, das würde sie Strimelin schon beibringen – sie jedenfalls wäre bereit.

Maria war fröhlich und verwirrt. Sie hatte mit dem Lehnsherrn geredet, und der war offensichtlich so mit anderen Gedanken beschäftigt gewesen, dass er nicht einmal bemerkt hatte, wie rot sie geworden war. Sie hatte sich damit abgefunden, dass Gustav toben würde, aber gegen sie Anordnung des Lehnsherrn und die Aufsicht durch die Gablentzin, da konnte er schlecht etwas machen. Doch statt dessen war Gustav freundlich, je geradezu liebenswürdig zu ihr. „Wenn der Lehnsherr uns beide nicht hätte", hatte er gesagt und ihr zugezwinkert, „dann wäre hier schon längst alles vor die Hunde gegangen. Wir beide, Maria, wir beide wissen doch wenigstens, was hier zu tun ist, was? Auf uns kann er sich wenigstens noch verlassen!" Und dabei hatte er sie mit solch treuen Augen angesehen, dass Maria schon argwöhnte, jemand habe ihren Gustav umgetauscht. Er sah sie an, als wolle er sagen: Schau in meine Augen, schau ruhig bis auf den tiefsten Grund meiner Seele, sieh, wahrlich, ein rechter Israeliter, an dem kein Falsch ist. Ich meine es gut mit dir, Maria. Das verwirrte, verstörte sie völlig. Da stimmt etwas nicht, mein Gustav, so gut kannst noch nicht einmal du lügen, als dass ich dir das glauben würde!

Johanna Kellner hatte ihrem Johann gleich eine Rede gehalten, nachdem sie die Briefe zurück zum Herrenhaus gebracht hatte, weil er ihr mutlos schien. Und sie hatte das Gefühl, er höre ihr sogar zu. „Was bist du, Johann, wenn du das alles mit dir machen lässt? Bist du eine hölzerne Puppe, ein Spielzeug, das der Lehnsherr hin- und herschwenken kann, wie er Lust hat? Bist du ein Knecht der Obrigkeit? Johann, du musst an den König schreiben, an den Geheimen Rat, die werden dich ja wohl noch kennen aus deiner Zeit beim Feldmarschall, aber schreiben musst du, und wenn ich dir alles in die Feder hinein diktieren muss! Und schreib auch an den Professor Francke in Halle, falls es doch zum Schlimmsten kommt, er wird uns helfen, bestimmt wird er das.

Ich stehe zu dir, mein Johann. Gerade jetzt, wo ich erneut ein Kind von dir bekommen werde. Doch ich will wieder den Johann sehen, den ich kennengelernt habe. Den Johann Wilhelm Kellner von Zinnendorf, der aufrecht steht und der keinen Schritt breit weicht – und nicht einen Popanz, den die Herrschaft aufstellen und abbauen kann, wie es ihr Spaß macht."

Es war alles bereit.

Sie brauchten nur noch zu kommen.

Und am Donnerstagabend nach Ostern, da kamen Strimelin, Ameldonck und Jonathan tatsächlich aus Hirschberg zurück.

XXI

Ameldonck hatte ein merkwürdiges Gefühl in der Magengrube, als Kießlingswalde endlich in ihrer Sichtweite lag. Es war ein Gefühl, das gar nicht zu diesem Ort passen wollte, wo der Pfarrer sie am liebsten fort und zum Teufel jagen wollte. Es war ein Gefühl von Heimkehr. Seit vier Jahren war er nun mit Strimelin unterwegs, aber noch nie waren sie an einen Ort zurückgekehrt, den sie einmal verlassen hatten. Die Kirche, das Pfarrhaus, das Herrenhaus, an welchen sie vorbeikamen, das hatte etwas so Vertrautes. Der Schwenk der Straße, wo der Kretscham lag, kam ihm geradezu unanständig anheimelnd vor. Ist das der Anfang vom Weg nach Hause? Und: Wo ist das eigentlich, Ameldonck, dein Zuhause?

Sie waren also in Hirschberg gewesen. Und bis zum letzten Abend hatte Ameldonck keinen rechten Grund zu erkennen vermocht, warum eigentlich. Das einzige, was er bemerkt hatte, war, dass Strimelin stiller geworden war, nachdenklicher.

Jonathan hatte ohnehin eine Stimmung, dass es einem Hund grauste. Der wollte am liebsten gar nicht wieder zurück nach Kießlingswalde. Statt dessen trank er viel in Hirschberg, viel zu viel, schon am Morgen ging das los. Es schien, als habe er den festen Vorsatz, sich tagtäglich gründlich abzufüllen. Gleichzeitig betrachtete er dann mit glasigem Blick jede Frau zwischen vierzehn und vierzig, als wollte er ihr im nächsten Moment unter die Wäsche. Zum Glück kam dann jedoch immer der eine Vorsatz dem anderen in die Quere, so dass es bei den Blicken blieb, was seine Übellaunigkeit wahrscheinlich nur noch schlimmer machte. Der Junge machte so ziemlich alles genau falsch, dachte Ameldonck. So konnte er auf die Frauen nicht anders als abstoßend wirken, da konnte er noch so engelsgleich auf der Fiedel daherspielen, und noch nicht einmal das gelang ihm zur Zeit noch. Wenn es nicht Jonathan gewesen wäre, hätte Ameldonck vermutet, der Junge habe sich in Kießlingswalde einen ordentlichen Liebeskummer eingefangen – aber dann hätte er, Ameldonck, doch ganz sicher etwas bemerkt.

Ein, zwei Mal hatten sie aufgespielt im Wirtshaus in Hirschberg, aber es war nicht so wie sonst. Strimelin war anders. Hirschberg war ein hübsches kleines Städtchen, das einst auch ziemlich reich gewesen sein musste, die Menschen waren freundlich – aber alles kein wirklicher Grund, warum sie hergekommen waren, warum gerade diese Stadt offenbar seit Jahren ihr Ziel gewesen war.

„Du willst wirklich wissen, warum wir hier sind?", hatte Strimelin geantwortet, als Ameldonck ihn an ihrem letzten Abend im Gasthaus endlich gefragt hatte. „Na gut, ich sag es dir – ich weiß es selbst nicht genau. Sieh mich bitte nicht so entgeistert an. Es war doch gut, in all den Jahren so ein Ziel zu haben. Wir ziehen erst mal bis nach Hirschberg und dann sehen wir weiter. Ich hab ja außerdem selbst nicht recht daran geglaubt, dass wir jemals hier ankommen würden."

„Aber nun sind wir angekommen."

„Ja. Und nun sehen wir weiter."

„Aber warum Hirschberg. Warum nicht Prag? Breslau? Wien? Oder vielleicht gleich ganz und gar Moskau?"

„Das weißt du doch. Ich komme von hier. Hier in Hirschberg bin ich geboren, hier bin ich großgeworden, hier war meine Kindheit. Und das Leben nach der Kindheit schien mir damals eine gerade Straße, voller Überraschungen und Erlebnisse, sicher, aber doch immer geradezu. Und dann hat es mich in die Welt hinausgeweht und alles kam ganz anders. Es ist drunter und drüber gegangen, die Straße bestand manchmal aus nichts anderem als Spitzkehren und chaotischen Abzweigungen ohne jeden Wegweiser. Die Leute hier würden sagen, es war alles ein großer Wirrwarr. Alles, was ich für sicher gehalten habe war es am Ende gar nicht, alles war immer ganz ganz anders."

„Ich kenne das Gefühl."

„Vielleicht werde ich ja auch einfach nur alt. Aber – ich weiß nicht, wie ich das am besten erklären soll – ich wollte wenigstens noch einmal zurück hierher nach Hirschberg. Ich wollte sehen, dass diese Stadt immer noch so ist, wie ich sie in meiner Erinnerung behalten habe. Dass also wenigstens etwas auf dieser Welt so geblieben ist, wie es war. Das würde mir schon reichen."

„Und?"

„Es ist alles kleiner. Aber das ist ganz natürlich. Als Kind kommt einem ja eine Besenkammer wie ein Tanzboden vor. Aber – es ist noch so, mehr oder weniger. Und nun bin ich beruhigt. Ich weiß, es war vielleicht nicht gut, dass wir wirklich hier angekommen sind, dass wir hier gespielt haben. Ich habe immer das Gefühl gehabt, die Leute erkennen mich. Da spielt es sich nicht gut."

„Aber wir sind hierher gegangen."

„Ja. Ich hatte es immer gesagt, und also musste ich das auch tun. Und außerdem ..."

„Ja?"

„Ich bin nicht mehr jung. Ich glaube nicht, dass ich noch einmal hierher zurückkommen werde. Ich wollte Abschied nehmen von Hirschberg. Und von meinen Eltern."

„Deine Eltern? Wer waren sie, du hast sie uns nicht vorgestellt?"

„Abschied von ihrem Grab."

„Du wolltest nach Hirschberg, um das Grab deiner Eltern zu besuchen?"

„Genau das."

„Das ist, das ... Wenn ich es mir nun in den Kopf setzen würde, dass auch ich das Grab meiner Eltern besuchen will?" Strimelin lächelte. „Dann würde ich mit dir bis nach Holland ziehen, oder wo auch immer dieses Grab liegen mag."

„Es ist so verrückt."

„Vielleicht ist es das. Vielleicht wird man mit dem Alter ein wenig verrückt, ja."

„Ich habe jedenfalls ein komisches Gefühl. Angst, vielleicht am ehesten Angst."

„Du und Angst? Wovor?"

Ameldonck wartete lange, ehe er antwortete. Es war ihm anzusehen, dass er seine Worte sehr genau zusammensuchte.

„Wir haben bisher recht gut gelebt so. Du hattest dir in den Kopf gesetzt, dass du nach Hirschberg willst, und also sind wir dorthin gezogen. Du hast uns geführt. Es war oft ziemlich anstrengend, wenn du beschlossen und verkündet hast, jetzt gehen wir hierhin und jetzt dorthin, morgen geht es weiter oder wir bleiben noch eine Weile – ja, das war eigentlich sehr oft nicht so lustig. Aber du wusstest Bescheid, du hast zumindest so getan. Du kanntest dich aus, du hast uns das Ziel vorgegeben. Ohne das alles wären wir wohl niemals bis hierher gekommen, nie so lange zusammengeblieben. Du hattest ein Ziel für uns alle drei. Und nun? Wer von uns hat denn ein Ziel? Wer soll uns führen? Wohin?"

„Jonathan will nach Flandern. Dann können wir das Grab deiner Eltern unterwegs gleich mit besuchen."

„Alles wieder rückwärts? Jetzt, wo es soweit ist, kommt mir das gar nicht mehr so verlockend vor."

„Macht euch wegen mir bloß keine Gedanken", meldete sich Jonathan aus seiner tiefen Versenkung. „Flandern kann warten. Oder sich sonstwohin scheren. Überhaupt, was zieht uns nach diesem beschissenen Westen zurück? Was nach Kießlingswalde? Ich muss da nicht unbedingt noch mal hin. Von mir aus ziehen wir zu den Türken oder so etwas, das wird sicher lustiger."

Wahrscheinlich doch Liebeskummer, dachte Ameldonck. Ich krieg's noch raus! Armer kleiner Jonathan, aber das gehört zum Großwerden.

„Wir haben den Leuten dort unser Wort gegeben."

„Ach komm! Das Wort eines Musikanten! Wer weiß denn, was über Ostern da los gewesen ist. Und wenn wir nicht auf der Hochzeit aufspielen, dann spielen eben andere auf, denen die lieben Dörfler dann im Namen des Herrn Pfarr das Fell gerben. Als ob das jemanden jucken würde!"

„Du hast noch was zurückzugeben, Jonathan", sagte Ameldonck. „Und diesmal sieh zu, dass du mich dabei hast, wenn diese, wie du gesagt hast, verdammten Dreckschweine wieder mit dir ein Spiel spielen wollen."

„Vielleicht siehst du das später einmal ein, Jonathan", unterbrach ihn Strimelin. „Vielleicht auch nicht, egal. Aber dort im Dorf ist ein ernster Streit im Gange. Das ist nicht ungefährlich, das gebe ich zu. Und es geht darum, dass der Pfarrer den Leuten nach und nach vorschreiben möchte, was sie tun und denken sollen."

„Wenn sie das mitmachen, sind sie selber blöd. Zu blöd, als dass wir uns für sie in den Streit stürzen sollten."

„Nein, denn es gibt eine Menge Leute, die das auch nicht so gut finden und sich dagegen wehren. Und genau diese Leute, Jonathan, genau diese Leute bauen auf uns, die hoffen auf unsere Hilfe."

„Uns hilft auch keiner."

„Hör auf, so zu einen Blödsinn zu reden. Wenn du schlechte Laune hast, dann kotz dich woanders aus." Ameldonck konnte sich nicht erinnern, dass Strimelin gegenüber Jonathan schon einmal so zornig gewesen wäre. „Seit drei Jahren helfen uns andere Leute, durch das Leben zu kommen. Mal mehr, mal weniger, aber immer sind da Wirte, die uns aufnehmen, uns zu essen und zu trinken geben, und Leute, die uns Arbeit und Geld geben – seit drei Jahren hat uns immer jemand geholfen, falls du das nicht bemerkt haben solltest." Strimelin beruhigte sich allmählich wieder, zumindest bemühte er sich, ruhig, aber desto eindringlicher weiterzureden. „Wenn das, was jetzt in Kießlingswalde passiert, Schule macht, dann werden bald überall die Pfarrer das Tanzen ganz verbieten lassen, dann als nächstes die Musik überhaupt und dann, was weiß ich, das Lesen vielleicht, wenn's nicht grad die Bibel ist, das Malen ... das Trinken. Und dann? Mir gefällt diese Vorstellung ganz und gar nicht, Jonathan. Jedenfalls will ich nicht, dass das so einfach geht. Und genau aus diesem Grund müssen wir noch einmal zurück nach Kießlingswalde. Und du wirst dich gefälligst am Riemen reißen und mitkommen. Danach können wir von mir aus auch nach Afrika gehen, wenn dir danach ist, da können wir gerne noch einmal drüber reden. Nach den Hochzeiten."

„Ist ja gut. Reg' dich bloß nicht so auf, das ist gefährlich in deinem Alter. Ich wollte wenigstens gesagt haben, dass ich keine Lust drauf habe. Ich weiß ja selbst, dass auf mich eh keiner hört."

„Tut mir Leid, Jonathan, diesmal hast du recht, diesmal hören wir wirklich nicht auf dich."

„Aber eines möchte ich dann doch noch wissen", hakte Ameldonck wieder ein. „Du hast dauernd von deinen Oberlausitzern geredet, und wie gut du die kennst und das alles. Und nun kommst du aus Hirschberg!"

„Ja, und?"

„Hirschberg gehört gar nicht zur Oberlausitz. Das ist Schlesien!"

Strimelin verdrehte die Augen. „Herrgott, Ameldonck, ich möchte wissen, seit wann du alles so genau nimmst! Die paar Meilen! Von mir aus kannst du mich ab heute tadeln, wenn ich von meiner Oberlausitz rede. Aber durch sie hindurchlaufen, das werden wir trotzdem."

Als sie nun die Dorfstraße entlang auf den wuchtigen Kretscham zuliefen, beschlich Ameldonck der Gedanke, dass dieses Gefühl von Heimkehr nicht einmal unangenehm war. Wenn sich nur jemand von ihnen ganz fest ein Ziel weit hinten im Westen vornähme und sie führen würde (manche Orte der Herreise konnte man ja auch weiträumig umgehen), er würde gerne mitkommen.

Sein Abschied von Holland war alles andere als schön verlaufen, es war kein Abschiednehmen gewesen, es war ein Weglaufen, ein Rennen um sein kleines bisschen Leben. Sein Heimweh nach dort hielt sich dementsprechend in engen Grenzen. In zu engen Grenzen, als dass er selbst mit der notwendigen inneren Überzeugung hätte den Führer abgeben können. Strimelin hatte seinen Part als Zielgeber gespielt, lange und gut – vielleicht sollte er Jonathan noch ein bisschen mehr über Flandern erzählen, wenn der mal wieder ansprechbar war. Wenigstens von Flandern erzählen, das, so glaubte Ameldonck, das konnte er ja ganz gut.

XXII

Mit einiger Erleichterung hörten sie die Neuigkeiten, die Scholze ihnen über die Geschehnisse beim Besuch des Lehnsherren berichtete. Herr Kellner spie seit dessen Abreise zwar Gift und Galle, aber, so meinte zumindest Scholze, das könne nun wirklich keiner mehr so richtig ernstnehmen. Am Ostersonntag, da hatte der Herr Kellner seine Chance gehabt und hatte sie verstreichen lassen. Eine zweite würde er nicht bekommen. Und damit war eigentlich alles geklärt. Das Tanzen würde erlaubt bleiben. Scholze musste wohl seinen Kretscham noch nicht schließen. Der Herr Pfarrer hatte sich ganz offensichtlich einen größeren Brocken vorgenommen als er zu schlucken fähig war. Für dieses Mal zumindest war alles erledigt. Ach Heimatgefühle, dachte Ameldonck. Wenn ich ein Kießlingswaldischer wäre – nach diesem Kretscham und diesem Bier würde ich wahrscheinlich auch Heimweh kriegen.

In der nächsten Woche würde sie als Tagelöhner auf dem Gutshof arbeiten. So ließ sich die Zeit zwischen zwei Hochzeiten am sinnvollsten vertreiben. Ameldonck bewunderte diese Maria Grunerin. Die hatte etwas von Strimelin, wenn sie sich etwas in den Kopf gesetzt hatte, dann hielt sie unbeirrbar daran fest. Bemerkenswerter Menschenschlag hier, diese Oberlausitzer. Und dabei war Strimelin noch nicht einmal ein echter! Nur gut, dass der Herr Kellner, wie er sich hatte sagen lassen, von woandersher kam, wohl eher aus Jonathans Heimat.

Den Donnerstag hätten sie eigentlich in aller Ruhe vertrödeln können, wäre da nicht Jonathan gewesen. „Ihr wisst genau, dass ich nicht gewollt habe, dass wir hier spielen. Aber wenn ihr schon nicht gehört habt auf mich, dann verlange ich jetzt aber auch, dass wir heute und morgen anständig proben. Wenn wir schon spielen, dann wenigstens gut. Zumindest besser als beim letzten Mal."

Ein neuer Anführer ist ja schön und gut. Nur sollte er nicht gleich zu Beginn so auf den Nerven seiner Angeführten herumtrampeln.

Es war eher so, dass Jonathan proben wollte, um beschäftigt zu sein, um möglichst den ganzen Tag im Kretscham bleiben zu können. Nur nicht hinausgehen auf die Gasse, nur nicht Gefahr laufen, diesen Rotzlöffeln noch einmal über den Weg zu laufen, ob er nun Ameldonck dabei hatte oder nicht. Und vor allem um nichts in der Welt Ausschau nach Eleonora halten. Sollte sie doch gefälligst in den Kretscham kommen, wenn sie ihm etwas sagen wollte. Er jedenfalls würde ihr nicht hinterherrennen. Eleonora? Wer war das überhaupt?

Sie kam jedoch nicht in den Kretscham am Abend. Sie hatte kein Zeichen gesandt, weder, dass sie sich irgendetwas daraus machte, dass sie wiedergekommen waren, noch dass es sie überhaupt gab. Ist mir doch egal. Ist doch wohl völlig klar, dass ihr Vater sie nicht gehen lassen wird. Und so wie es aussieht, muss sie ihrem Vater beistehen. Soll mir nur sehr recht sein.

Es kamen eine Menge anderer Gäste in den Kretscham am Donnerstagabend, manche ungläubig, als hätten sie es nicht für möglich gehalten, dass sie tatsächlich wiederkämen, die kannten Strimelin eben nicht. Zunächst wollte der Sonnabend besprochen werden. Musikanten auf der Hochzeit zu haben, das war schon sehr gut, und wenn diese Musikanten dann auch noch handfeste Kerle waren und keine Hasenfüße – um so besser. Die Görlitzer Stadtpfeifer jedenfalls, die hatten fast alle das große Zittern bekommen, als sie gefragt worden waren, ob sie auf einer Hochzeit in Kießlingswalde aufspielen wollten.

Sie spielten auch ein wenig auf, nur um nicht aus der Übung zu kommen (es war ja lediglich so etwas wie eine Probe mit Publikum) und weil Scholze ihnen gesagt hatte, dass bei Musik mehr Bier getrunken würde. Scholze hatte es von Anfang an gut mit ihnen gemeint, warum sollten sie ihm nicht auch beistehen, zumal dann, wenn es so einfach war.

Am Freitagabend würden sie nach Hochkirch ziehen, im dortigen Kretscham ein wenig aufspielen und vor allem dort schlafen, damit sie am Morgen der Hochzeitsfeier rechtzeitig am Brauthaus sein konnten. Am Freitagmorgen hatte Jonathan noch hinter dem Kretscham über seinem neuen Buch gesessen und geübt. Das Buch hatten sie in Hirschberg gekauft, Strimelin hatte es ausgesucht. Es waren einige Lieder darin, die Jonathan in den Jahren kennengelernt hatte, und nun versuchte er, diese komischen Striche und Punkte mit dem zusammenzubringen, was er gespielt hatte. Anfangs fühlte er sich allein inmitten eines undurchdringlichen Dickichts, nach und nach aber gelang es hm doch, kleine Schneisen in das Gestrüpp zu schlagen, durch welche dann, ganz selten noch, aber immerhin, Licht einfiel. Dann verspürte er einen kleinen Triumph, schlug er sich vor den Kopf bei der Erkenntnis, dass er so manches auf seiner Fiedel seit Jahren schon gemacht hatte, weil das eben so gemacht werden musste. Und nun begriff er endlich, warum. Das tat gut, auch wenn dieses Begreifen nur die Musik betraf. Diese Momente waren selten, aber jeden einzelnen von ihnen hatte er sich redlich erkämpft, der gehörte ihm allein, und er kostete den Genuss aus.

Mit ihrem Abzug aus Hirschberg hatte er den Kopf freibekommen von der bierverschleierten Dumpfheit der Ostertage. Er wollte diese Stadt nur ganz schnell vergessen, schon die Erinnerung an sie war ihm peinlich. Statt dessen hatte sich in ihm eine trotzige Entschlossenheit eingenistet: Ich komme auch alleine nach Flandern. Und ich werde auch alleine das Notenlesen lernen. Für mich. Nur für mich. Den Bach unten am Kretscham sah er indessen an, als sei der Schuld an allem. Das hielt er durch bis zum Freitagmittag. Hinter dem Kretscham den Weg entlang, vorbei an Hartmanns Teich, hinunter zum Bach und hinein in das Sumpfwäldchen, das lief sich ganz von alleine, seine Beine fragten seinen Kopf nicht um Erlaubnis. Seine Fiedel hatte er im Kretscham gelassen, ich werde dort sowieso niemandem etwas vorspielen müssen. Niemandem. Der kleine Teich lag ruhig, glatt wie ein Spiegel, doch ringsherum hatte sich über Ostern binnen weniger Tage alles verändert. Das Grün hatte sich endgültig Bahn gebrochen, drang frisch und kraftvoll aus Boden und Knospen und spiegelte sich selbstverliebt auf der Wasseroberfläche. Die ersten Bäume und Sträucher hatten Blüten angesetzt und erfüllten die Luft mit einer süßlichen Schwere, gemischt mit der Strenge des Weißdorns, welche den modrigen Geruch des Bodens übertönte. Bis auf das Randalieren der Vögel war alles still, kein knackender Zweig kündigte das Nahen eines anderen Menschen an. Niemand kam. Warum auch? Jonathan war auf alles vorbereitet, darauf, Eleonora zu sehen oder auch darauf, dass einer seiner Freunde von der Landstraße hier sein Versprechen einlösen wollte. Aber es kam niemand. Darauf war Jonathan weniger gut eingerichtet.

Er setzte sich auf den Sitz am Ufer. Durch das frische Grün fiel der weiße Fetzen besonders schnell ins Auge, der zwischen den Stöcken steckte, halb verborgen, um ihn vor der Feuchtigkeit zu schützen, gerade so weit herausragend, dass jemand, der diesen Platz kannte, ihn nicht übersehen konnte. Ein Stück Papier, zusammengefaltet, auf dem „Für Jonathan" stand.

Na großartig. Er war ja ohnehin gerade beim Lesen, rätselte sich mühsam durch die dünnen Sätze seines Notenbüchleins. Aber das waren wenigstens gedruckte Lettern, und das hier, das war Gekrakel! „Für Jonathan" – das zumindest konnte Jonathan ohne größere Anstrengung lesen. Der Brief konnte nur von Eleonora sein. Und nun? Er faltete das Papier auseinander, es waren Buchstaben. Sehr viele Buchstaben, die vor seinen Augen tanzten. Bis er das entziffert haben würde, wäre es wohl Nacht. Er könnte den Brief natürlich auch mitnehmen und ihn sich im Kretscham von Strimelin vorlesen lassen. Ja, das wäre gut, dann könnte er hinterher darüber laut lachen und so zeigen, wie unwichtig, wie vollkommen egal ihm diese Eleonora war.

Irgendwie keine gute Idee. Vielleicht stand etwas drin in dem Brief, was Strimelin nicht unbedingt wissen musste.

Lieber Jonathan. – Er hatte den Eindruck, als habe Eleonora nur für ihn mit besonders großen Buchstaben geschrieben. Lieber Jonathan! Lieber! Das kam ihm wie bitterer Spott vor. Was hatte er denn schließlich davon, dass er lieb war? Lieb sein, das bedeutet anscheinend doch nichts anderes, als dass man von jedem verarscht wird!

Lieber Jonathan, begann er zu entziffern. Ich habe heute lange hier auf dich gewartet, und habe doch auch gewusst, dass du nicht kommen wirst. Und nun schreibe ich diesen Brief. Den wirst du auch nur dann finden, wenn du doch hierher kommst. Und ich bin mir nicht sicher, ob du das machen wirst. Aber ich musste irgendetwas tun. Irgendetwas, egal, ob das nun sinnvoll oder wahrscheinlich oder aussichtsreich ist. – Ja, Eleonora hatte groß genug geschrieben, dass er es halbwegs ausbuchstabieren konnte, aber deshalb war das alles nicht weniger verwirrend. Was sind das nur für Sätze, wo man am Ende nicht mehr weiß, was am Anfang gestanden hat?

Nachdem er den ersten Absatz zum dritten Mal entziffert hatte, ahnte Jonathan, was Eleonora ihm sagen wollte. Ihn durchzuckte der Einfall, den Brief wieder fein säuberlich zusammenzufalten und ihn zurückzustecken, als habe er ihn nie gesehen, geschweige denn angefasst. Er war ja überhaupt nicht hier. Aus welchem Grund sollte er das auch? Eleonora sollte sich bloß nichts einbilden.

Aber das konnte er schließlich immer noch tun, wenn er den Rest kannte, so stark war die Neugier denn doch. Außerdem hatte er das verwirrende Gefühl, durch diesen Brief Eleonoras Geruch einzuatmen. Er wusste, dass das Unfug war, der Brief hatte einen ganzen Tag hier draußen gelegen, der roch nach nichts als nach Waldboden. Und doch meinte Jonathan den Geruch von Eleonoras Haaren wieder zu erkennen, wie sich gerochen hatten, als sie sich an ihn gelehnt hatte. Vielleicht haben die ja auch nach Waldboden gerochen, sei's drum. Den Geruch ihres Atems, als sie kurz aneinander gelehnt gestanden hatten, neulich, da hatte sie sich ein paar Haare aus der Stirn pusten wollen und dabei genau in Jonathans Nase geblasen – diesen feuchtwarmen Hauch glaubte er zu spüren, der ließ ihn den Brief weiterlesen.

Entschuldige bitte, lieber Jonathan, ich hätte es dir sagen müssen, wessen Tochter ich bin. Ich wollte es, aber ich war zu feige dazu, ich habe es immer wieder vor mir hergeschoben. Und nun hast du es von anderen erfahren, das ist viel schlimmer. Es tut mir leid, ich war so feige.

Aber, bitte, erinnere dich auch an meine Frage: Was würde sich denn ändern, wenn du wüsstest, wer meine Eltern sind? Vielleicht klingt das bitter für dich, aber ich habe mir meine Eltern nicht aussuchen können. Ich kann mich über meinen Vater auch nicht beklagen, ich liebe ihn, wie ein Kind seinen Vater liebt, ich ehre ihn – aber ich habe zum Denken einen eigenen Kopf. Und ich habe ein eigenes Herz.

Vielleicht fühlst du dich belogen. Das verstehe ich. Aber das stimmt nicht. Nicht ganz. Alles was ich dir gesagt habe, war ehrlich. Und ganz ernst gemeint. Die Lüge lag in dem, was ich dir nicht gesagt habe. Und nun glaubst du mir wahrscheinlich überhaupt nichts mehr, und alles, was ich mir ausgedacht und zusammengeträumt habe, ist kaputt. Und niemand ist da, dem ich die Schuld daran geben könnte. Nur ich.

Ich bin traurig. Und wütend auf mich selbst.

Eleonora.

Es war ein hartes Stück Arbeit für Jonathan, bis hierhin zu gelangen. Er hatte kein gutes Gefühl. Genau gesagt, fühlte er sich ziemlich beschissen. Eleonora hatte Recht. Was hatte schließlich ihr Vater mit ihnen beiden zu tun – sie wollten doch ohnehin fortgehen von hier und der Pfarrer würde sicher nicht mitkommen. Eleonora hatte Recht, und er hatte sich wie ein Rindvieh benommen, und wäre er gestern hierher gekommen, dann hätte er Eleonora vielleicht getroffen und dann wäre vielleicht alles leicht zu erklären gewesen (falls er Eleonora hätte zu Wort kommen lassen, sein Plan für ihr Zusammentreffen sah das eigentlich nicht vor), und Eleonora müsste jetzt nicht traurig sein. Na und wenn schon. Er war schließlich auch traurig! Und wütend! Und er hatte obendrein noch die Fresse voll bekommen! Wenn sie jetzt doch nur hinter einem Baum hervortreten würde, ihn fragend ansehen: Na, hast du es gelesen? – dann wäre wahrscheinlich alles ganz einfach. So einfach. Aber Eleonora kam nicht und die Dämmerung begann aus dem Osten heranzukriechen, und es wurde Zeit, dass Jonathan sich zurück in den Kretscham scherte. Es ging ja nicht nur um ihn. Sie mussten schließlich nach Hochkirch.

XXIII

Vielleicht hatte Strimelin ja auch dieses Mal recht. Vielleicht ließen sich die Oberlausitzer wirklich nicht so einfach von einem Pfarrer das Tanzen und Feiern verbieten. Am Sonnabendmorgen jedenfalls sah der Himmel aus, als hätte jemand ein makellos blaues Tuch darüber gespannt, die Sonne wärmte die Glieder und wischte schnell alle Reste von Nacht und Tau fort, die Vögel veranstalteten ein Heidenspektakel, und die ganze Welt schien so sattgrün und frisch und saftig, als sei sie eben erst frisch erschaffen worden.

Die Musikanten waren am Abend vorher doch noch im Kretscham in Kießlingswalde geblieben, zum einen, weil Jonathan so spät von seinem Ausflug zurückgekehrt war, dass sie erst in tiefster Dunkelheit nach Hochkirch gelangt wären, zum anderen aber, weil Scholze mit ihnen noch ein paar Lieder einüben wollte, die seiner Meinung nach auf einer Hochzeit hier unbedingt gespielt werden müssten. Es war schon lustig, wie der Scholze ihnen etwas vorsang. Der Mann hatte eine kraftvolle und durchaus angenehme Stimme, und je länger er mit den Dreien übte, um so mehr schien ihm seine eigene Stimme Spaß zu bereiten. Am Ende mussten sie ihn gar nicht lange bitten, am kommenden Abend mit ihnen gemeinsam das eine oder andere Ständchen zu probieren. „Das sollten wir noch ein paar mal miteinander üben", sagte er lachend, „und dann, wenn ihr irgendwann einmal weitergezogen seid – dann mache ich hier meine eigene Musik. Das wäre ja gelacht, der singende Scholze, das spricht sich doch herum bis nach Görlitz!"

In der ersten Morgendämmerung waren sie dann nach Hochkirch aufgebrochen. Als sie gegen neun Uhr dort in den Kretscham kamen, war schon eine recht erkleckliche Menge Volkes versammelt, Kießlingswalder, Grunaer, Hochkircher, selbst die Stolzenberger von der anderen Seite, und es kamen immer mehr dazu, herausgeputzt und bestens gelaunt. Es schien, als hätten sie alle sehnsüchtig auf das Ende der Fastenzeit gewartet, darauf, dass das Heiraten endlich wieder anginge. Um halb zehn erschien dann auch der Bräutigam, um, wie man es nannte, den Biergroschen zu legen, mit den Gästen, egal ob geladen oder nicht, ein Bierchen zu trinken und sich feiern zu lassen.

Es würde für die Musikanten ein sehr langer, ein sehr anstrengender und wohl auch ein sehr einträglicher Tag werden, das war schon so früh am Morgen abzusehen. Mit den Brautleuten waren fünfzehn Taler vereinbart, die sie für das Aufspielen den ganzen Tag über bekommen sollten. In Görlitz gab's auch da genaue Festlegungen – da gab es bei jeder Hochzeit höchstens sechs Tische mit jeweils zwölf Gästen, und für jeden Tisch bekamen die Musikanten einen Taler, aber hier, in diesem Gewusel im Kretscham, wer fragte da schon nach Tischen und Plätzen. Auch wenn es am Nachmittag in Kießlingswalde im Kretscham zunächst einmal nur die geladenen Gäste sein sollten, die zur Feier kämen.

Am Vormittag jedenfalls sammelten sich in den aufgestellten Tellern auf den Tischen die ersten Groschen für die Musikanten. Für manchen der Gäste mochte mit dem heutigen Tag der Winter nun endlich und endgültig vorbei sein, und dieses Gefühl einer kleinen Erlösung machte die Leute fröhlich und freigiebig. Ja, sie würden von früh bis spät in die Nacht aufspielen müssen, bis ihnen die Finger wie rohes Fleisch vorkommen würden und die Kehle voller Kieselsteine zu stecken schien. Dazu dann immer noch darauf bedacht, nicht allzuviel von dem freigiebig dargebotenen Bier und Branntwein zu trinken, um nicht schon am Nachmittag schlapp zu machen – aber, Herrschaften, genau diese Tage waren es doch, für die man lebte als Bierfiedler! Als Ameldonck um halb elf die Runde machte, um das Geld von den Tellern einzusammeln, kam er zurück und gestattete sich gegenüber Strimelin einen Blick, aus dem ungläubiges, aber auch sehr zufriedenes Staunen zu lesen war.

Das Geldeinsammeln, das war schon immer Ameldoncks Aufgabe, zum einen, weil er derjenige war, mit dem ein vielleicht zu früh betrunkener Streithammel am wenigsten Ärger suchen mochte, zum anderen beherrschte Ameldonck die Kunst, das Geld freundlich und dankbar lächelnd in den Beutel klimpern zu lassen, ohne dass dies wie eine nachlässige Selbstverständlichkeit wirkte, und gleichzeitig, ohne dass er das Geld mit den Augen oder, schlimmer noch, mit den Händen in den Beutel gezählt hätte, was immer den Anschein von Gier trug. Egal, wie viel oder wenig auf dem Teller war – es war gut, sie hatten es sich verdient und Ameldonck vermittelte den Eindruck einer selbstbewussten Dankbarkeit dafür. Wenn sie des Herumziehens einmal müde sein würden, vielleicht sollten sie eine Schule für angehende Bierfiedler eröffnen. Man ahnt ja am Anfang gar nicht, was man dabei so alles falsch machen konnte.

Gemeinsam mit dem Bräutigam zogen sie zum Brauthaus, um anschließend das Paar zur Kirche zu begleiten. Auch hier hatten sich die Leute herausgeputzt, von der Braut gar nicht zu reden. Sie alle trugen voll Stolz ihre besten Sachen, die sie wer weiß wie lange nicht getragen hatten, weil einfach der passende Anlass fehlte, so dass sich Strimelin, Ameldonck und Jonathan geradezu schäbig vorkamen in ihren Kleidern, die doch meistenteils erst aus dem vergangenen Winter in Görlitz waren.

Während in der Kirche die Trauung vonstatten ging, saßen die drei draußen im Schatten eines Baumes und dösten vor sich hin. Blinzelten durch die Zweige voller erwachender, hervorbrechender Blätter in die Sonne, schauten sich die Leute an, die ebenfalls hier draußen herumstromerten, nicht eng genug verwandt, um mit zur Trauung eingeladen zu sein und doch bekannt genug mit den Brautleuten, um guter Hoffnung auf einen vergnüglichen und nicht allzu teuren Abend zu sein. Weit hinab ging der Blick von hier aus, Hochkirch lag auf einem der sanften lausitzischen Hügel, man konnte hinübersehen bis zu der Kirche von Gruna im Tal, und dahinter lag irgendwo Kießlingswalde. Ach, es war eine Lust, hier sitzen und schauen zu dürfen. Es war eine Lust, die Sonne zu spüren, den milden Wind, eine Lust zu feiern und zu singen. Und das konnte ja auch gar nicht anders sein, dachte Strimelin. Hatte er, hatte irgend jemand daran zweifeln können? Man brauchte doch nur den Blick schweifen zu lassen von hier oben, hinweg über diese Gegend. Wer diese Landschaft sah, der ahnte, der begriff, was hier für ein Menschenschlag lebte. Es war alles so sanft, so freundlich, so einladend, es gab hier nichts Schroffes, nichts Bedrohliches, nichts Abweisendes. Dieses Fleckchen Erde, so empfand es Strimelin, hatte geradezu etwas Sinnliches. Die Berge türmten sich nicht dunkel und schwer lastend über den Dörfern und den Menschen auf, nein, in diesem warmen Frühlingslicht schienen sie ihm warmen, runden, gigantischen Frauenleibern zu gleichen, welche sich entspannt niedergelegt hatten, wie um die Sonne zu genießen. Eine Landschaft, die einen immer und immer wieder dazu anhielt, sich des Lebens in ihr zu erfreuen. In solch einer Landschaft, da war sich Strimelin ganz sicher, in solch einer Landschaft konnte gar kein schlechter Menschenschlag heranwachsen.

Nach einer Weile trat Hans Titzmann auf die Musikanten zu. „Kann ich mit euch sprechen, Strimelin?", begann er. Er war nicht mehr ganz nüchtern, aber auch noch lange nicht betrunken. Wahrscheinlich hatte er jenen schmalen Grat erreicht, an dem er keine Scheu mehr und sich selbst trotzdem noch in der Gewalt hatte.

„Tut euch nur keinen Zwang an."

„Ich wollte euch warnen", sagte Titzmann und blickte sich ängstlich nach allen Seiten um.

„Seltsam, das wollen anscheinend viele hier!"

„Na gut, dann muss ich es ja nicht tun." Er machte Anstalten aufzustehen, aber Strimelin bat ihn mit einer Handbewegung, zu bleiben.

„Ich wollte euch nur sagen", begann er erneut, „ich ... ich bin nicht so, wie ihr das vielleicht glaubt. Ich bin nicht nur dieser dauernd besoffene Herumkrakeeler. Ich bin – es gibt noch einen anderen Hans Titzmann, glaubt mir bitte."

„Das glaube ich euch gerne."

„Das glaubt ihr nicht, Strimelin, aber das ist auch egal. Ihr seid nicht von hier. Ihr könnt vieles nicht wissen. In Kießlingswalde jedenfalls ist manches und mancher anders als man glaubt. Ich auch. Egal. Ich wollte euch das nur sagen, damit ihr mich nicht nur als Suffkopp in Erinnerung behaltet."

„Wollt ihr fortgehen?"

Titzmann lachte, wenn auch nicht gerade fröhlich. Seltsam, dachte Strimelin, der Mann hat die besten Zähne, die ich hier im Dorf je gesehen habe, da fehlt keiner, das erlebt man nicht oft. Ich sollte ihn fragen, wie er das macht!

„Fortgehen? Nun ja, das nicht gerade. Oder vielleicht doch. Ich glaube nur, ich mache es nicht mehr lange."

„Ach kommt, Titzmann! Wir beiden, wir sind vielleicht nicht so groß und breit wie der Ameldonck, aber wir sind doch zäh! Das seh ich euch doch an. Ihr habt Hände, denen sieht man es an, dass ihr ordentlich zupacken könnt, und mit euren Zähnen, da beißt ihr euch doch noch überall durch! Ihr trinkt vielleicht ein bisschen viel, ein bisschen zu viel, das ist womöglich euer Problem, aber davon stirbt man nicht so schnell. Nicht, wenn man so zäh ist wie ihr und ich."

Wieder dieses eigenartige, traurige Lachen. „Mein Problem? Wollt ihr wirklich wissen, Strimelin, was mein Problem ist? Mein Problem ist, dass ich eine verdammte, beschissene Hure gewesen bin mein Leben lang. Dass ich mich an alles und jeden verkauft habe, das ist mein Problem.

Ich erzähle euch was: Mit zwanzig habe ich mich in der Schreibersdorfer Schänke volllaufen lassen, und dann habe ich auf dem Nachhauseweg zugepackt, und zwar richtig. Ich habe mir die Rosina Exner gegriffen und Päng! Hätte ich mir eine andere genommen, eine, die auch die anderen Kerle aus dem Dorf schon ausprobiert hatten, dann wär da sicher nichts passiert, aber die Rosina, die war damals ja noch genauso blöd und un-erfahren wie ich. Die ist schwanger geworden. Ich musste sie heiraten, und ich hatte meinen Ruf weg. Bei allen. Im Dorf, beim Pfarrer, beim Lehnsherrn, bei allen. War nichts mehr zu machen. So etwas macht man eben nicht. Ach, Pfeifendeckel, alle machen so was! Aber eben nicht so, dass was passiert. Weg-gehen von hier, das konnten wir nicht. Ich war nichts, ich hatte nichts, und die Rosina hatte die andere Hälfte. Also habe ich mich verkauft. Ich habe mich zu allem hergegeben, was mir irgend ein paar Groschen eingebracht hat, nur damit ich meiner Frau und meinem Kind was zu Fressen auf den Tisch stellen konnte. Ich habe jede Scheiße mitgemacht und nicht gefragt, was und für wen und warum. Und wisst ihr was, Strimelin: Das, was mir mein Leben so versaut hat, diese kleine blöde Rosina Exnerin, das ist das einzige Gute gewesen, was mir passiert ist in meinem Leben. Ich habe eine Frau und ich habe drei Kinder inzwischen. Das einzig Sinnvolle, das ich hinbekommen habe. Das einzige, wofür ich mich nicht schämen muss. Seht ihr, Strimelin, nun wisst ihr, was mein Problem ist!"

„Ist das nicht Grund genug, nicht fortzugehen? Warum wollt ihr eure Familie allein lassen?"

„Ich sag euch was: Ich weiß es nicht. Ich will ja auch gar nicht weg. Ich spüre nur, dass es passieren wird. Und das ist vielleicht wirklich mein Problem. Ich weiß es nicht. Es gibt kein Warum, es gab bei mir noch nie ein Warum. Aber bald wird auch das keine Rolle mehr spielen. Es wird passieren und keiner wird wissen, warum. Ich auch nicht. Denkt an mich, Strimelin, an Hans Titzmann, und nicht nur an den Suffkopf."

Während Strimelin mit Titzmann sprach, sah er Anna Bühler in der Nähe vorbeigehen. Die Gesellschaft, in welcher sie Strimelin vorfand, belustigte sie offenbar, sie gab Strimelin zwei, drei Mal irgendwelche Zeichen, die dieser nicht zu deuten vermochte, dann entschwand sie seinen Blicken, zudem öffneten sich die Kirchentore, die Trauzeremonie war vorüber und die Musikanten mussten ihre Arbeit wieder aufnehmen. Während des Hochzeitsmahles spielten sie draußen auf der Gasse vor dem Fenster auf für alle die, welche im Vorbeikommen Glück wünschen oder kleine Geschenke abgeben wollten. Als sich die Hochzeiter nach dem Essen ein wenig ausruhten, wurde auch den Musikanten Speise und Trank nach draußen gereicht, und das nicht zu knapp.

Dann begann jener Teil des Festes, den mancher voreilige Trinker wohl verfluchen mochte – wie es üblich war seit ewigen

Zeiten wurde nach dem Hochzeitsmahl der Kretscham wieder bezogen, nur eben dieses Mal der zwei Dörfer weiter, was, wenn man nüchtern und gut beisammen war ein gutes Stündchen Fußmarsch bedeutete. Für eine gute Anzahl von Dörflern also schon jetzt ein ganzes Stückchen mehr. Jonathan, Ameldonck und Strimelin hatten es da bequemer, sie wurden auf der Kutsche direkt hinter der des Brautpaares gefahren. In Kießlingswalde angekommen, zogen die Hochzeiter erst einmal durch das ganze Dorf, so dass die Musikanten Gelegenheit hatten, sich eine Stunde auf ihre Strohsäcke zu legen um Kraft für den Abend zu sammeln.

Was im Übrigen die Kießlingswalder und Hochkircher, und woher sonst sie alle kommen mochten, nicht nötig zu haben schienen. Kaum hatten sie nach ihrem Gang durch Kießlingswalde bis hinunter nach Stolzenberg und zurück den Kretscham wieder bezogen, schrieen sie nach Musik, und kaum hatten die drei auch nur die ersten Töne angeschlagen, machten sie die Reihen auf und begannen den Hochzeitstanz.

Wie schon an ihrem allerersten Abend in Kießlingswalde, so erschien auch diesmal wieder Gustav Prätorius mit hochrotem Kopf und wichtigem Gesicht. Wahrscheinlich gehörte sein Auftritt in Kießlingswalde zu einer guten Feier einfach mit dazu. „Es gibt Neuigkeiten", rief er in die Stille hinein, die sein Auftritt jedes Mal hervorrief und welche er auch jedes Mal aufs Neue zu genießen schien. „Gute Neuigkeiten für alle! Am Mittwoch nach Ostern ist unserem Lehnsherrn ein Söhnlein geboren worden! Also feiert noch ein bisschen mehr, der Lehnsherr wird schon noch etwas beisteuern zum Fest." Diesmal ließ er zumindest keine so erschreckenden Pausen zwischen seinen Worten.

Anna Bühlerin hatte lange darüber nachgegrübelt, wie sie sich Strimelin gegenüber verhalten sollte. Immer wieder rief sie sich sein Gesicht in die Erinnerung zurück, wie sie es an jenem Nachmittag gesehen hatte, so überrascht, überwältigt.

Sie war sich sicher, das war ein anderer Ausdruck als bei den Männern, die sie hier kannte, wenn bei denen erst einmal der schlimmste Drang gelindert war. Das war etwas ganz Anderes. Da war Gefühl in seinen Augen gewesen, nicht nur Gier. Andererseits – was wusste sie denn schon von der Männerwelt außer den paar plumpen Kerlen hier? Und Strimelin war Musikant, in jeder Woche in einem anderen Dorf. Dem flogen die Frauen vielleicht nicht ganz so schnell zu wie dem langen Ameldonck, aber wer weiß das schon, so abstoßend war Strimelin nun wieder auch nicht. Stille Wasser sind tief, oh, wie sie gerade diesen Spruch hasste, und doch, wie viele Frauen auf Strimelins Weg mochte dieser Spruch durch den Kopf gegangen sein und sie zu einem Versuch überredet haben? Alles Quatsch, dieser Strimelin, der ist alles andere, nur kein stilles Wasser – du hast ihn eben in einer besonderen Situation ertappt.

Anna fürchtete von Tag zu Tag mehr, je länger das alles zurücklag, dass ihr gemeinsamer Nachmittag für Strimelin vielleicht, wenn auch nicht gerade etwas Alltägliches, so doch zumindest etwas Wohlbekanntes gewesen sei. Nicht etwas Unerhörtes, Nochniedagewesenes. Sie musste ihm das Gefühl vermitteln, dass es für sie genau das gewesen war, etwas ganz Neues, etwas ganz und gar Besonderes, etwas, das wie ein Erdstoß die Hütte ihres bisherigen Lebens zum Einsturz gebracht hatte. Und wenn sie näher darüber nachdachte, dann war es ja auch genau das gewesen. Wäre es zumindest gewesen für sie, wenn sie nicht, wie sie sich hinterher schalt, schon damals zu sehr an ihren Plan gedacht hätte, zu dessen Ausführung ihr Strimelin als Werkzeug dienen sollte.

Anna war sich ihrer selbst längst nicht mehr so sicher wie noch vor einer Woche. Ein Mensch mit einem solchen Mundwerk wie Strimelin, der musste seine Ohren überall haben, ganz zwangsläufig war das so, und da würde ihm sicher nicht verborgen geblieben sein, was sie in Kießlingswalde für einen

Ruf hatte. Doch als sie Strimelin am Mittag dort zusammen mit Hans Titzmann hatte sitzen sehen (Ach, Titzmann, auch so ein armes Schwein, wenigstens einer von denen aus Kießlingswalde, die ihr nie etwas Böses angetan hatten, der ihr sogar noch ab und zu ein tröstendes Wort geschenkt hatte, obwohl er es vielleicht selbst nötiger gehabt hätte.), da bekam ihr Entschluss erneut Gestalt: Strimelin, pfeif auf das, was die Kerle hier reden, die sind sowieso alle falsch. Sie ahnte, genau so etwas würde auch Titzmann zu Strimelin gesagt haben: Die Leute hier in Kießlingswalde lügen doch alle. Sie konnte das förmlich von Titzmanns Lippen lesen. Ich bin keine Hure, Strimelin, auch wenn alles das behaupten. Ich werde in deiner Nähe bleiben, aber nicht, weil ich dir an die Hose will, sondern an deine Seele. Das wirst du begreifen. Von der Seele nämlich lassen richtige Huren am besten ganz schnell die Finger, wenn sie es zu etwas bringen wollen. Also werde ich deine anfassen und dann wirst du Worten wie denen von Titzmann glauben und also auch mir. Ich bin hier bei dir, wegen dir, für dich. Und wenn du willst, geh darauf ein.

Scholze nahm Prätorius beiseite: „Weiß der Herr Kellner schon Bescheid von dem Kind."

„Sicher, er war mit dabei, als der Landreiter kam."

„Und?"

„Was und?"

„Was hat er gesagt?"

„Was soll er gesagt haben. Nichts Freundliches jedenfalls. Noch ist nicht aller Tage Abend, so etwas in der Art."

„Dem Mann ist wohl nicht mehr zu helfen."

„Du sagst es. Schreib auf, was heute so getrunken wird, einen Teil davon bezahlt der Lehnsherr."

„Sag's den Brautleuten, die werden sich freuen. Die sparen was dran. Ich freu' mich für den Herrn, aber verdienen tu ich nichts dabei."

„Denkst du immer ans Verdienen?"

„Nein. Nur so lange, bis es zum Leben reicht. Ach was, ich freu mich. Für den Lehnsherrn, dass er einen kleinen Sohn hat. Und für mich, dass wieder richtig gefeiert wird."

Anna blieb den gesamten Abend in Strimelins Nähe, ebenso wie Maria Gruner dies bei Ameldonck tat. Wie selbstverständlich und mit ruhiger Sicherheit gegenüber den gehässigen Bemerkungen der anderen Frauen: Redet nur, was kümmert mich das!

Maria war schön an diesem Abend, so schön, dass es selbst jenen auffiel, die sich ansonsten das Maul über sie zerrissen hatten. Sie war an den vergangenen beiden Tagen offenbar von Stunde zu Stunde noch schöner geworden, das stellte auch Gustav fest. Herrgott noch mal, und das alles wegen diesem dahergelaufenen Holländer.

Andererseits gefiel ihm, was er sah. Er konnte warten. Er hatte schon so lange gewartet, da kam es auf ein paar Tage mehr auch nicht mehr an. Es konnte nicht mehr lange dauern, spätestens nach der Hochzeit von Christoph Hansche in einer Woche, dann würden die Musikanten weiterziehen, und dann würde Maria Trost brauchen, viel Trost von einem wirklich guten Freund. Und was er für ein guter, vertrauenswürdiger Freund war, das bewies er Maria, als er ihr am Mittag auf dem Weg nach Kießlingswalde heimlich den Schlüssel für die kleine Kammer zusteckte, welche hinter dem Laboratorium des Lehnsherrn im äußersten Winkel des Gutshofes lag. Maria hatte zunächst energisch abgewehrt, hatte ihn skeptisch und überrascht angesehen, seinen Blick auszuforschen versucht – und am Ende hatte sie den Schlüssel eingesteckt, und Gustav hatte doch tatsächlich so etwas wie Dankbarkeit in ihren Augen lesen können. Na bitte. Geht doch.

Jonathan dagegen war richtig übel gelaunt. Für die beiden anderen war ja augenscheinlich gut gesorgt, schön für sie, um ihn kümmerte sich ja ohnehin keiner. Das gesamte Dorf schien auf den Beinen zu sein, Alte wie Junge, auch seine drei ganz besonderen Freunde hatte er erkannt, die, sobald er in ihre Richtung blickte, schnell zu Boden sahen oder sich wegdrehten. Wenigstens waren diese Rotzlöffel noch so jung, dass sie von ihren Eltern sehr frühzeitig heimgeschickt wurden – sehr zu ihrem Glück und gerade noch rechtzeitig, dachte Jonathan, der missgelaunt genug gewesen wäre, auch einer Prügelei nicht aus dem Wege zu gehen.

Das ganze Dorf war da, nur Eleonora fehlte, und sie fehlte ihm sehr. Was ist das nur für ein saublöder Streit zwischen dem Lehnsherrn und dem Pfarrer, fragte er sich. Wie einfach und schön könnte alles sein, wenn dieser beschissene Streit nicht wäre, wenn nicht dauernd einer versuchte, dem anderen vorzuschreiben, wie er bitteschön zu leben oder nicht zu leben hätte. Wenn er doch nur nicht so blöde wäre und vernünftig schreiben könnte, dann hätte er Eleonora gestern am See wenigstens ein paar Zeilen als Nachricht hinterlassen können, als Zeichen, dass er ihren Brief gelesen und verstanden hätte. Aber er war ja selbst dazu zu blöd. Er war offenbar zu allem zu blöd!

Eleonora lag derweil zu Hause auf dem Bett und heulte. Sie hatte es sich so fest vorgenommen, sich dieses Mal nicht dem Willen ihres Vaters zu beugen. Sie würde ihn überzeugen, dass er sie zur Hochzeit gehen ließe. Seit drei Tagen hatte sie im Kopf mit ihrem Vater gestritten, hatte einen gewichtigen Grund nach dem anderen vorgebracht, ein Bedenken nach dem anderen entkräftet und beiseite gewischt – und dann hatte er ohne jede Diskussion nur einfach und kurz Nein gesagt, ohne sie überhaupt anzuhören. Ein klares, deutliches Nein mit einem Blick, der jede Nachfrage zwecklos machte. Das war das letzte Mal, schwor sich Eleonora, das letzte Mal, dass ich mich füge. Beim nächsten Mal werde ich nicht einmal mehr fragen, so weinte sie sich in den Schlaf.

Gegen Mitternacht zog das Brautpaar vom Kretscham aus nach Hause, von den übrigen Gästen wankte und wich kaum jemand (nun gut, so sagt man: Es wankte und wich kaum jemand, aber wanken, das taten denn doch schon bedenklich viele der Hochzeitsgäste) bis drei Uhr in der Nacht. Ein wenig abseits vom Getümmel saß Hans Titzmann und blickte verloren vor sich hin, leer und stumm, noch nicht einmal der kleinste Funken Aufsässigkeit war an ihm auszumachen. Ängstlich sah er aus, verwirrt, traurig. Gut, er war betrunken, aber das hatte ihn auch sonst nicht daran gehindert, am wildesten zu tanzen und am lautesten zu krakeelen – im Gegenteil. Er war betrunken wie die meisten anderen Gäste auch, und weil die Stimmung so ausgelassen, so fröhlich war, nahm keiner recht Notiz von ihm. Sollte er doch melancholisch sein heute, na wenn schon!

Nachdem endlich auch die letzten Gäste gegangen waren, bewiesen Anna Bühler und Maria Gruner dem Strimelin und dem Ameldonck, dass es selbst in einem so kleinen Ort wie Kießlingswalde genügend versteckte Schleichwege und geheime Gänge gab, die zu stillen Plätzen führten, an denen man ungestört sein konnte. Es war eine milde Frühlingsnacht, eigentlich die erste, in welcher man die Kühle eher als willkommene, erfrischende Belebung denn als Kälte wahrnahm. Das Dorf war durch die Feierei in Hochstimmung, es war schon ein ausgemachtes Glück, dass die beiden Frauen die von ihnen ausgesuchten Plätze nicht schon besetzt vorgefunden hatten. Oder diese Plätze waren eben wirklich sehr geheim.

Anna brauchte Strimelin gegenüber nicht allzu große Vorbereitungen zu treffen. Sie gab ihm ein für andere kaum wahrnehmbares Zeichen, ihr zu folgen, und draußen, in der Dunkelheit vor dem Kretscham nahm sie ihn bei der Hand und zog ihn sanft hinter sich her. Mehr brauchte es nicht.

Maria und Ameldonck ging es da ganz anders. „Kommt leise hinter mir her", hatte Maria ihm mit hochrotem Kopf zugeflüstert. Sie wagte kaum, sich umzudrehen auf dem Weg zum

Gutshof, sie vertraute auf das leise Knacken der Schritte hinter ihr, dass Ameldonck ihr immer noch folgte.

Beide waren klatschnass. Die Luft im Kretscham war wie ein dicker warmer Brei gewesen, der den Schweiß nur so rinnen ließ, gleich, ob man nun musizierte oder nur mit den Anderen tanzte. Obwohl es nicht wirklich kalt war, fröstelten beide, als sie an der Kammer anlangten, und dieses Zittern kam von mehr als nur von fehlender Wärme und nasskalten Sachen, bei Maria war das ebenso Angst und Neugier und Verlangen und Scham.

Maria hatte am Nachmittag ein Feuer in dem kleinen Ofen gemacht, so war es drinnen angenehm überschlagen. Sie legte Ameldonck beim Betreten kurz den Finger auf die Lippen, dann schloss sie die Tür, huschte schnell hin und her, um Decken vor die beiden kleinen Fensterchen zu hängen, dann erst stocherte sie mit ein paar dünnen Zweigen Reisig in dem Rest Glut, um mit dem Feuer zwei Kerzen anzuzünden.

In einer Ecke der Kammer lagen trockene, warme Tücher. Maria warf Ameldonck ein paar davon zu. „Los, Ameldonck, ihr holt euch ja den Tod in dem nassen Zeug. Geniert euch nicht, ich hab schon mal einen nackten Mann gesehen." Gut, dass das Kerzenlicht so dunkel war, dass Ameldonck ihren roten Kopf nicht sehen konnte. Blitzschnell hatte auch Maria sich ihrer Kleider entledigt und sich dick und fest in die Tücher gewickelt. Ameldonck hatte sich gezwungen, wie ein Ehrenmann nicht hinzusehen, aber das, was er sah, das hatte ihm schon sehr gefallen.

In jedem Fall hätte Maria die Nacht hier verbracht. Wenn es so gekommen wäre, wie sie das erwartet hatte, dann würde sie jetzt allein hier liegen und sich vorstellen, Ameldonck sei bei ihr. Und nun war er tatsächlich da, wie sie das zwar erträumt, aber nie ernsthaft zu hoffen gewagt hatte, und nun wusste sie nicht mehr weiter.

„Ich habe ein bisschen Angst, Ameldonck", flüsterte sie.

„Wovor?"

„Lacht nur ruhig, aber ich möchte kein Kind. Nicht jetzt. Ihr zieht weiter und ich bleib hier sitzen, mit so einem dicken Bauch."

„Ich weiß. Aber ich glaube, da kannst du mir vertrauen." Und damit begann er, ganz sachte und, wie es Maria schien, geradezu unerträglich langsam sie wieder aus den Tüchern auszuwickeln.

Als Jonathan mitten in der Nacht wach wurde, um draußen sein Wasser zu abzuschlagen, fand er die Strohsäcke der beiden anderen immer noch leer. Na wenigstens Zweien von uns Dreien scheint es ja gut zu gehen. Das war ja immerhin die Mehrheit von ihnen. Vor Wut schnappte er sich den kleinen Krug mit Branntwein, den Scholze, wohl für Strimelin, in die vordere Kammer gestellt hatte, und trank ihn mit einem gewaltigen Schluck aus, dass es ihm beinahe zu den Ohren wieder herausgekommen wäre und er nur mit Mühe verhindern konnte, dass sich ihm der Magen umstülpte. Prima, dann dröhnt mir morgen wenigstens der Schädel. Ist ohnehin Sonntag, gar kein Grund aufzustehen. Ach, es ist alles so beschissen. Ach Mensch, Eleonora, warum ist das alles nur so ein großer Mist!

XXIV

Sie kamen, um ihn zu holen. Endlich war es soweit. Er wusste nicht, wer sie waren, manchmal hatte er sie nach ihm pfeifen gehört, manchmal auch ihre Stimmen hinter seinem Rücken, leise, flüsternd. Es verwirrte und beunruhigte ihn anfangs, dass niemand sonst sie zu hören schien, dann allmählich wurde ihm alles klar, alles so furchtbar und einleuchtend klar – sie wollten ihn holen, ihn und niemanden sonst. Sie kamen vom Teufel, direkt aus der Hölle, da war er sich sicher. Und jetzt war es also soweit, sie würden ihn mitnehmen. Sein Maß war voll. Es tat ein bisschen weh, jetzt schon gehen zu müssen, aber diese Stimmen, das spürte er, die würden nicht mit sich handeln lassen.

Er hatte doch alles versucht, es abzuwenden. Und der Herr Pfarrer, der hatte ihm immer wieder Mut gemacht. Hans Titzmann, deine Seele ist noch nicht verloren, der Herr hat dich noch nicht verworfen. Wenn du es wirklich willst, und wenn wir beide gemeinsam darum ringen, dann kannst du, dann wirst du gerettet werden. Glaube mir, dann werden wir beide gemeinsam im ewigen Leben einhergehen und über dieses Jammertal unserer Sterblichkeit von Herzen lachen.

Oh ja, er hatte gewollt, er hatte gehofft. Er hätte beispielsweise zu gerne noch erlebt, wie seine Kinder groß wurden. Wie sie es vielleicht einmal zu irgend etwas bringen würden, irgend etwas nur, das wäre schon mehr, als er je erreicht hatte.

Aber, nun wurde es deutlich, all dies hatte nichts geholfen, nichts, denn sie kamen und wollten ihn holen und es gab kein Entrinnen. Entweder war also seine Seele schon zu sehr verloren gewesen, oder aber, und dieser Gedanke ging ihm seit seiner Unterhaltung mit Strimelin nicht mehr aus dem Kopf, oder aber sein ganzer Handel mit dem Herrn Kellner war faul von Anfang an.

Andererseits, was hatte er denn schon für eine Wahl gehabt. Zu oft, viel zu oft schon vorher hatte Hans Titzmann keine Hoffnung mehr gehabt, für seine Frau und seine Kinder etwas zu essen auf den Tisch bringen zu können. Viel zu oft war das Geld viel schneller aus seinen Taschen verschwunden als es hineingekommen war, und dann fielen zu allem Unglück auch noch die Würfel immer auf die falschen Seiten oder es ging irgend etwas anderes schief. Und ebenso oft, viel zu oft, wenn es schier gar keine Hoffnung mehr gab, hatte der Herr Kellner ihm aus der ärgsten Not geholfen. Viel zu oft hatte der ihm den einen oder anderen Taler geborgt und später so getan, als habe er das ganz vergessen. Oh nein, der Herr Kellner, der vergaß nicht, und er wusste auch, dass Titzmann das wusste.

Und dann hatte er Rückzahlung verlangt. Nicht in Talern und Groschen, das wusste der Herr Kellner nur zu gut, dass da bei Hans Titzmann nichts war und wohl auch nie etwas sein würde. Nein, nicht Geld wollte er haben.

Tätige Reue sollte Titzmann beweisen, um seine Schulden zu begleichen, um seine Seele vor dem Höllenfeuer und um seine Kinder vor dem Verrecken zu retten. Tätige Reue und Buße. Nichts, was wirklich schwer fiele. Was hätte er da schon anderes tun können, als zuzustimmen. Und es schien ja auch so einfach, so kinderleicht: Er sollte einfach die Ohren offen halten im Dorf, und dem Pfarrer alles berichten, was so geredet würde. So einfach. So schrecklich einfach. Vor Hans Titzmann hatte man keine Geheimnisse, und schon gar nicht, wenn es den Pfarrer betraf. Er wäre der Letzte gewesen, von dem die Dörfler angenommen hätten, dass er mit dem Herrn Kellner gemeinsame Sache machte.

Titzmann hatte es so eingerichtet, dass er mit dem Pfarrer reden konnte, wenn er als Nachtwächter am Gutshaus arbeitete, dort, in der Dunkelheit, an der kleinen Pforte, die vom Gutshof zum Pfarrhaus hinüber ging, konnten sie miteinander sprechen, ohne dass irgendjemand auch nur den Hauch einer Ahnung davon hatte, ganz anders, als wenn Titzmann ins Pfarrhaus gekommen wäre.

Er sollte ruhig auch weiterhin im Kretscham Radau schlagen, er sollte tanzen und springen und krakeelen, genau so, wie er das immer schon getan hätte, das würde ihn für die übrigen Dörfler nur um so unverdächtiger machen. Er täte es schließlich nun im Dienste des Herrn, und wenn er nur innerlich dabei den rechten Geist der Buße walten ließe, so würde ihm keine der Sünden, die er dort begehen würde, behalten werden. Und als dann die Musikanten ankamen, da sollte er so wild und verwegen tanzen, wie er nur immer mochte, sollte er die anderen Dörfler zum Tanz auffordern, sie necken und reizen. So könnte er, und damit auch der Pfarrer, herausfinden, in wem von den Dörflern des Pfarrers und also Gottes Wort wirklich Wurzeln gefasst hätte und wer sich andererseits nur zu willig zur Sünde verführen ließe. Ihm wäre alles vergeben.

Das war der Handel. Im Auftrag Gottes, vermittelt durch den Herrn Kellner, sollte er die Leimrute des Teufels spielen, auf dass sich recht viele Schmeißfliegen darauf setzen mochten. Ihm würde vergeben werden, und Vergebung, das war das Einzige, das letzte Bisschen vom Guten, worauf Hans Titzmann noch zu hoffen vermochte. Vergebung für sich, für seine Frau, seine Kinder. Vergebung.

Hat sich was mit Vergebung. Sie hatten sich nicht blenden lassen. Für sie galt kein Handel, weder mit dem Pfarrer, noch mit Gott, noch mit sonst irgendwem. Wenn der Handel denn überhaupt jemals gegolten hatte. Sie waren gekommen. Und nun riefen sie nach ihm, so laut, dass er sich die Ohren zuhalten mochte, er hörte es trotzdem. Es gab kein Entrinnen. Für ihn war es soweit.

XXV

Man fand Hans Titzmann am Sonntagmorgen. Erste Kirchgänger, die nicht die große Straße entlanglaufen mochten, sahen ihn liegen. Er lag am Ufer von Hartmanns Teich, der Kopf und die Schultern hingen ins Wasser. Von fern konnte man meinen, er hätte sich niedergelegt, um den Teich leerzutrinken. Der Teich, das Licht des frühen Morgens, Titzmanns Körper, all dies bot ein Bild von so großer, unbegreiflicher Ruhe und Friedlichkeit, dass es Schaudern machte.

Er war ganz offensichtlich ertrunken. Barfuß war er, hatte Jacke und Hose über seinen Nachtrock gezogen. Er musste wohl nach der Hochzeitsfeier schon zu Bett gegangen sein, um dann wieder aufzustehen und durch die Nacht zu laufen, quer über die Straße, halb um den Teich herum. Das alles ergab überhaupt keinen rechten Sinn. Besoffen genug war er ja wohl gewesen gestern Abend, aber war er das nicht eigentlich immer?

Der Aufruhr im Dorf war jedenfalls gewaltig. Es war, als habe jemand den Dörflern, welche sich nach der Hochzeitsfeier in einem süßen Traum befunden hatten, einen Kübel kalten Wassers aus Hartmanns Teich ins Gesicht geschüttet. Und dieses Erwachen war so heftig, dass es lange dauerte, bis sie sich zurechtfanden, so lange, dass der Pfarrer seinen Gottesdienst erst eine Stunde verspätet anfangen konnte.

„Man hat mir den Mund verbieten wollen", begann er. Groß und breit stand er dort auf der kleinen Kanzel. Und, das fiel auf, er sprach frei, während er doch sonst seine Predigten sehr genau ausarbeitete, um nichts Unüberlegtes zu sagen, um niemandem die Möglichkeit zu bieten, ihm Dinge unterzuschieben, die er niemals gesagt hatte. „Und, Gott sei es geklagt, aus Liebe zu euch habe ich mir auch beinahe den Mund verbieten lassen. Ich hatte gehofft, alles werde sich legen, der Lehnsherr werde von alleine zur Besinnung kommen. Ich war feige, aber nur um euch zu schonen in diesem Streit.

Aber man hat mein Schweigen als Nachgeben, als Einsehen, als meine Niederlage gewertet, man hat das Weiße für schwarz und das Schwarze für weiß erklärt, man hat jedem mit Staupenschlag und Landesverweisung gedroht, der es wagen wollte, dennoch die Wahrheit kundzutun. Man hat mir die Hochzeitsfeier gestern weggenommen, damit ich den armen verblendeten Hochzeitern nur ja nicht ein Gewissen machen könnte. Man hat das Tanzen für etwas Herrliches, ja ganz und gar Göttliches ausgegeben, man hat alle Seligkeit der Welt nur im Tanzen und Saufen, im Tolltun und im fleischlichen Wesen sehen wollen. Man hat dem Tanzsatan Engelsflügel anheften wollen, und seht, nun ist dieser Tanzsatan nicht als ein Engel, sondern als ein Wolf mitten in unsere Herde eingefallen und hat sich das erste Schaf geholt."

In der Kirche erhob sich ein mächtiges Stimmengewirr, erschrocken zustimmend und laut grummelnd unmutig.

„Ja, ich weiß wohl, dass es viele hier gibt, die immer noch ihre Ohren vor der Wahrheit verschließen wollen! Und wer da glaubt, dass sich der Tanzteufel mit einem Schaf zufriedengeben wird, der mag es mir nachsehen, wenn ich ihn mitten in sein Gesicht hinein auslache!"

Etwas Unerhörtes geschah. Auf der Bank der Gerichtsältesten erhob sich Jacob Gründer.

„Hört auf, Herr Kellner", rief er.

„Ah, ihr seid es, Gründer. Ich habe mir denken können, dass gerade euch die Wahrheit nicht schmecken wird!"

„Was ihr da sagt, das ist nicht die Wahrheit!"

„So? Und der tote Hans Titzmann, ist der vielleicht auch keine Wahrheit? Den lüge ich wahrscheinlich auch nur euch allen vor!"

„Den Titzmann, Gott sei seiner Seele gnädig, den hat vielleicht ein Satan geholt, aber wenn, dann war's der Saufsatan."

„Ihr solltet euch schämen, über einen Toten so zu reden."

„Nein Herr Kellner, das werde ich nicht tun. Hier gibt es nur einen, der Grund hat, sich zu schämen. Es reicht. Ihr habt lange genug Unfrieden im Dorf gestiftet. Und nun ist es genug. Wir werden Meldung an das Amt in Görlitz und an den Lehnsherrn tun. Ihr werdet nicht mehr lange Pfarrer hier in Kießlingswalde sein!"

„Oh ja, so ist es recht, droht mir nur immer mit der Obrigkeit, wenn ihr die Wahrheit verdrehen, verbiegen und verbieten wollt. Aber, Gründer, ich warne euch, die Wahrheit lässt sich nicht auf ewig verdrehen und verbieten. Jeder weiß es doch ganz genau, dass der arme selige Hans Titzmann der wildeste und tollste Tänzer hier in Kießlingswalde war. Und anstatt dieses Zeichen, das so deutlich ist, dass man es mit den Händen greifen könnte, anstatt nun dieses Zeichen anzunehmen und zu begreifen und Buße zu tun, statt dessen droht ihr mir mit dem Amt? Wie viele von euch Verstockten und Verblendeten sollen denn noch in ihren Sünden ersaufen?"

„Wir hören uns das nicht länger an!"

„Wer ist wir? Ich sehe nur euch, Gründer!"

Jacob Gründer trat aus der Bank der Gerichtsältesten heraus, auf welche plötzlich alle Augen der Kirchgänger gerichtet waren. Christoph Gehler stand ebenfalls auf. Tobias Hansche blieb sitzen. Georg Francke stand auf. Martin Göhler stand auf. Christoph Höppner blieb sitzen. So ging das die ganze Bank durch, der eine stand auf, der nächste blieb sitzen. Die Stehenden blickten die Sitzengebliebenen mit einem Blick an, der so viel heißen mochte wie: Ich hab es geahnt, dass du auf der anderen Seite stehst, und sie bekamen eben diesen Blick auch wieder zurück. Die Aufgestandenen folgten zögerlich Jacob Gründer, auch in der restlichen Kirche erhoben sich nach und nach einige Kießlingswalder, zwanzig, fünfundzwanzig vielleicht, andere wurden durch ihre Ehefrau, den Ehemann oder die Eltern wieder zurück auf die Bank gezogen, dann verließen sie die Kirche. Ganz zum Schluss, mit einem unsicheren Lächeln, von dem nicht zu erkennen war, wem es gelten sollte, stand Gustav Prätorius auf und ging hinaus.

„Ja, geht nur hin, auch du, Prätorius, rennt nur hin zum großen Haufen, ich urteile nicht über euch. Ich weine und bete um euch, dass eure Furcht vor der weltlichen Obrigkeit so groß ist, dass eure Ohren und Seelen taub geworden sind und das Wort unseres Herrn so gar keinen Weg mehr in euch hinein findet. Ich werde um euch beten, denn anders als eure Obrigkeit verdamme ich niemanden, das Urteilen und Richten überlasse ich dem, dem es zukommt, und der urteilt nicht mit Worten, sondern mit Feuer. Ich kann nur flehen um euch alle: Herr, behalte ihnen diese Sünde nicht! Geht nur, geht, aber mich sprecht frei von aller Schuld an jenem Tag!"

Und damit langte er sich von dem kleinen Tischchen hinter sich seine Aufzeichnungen und begann seine eigentliche Predigt am Sonntag Quasimodogeniti über Johannes 20, 19 bis 31. Und das waren doch genau die Worte, welche zu diesem Tag, zu diesem widerspenstigen Dorf passten. Er war der Knecht Gottes, ihr Hirte, ihr Seelenvater, er, und nur er und niemand sonst hier stand in der Nachfolge der Apostel. „Und da er das sagte, blies er sie an und spricht zu ihnen: Nehmet hin den heiligen Geist. Welchen ihr die Sünden erlasset, denen sind sie erlassen; und welchen ihr sie behaltet, denen sind sie behalten." Aber da seien einige wenige im Dorf, die ihre Sünden nicht erlassen haben wollten, nicht von ihm, dem Herrn Kellner. Denn so sehr er sich auch danach sehnte, ihnen die Sünden zu erlassen, ohne Buße auf ihrer Seite könne er das nicht tun, wenn er nicht zum Heuchler vor dem Herrn werden wollte. Und konnte man bei denen, die vor Gottes Wort fortgelaufen wären, von Buße reden? Somit würden ihnen ihre Sünden behalten bleiben, und was dann geschehe, nun, das könne man sehen an dem ersten von den Unbußfertigen, an jenem, der am wenigsten darum gerungen habe, Vergebung zu erlangen. Wie deutlich müssen denn die Zeichen noch werden, damit die Verstockten endlich ihre Augen öffnen? Ja, es steht geschrieben: „Selig sind die nicht sehen, und doch glauben." Ach, lieber Herr Jesus Christ, wie wäre der Herr Kellner glücklich und zufrieden, wenn die Verblendeten in seiner Herde wenigstens ungläubige Thomase wären, die durch das Sehen zum Glauben gebracht würden. Denn dies, und nur dies, ist das Wichtigste: Der Glauben, durch den ihr alle das Leben habt in Gottes Namen.

Nachdem er seine Predigt beendigt hatte, erklärte Herr Kellner, er wisse wohl, dass viele aus der Gemeinde Angst hätten, sich offen zu ihm zu bekennen, aus Angst vor weltlicher Strafe. Viele jedoch hätten ihn insgeheim dennoch um noch mehr Unterricht, um noch mehr innere Stärkung gebeten. Dem wolle er sich gerne beugen, und so las Herr Kellner aus einem Buch vor, was der weltberühmte Theologe, der Herr Spener über das Tanzen zu sagen hatte. So war es denn bereits weit nach zwei Uhr am Nachmittag, ehe der Pfarrer seine Schäflein mit knurrendem Magen in den Sonntag entließ.

XXVI

Jonathan hatte schon jede Hoffnung aufgegeben, dass er Eleonora treffen würde, als er von Kießlingswalde her das Läuten der Kirchenglocke vernahm. Offenbar war der Gottesdienst erst in diesem Moment zu Ende gegangen, das schien also eine ziemlich anstrengende Predigt gewesen zu sein. So weit das Läuten der Glocken von hier aus auch entfernt sein mochte, verursachte es Jonathan doch ein unerträgliches Dröhnen im Kopf. Der Branntwein in der vergangenen Nacht hatte ihm einen splittrigen Holzpflock von einem Ohr zum anderen quer durch den Schädel getrieben, an dem bei jedem Ton ein kleiner Dämon mit hämischem Grinsen drehte.

Eleonoras Brief war fort. Er hatte ihn an einer anderen Stelle zurückgelassen als er ihn gefunden hatte, so dass Eleonora sehen konnte, dass er ihn gelesen hatte, zumindest gelesen, wenn er ihn schon nicht beantworten konnte. Und dort jedenfalls steckte er nicht mehr, Eleonora wusste also, hoffentlich, Bescheid.

Jonathan war über viele Dinge mit sich ins Reine gekommen am gestrigen Abend. Da war also dieses Mädchen, ein ziemlich rätselhaftes, seine Gedanken mehr als jedes andere zuvor in Beschlag nehmendes und dazu noch wunderschönes Mädchen. Dabei bliebe es, mochte sie auch protestieren. Und dieses Mädchen würde für ihn auch weiterhin einfach Eleonora bleiben. Dass ihr Vater zufällig der Pfarrer hier war und außerdem etwas gegen Musik und Musikanten hatte, dafür konnte sie ja nun wohl am wenigsten etwas. Und, wenn er an den gestrigen Abend dachte, so schien der Pfarrer in seinem Feldzug gegen das Tanzen und Feiern auch in seiner eigenen Gemeinde keine allzugroße Gefolgschaft zu haben. Solche Pfarrer, das waren doch meist keine dummen Leute. Auch wenn er gestern nicht dabei war im Kretscham, er musste es doch erfahren haben, er musste doch allmählich einsehen, dass der Kampf, den er führte, sinnlos war.

Vielleicht, so dachte er, ändert Eleonoras Vater ja seine Meinung (auch das hatte er beschlossen, sei es, wie es sei, der Pfarrer war nun einmal Eleonoras Vater, da half kein Wegsehen oder Leugnen, und also würde er ihn auch von nun an so nennen: Eleonoras Vater, das gab ihm, den Jonathan noch nie zu Gesicht bekommen hatte, zumindest etwas sehr Menschliches). Vielleicht hat er einfach in seinem Leben nur noch nie erfahren dürfen, was Musik alles bewirken kann, dass es noch etwas anderes gibt als dieses wilde chaotische Geschrummel und Gedudel, das sich leider allzuoft auch Musik nannte.

Aber Musik war doch etwas ganz anderes. Musik, das waren die Lieder, mit denen seine Mutter ihn in den Schlaf gesungen oder nach so manchem Sturz seine Schmerzen gelindert hatte. Musik, das war das Trappeln der Füße beim Vorwärtsgehen, das Aufgehen der Sonne, der weiche Schein einer Kerze, die Müdigkeit am Abend, das alles konnte Musik sein, das alles konnte man, wenn man Ohren hatte, in der Musik finden. Jonathan kannte die Bibel, er kannte zumindest ein paar von den Geschichten daraus, noch aus seiner Kindheit und aus den Erzählungen von Strimelin. Ihm hatte immer die Geschichte gefallen, wie Jesus in Kapernaum gichtkranke und fiebrige Leute geheilt hatte. Er stellte sich vor, Jesus habe ihnen etwas vorgesungen oder vorgespielt. Heile, heile Kätzchen, Kätzchen hat vier Tätzchen, vielleicht das älteste Lied, so einfach, so simpel und doch so mächtig, den Schmerz vergessen zu machen.

Und hatten sie nicht oft genug unterwegs erlebt, dass beim Tanz Lahme wieder laufen und springen konnten? Gab es nicht Leute, die behaupteten, sie fühlten sich durch Musik ihrem Gott näher? Jonathans Gott, oder das, was er dafür hielt, war diffus, schwer zu fassen, noch schwerer vorzustellen. Aber wozu hatten denn die Christen begonnen, Orgeln in ihre Kirchen hineinzubauen wenn nicht, um darauf Musik zu machen. Sicher, Jonathan war sich bewusst, dass das, was sie im Kretscham spielten, nicht unbedingt Choräle waren. Aber es war Musik, genauso wie der gottestrunkenste Choral Musik war. Das alles funktionierte nach den gleichen Spielregeln – oder es war eben keine Musik.

Vielleicht hatte Eleonoras Vater einfach zu wenig von richtiger Musik gehört. Wie wäre es, wenn ausgerechnet er, Jonathan, Eleonoras Vater zeigen würde, dass es auch etwas anderes gab. Es musste doch Wege geben, ihm eine Musik vorzuspielen, die ihn überzeugte. Den Psalter, welchen ihn Eleonora neulich gezeigt hatte, den vielleicht nicht gerade, noch nicht jedenfalls, auch mit den Büchern, welche sie in Hirschberg gekauft hatten, ging das Lernen der Noten ziemlich mühsam voran. Aber er mühte sich redlich, und wenn er an Eleonora und ihren Vater dachte, dann hatte all diese Mühe doch einen Sinn. Eleonora hatte geschrieben, sie liebe und ehre ihren Vater. Und ebenso musste doch auch ein Vater sein Kind lieben, also müsste Eleonoras Vater doch auch mit sich reden lassen, wenn es um seine Tochter ging.

Jonathan fühlte sich so sicher, so stark, aber ach, es denkt sich so schwerfällig, wenn einem der Schädel dröhnt.

Er wurde durch eilige Schritte aus seinen Gedanken gerissen. Eleonora kam förmlich gerannt durch den Wald, Jonathan fürchtete, sie würde vor Hast vergessen, auf den Weg zu achten. „Gott sei Dank, du bist da!", sagte Eleonora, als sie ihn erblickte, dann rannte sie auf ihn zu und umarmte ihn wortlos. Nach ein paar Augenblicken nahm sie sein Gesicht in ihre Hände und küsste ihn. Jonathan spürte Feuchtigkeit, schmeckte Salz. Eleonora weinte.

„He, was ist los? Weine nicht, alles wird gut!"

„Ach, Jonathan, entschuldige ..."

„Nein, komm, keine Entschuldigung." Er nahm sie so in die Arme, dass sie ihren Kopf, ihre Augen an seiner Schulter ausruhen oder ausweinen konnte. Er spürte ihren Geruch und fühlte sich mit jedem Atemzug, den er davon nahm, ruhiger und entschlossener.

„Wenn, dann muss ich mich entschuldigen. Ich habe deinen Brief gelesen, wenn's auch nicht eben leicht war. Aber ich habe alles gelesen. Hörst du, ich habe es gelesen. Alles. Du hast Recht. Ich habe mich benommen wie ein Rindvieh. Aber das ist vorbei. Hörst du, das ist vorbei. Von jetzt an werde ich mich benehmen wie ein Mann. Es ist in Ordnung, Eleonora, alles ist in Ordnung, alles wird gut. Wir beide, wir werden alles schaffen."

„Wenn es doch nur so einfach wäre", sie löste sich aus seiner Umarmung und sah ihn an, endlich wieder in Ruhe ihr Gesicht betrachten, sein Gesicht betrachten.

„Erzähl, was passiert ist."

Diese Ratlosigkeit, diese Verwirrung, diese Furcht in Eleonoras Augen, dieses Flattern in ihrer Stimme, das alles konnte nichts mit ihm, mit dem Brief, mit ihrem nicht ausgetragenen und doch schon beigelegten Streit zu tun haben. Da war etwas anderes, etwas bleiern Schweres.

„Alles. Alles ist los. Es geht drunter und drüber in Kießlingswalde. Und ich habe eine riesige Angst dabei."

„Geht es ein klein wenig genauer?"

Eleonora setzte sich. Wo anfangen? Mit den Fußspitzen wühlte sie in der Erde herum, um vielleicht zwischen den Wurzeln ein Stück Faden auszubuddeln, welches sie aufnehmen konnte. Jonathan begriff ihre Verwirrung, auch ohne den Grund dafür zu kennen. Er setzte sich neben sie, sah sie von der Seite an. „Lass dir Zeit. Und wenn wir sonst nichts haben, aber Zeit haben wir."

„Wenn es nur so wäre. Aber es kann sein, die Zeit läuft uns nun auch noch fort. Bis gestern, ach was, bis heute morgen habe ich geglaubt und gehofft, dass alles so ist, wie du sagst. Dass alles gut wird. Mein Vater hat mir verboten, auf die Hochzeitsfeier zu kommen, gut, ich habe geschluckt und geheult und mir gleichzeitig geschworen, dass es das letzte Mal sein würde. Das ist alles so neu, so schwer für mich. Bis vor kurzem war das einfach nur mein Vater und sonst nichts. Die Tanzsache hat mich nicht wirklich interessiert, mit der Musik hab ich es nicht so gehabt, und außerdem habe ich in Kießlingswalde auch niemanden, mit dem ich in den Kretscham ziehen könnte. Zu mir war mein Vater immer streng, aber auch gerecht. Und oft auch liebevoll und nachsichtig. Das mit dem Malen beispielsweise, das hat er hingenommen, obwohl es ihm nicht lieb gewesen sein kann. Das ist bei seiner Sorte von Reformierten nicht so sonderlich beliebt, vor allem dann, wenn man Menschen malt. Aber er hat mich malen lassen. Weil ich seine Tochter bin."

„Und was ist nun seit heute anders?"

„Tut mir leid, ich musste erst einmal ein bisschen ausholen."

Und dann erzählte ihm Eleonora, wie man heute morgen Titzmann gefunden hatte.

Jonathan fühlte einen Stein im Magen, das war nicht mehr der Branntwein. „Das gibt es doch gar nicht", entgegnete er. „Der war doch gestern Nacht noch so fröhlich auf der Feier, nun gut, am Ende nicht mehr ganz so fröhlich, aber das – das wünscht man seinem ärgsten Feind nicht. Obwohl es ja eigentlich abzusehen war, dass er irgendwann mal betrunken in etwas reinfällt, in einen Teich, in eine Heugabel."

„Für dich wahrscheinlich. Für alle anderen. Nicht für meinen Vater. Für den ist so was ein Zeichen."

„Zeichen wofür?"

„Dass der Teufel hier im Dorf herumgeht. Und ihr seid seine Gehilfen."

„Na großartig. Ich dachte, damit wären wir nun langsam mal durch. Und so einen Quatsch glaubt jemand?"

„Nicht alle. Wahrscheinlich nicht einmal sehr viele. Aber er glaubt es. Und zwar ganz fest. Und es hat ihm auch noch niemand beweisen können, dass er Unrecht hat. Und wenn mein Vater von einer Sache überzeugt ist, dann kann er auch andere davon überzeugen."

„Das klingt prima. Man jagt uns also nicht zum Teufel – man schickt uns einfach nur nach Hause! Aber, Eleonora, ich habe die Leute heute Nacht tanzen gesehen, die glauben diesen Unfug nicht. Die tanzen, und das mit Lust und Freude."

„Heute Nacht war Titzmann noch nicht tot."

„Ändert das etwas?"

„Ich fürchte, alles."

„Beschrei' es nicht!"

Eleonora sah Jonathan lange an. „So richtig gut geht es dir heute aber auch nicht."

„Das ist geschmeichelt. Mir geht's, genau gesagt, zum Kotzen. Aber daran bin ich nur selbst Schuld. Ich war so, so traurig gestern Abend. Diese große Feier, alle waren ausgelassen, alle hatten ihren Spaß, und, je später es wurde, auch miteinander. Und ich habe immer nur an dich gedacht, immer nur an dich, und irgendwann habe ich mich dann ziemlich übel betrunken."

„Du hättest dir doch eins von den Mädchen dort schnappen können. Ich bin mir sicher, da hätten einige sonstwas dafür gegeben. Und wenn es auch keine Eleonora gewesen wäre, irgendeine Rosina hätte sich sicher gefunden."

„Danke für den Tipp. Mach ich beim nächsten Mal."

„Oh nein, mein lieber Jonathan, das vergiss mal ganz schnell. Denn beim nächsten Mal, wann immer das sein wird, da werde ich selbst mit dabei sein." Und dabei sah sie Jonathan mit einem Blick an, dass sich jeder Zweifel, jeder Gedanke an eine Neckerei von selbst verbot.

„Warum dieses: Wann immer das sein wird? Heute Abend wird die Hochzeit weitergefeiert, da spielen wir das nächste Mal!"

„Die Feier für heute ist abgesagt. Franckes feiern bei sich auf dem Hof, nur im Kleinen und ohne Musik."

„Gut, das verstehe sogar ich."

„Ist eben alles nicht so besonders lustig." Sie saßen eine ganze Weile schweigend nebeneinander, die Arme umeinander gelegt und sahen über die glatte Oberfläche des Sees in den Himmel

„Ich glaube", fuhr Eleonora schließlich fort, „dass es in der nächsten Zeit eine Menge Ärger geben wird in Kießlingswalde. Die Leute sind zerstritten, das geht bei den Gerichtsältesten los. Da wird noch manche dreckige Wäsche durch das Dorf gezerrt werden. Aber es ist egal. Ich habe nun einmal beschlossen, dass ich gemeinsam mit dir von hier fortgehe. Falls du das überhaupt möchtest."

„Ich möchte. Nein, ich will."

Ganz allmählich konnte Eleonora durch all das wild wuchernde Dickicht um sie herum wieder ein Stückchen Licht erkennen.

„Siehst du, dann ist alles doch ganz einfach. Ich hatte eben nur gehofft, wir hätten vorher noch ein bisschen Zeit, um uns richtig kennenzulernen, besser kennenzulernen. Nun werden wir das erst können, wenn wir zusammen unterwegs sind."

„Was ist daran so schlimm?"

„Na ja, wenn man dann Macken und Fehler an dem anderen entdeckt, die einem die Nerven rauben, dann ist es zu spät, um zu sagen: Das gilt alles nicht. Dann sind wir aufeinander angewiesen. Genauer gesagt: Dann bin ich auf dich angewiesen."

„Ach, sei nicht so ernst! Es kann doch auch sehr schön werden!"

„Du hast ja zumindest noch deine Freunde. Und wen habe ich? Was meinst du, werden sie mich überhaupt ernst nehmen?"

„Das werden sie müssen, wenn sie wollen, dass ich bei ihnen bleibe!"

„Toller Spruch! Wahrlich, ein rechter Israelit, in welchem kein Falsch ist."

„Ein was bitte?"

„Ach, vergiss es. Ich bin Christin, weißt du?"

„Ich wahrscheinlich ja auch, irgendwie. Zumindest bin ich getauft!"

„Na immerhin was."

„Ist das wichtig?"

„Es gibt Wichtigeres." Eleonora machte Anstalten aufzustehen. Jetzt endlich fühlte sie sich in der Lage dazu, jetzt endlich hatte sie ihre Kraft wiedergefunden. „Also gut. Ich habe gehört, dass ihr in den nächsten Tagen auf dem Gutshof arbeiten sollt. Wenn es hart auf hart kommt, dann bin ich zumindest in deiner Nähe. Ich bin bereit, und wenn es losgehen soll, dann geht es eben los. Nur eine Bitte habe ich: Falls du mich in den nächsten Tagen dort siehst, dann tu so, als ob wir uns nicht kennen würden. Bring mich bitte nicht schon vorher in Teufels Küche. Vom Gutshaus aus kannst du dich prima ungesehen hierher schleichen. Ich merk' das dann schon und komme, wenn ich Zeit habe. Ach was, ich werde mir die Zeit schon nehmen. Hilfe, mir wird ganz schwindelig, wenn ich an das denke, was kommt. Aber wenn du mich lieb hast, dann bekommen wir das alles hin. Wie du selbst gesagt hast: Alles wird gut. Du hast mich doch lieb?"

„Ja."

„Das wollte ich dir auch geraten haben. Und jetzt küss mich bitte. Dann muss ich nämlich erst einmal wieder zurück."

Als sie sich voneinander gelöst hatten, setzte Eleonora ein noch strengeres Gesicht auf: „Und eines sage ich dir lieber gleich, Freundchen, das Saufen, das hört mir dann aber auf! Du wirst die vielen schönen Talerchen fein ordentlich bei mir abliefern, damit das erst mal klar ist." Mit diesen Worten drehte sie sich lachend um und rannte in Richtung Dorf zurück. Mit seinen Kopfschmerzen hätte Jonathan ohnehin niemals so schnell laufen können, dass er Eleonora eingeholt hätte. Dass sie heute noch einmal lachen würde, damit hatte sie selbst nicht mehr gerechnet.

XXVII

Der Gutshof, das stellte Strimelin schnell fest, sah auf den ersten Blick schlimmer aus, als sein Zustand wirklich war. Es war dem Gelände anzusehen, dass sich der Lehnsherr selten hier aufhielt und dass der Verwalter offenbar mit seinen Gedanken woanders war oder vielleicht auch nur keinen rechten Blick dafür hatte, was zu tun war. Es waren Kleinigkeiten, aber diese fielen sofort ins Auge und gaben dem Ganzen einen verwahrlosten Anschein. Das gefiel Strimelin, hier würden sie mit geringer Anstrengung eine große Wirkung erzielen können. Noch dazu, da Ameldonck in der Nähe der Großmagd zusätzliche Kräfte zu wachsen schienen. (Er würde den Teufel tun und sich darüber amüsieren, schließlich fühlte er selbst sich, auch wenn er sich das nicht eingestehen mochte, jung und kräftig wie schon seit Unzeiten nicht mehr.) Jener Teil des Anwesens, welcher die meiste Arbeit und Mühe verlangt hätte, jener Teil war für sie ohnehin nicht zugänglich, das war das Laboratorium des Lehnsherrn, an und in dem ohne dessen ausdrückliche Aufforderung niemand etwas zu schaffen hatte. Als Gustav ihnen den Hof zeigte und das, was für sie darauf zu tun war, konnten sie ein paar Blicke durch die Fenster werfen. Staunend betrachteten sie eine vollkommen chaotische Anhäufung von Büchern und Papieren, allerhand Gerätschaften und Werkzeugen, Flaschen, Haken, Zangen, Hämmern, großen und kleinen Steinen. Mit etwas Phantasie konnte man in diesem Raum genausogut eine Hexenküche oder eine Folterkammer ausmachen.

Der von Tschirnhaus, so erklärte ihnen Gustav, der leide wahrscheinlich am allermeisten darunter, dass ihn der König am Hof in Dresden für irgendwelche ziemlich geheimen Dinge nahezu das ganze Jahr über benötige. Ganz zu schweigen davon, dass dann auch solche Geschichten wie die mit dem Herrn Kellner nicht passiert wären. Aber dieses Laboratorium, das war immer seine Welt gewesen, seine Zuflucht, sein liebster Platz. Wenn er die Wahl gehabt hatte zwischen dem Laboratorium und dem Bett seiner Frau, dann hatte oft genug die Wissenschaft gesiegt. Und trotzdem sei der Lehnsherr ja nun immerhin schon zum sechsten Male Vater geworden. Aber seit mehr als zehn Jahren, seit er als Rat an den Hof in Dresden berufen worden war, seit dieser Zeit liege das alles hier nun beinahe unberührt herum.

Damals, so kam Gustav allmählich ins Erzählen, damals, so vor etwa fünfzehn Jahren, da war das hier noch etwas ganz anderes. Da hatte der Lehnsherr noch erzählt, er wolle aus Kießlingswalde das Gehirn Sachsens machen, eine eigene Akademie wollte er hier ins Leben rufen, die es mit der in Paris hätte aufnehmen können. Nun ja, vielleicht nicht gleich von Anfang an, aber man muss doch ein Ziel haben! Dazu hatte er alle möglichen Leute hier nach Kießlingswalde geholt, den Becken, welcher jetzt in Dresden als sein Mechanikus arbeitete, den Arzt Dr. Pauli, oder den berühmten Mathematiker Mohr aus Dänemark. Der war aber gar kein Mohr, sondern ein feiner Mann, der leider schon ganz krank war, als er mit Frau und Kind hier angekommen war, und dann ist er nach einem reichlichen Jahr schon gestorben, das war vielleicht ein Jammer. Gott habe ihn selig. Seine Witwe, die hatte dann den Schmid, den Mechanikus des Lehnsherrn geheiratet, die lebten jetzt beide in Dresden.

Herumexperimentiert haben sie von früh bis spät, oft bis tief in die Nacht hinein, ständig habe irgendetwas geknallt, gekokelt, gezischt und gestunken, und wenn dann auch noch der damalige Bürgermeister von Zittau, der Herr von Hartig, das war wohl auch so eine Art Alchemist, dazugekommen wäre, dann sei das hier so richtig losgegangen. Einmal hatte der Lehnsherr mit dem großen Brennspiegel fast das ganze Dorf in Brand gesetzt, na gut, eigentlich nur eine kleine Holzhütte, aber da hätte ja sonstwas daraus entstehen können. Mit dem Feuer, da hat er's gehabt, der Lehnsherr, immer schon, das wollte er bündeln, zähmen, zwingen mit Brennlinsen, Spiegeln und Öfen. Alles, was ihm in die Finger kam, wurde darauf untersucht, wie es sich im Feuer verhielte.

Jedenfalls war damals dauernd was los hier in Kießlingswalde, und es kamen Leute aus ganz Europa nach hierher, um mit dem Lehnsherrn zu sprechen oder zu arbeiten. Vorbei.

Er fürchte, sagte Gustav, der ganze Krempel bleibe so liegen bis entweder der König den Lehnsherrn als Rat rausschmeißen würde (was Gott verhüten möge, hatte man doch so, wenn auch nur eingebildet, über den Lehnsherrn einen direkten Zugang zum König), oder bis der Lehnsherr sterbe (was Gott genauso verhüten möge, zumindest in der absehbaren Zukunft). Schade um all die Mühe und die vielen Ideen, die hier begraben liegen. Kießlingswalde als Gehirn Sachsens, das wäre es doch gewesen! So sind wir halt ein Schweinedorf geblieben, das hat ja auch was. Man hat seine Ruhe, und den meisten gefällt das ohnehin besser.

Jonathan bemerkte gleich zu Beginn, dass hinter dem Laboratorium ein Weg hinunter zum Bach und zu der kleinen Wassermühle verlief, auf dem er sich unbeachtet davonmachen konnte. Und wenn er zum Pfarrhaus und zur Kirche hinübersah, vom Gutshof nur durch eine niedrige Mauer getrennt, dann wurde ihm mulmig. Dann wollte er abwechselnd mutig schnurstracks hinübermarschieren, Eleonoras Vater zur Rede stellen und Eleonora zu sich holen oder sich im nächsten Augenblick am besten unsichtbar machen. Er wollte nicht mit Blicken nach ihr suchen, das nahm er sich alle fünf Minuten ganz fest vor, um dann doch immer wieder hinüberzuschauen, in der Hoffnung, einen Blick auf sie ergattern zu können, einen nur, ich muss doch wissen, wie sie lebt, wie sie sich in ihrer eigenen Umgebung bewegt, ich will sie doch richtig kennenlernen.

Und auch Ameldonck wurde ganz kribbelig und mulmig in der Nähe des Laboratoriums. Zu gut hatte er die kleine Kammer wiedererkannt, die hinten an das Gebäude angesetzt war und in der vielleicht in den Zeiten, von denen Gustav gesprochen hatte, die Wissenschaftler, die Gäste des Lehnsherrn geschlafen hatten. Eigentlich hätte er doch auch gleich seit Sonnabend da drinnen bleiben können bis heute Morgen.

Maria war, das hatte er in den vergangenen beiden Nächten festgestellt, noch unerfahren wie ein junges Mädchen, aber doch auch alt genug, um einen eigenen Kopf zu haben, um verblüffend schnell zu lernen. Und sie war mächtig wissbegierig. Es beunruhigte Ameldonck, dass er mehr an Maria dachte als er das eigentlich tun sollte, als er das in früheren Fällen getan hatte. Und das nicht nur, weil Maria in ihrem Herumwuseln auf dem Hof den ganzen Tag präsent war, ebenso präsent wie der Ort ihres Beisammenseins. All das wäre noch lange kein Grund gewesen, derart oft an die vergangene Nacht zurückzudenken und zu spüren, dass diese Erinnerung jede Menge Energien in ihm weckte.

Aber noch etwas anderes beunruhigte ihn, und das weit weniger angenehm. Sie hatten gestern nach dem Aufstehen, seinem zweitem Aufstehen, dem im Kretscham also, von Titzmanns Tod erfahren und nach und nach die Umstände in Erfahrung gebracht. Was Ameldonck nun keine Ruhe ließ, das war der Gedanke, dass sein Weg am Sonntagmorgen zurück zum Kretscham auf dem Schleichweg, den Maria ihm gezeigt hatte, direkt an der Stelle vorbeigeführt haben musste, an welcher man Titzmann später gefunden hatte. Wenn er tatsächlich schon da gelegen hatte, dann hätte Ameldonck eine gute Gelegenheit gehabt, direkt über seine Füße zu stolpern, so völlig benommen und müde, wie er nach der Nacht mit Maria gewesen war. Hatte er Titzmann, hatte er einfach einen leblosen Menschen da am Teich nicht gesehen? Nicht sehen wollen? Oder lag er zu dieser Stunde noch gar nicht im Wasser? Ameldonck versuchte krampfhaft, sich den Rückweg in den Kretscham wieder in Erinnerung zu rufen, immer und immer wieder lief er in Gedanken zwischen der Kammer und dem Kretscham hin und her, es wollte und wollte ihm einfach nicht gelingen, auch nur den kleinsten Hinweis auszumachen. Und, gar nicht auszudenken, wenn irgendein Frühaufsteher unter den Dörflern, oder ein verspäteter Nachtschwärmer wie er, ihn dort am Sonntagmorgen gesehen hätte. Des Teufels Bratenwender waren sie ja ohnehin, nun könnte man sie auch noch zu Mördern ausschreien, das würde passen.

Mit Strimelin war über das Thema Titzmann ohnehin nicht zu sprechen. Der versuchte krampfhaft den ganzen Tag über, sich auf die Arbeit, ausschließlich auf die Arbeit zu konzentrieren, um möglichst an gar nichts denken zu müssen. Nicht an Titzmann und an dessen seltsame, dunkle Andeutungen vorgestern. Nicht an Anna Bühler. Es war nicht so, dass er die Nacht zum Sonntag mit ihr nicht genossen hätte, im Gegenteil. War es beim ersten Mal noch Überraschung gewesen, was den größten Teil der Überwältigung ausgemacht hatte, so war es diesmal das von Beginn an klare Einverständnis gewesen, sich gegenseitig etwas Gutes zu geben. Man könnte auch sagen, es war Gier, die nackte Gier bei beiden, dachte Strimelin, aber er dachte dies nur sehr, sehr leise. Und doch, soweit er das im Dunkeln überhaupt hatte bemerken können, waren Annas Augen eine beunruhigende Spur zu wach, zu aufmerksam, zu beobachtend. Ihn beobachtend. Er hatte das Gefühl, Anna arbeitete fleißig auf irgend ein festes Ziel hin und er war sich, so redete er sich ein, über dieses Ziel im Unklaren. Wollte es wahrscheinlich auch sein, denn er bemühte sich, gar nicht daran zu denken, vielleicht aus Angst, es könnte so sein, wie er befürchtete.

Da war es doch besser, sich auf die Arbeit zu konzentrieren. Du bist feige, Strimelin, sagte er sich. Ich weiß. Es gab genügend schmutzige Ecken auf dem Gutshof, die einem das Grübeln ersparten. Über die merkwürdig gereizte Stimmung hier im Dorf und über seine Oberlausitzer dachte er momentan am liebsten gleich überhaupt nicht nach. Da lag etwas in der Luft, da braute sich ein Sturm zusammen, und vor vielleicht noch zwei Wochen hätte er jede Wette gehalten, dass sich dieses Gewitter irgendwann über dem Pfarrer entladen würde. Mittlerweile würde er zumindest den Wetteinsatz deutlich verringern.

XXVIII

Dass eine eigenartige Stimmung in Kießlingswalde herrschte, verwirrt, aufgekratzt, überempfindlich, das bemerkte auch Prätorius. Noch am Sonntagnachmittag hatte er pflichtgemäß Meldung an das Amt in Görlitz und an den Lehnsherrn in Dresden gemacht. Eigentlich war damit die Sache entschieden und der Herr Kellner die längste Zeit ihr Pfarrer in Kießlingswalde gewesen. Prätorius tat das nicht Leid, er mochte den Herrn Kellner ums Verrecken nicht, und er wusste nicht einmal genau zu sagen, warum das so war. Zu sehr von oben herab war der ihm gegenüber. So unnahbar, ganz anders als der alte Neunherz, Kellners Vorgänger. Wenn er genauer darüber nachdachte, so war es wohl dies, was dem Herrn Kellner am meisten fehlte und weswegen er ihn nicht mochte: Gelassenheit, Geduld, Nachsicht. Dem Pfarrer genügte schon die kleinste Abweichung von dem, was er für den Pfad zur Seligkeit hielt, und schon stand er mit funkelnden Augen oben auf seiner Kanzel, den Hals steif und nach vorne gereckt, das Mützchen weit in den Nacken geschoben, und zog mit wedelnden Händen und heiligem Eifer vom Leder. Gelassenheit, die brauchte man in so einem Dorf, und genau die fehlte Herrn Kellner offenbar völlig, befand Gustav.

Darüber hinaus saß ihm Maria ein wenig zu oft beim Pfarrer drüben. Als ob die was zu beichten hätte! Sicher, wenn irgend eine Nachricht oder irgend etwas anderes rübergebracht werden musste, dann schickte man eben Maria. Aber sie blieb meist länger, als das nötig schien. Man könnte fast meinen, die beiden hätten was miteinander. Komische Vorstellung. Und nun hatte der Herr Kellner das Maß wahrscheinlich endlich und endgültig voll gemacht. Also fort mit Schaden!

Auch Jacob Gründer spürte, dass sich die Stimmung verändert hatte in Kießlingswalde. Nach dem Gottesdienst, ja, da hatten ihm viele aus dem Dorf auf die Schulter geklopft, ihm Mut und Ausdauer gewünscht, es könne schließlich nicht mehr lange dauern. Aber ebenso viele hatten seither, wenn sie ihm begegneten, stumm zu Boden geblickt und waren gruß- und wortlos vorüber gegangen. Das ärgerte ihn. Wenn ihnen etwas nicht passte an ihm, dann sollten sie ihm das gefälligst ins Gesicht sagen. Damit würde er schon zurecht kommen, nicht aber mit diesem Hintenrum. Es gab Zeiten, erinnerte er sich, da gab es ein paar Dinge mehr, nach denen man urteilte, ob einer ein ordentlicher Kerl oder ein Quarksack war, da gab es sogar eine ganze Menge mehr Dinge, die überlegt wurden. Neuerdings scheint es nur noch um die Frage zu gehen: Hältst du es mit dem Herrn Kellner oder bist du gegen ihn. Als ob das die Richtschnur wäre!

Jonathan hingegen merkte von alldem bei seiner Arbeit auf dem Gutshof nichts, es schien ihm nur, als wolle der Tag überhaupt nicht vergehen. Sie hatten eine Menge geschafft, zum Schluss musste Strimelin insbesondere Ameldonck förmlich bremsen. Kommt, Leute, nicht ganz so wild, sonst sind wir morgen Abend mit allem fertig hier, und das ist ja nun wohl nicht der Sinn der Sache. Diese Mahnung war nun endlich für Jonathan Aufforderung genug, sich aus dem Staub zu machen. Als er an den See kam (mit nassen Beinen, er hatte ganz vergessen, dass er an der Wassermühle ja auf der falschen Seite des Baches stand, und auf dieser Seite führte kein bequemer Pfad den Bach entlang, er musste sich durch nasses Gras und Gestrüpp bis zu der Stelle ärgern, an welcher er über die Steine auf die andere Seite kam), saß Eleonora schon am Ufer.

„Komm her, Jonathan, ruh dich aus."

Jonathan setzte sich neben sie und Eleonora zog ihn so herunter, dass er seinen Kopf in ihren Schoß legen und sich lang ausstrecken konnte.

„Du hast schwer geschuftet heute. Ich hab's gesehen. Ich habe es nicht ausgehalten und doch ab und an mal gelinst."

Schade, genau solch einen Moment hätte er zu gerne erhascht.

„Ruh dich erst einmal aus."

„Das tut gut."

„Immer noch Kopfschmerzen?"

„So ein Kater dauert nur einen Tag lang."

„Es hätte ja sein können, dass du dich gestern Abend wieder betrinken musstest. Vor Glück vielleicht!"

„Da brauche ich nichts zu trinken. Im Gegenteil, der Branntwein klaut einem nur die Träume."

„Das kann manchmal ganz nützlich sein."

„Richtig. Manchmal. Seit ich dich kenne, träume ich lieber."

„Danke, das war lieb." Eleonora beugte sich herab und gab Jonathan einen Kuss auf die Nasenspitze. „Weißt du, ich habe auch ein bisschen geträumt in den letzten Tagen, und nicht nur nachts."

„Ist sowieso am schönsten, beim Wachsein zu träumen."

„Obwohl alles ganz ernst ist ..."

„Hast du immer noch Angst? Ist das Durcheinander noch wilder geworden?"

„Immer noch das Gleiche. Nein, ich habe mir Gedanken gemacht über unseren Weg nach Flandern."

„Immer der Nase nach in Richtung Westen, und wenn wir an ein großes Meer kommen, dann sind wir da – oder vorbeigelaufen. Das Meer ... Hast du schon mal ein Meer gesehen?"

„Wann hätte ich das sollen? Das hier ist das einzige Meer, was es in dieser Gegend gibt."

„Ich hab auch noch keins gesehen. Aber es muss gewaltig sein. Und wenn ich dann zum ersten Mal am Meer stehe, dann sollst du bei mir sein. Das will ich mit niemandem sonst teilen. Nur mit dir." Eleonora lächelte zu ihm herab und Jonathan spürte, wie sich eine kleine wärmende Flamme in seinem Magen, seiner Brust, über seinen ganzen Körper hin ausbreitete. Ewig so liegen dürfen, vielleicht sogar am Meer, dann war das Leben schon wundervoll genug.

„Ich werde bei dir sein. Aber erst einmal müssen wir hinkommen. Und da habe ich mir ein paar Gedanken gemacht, wovon wir leben wollen."

„Von der Musik."

„Und ich?"

„Dich halbe Portion füttern wir schon mit durch. So schlecht haben wir gar nicht gelebt bis hierher. Und ich werde eben besser spielen als jemals zuvor."

„Das möchte ich nicht."

„Es wird kaum was anderes übrigbleiben."

„Ich möchte das trotzdem nicht."

„Warum nicht? Es wird mir Spaß machen, für dich zu sorgen."

246

„Weil ich auch etwas beitragen möchte. Ich möchte dir nicht wie ein Klotz am Bein hängen."

„Ach, wenn doch nur alle Klötze so warm und weich und schön wären ..."

„Ich hab mir was ausgedacht. Tut mir leid, aber du musst dich jetzt mal wieder richtig hinsetzen."

„Willst du mir was vorsingen?"

„Besser nicht. Es soll schließlich Geld einbringen und nicht Prügel." Eleonora wühlte in dem Beutel, der neben ihr lag, und zog einen kleinen Packen Papier hervor.

„Was ist das?"

„Schau es an!"

Kleine Blätter, eher Zettel, auf die Gesichter gezeichnet waren. Mit wenigen Strichen nur, aber nach ein paar kurzen Augenblicken erkannte Jonathan Leute aus dem Dorf. Manche wirkten richtig lebendig. Und ganz unten war da noch ein Bild von ihm selbst.

„Ist noch nicht ganz so, wie es sein könnte. Ich hab das alles aus dem Gedächtnis heraus gezeichnet."

„Das ist – das ist fast schon unheimlich, wie du Menschen auf dem Papier einfangen kannst. Ich verstehe nur immer noch nicht ..."

„Also, ich denke mir das so: Das mit dem Singen, das lassen wir mal lieber. Ist besser so für alle. Aber ich könnte doch, während ihr aufspielt, die Leute im Kretscham zeichnen. Und wem sein Bild gefällt, der kann es gegen ein paar Groschen haben. Glaubst du, dass das gehen könnte?"

„Ich weiß nicht recht. Erlebt hab ich sowas jedenfalls noch nicht."

„Ich brauche nicht viel dazu. Ein wenig Papier und Federn, die Tinte, die kann ich mir an ruhigen Tagen auch selbst machen, und es dauert gar nicht mal so lange, jemanden zu zeichnen."

„Probieren könnte man es zumindest. Aber weißt du ...?"

„Willst du jetzt etwa kneifen?"

„Nein. Das auf keinen Fall. Aber so langsam wird mir das alles erst einmal richtig bewusst, dass du mit uns mitkommen willst."

„Nicht: Willst. Wirst!"

„Dass du mit uns mitkommen wirst. Das begreife ich erst jetzt so ganz."

„Es wird allmählich auch Zeit!"

„Versteh mich bitte nicht falsch, ich will es doch auch. Ich will das mehr als alles andere auf der Welt. Wir beide gemeinsam in Flandern ..."

„Und wo ist jetzt das Aber?"

„Also: Vom Wendland aus, da wo ich herkomme, bis hierher, das hat ungefähr drei Jahre gedauert. Und das Wendland ist erst der halbe Weg bis nach Flandern. Und in den drei Jahren, na ja, es hat sich so eingespielt mit Strimelin und Ameldonck."

„Wenn du mir jetzt erzählen möchtest, dass eine Frau eure traute Dreisamkeit stören würde, dann schmeiß ich dir was an den Kopf und gehe nach Hause. Oder ich schmeiß dich am besten gleich hier ins Wasser!"

„Du verstehst mich falsch. Wir haben in den drei Jahren auch ziemlich viele unschöne Sachen erleben müssen. Manchmal haben wir Ärger bekommen, dagegen ist das hier im Dorf läppisches Kindergezeter. Ich überlege einfach, ob es so sehr Not tut, dass du das auch alles mitmachst. Vielleicht gibt es noch einen anderen Weg, wie wir miteinander nach Flandern kommen."

„Und, fällt dir einer ein?"

„Nicht wirklich."

„Mir auch nicht. Also lass es uns doch einfach versuchen! Es sei denn, wir finden hier im Wald einen Topf voller Goldstücke und nehmen eine Kutsche. Aber ich hab schon alles abgesucht. Lass es uns versuchen, und wenn es schiefgeht, dann müssen wir uns eben was anderes ausdenken."

„Das Schiefgehen kann aber sehr wehtun, weißt du? Im wortwörtlichen Sinne."

„Ich bin nicht ganz so zart gebaut, wie du vielleicht denkst. Gute Hafergrütze macht starke Knochen, hat meine Mutter immer gesagt."

Eleonora kicherte: „Du kannst es dir bei Gelegenheit ja mal ansehen, wenn du dich traust!"

Jetzt lachte auch Jonathan.

„Hilfe! Ich weiß nicht, worauf ich mich da mit dir einlasse. Aber eins weiß ich: Ich will es versuchen."

„Sag's nochmal!"

„Ich will."

„Noch mal!"

„Ich will."

„Jetzt ist es gut. Hast du den beiden anderen schon Bescheid gesagt?"

„Das macht sich am Tag bei der Arbeit nicht so gut. Und abends bekomme ich die beiden zur Zeit kaum zu sehen. Weiß der Himmel, wo die sich herumtreiben."

„Das weiß nicht nur der Himmel, sondern auch die liebe Eleonora. Nützt aber alles nichts, denn dort könntest du mit den beiden sowieso nicht reden."

Jonathan schaute sie fragend an.

„Nun tu nicht so, als ob du von sowas keine Ahnung hättest!"

„Ich meine ja nur: Du meinst wirklich, die sind die Nacht über immer bei anderen Frauen? Auch Strimelin? Na, nicht, dass wir dann am Ende noch zu sechst weiterziehen!"

„Ob das mit der Maria Gruner und der Anna Bühler so lustig werden würde, da hab ich so meine leichten Zweifel."

„Woher weißt du das alles nun schon wieder? Ich nehme an, die beiden haben das alles ganz geheim gehalten."

„Vergiss nicht, Kießlingswalde ist ein Dorf, da weiß im Zweifelsfall niemand etwas und jeder alles."

„Auch über uns?"

„Ich hoffe nicht. Aber beschwören würde ich das auch nicht! Ich muss wieder los jetzt. Ich freu mich schon, dich morgen wiederzusehen. Schlaf gut, lieber Jonathan, mein lieber Jonathan. Und träum was Schönes!"

„Von dir ..."

„Darum möchte ich aber auch sehr bitten! Etwas Schöneres kannst du sowieso nicht träumen!"

Nach einer langen Umarmung und einem Kuss, der längst nicht mehr so scheu war wie seine Vorgänger, war Eleonora verschwunden. Heute Abend, das nahm sich Jonathan fest vor, heute Abend würde er den beiden anderen alles erzählen, komme, was da wolle. Und er würde bei seinem Vorhaben bleiben, da konnten sie sich seinetwegen auf den Kopf stellen und mit den Füßen ihre Instrumente spielen. Eleonora würde mit ihm, mit ihnen kommen und es wäre für Strimelin und Ameldonck besser, sich so schnell wie möglich mit diesem Gedanken vertraut zu machen. Ach, wenn Eleonora ihn eben doch nur noch ein zweites Mal so geküsst hätte, dann wäre er bestimmt noch sicherer.

XXIX

Am Dienstagmorgen waren Ameldonck und Strimelin wieder mächtig unausgeschlafen. Ich möchte wissen, dachte sich Jonathan, wie lange die beiden das durchhalten wollen. Sie wuschen sich gründlich im Bach unten am Brauhaus und dann schien auch der Streit von gestern halbwegs verraucht zu sein. „Ich habe Neuigkeiten", hatte Jonathan erzählt, als sie am Montag Abend in der hintersten Ecke des Kretschams beisammensaßen. „Wenn wir weiterziehen, werde ich jemanden mitnehmen. Ein Mädchen, um es genau zu sagen. Nein: Eigentlich eine Frau."

Die beiden anderen sahen Jonathan und sich gegenseitig völlig überrascht an.

„Das ist nicht dein Ernst", begann Strimelin.

„Komm, Kleiner, du machst einen Witz, oder?", hoffte Ameldonck, aber ein Blick in Jonathans Gesicht belehrte ihn eines Schlechteren.

„Sag mal", fragte nach einer Weile eisigen Schweigens erneut Strimelin, „bist du in den letzten drei Jahren mit einem Brett vor dem Kopf herumgelaufen? Sonst würdest du auf so einen Unfug gar nicht kommen!"

Jonathan hatte nicht wirklich erwartet, dass die beiden anderen vor Freude auf dem Tisch tanzen und ihm um den Hals fallen würden. Aber dass sie ihn gar nicht weiter fragten, ihn erklären ließen, dass sie statt dessen sofort eine Wand aus Eis um ihn herum bauten, das schien ihm dann doch etwas zu heftig. Und es bewirkte genau das Gegenteil, Jonathan wurde nur noch sturer. Strimelin merkte, dass sie wohl gleich zu Anfang den falschen Ton angeschlagen hatten, aber nun war es zu spät, nun saßen sie da und stritten sich im Flüsterton (die anderen Leute im Kretscham mussten schließlich nicht alles wissen, es reichte, dass die sahen, wie zwischen ihnen offensichtlich heute Abend die Fetzen flogen). Strimelin und Ameldonck versuchten es mit ruhigen Argumenten, aber Jonathan wurde immer unzugänglicher, und irgendwann nur noch pampig.

„Bitte, von mir aus, wenn ihr nicht wollt, dann sucht euch doch einen neuen Dummen für die Fiedel. Ich komme auch ohne euch zurecht. Ihr könnt mich dann in Flandern mal besuchen kommen, falls ihr es bis dorthin schafft. Ach, leckt mich doch!"

Es ist vielleicht sein Recht, wenn man siebzehn ist und sich etwas in den Schädel gesetzt hat, dachte Strimelin. „Hör mir mal zu, bitte", begann er sanft.

„Warum? Hört ihr mir vielleicht zu?"

„Jetzt halt endlich mal die Klappe und hör zu!"

„Halt doch selber die Klappe!"

„Das mach ich gleich. Also: Wir haben verstanden, was du willst. Und auch, dass du es sehr willst."

„Das glaub ich dir eben nicht!"

„Lass mich ausreden! Ameldonck und ich sind nicht begeistert von deiner Idee. Aber wir werden drüber nachdenken. Das kam jetzt ein bisschen sehr überraschend. Das war eher ein Überfall von dir."

„Ja, tut mir leid, ich hätte euch das wahrscheinlich schon vor einem halben Jahr erzählen sollen. Damit es euch nicht so überrascht."

„Ich habe gesagt, wir werden noch einmal in Ruhe darüber nachdenken. Und du wirst das bitte auch tun."

„Völlig sinnlos. Das brauche ich nicht, weil ich genau das schon längst getan habe. Mein Entschluss steht fest, felsenfest."

„Dich muss es ja sehr erwischt haben", vermutete Ameldonck.

„Könnten wir bitte diese dämlichen Sprüche lassen, ja?"

„Gut", beruhigte ihn Strimelin wieder, „heute steht dein Entschluss felsenfest, das merke ich. Aber denk an morgen, an übermorgen, denk an den ganzen Weg, den du dir vorgenommen hast. Denk einfach noch einmal drüber nach."

„Ihr wollt das doch nur nicht mit mir zu Ende bereden jetzt, weil ihr loswollt, nur schnell zu euren ..."

Strimelins Blick ließ Jonathan verstummen.

„Denk noch einmal über alles nach, Jonathan. Bitte. Ich gehe jetzt."

„Ich auch", sagte Ameldonck.

„Ja, sehr schön, haut nur endlich ab. Und erzählt mir morgen bloß nicht, ihr hättet nachgedacht. Ach, Scheiße, verdammte, haut bloß ab!"

Dann hatte er sich, ohne Branntwein, auf seinen Strohsack zurückgezogen.

Dass er schöne Träume gehabt hätte, das konnte man nicht gerade behaupten, die ganze Nacht über wälzte er sich auf seinem Lager hin und her und stritt sich weiter mit den beiden, redete wie er es noch nie gekonnt hatte, gewandter selbst als Strimelin, bis der am Ende reumütig klein beigab. Im Traum.

„Und", fragte ihn Strimelin, als sie am Dienstagmorgen auf dem Weg zum Gutshof waren, „hast du noch einmal über alles nachgedacht?"

„Nein", antwortete Jonathan kalt. Wäre ja noch schöner, wenn er seinen Traumdisput Strimelin gegenüber eingestanden hätte. „Das wäre reine Zeitverschwendung. Es würde nichts ändern."

„Dann denk trotzdem nach."

„Ich will nicht."

„Aber ich will es."

Sie arbeiteten ruhig und etwas verbiestert an diesem Vormittag. Das Arbeiten bot die beste Möglichkeit, einander aus dem Weg zu gehen. Und so wäre es wahrscheinlich wirklich noch so weit gekommen, dass sie am Dienstag Abend schon den größten Teil der Arbeit geschafft hätten, was vielleicht Gustav auf den Gedanken gebracht hätte, dass er das bisschen Rest schon alleine in den Griff bekommen würde, die guten Groschen könnte man ebensogut, ach, viel besser noch sparen. Dankenswerter Weise war es aber eben gerade Gustav, der sie immer wieder von der Arbeit abhielt, um ihnen mitzuteilen, dass jemand sie sprechen wollte.

Der erste war Tobias Hansche. Der sah noch kleiner und verhuschter aus als sonst schon, auch er schien in den vergangenen Nächten nicht allzu lange und gut geschlafen zu haben, wenngleich aus ganz anderen Gründen als Strimelin.

Er wolle sich entschuldigen, begann Hansche, aber er brauchte am kommenden Wochenende keine Musik. Es sei alles so ein Durcheinander nach Titzmanns Tod, da habe er mit seinem Sohn beschlossen, dass man doch nur eine kleine Hochzeitsfeier ausrichten wolle, ohne Musik und Tanz und auch nicht im Kretscham. Es tue ihm von Herzen Leid, aber was soll man als einfacher Mann schon machen. Die Zeiten seien eben wohl nicht so nach Tanzen. Und noch sei der Herr Kellner ja auch nicht abgesetzt, noch müsse man mit ihm auskommen. Und er, Hansche, habe eben nicht die Möglichkeit, seinen Sohn so wie den Martin Francke in Hochkirch trauen zu lassen.

„Was soll ich groß sagen", schnitt ihm Strimelin das Wort ab. „Ich verstehe euch. Macht euch keine Gedanken. Wünscht dem Brautpaar auch in unserem Namen Glück. Ich muss wieder an die Arbeit." Das klang nicht unfreundlich, doch dann drehte sich Strimelin ohne ein weiteres Wort um und ließ Hansche stehen, der erleichtert schien, eine unangenehme Sache hinter sich gebracht zu haben und gleichzeitig verwirrt, weil das so viel schneller als befürchtet gegangen war.

Strimelin hatte nicht lange Gelegenheit, seine Arbeit weiterzuführen, als schon der nächste Besucher ankam. Diesmal war es die Witwe von Hans Titzmann.

„Ich glaube nicht", begann sie, „dass ihr von meinem Mann einen allzu guten Eindruck bekommen habt. Aber, glaubt mir, er hat euch gemocht."

Sie sah klein und müde aus, älter, als sie wohl war, und auch zwei Tage nach dem Tod ihres Mannes immer noch verheult. Sie war sicher auch in ihrer Jugend nicht gerade eine Schönheit gewesen, aber Strimelin erinnerte sich an die Worte von Titzmann, dass sie das Beste gewesen sei, das ihm passiert wäre im Leben. Sie schien mit ihm zumindest durch dick und dünn gegangen zu sein. Meist wird es wohl dünn gewesen sein.

„Ich weiß so gut wie ihr, dass er getrunken, ach was, gesoffen hat. Mehr als für ihn gut war, mehr, als wir uns eigentlich leisten konnten. Und ich habe gewusst, das Saufen und das Randalieren, das ist irgendwann sein Tod. Nur dass es jetzt so schnell gehen würde ... Aber es gab noch einen anderen Hans Titzmann als den im Kretscham. Und den habe ich sehr lieb gehabt."

„Wir haben ihm nichts vorzuwerfen. Uns hat er nichts Schlechtes angetan. Ihr habt also gar keinen Grund, euch für euren Mann zu entschuldigen."

„Deswegen komme ich auch nicht. Ich möchte euch um einen Gefallen bitten. Morgen ist das Begräbnis vom Hans. Und ich möchte, dass ihr dann am Abend im Kretscham aufspielt. Ich bezahle euch dafür. Ich hab mit dem Scholzen geredet und mit Prätorius, an solchen Tagen darf Musik im Kretscham sein, wenn auch kein Tanz. Also sollt ihr spielen. Hans hätte das so gewollt."

„Ich red' mit den andern darüber. Ich nehme an, dass die nichts dagegen haben. Aber das mit der Bezahlung, das vergesst mal bitte ganz schnell."

„Nein, das vergesse ich nicht. Wir haben wenig, das stimmt schon, aber geschenkt will ich trotzdem nichts haben."

„Dann schenken wir es dem Hans."

„Der hätte das ebensowenig gewollt. Nehmt es, so reichlich habt ihr es auch nicht."

„Also gut. Sagen wir: Sechs Groschen."

„Das ist sehr wenig."

„Für euch aber sicher immer noch eine ganze Menge. Wir werden aufspielen, wie Hans es sich gewünscht hätte. Vielleicht etwas weniger wild. Wenn ich ehrlich sein soll, so bin ich aus eurem Mann nicht recht klug geworden."

„Das ist wohl niemand. Auch ich wahrscheinlich nicht. Aber das ist egal. Er war mir lieb, so wie er war, wie er manchmal sein konnte. Ich glaube, ein Grund für seine Sauferei war, dass er Musik liebte. Lacht nicht. Da war so ein Lächeln, ein Leuchten, wenn er über Musik sprach. Auch wenn er gar nichts getrunken hatte, gerade dann.

Ich glaube, er wäre am liebsten selbst Musikant geworden. Er hat nur nie eine Möglichkeit gehabt, so etwas zu erlernen, und dann war es irgendwann zu spät, um auch nur davon zu träumen. Ich glaube, das hat ihn sein ganzes Leben lang nicht losgelassen. Also hat er gesoffen. Und dass er randaliert hat – na ja, die kleinen Dürren wie der Hans, die haben ja meistens eine große Klappe, um ihre fehlenden Muskeln auszugleichen. Mancher macht sein Leben lang immer und immer wieder das Falsche, weil er nie die Gelegenheit bekommt, das Richtige zu machen."

Strimelin verstand sie. Besser, als sie wahrscheinlich ahnte. Doch es hätte zu lange gedauert, das zu erklären.

"Sechs Groschen also. Ich danke euch. Und spielt bloß nicht nur lauter so Trauerzeugs." Dass sie dabei fröhlich aussah, konnte man nicht gerade behaupten.

Strimelin war kaum wieder an der Arbeit, als Gustav ihn erneut wegholte. Und diesmal nun hätte die Verblüffung bei Strimelin kaum größer sein können – der Herr Kellner wollte ihn sprechen, möglichst sofort.

XXX

Eleonora hatte einen Schrecken bekommen, der ihr das Herz bis an die Schädeldecke schlagen ließ, als ihr Vater sie hinüber zum Gutshof schickte, um den Anführer der Musikanten auf ein Gespräch zu ihm zu bitten. Wahrscheinlich war es reiner Zufall, sie war ihm eben als erste über den Weg gelaufen, nachdem er den Entschluss gefasst hatte, mit Strimelin reden zu wollen. Aber so wie sich die Dinge in den letzten Tagen entwickelt hatten, erschienen plötzlich selbst die alltäglichsten Zufälle als gar nicht so ganz zufällig. Eleonora jedenfalls misstraute allem und jedem, von Jonathan einmal abgesehen. Sie sah ihren Vater lange an. Ahnte er etwas?

"Warum stehst du noch da? Wundert es dich, dass ich mit so einem reden will? Keine Bange, ich habe mir alles genau überlegt."

Auch so eine Antwort, die alles und nichts bedeuten konnte.

Glücklicherweise traf Eleonora gleich hinter der Tür zum Gutshof auf Gustav, den sie zu den Musikanten schicken konnte.

Sie mochte sich gar nicht vorstellen, wie sie sich verhalten sollte, wenn sie Jonathan träfe. Es war schon schlimm genug, dass sie am Tor auf Strimelin warten sollte, um ihn zu ihrem Vater zu bringen. Wie würde er sie ansehen? Hatte Jonathan mit ihm gesprochen? Wusste er, dass jemand sie auf ihrer Weiterreise nach Westen begleiten würde? Da war sie sich ganz sicher, Jonathan hatte ihr versprochen, dass er es den beiden erzählen würde, er hatte Wort gehalten, daran glaubte sie ganz fest. Aber wusste Strimelin, dass sie es war?

Strimelin gingen viel zu viele Dinge viel zu wild durcheinander im Kopf herum, als dass er das Mädchen überhaupt beachtet hätte. Zumindest so lange, bis sie ihm die Tür zum Arbeitsraum ihres Vaters öffnete. Erst da nahm Strimelin diesen Blick war, der so anders war. Sicher, sie hatte ihn angeschaut, das war ja wohl normal, dass eine Pfarrerstochter wissen wollte, wie ein Musikant aussah, so ein Mensch, von dem ihr Vater sicherlich schreckliche Dinge zu berichten wusste. Also schenkte er ihrem Blick keine Beachtung. Doch in diesem einen Moment, da sie die Tür hinter ihm schloss, bemerkte er, wie sehr dieser Blick auf eine andere Art forschend gewesen war, und er begriff. Begriff alles. Er hätte laut auflachen können. Dieses Mädchen dürfte wohl das einzige seines Alters hier in Kießlingswalde sein, das nicht in den Kretscham kommen konnte. Eben darum. Die Pfarrerstochter. Ach, Jonathan, ein bisschen weniger kompliziert hast du es wohl nicht?

Kellner empfing Strimelin so, wie er ein paar Tage zuvor Gustav empfangen hatte, über einen dicken Folianten gebeugt, von dem er auch beim Eintreten seines Besuchers nicht aufsah. Dies allerdings, sicher gar nicht im Sinne von Kellner, verschaffte Strimelin eine Atempause, um diesen Hieb in die Magengrube, den er soeben hatte einstecken müssen, zu verdauen.

„Ihr habt mich sprechen wollen", fragte Strimelin, als er endlich meinte, Herr Kellner habe sich nun genügend Respekt verschafft mit seiner Pose. „Wenn ich euch beim Arbeiten störe, dann gehe ich eben wieder."

„Ach ja, Herr Strimelin. Setzt euch doch bitte, ich bin sofort bereit."

Behutsam nahm er den Folianten und stellte ihn auf ein wohlgefülltes Bücherbord zurück, dann wandte er sich Strimelin zu. Sehr beeindruckend das alles. Das Auftreten, die Haltung, die Bücher, wirklich beeindruckend.

„Ihr seid also fahrende Musikanten?"

„Meist laufende, dem Himmel sei's geklagt. Ihr werdet mich aber sicher nicht hierher bestellt haben, um mich dies zu fragen. Wir sind schließlich lange genug in Kießlingswalde. Also, kommt bitte zur Sache."

„Warum so unfreundlich? Ich meine es freundlich mit euch, das werdet ihr schon noch sehen. Also gut. Wie ihr selbst sagt: Ihr seid lange genug hier im Ort. Und ich möchte euch nun bitten, dieses Dorf so bald wie möglich zu verlassen."

„Und warum?"

„Ich habe meine Gründe."

„Da es mich selbst betrifft: Wäre es allzu vermessen, wenn ich diese Gründe erfahren möchte?"

„Ihr seid Musikanten. Und alles, was ihr als Musikanten sucht, findet ihr anderswo reichlicher und besser."

„Das ist kein Grund, das ist höchstens eine Vermutung."

„Nun, so will ich deutlicher werden. Seit ihr in diesem Ort seid gibt es überall Aufruhr und Streit, meine Herde wird mir auseinander gerissen, es fehlt nicht mehr viel und es setzt Mord und Totschlag. Den ersten Toten haben wir ja wohl schon zu beweinen."

„Wegen uns? Weil Musikanten hier sind, wie das seit Hunderten von Jahren in Hunderten von Städten und Dörfern der Fall war? Das ist nicht euer Ernst!"

Nachdem er sich Strimelin einmal zugewandt hatte, löste Kellner seinen Blick nicht mehr von ihm, und dieser Blick besagte, dass genau dies sein tiefster, unerschütterlicher Ernst war. „Hört zu, Strimelin. So nennt man euch doch? Seltsamer Name. Ich nehme an, auf den seid ihr nicht gerade getauft worden? Nun gut, das geht mich schließlich nichts an. Also: Ich habe nichts gegen euch. Ganz im Gegenteil, ich verstehe euch sogar. Es ist euer Broterwerb. Um euer Geld zu verdienen, müsst ihr über die Dörfer ziehen und aufspielen. Kein besonders frommer, gottesfürchtiger Broterwerb sicherlich, aber was soll man machen, nicht immer kann man sich das aussuchen. Aber vielleicht können wir in Kießlingswalde das Ganze einmal umdrehen?"

„Ich verstehe nicht, worauf ihr hinaus wollt."

„Ihr verdient euer Geld damit, dass ihr im Kretscham aufspielt. In Kießlingswalde, das biete ich euch hiermit an, könnt ihr euer Brot damit verdienen, dass ihr nicht im Kretscham aufspielt."

„Was heißt das?"

„Das heißt, dass ich bereit bin, euch fünfzig Taler dafür zu zahlen, dass ihr morgen früh weiterzieht. So weit fort, wie nur irgend möglich. Fünfzig Taler, jetzt und hier, weil ich euch vertraue. Ich nehme an, dies ist eine Summe, für die man als Bierfiedler ziemlich lange aufspielen muss."

„Ihr seid gut informiert."

„Ihr könnt also durch euer Weiterziehen viel mehr für euren Unterhalt gewinnen als durch euer Hierbleiben. Und das sollte für einen fahrenden Musikanten ja wohl ein überzeugendes Argument sein. Solltet ihr aber dennoch bleiben ...‟

„Was wäre dann?"

„Dann müsste ich davon ausgehen, dass ihr keine normalen Musikanten seid."

„Sondern?"

Kellner sah ihn an mit einem Blick, der besagen wollte: Wir wissen doch beide genau Bescheid, Herr Strimelin, warum muss ich es dann noch laut sagen? „Sondern nichts anderes als, von wem auch immer, gedungene Knechte, die Unfrieden in meiner Gemeinde ausstreuen sollen."

„Das glaubt ihr doch nicht wirklich? Das ist einfach lächerlich!"

„Beweist mir, dass dieser Gedanke lächerlich ist. Nehmt das Geld und zieht weiter und ich trage den Vorwurf der Lächerlichkeit gerne."

Strimelin schüttelte fassungslos den Kopf. „Warum tut ihr das alles?"

„Weil ich will, dass meine Herde in Frieden gelassen wird!"

„Ich meine, was ist es, was euch so stört an der Musik?"

„An der Musik stört mich gar nichts. Es geht mir allein um das Tanzen. Musik kann ja etwas sehr Gottgefälliges sein." Das war nicht ehrlich, das spürte Kellner selbst und er spürte, dass auch Strimelin dies bemerkte. Gottgefällig war Musik nur dann, wenn ein wirklich frommer Text das Denken und Fühlen der Leute an die Hand nahm und sie in die richtige Richtung führte. Aber es gab ja auch jede Menge andere Texte, Worte, die am besten nie geschrieben worden wären. Und Musik ganz ohne jeden Text, das war noch etwas anderes. Das war, Kellner suchte lange nach einem Begriff dafür, das war etwas Unkontrollierbares. Das konnte die Leute anrühren, aufstacheln, ihnen die Tränen in die Augen und die Tollheit in den Bauch treiben, und niemand konnte sagen, was sie dabei dachten. Sie konnten denken, was sie wollten und niemand hinderte sie daran. Das war nicht nur unkontrollierbar, das war gefährlich. Und nicht zuletzt, und dieser Gedanke hatte lange gebraucht, um in Kellner diese Gestalt anzunehmen, um so überzeugter war er inzwischen davon: Musik machte vielen Menschen das Leben leichter, froher, lustiger. Wir sind aber nun einmal nicht auf dieser Welt, um hier fröhlich und unbeschwert das Leben zu genießen und umherzuhüpfen, sondern um uns in Buße und Demut jenem anderen, ewigen Leben als würdig zu erweisen.

Und davon hielt Musik nur ab. Die war wie Wasser, welches andauernd drohte, das heilige Feuer zu löschen.

Strimelin zögerte eine Weile, ehe er sich entschloss, an dieser Stelle nicht nachzuhaken, Kellner diese Unaufrichtigkeit durchgehen zu lassen. „Nun gut, bleiben wir beim Tanzen. Warum um alles in der Welt wollt ihr den Leuten das verbieten?"

„Ich will niemandem etwas verbieten. Das sind die Unwahrheiten, die der Lehnsherr über mich ausgestreut hat!"

„Nun gut, ihr wollt es den Leuten nicht verbieten. Ihr wollt, dass die Leute es freiwillig unterlassen. Aber warum?"

„Ich habe Gründe dafür. Das habe ich schon gesagt."

„Und ich habe schon gesagt, dass ich diese Gründe gerne wüsste, da es mich betrifft."

„Das, mein guter Strimelin, bei aller Freundschaft, aber das betrifft Dinge, von denen ihr nichts versteht!"

Bis zu diesem Moment hatte Strimelin noch mit dem Gedanken gespielt, die fünfzig Taler einzustecken und mit den beiden anderen morgen früh aus Kießlingswalde fortzugehen. Wenn die überhaupt mitkommen würden – aber das war nun wieder eine ganz andere Geschichte. Bevor sie in diesen dreimal vermaledeiten Ort kamen, da wäre bei dieser Summe überhaupt keine Frage aufgekommen. Fünfzig Taler! Himmel, ein kleines Vermögen! Dafür laufen wir morgen, soweit uns die Füße nur tragen wollen. Aber nun hatte der Herr Kellner das Falscheste zu Strimelin gesagt, was er sagen konnte. Wenn man denn Strimelin so kam – nun, er konnte auch anders.

„Ich bin nicht euer guter Strimelin. Gut ist nur Einer, wie ihr sicher wisst. Ich bin Musikant, das ist wahr. Aber, ihr werdet es nicht fassen, ich bin auch ein Christenmensch. Ich kenne meine Bibel ziemlich gut, ihr werdet sicherlich keine andere haben. Und ich habe lange darin nachgeforscht, ob denn mein Tun nicht vielleicht Gott ärgern könnte!"

„Wollt ihr mich verhöhnen?" Es war Kellner anzusehen, dass das Gespräch nun in eine Richtung ging, auf die er sich vorher wohl nicht recht vorbereitet hatte, das machte ihn ärgerlich. Bis jetzt eben war an ihm keinerlei Regung zu erkennen, nun sah er überrascht aus, sein unbeweglicher Gesichtsausdruck nahm einen Hauch Unsicherheit an, seine Augen wurden klein und wachsam, so, als betrete er gefährliches, sumpfiges Gebiet und müsse besonders gut aufpassen.

„Auf gar keinen Fall, Herr Kellner. Aber, glaubt mir oder nicht, ich habe die Bibel oft genug befragt, und ich habe nichts gefunden darin, was das Tanzen verbieten würde. Ganz im Gegenteil. Ich finde im 3. Buch der Maccabäer: Die Juden tanzten zum Zeichen der friedsamen Fröhlichkeit."

Eine theologische Disputation also. Das war nun das, was Kellner am wenigsten erwartet hatte. Aber bitte, wenn Strimelin dies wünschte, derer hatte er schon so viele geführt, und noch hatte jeder in ihm seinen Meister gefunden. „Ich bin der Meinung, diese ganzen Apokryphen haben in der Bibel nichts zu suchen, von Jesus Sirach vielleicht abgesehen. Und das dritte Buch der Maccabäer, von dem ihr da sprecht, das ist in den meisten neueren Ausgaben der Heiligen Schrift ohnehin schon rausgefallen. Ich traure ihm nicht hinterher."

„Aber Salomo lasst ihr doch wohl gelten? Und der spricht Ecclesiastes 3,4: Tanzen hat seine Zeit. Mehr wollen wir gar nicht. Tanzen, wenn die Zeit danach ist."

„Die Zeit ist aber nicht danach."

„Wer sagt das? Wer legt das fest? Die Obrigkeit? Die hat das Tanzen an gewissen Tagen verboten, an den anderen aber erlaubt. Also, wer sagt, die Zeit ist nicht nach Tanzen? Die Bibel? Wo?"

„Macht euch nicht lächerlich! Die ganze Bibel ist voll von solchen Aussagen. Bleiben wir nur beim Neuen Testament, was sagt ihr dann zu Matthäus, Kapitel 3, Vers 10 bis 12"

„Bitte, es steht jedem Menschen gut an, Buße zu tun, aber, wo steht dort etwas vom Tanzen?"

„Meint ihr vielleicht, dass man beim Tanzen bußfertig sein kann?"

„Warum nicht?"

„Ihr seid blind! Habt ihr noch nie Galater 5, 19 bis 21 gelesen?"

„Das habe ich. Aber auch dort steht bei den Werken des Fleisches nichts über das Tanzen!"

„Wenn auch das Tanzen nicht genannt ist, so ist es aber doch mit gemeint! Das springt ja wohl einem jeden sofort in die Augen, dass alles das, was dort genannt ist, beim Tanz zu finden ist!"

„Es ist nicht genannt, Herr Kellner. Und diese Dinge kann man bei vielen anderen Gelegenheiten finden. Wenn überall beim Tanz Unzucht ist, so wäre auch überall beim Weintrinken Saufen. Und doch hat unser Herr Jesus selbst Wasser zu Wein gemacht. Damit er und die Seinen sündigen sollen? Es ist nirgends wörtlich gesagt in der Bibel, dass das Tanzen Sünde ist. Und heißt es nicht: Haltet fest am Wort! Und nicht: Haltet fest an dem, was damit gemeint sein könnte?"

Kellner schüttelte ungläubig den Kopf über eine solche Halsstarrigkeit. „Ihr wollt also nur das gelten lassen, was wortwörtlich in der Bibel steht? Wisst ihr, was unser Luther darauf dem Erasmus antwortet: Das ist, als wenn die Juden forderten, man solle ihnen aus den Propheten einen Spruch nennen, der mit Silben und Worten genau sagt: Jesus, des Zimmermanns Sohn, der geboren ist von der Jungfrau Maria zu Bethlehem, der ist Messias und Gottes Sohn! Wenn ihr so auf das Wort pochen wollt, dann wäre jede Sünde, jeder Frevel, von dem unser Herr Jesus Christus oder die Evangelisten nichts wissen konnten, weil er noch nicht erfunden war, das wäre dann alles erlaubt, nur weil sich in der Bibel kein wortwörtliches Verbot dafür findet? Spürt ihr nicht selbst, dass dies Unfug ist?"

„Das Tanzen war zu Zeiten unseres Herrn Jesus schon erfunden!"

„Es kann nicht alles in der Bibel stehen. Dazu haben wir ja auch noch die Kirchenväter. Und die haben das Tanzen allesamt verdammt."

Strimelin lachte auf. „Am Anfang war das Wort. Und dann kamen die Exegeten und nahmen es auseinander und drehten und wendeten es hin und her und setzten es wieder ganz anders zusammen. Und nun, wenn man nur lange genug sucht, findet man bei den Kirchenvätern immer genau das, was einem in den Kram passt. Und auch das genaue Gegenteil."

„So. Meint ihr also. Nun, ich habe zumindest noch nicht gelesen, dass einer dieser weisen und heiligen Männer das Tanzen gelobt hätte!"

„Nehmen wir zum Beispiel Athenäus."

„Halb heidnisches, wirres und ungereimtes Zeug. Das Buch Dipnosophistarum wäre besser gar nicht geschrieben worden. Es stellt nur seinen eigenen Verfasser bloß."

„Gut, wir müssen nicht so weit zurück gehen. Ich habe zum Beispiel einiges beim Spangenbergio gefunden ..."

„Auch der wird so manches, was er in seinem Ehe-Büchlein geschrieben hat, später bitter bereut haben!"

„Wenn ihr euch da so sicher seid ..."

„Bleiben wir doch bei den wirklichen Gelehrten. Von Augustinus mag ich ja gar nicht anfangen, da hätte ich tagelang zu zitieren, dass es nur so knallt! Aber schreckt euch denn nicht wenigstens, was Bernhardus schreibt: Ubi sunt amatores mundi? biberunt, comederunt, riserunt, saltaverunt, in bonis dies suos duxerunt, & in puncto ad inferna descenderunt. Das bedeutet ..."

„Mein Latein ist nicht mehr ganz taufrisch, aber dafür reicht es noch. Wie ich bereits gesagt habe, mit etwas Mühe findet man irgendwo sicher auch irgendwo das Gegenteil – ich habe einfach keine Lust, jetzt hier die Alten aufeinander einschlagen zu lassen."

„Ihr gebt euch also geschlagen?"

„Ich habe einfach keine Lust, Zitat gegen Zitat zu stellen. Was wollen wir uns damit schon beweisen? Dass wir die Alten gelesen haben? Außerdem: Mir scheint, euer Gedächtnis oder der Setzer haben euch einen bösen Possen gespielt."

Kellner sah verwirrt aus.

„Um mein Gedächtnis macht euch keine Sorgen, auf das kann ich mich verlassen."

„Nun, Ich weiß nicht recht, welche Ausgabe des Bernhardus ihr besitzt – in denen, die ich kenne, da jedenfalls steht nichts von saltaverunt."

„Wie bitte?"

„Ich meine, entweder eure Edition ist anders, oder ihr habt das Tanzen dem Bernhardus einfach untergeschoben!" Kellner stand energisch auf und zog einen dicken Folianten hervor. Strimelin lächelte. „Ich kenne die Ausgabe. Leiden 1679. Schaut nur nach im Band fünf, so um die Seite 140 herum. Das Zitat stimmt schon, nur auch dort steht eben nichts vom Tanzen!"

„Wenn er es auch vielleicht nicht geschrieben hat, so hat er es doch gemeint!"

„Wenn er es gemeint hat, warum hat er es dann nicht geschrieben? Ich sehe, so kommen wir nicht weiter. Genau das ist es, was ich an all diesen Disputationen und Auslegungen so schätze – sie führen immer und immer wieder im Kreis herum."

„Ihr seid ein Ketzer!"

„Das bin ich für euch doch schon lange. Ich bleibe bei der Bibel. Und da finde ich, dass Jesus Christus mit den Menschen, die er geliebt hat, dass er mit diesen Menschen gelebt, gelitten und gehofft hat. Und gefeiert."

„Ihr meint Johannes 2?"

„Genau, ich meine die Hochzeit zu Kana. Und da wird unser Herr Jesus jedenfalls nicht wie ein Sauertopf in der Ecke gesessen und gegen das Tanzen gewettert haben!"

„Wer weiß schon, ob die Juden überhaupt getanzt haben. Unser Lutherus jedenfalls bezweifelt das..."

„Das muss er wohl auch. Denn zweifelt er nicht daran, dann haben wir einen tanzenden Jesus. Schönes Durcheinander! Und den wollt ihr verbieten?"

„Noch einmal: Ich verbiete nichts. Ich bleibe nur bei dem, was mir aus Gottes Wort offenbart ist, ob ihr das nun erkennt oder nicht. Und da kann mir auch der Lehnherr befehlen, was er will, ich bleibe bei Actorum 5, 29: Man muss Gott mehr gehorchen denn den Menschen. Und nichts anderes verlange ich von meiner Gemeinde."

„Aber ihr seid ein Mensch. Genau wie jeder andere hier in Kießlingswalde auch!"

„Nur mit einem Unterschied: In mir wohnt, wirkt und lebt das Wort Gottes." Strimelin sah müde aus. Kellner aber auch.

„Was ist nun mit meinem Angebot?"

„Es tut mir Leid. Aber zumindest morgen Abend werden wir noch einmal im Kretscham aufspielen."

„Morgen ist Titzmanns Begräbnis!"

„Es gibt kein Gesetz, nach welchem an so einem Tag die Musik im Kretscham verboten wäre! Wir werden nicht zum Tanz aufspielen."

„Also tut ihr es, wie ich vorhin schon gesagt habe, aus keinem anderen Grund als dem, um mich zu ärgern, zu quälen und in meiner Gemeinde Unfrieden zu stiften."

„Nein. Wir tun das, weil uns jemand bereits dafür bestellt und bezahlt hat. Und ehe ihr fragt: Das war weder der Lehnsherr noch einer seiner Leute."

„Wer dann?"

„Wartet es ab. Ihr werdet es erfahren."

„Der Scholze!"

„Ich sagte doch, wartet ab."

„Wieviel Taler hat man euch geboten?"

„Sechs Groschen."

Kellner stand einen Moment lang fassungslos da, dann lachte er ungläubig: „Sechs Groschen! Gegen fünfzig Taler!"

„Das ist ein Fliegendreck, sicher. Aber wir haben um sechs Groschen unser Wort gegeben, und das werden wir auch um fünfzig Taler nicht brechen."

„Ihr seid wahnsinnig!"

„Mag sein. Spielt das eine Rolle? Ich werde jetzt gehen. Es gibt noch viel zu tun drüben auf dem Gutshof."

„Herr Strimelin – ich kann das, was ihr tut, nicht billigen. Ich habe alles versucht und muss nun erkennen, dass ihr nicht aus eurer Verblendung herauskommen könnt. Weil ihr nicht wollt. Ich will also frei von aller Verantwortung sein für das, was immer passieren mag. Es tut mir Leid, und das meine ich sehr ernst, denn ich sehe, dass ich es in euch mit einem klugen Mann zu tun habe. Wenn ihr nicht so irregeleitet wärt, wenn ihr nur einmal zu den Quellen des wahren Glaubens vorgedrungen wärt, wenn nur einmal aus all den Büchern, die ihr ohne Zweifel gelesen habt, der Geist und nicht nur die Buchstaben zu euch gesprochen hätte – ich bin mir sicher, ihr hättet einen guten Prediger abgeben können."

Strimelin stand auf und lachte kurz, als er die Tür öffnete. Und dann sagte er, was er eigentlich nicht sagen wollte, und zu Kellner gleich gar nicht: „Ich verrate euch was: Ich war mal einer." Und dann ging er hinaus.

XXXI

Ja, Strimelin war ein Abtrünniger, ein Überläufer, ein Verräter. Eines hatte er gelernt: Wenn jemand die Seiten gewechselt hat, dann ist er als einer der Ersten und Wildesten mit dabei, Dreck dahin zu schmeißen, wo er hergekommen ist. Vermutlich bin ich auch so, dachte er.

Im Gegensatz zu ihm hatte sich Kellner in den vergangenen zwanzig Jahren nahezu nicht verändert. Das ehemals pechschwarze Haar war nun allmählich grau geworden, aber ansonsten sah er noch genauso aus wie damals. Er besaß immer noch diese lange hagere Statur und, natürlich, seine Augen, das waren immer noch jene Augen, die damals nicht nur Strimelin so beeindruckt hatten, diese Augen waren scheinbar keinen Tag älter geworden. Augen von einem kräftigen, warmen Braun, die mit so viel Güte und Sanftmut blicken konnten, dass man unter ihrem Blick jedes Misstrauen verlor. Augen, die so müde, so verletzt, so unendlich traurig wirken konnten, aber im nächsten Moment schon wieder prüfend, fragend und durchdringend, dazu genügte es schon, dass Kellner die linke Augenbraue etwas anhob. Bei diesem Blick dann fühlte sich jeder, der ihn nicht kannte, bis in das Innerste erkannt und ertappt, bei welchem schlechten Gedanken auch immer.

Sie hatten gemeinsam studiert, hatten gemeinsam in den Collegiis philobiblicis gesessen, damals in Halle, ein Kreis junger Theologen und Studenten, die durch das fleißige Lesen der Bibel zurück wollten zum Wort Christi, zum Wort der Evangelisten. Speners Buch „Pia desideria" hatte ihnen die Augen geöffnet, August Hermann Francke, kaum älter als sie selbst, war einer ihrer Lehrer und nun wollten sie zurück zu einem bescheidenen, einfachen, frommen und gottseligen Leben. Und gerade Kellner hatte damals vielen Lehrern als Beispiel gedient, wie da einer zu Gott gefunden hatte: Als Strimelin ihn kennenlernte, da war Kellner für jedes Vergnügen zu haben, da musste ihn niemand lange bitten, seien es nun Frauen gewesen, Würfelspiel, Musik oder Trunk (nur mit dem Tanzen, da hatte er es schon damals nicht so). Und dann, buchstäblich über Nacht, änderte er sein Leben von Grund auf und war fortan der Frömmste von ihnen. Was immer ihm in jener Nacht begegnet sein mochte, seither jedenfalls war Kellner geradezu von einem inneren Feuer angetrieben und ging mit heiligem Eifer daran, auch alle anderen zu bekehren.

Einen Augenblick lang hatte Strimelin geglaubt, Kellner habe ihn wiedererkannt, als er über den Namen Strimelin geredet hatte. Aber nein, da war kein Aufschein einer Erinnerung, und für den ersten Teil ihrer Unterhaltung hatte sich Kellner ohnehin wohl schon vorher jedes einzelne Wort zurechtgelegt. Auch als Strimelin ihn daran zu erinnern versucht hatte, dass sie doch eigentlich am Wort der Schrift hatten festhalten wollen, auch da hatte Kellner nicht aufgemerkt, nicht gezuckt. Zu abwegig, grotesk die Vorstellung, einer seiner damaligen Weggefährten könnte ihm ausgerechnet in der Gestalt eines abgerissenen Bierfiedlers wieder vor die Augen treten. Und Strimelin hatte sich ja, im Gegensatz zu Kellner, genügend verändert seit damals. Da war er noch rundlich und sehr behände auf den Beinen, und Strimelin hieß er auch noch nicht. (Genausowenig wie Ameldonck Ameldonck hieß, der hatte sich aber wenigstens einen Namen gesucht, den man noch durchgehen lassen konnte. Nur Jonathan hieß wirklich Jonathan. Wahrscheinlich jedenfalls.) Den Bekannten aus seinen Studententagen, der Strimelin einst gewesen war, wähnte Kellner sicherlich irgendwo wohlversorgt auf einer Pfarrt, und damit hatte er ja auch nicht einmal Unrecht. Kurz nach der Geburt seines ersten Sohnes hatte er eine Pfarrstelle im Brandenburgischen angetragen bekommen, er war mit seiner Frau dorthin gegangen, hatte zwei weitere Kinder gezeugt, er war angesehen bei den Leuten und litt keinerlei Not – es war ihm offenbar alles zum Besten geraten. Und es war kein Grund zu sehen, warum das nicht für immer so bleiben sollte.

Der Blick auf seine Familie und auf sein beschauliches Leben hatte ihm damals geholfen, sich einige Fragen nicht mehr zu stellen. Nicht mehr so laut, so eindringlich. Die Frage nach der Stärke seines eigenen Glaubens beispielsweise. Er war sich im Klaren, dass ihm jenes innere Feuer fehlte, das nicht zuletzt bei Kellner so strahlte. Strimelin dagegen hatte nie das Gefühl, mit seinen Predigten die Leute ergreifen, packen und durchrütteln zu können (dazu, so seltsam es klingen mochte, musste er erst Sänger werden). Er brannte nicht für seinen Glauben und es verlangte ja auch keiner von ihm. Die Leute wollten in Ruhe gelassen werden und er sollte seinen Segen dazu geben. Und so lange er dies tat, ließen sie ihn ebenfalls in Ruhe, in einer sehr behaglichen Ruhe.

Das alles änderte sich schlagartig, als ihm vor nunmehr acht Jahren die Blattern innerhalb einer Nacht die Frau und die drei Kinder genommen hatten. Innerhalb einer einzigen Nacht waren sie gestorben, und er hatte danebengestanden, gesund und munter, nicht einmal ein leichtes Kratzen hatte er gespürt. Er hatte gefleht und gebetet und geflucht und gerast, er wollte, wenn sie schon sterben mussten, wenigstens mit ihnen zusammen sterben, und konnte es doch nicht, er blieb statt dessen völlig unversehrt am Leben. Er fühlte sich verhöhnt, auf die böseste Weise, die man sich denken konnte. In jener Nacht begann Strimelin, lieber an Gott überhaupt zu zweifeln als sich einen Gott vorzustellen, der sich derartig bittere Späße erlaubte. Und diesem Gott sollte er auch noch dienen und in seinem Namen anderen Gnade und Vergebung aussprechen!

Ein Amtsbruder, an den er sich gewandt hatte, nannte ihn kleingläubig. Sein kleines bisschen persönliches Unglück habe ihn dazu gebracht, an Gott zu zweifeln, statt dessen solle er doch in dem Geschehenen eine Prüfung sehen. Was liege denn schon in dieser ihrer elenden Sterblichkeit hier auf Erden. Nichts. Strimelin wusste, dass er recht hatte, er selbst hatte diesen Spruch auch schon oft genug benutzt. Aber es lag kein Trost darin. Es wäre Strimelin ja auch lieber gewesen, er hätte mit seinen Lieben zusammen sterben und diese weltliche Sterblichkeit verlassen dürfen. Ja, kleingläubig war er. Und er wurde immer noch kleiner und kleiner, sein Glauben.

Wochenlang war er wie von Sinnen, rasend vor Schmerz, vor Wut, ohne zu wissen, gegen wen sich diese Wut richten solle. Gegen Gott vielleicht? Er wusste, dass das lächerlich war. Er trank, er soff. Er rannte besinnungslos umher wie ein gefangenes Tier. Dann stieg er auf den Turm seiner Kirche. Und sprang. Es war ein Unfall, hieß es hinterher – es war alles andere. Er wollte nicht mehr leben, er wollte seiner Frau und seinen Kindern folgen. So viel Glauben immerhin war noch in ihm, dass er darauf baute, sie im ewigen Leben wiedersehen zu dürfen.

Doch, wie er bitter und unter Schmerzen lachend einsehen musste, selbst dazu stellte er sich zu blöd an. Jeder andere wäre nach diesem Fall zermalmt liegen geblieben, er fiel nur so unglücklich, dass er sich den rechten Arm brach, das heilte schnell, und den rechten Knöchel zerschmetterte. Gott will dich noch nicht vor sich lassen, er hat noch viel mit dir vor, also geh, oder besser: hinke dahin und verkünde sein Wort, das redete er sich als einen letzten Versuch ein. Er wollte es ja noch einmal versuchen mit dem Glauben, mit seinem Glauben. Es war vergeblich. Dort, wo früher, wie er glaubte, Gott war, mit ihm gesprochen hatte, dort war nur noch alles finster und kalt und vor allem still. Gott war aus ihm herausgegangen.

Ja doch, er hatte seinen Glauben an Gott durch ein persönliches Unglück verloren. Die Theorie, das hatte ihm die Unterhaltung mit Kellner gezeigt, die funktionierte auch heute noch, nur die Praxis, die wollte und wollte nicht mehr gelingen, wahrscheinlich war sie ihm noch nie gelungen. Und dann hatte er später auch oft genug erleben müssen, wie brave Christenmenschen bisweilen miteinander umgingen. Wie hatte Scholze an jenem ersten Tag in Kießlingswalde gesagt: Alle hatten sie Jesus Christus auf ihrer Seite, und nur sie allein hatten jeweils den wahren und einzigen. Und hinterher waren sie alle tot. Zumindest viele. Und Strimelin hatte viele solche Unterhaltungen geführt. Er hatte das alles gehört und gesehen und in sich aufgenommen. Jonathan und Ameldonck, so glaubte er zumindest, die interessierten sich nicht für diese Fragen. Jonathan war dafür noch zu jung, und Ameldonck hatte ihm einmal, als er sicher war, dass sie keiner hören konnte, anvertraut, er sei „gar nichts". („Ich war ein Jude. Das durfte ich nicht mehr sein. Etwas anderes durfte und wollte ich nicht werden. Ein Heide bin ich aber auch nicht. Ich bin gar nichts. Ein Mensch einfach. Das reicht mir.") Das alles jedenfalls war nicht dazu angetan, seinen so winzig klein gewordenen Glauben wieder wachsen zu lassen.

Später erst, viele Tage, Unterhaltungen und Erlebnisse später, hatte Strimelin dann doch so etwas wie Frieden mit Gott geschlossen. Gott war nicht schuld an seinem Unglück. Gott war auch nicht schuld an Kriegen, er trug keine Verantwortung für Seuchen und Tod, er konnte nicht zur Rechenschaft gezogen werden für Missernten und Hunger. Niemand konnte ihm für all dies auch nur die kleinste Schuld zusprechen. Es gab ihn nämlich nicht. Zumindest, so glaubte Strimelin, nicht den Gott, den sich die Menschen vorstellten. Aber diesen Gedanken behielt er schön für sich.

Nachdem er halbwegs von seinem Kirchturmflug genesen war, unternahm er einen letzten, geradezu apostolischen Akt, er verkaufte alles, was er besaß, kaufte sich eine Leier und verließ die Pfarrt. Das Leierspielen hatte er als Kind von seinem Vater gelernt, nun überraschte es ihn, wie schnell er sich an alles erinnerte. Kaum hatte er das Instrument in die Hand genommen, fielen ihm außerdem die Lieder und Reime aus seiner Kindheit wieder ein, dazu gesellten sich mehr und mehr neue, eigene. Das war so ganz anders als das Verfassen von Predigten, was hatte er sich da mitunter schinden müssen und am Ende war es doch immer nur zusammengestoppeltes Gerede gewesen, das keinen überzeugen konnte.

Er hatte sich mit anderen Musikanten zusammengetan und war über das Land gezogen. In Hamburg hatte er einen großen Kerl getroffen, der sich Ameldonck nannte. Im Wendland war ihnen dann ihr damaliger Fiedler bei einer Frau geblieben, und dann hatten sie den Jonathan aufgegabelt. Der war etwa so alt, wie Strimelins ältester Junge gewesen wäre.

Vielleicht erklärte das manches. Das war auch das Einzige, was sich Strimelin an Erinnerung an sein früheres Leben gestattete, ansonsten führte er einen harten Kampf, möglichst alles davon zu vergessen.

Sie würden also morgen Abend im Kretscham aufspielen. Strimelin war zu dem Entschluss gelangt, dass es das letzte Mal hier in Kießlingswalde sein würde, dass sie spielten. Eines Tages würde auch hier im Dorf wieder Ruhe einkehren, aber bis dahin konnte es noch sehr, sehr ungemütlich werden. Sie würden am Donnerstagmorgen weiterziehen, und, wenn es nach Jonathan ginge, würden sie also Kellners Tochter mit sich mitnehmen. Das schmeckte Strimelin am allerwenigsten, weil es wie eine ganz billige, kleinliche Rache aussehen musste. Er wollte Herrn Kellner nichts zurückzahlen, und schon gar nicht mit so kleiner Münze. Aber, Strimelin versuchte krampfhaft, sich jenen einen, winzigen Augenblick ins Gedächtnis zu rufen, als er begriffen hatte, wer ihn da in Kellners Arbeitszimmer geleitet hatte, er hatte keine Hoffnung, dass Jonathan sich umstimmen ließe. Wahrscheinlich konnte all dies ganz und gar nicht gutgehen, aber gemeinsam losziehen, das würden sie wohl erst einmal. Warum hatte er sich Kellner gegenüber eigentlich nicht zu erkennen gegeben? Er hatte abgeschlossen mit dem Leben von damals, Und doch, als sie in Kießlingswalde zum ersten Male den Namen Johann Wilhelm Kellner gehört hatten, da hatte er überlegt, ob es wirklich eben jener Johann Wilhelm Kellner sein könnte, den er kannte. Dass man den Pfarrer nur ganz selten einmal auf der Straße zu sehen bekam (und die Musikanten ihn gleich gar nicht sahen), dass er sich meist nur zwischen Pfarrhaus, Kirche und Pfarrgarten bewegte, das machte Strimelin schon sicherer in seiner Vermutung. Jener Johann Wilhelm Kellner hatte sich als ganz junger Mann einmal beim Reiten einen sehr üblen Bruch im Bein zugezogen, der Knochen war schief wieder zusammengewachsen, so dass Kellner schon während seiner Studienzeit nicht besonders gut laufen konnte.

Strimelin lachte. Alle alten Gemeinsamkeiten waren vergangen und verweht, statt dessen hatte er jetzt etwas anderes mit Kellner gemein: Gut tanzen, das konnten sie beide nicht, mit ihren Hinkebeinen.

XXXII

Jonathan hatte einen zumindest ebenso großen Schrecken bekommen wie kurz zuvor Eleonora, als Gustav Strimelin hinüber ins Pfarrhaus bat. Die ganze Stunde, in welcher Strimelin drüben war, rasten seine Gedanken umher wie wild gewordene Katzen, die ihre eigenen Schwänze zu erhaschen versuchen. Strimelin war sehr ernst, als er zurückkam. „Wir haben wohl einiges zu bereden heute Abend", sagte er, und dann, zu Jonathan gewandt: „Denk weiter nach, auch wenn du nicht einsiehst, warum. Denk nach bis heute Abend, und dann besprechen wir alles Weitere."

Es wurde höchste Zeit für Jonathan, in den Wald zu kommen und Eleonora zu treffen. (Strimelin war nicht, wie er das gehofft hatte, von Eleonora wieder aus dem Pfarrhaus hinausgeleitet worden, dies übernahm nun Kellners Frau. Diese Neugier Strimelins musste also bis auf weiteres ungestillt bleiben.) Falls sie das Gespräch da drinnen vielleicht hatte belauschen können, dann würde ihr sicher im Moment der Schädel vor unbeantworteten Fragen genauso dröhnen wie ihm. Er musste sie sehen, hören, sie spüren, riechen, berühren, in ihrer Nähe sein. Ameldonck war früher mal zur See gefahren. Hin und wieder hatte er davon erzählt, zum Beispiel, wie es ist, wenn tagelang der Boden unter den Füßen schwankt und nirgendwo ein fester Halt in Sicht ist. Jonathan musste zu Eleonora, um wieder festen Boden unter die Füße zu bekommen.

Eleonora musste Ähnliches gefühlt und gedacht haben, sie wartete bereits an dem umgestürzten Baumstamm auf ihn.

Statt einer Begrüßung nahmen sie einander lange und fest in die Arme, bis Jonathan das Gefühl hatte, jetzt endlich stehe die Erde wieder still.

„Ich habe es nicht mehr ausgehalten zu Hause", begann Eleonora. „Und frag mich bitte nicht, worüber die beiden gesprochen haben – ich habe einfach keine Möglichkeit gefunden, Mäuschen zu spielen. Ich wäre auch viel zu aufgeregt dazu gewesen. Nur ganz kurz eine Frage: Hat Strimelin etwas gesagt über das Gespräch?"

„Nein, das will er wohl heute Abend machen."

„Hast du ihm erzählt, dass jemand mit euch zusammen weiterziehen wird?"

„Ja."

„Hast du ihm erzählt, dass ich das sein werde?"

„Nein."

„Gut. Dann wäre wenigstens das erst einmal geklärt. Der hat mich so dermaßen nicht beachtet, dass es schon auffällig war. Wenn er gewusst hätte, dass ich mit euch mitkommen werde, dann wäre das kein allzu freundliches Zeichen von ihm gewesen."

„Er weiß es nicht, da kannst du beruhigt sein. Noch nicht. Aber, gut, die ganz große Begeisterung für unseren Plan ist bei den beiden noch nicht gerade zu spüren. Denk noch mal drüber nach und dann denk noch einmal drüber nach und noch einmal und noch einmal. So langsam geht mir dieses väterliche Getue von den beiden ganz gewaltig auf die Nüsse!"

„Was kennst du denn für eigenartige Ausdrücke?"

„Die ganze Lage ist ja auch eigenartig."

Während sie miteinander redeten waren sie durch den Sumpfwald gelaufen. Wo immer das möglich war, gingen sie Hand in Hand, wie um sich gegenseitig überhaupt einen Halt bieten zu können. Als sie an dem See ankamen, blieben ihnen jedoch die Worte im Hals stecken und brauchten sie diesen Halt um so dringender. Der gesamte Flecken war gründlich verwüstet. Die jungen Zweige ringsherum waren abgerissen und teilweise in den See geworfen, teils niedergetrampelt worden. Der kleine Holzsitz am Ufer lag auseinandergerissen und zerbrochen in der Gegend herum, dafür hatte jemand auf genau diese Stelle einen großen Kackehaufen gesetzt. Auf dem Wasser schwammen abgerissene Blätter und Zweige, zerknüllte Papierfetzen, und dazwischen trieben zwei tote Feldhamster. Jemand hatte sich sehr große Mühe gegeben, diesem Ort auch wirklich jede Schönheit, jede Erinnerung auszuprügeln.

„Na gut", sagte Eleonora schließlich und schluckte die Tränen herunter. „Es war auch blöd von mir zu glauben, diesen Platz hier würde nur ich kennen."

Jonathan gab sich große Mühe, aus diesem hässlichen Traum endlich aufzuwachen, aber es wollte ihm nicht gelingen. „Ich habe eine dunkle Ahnung, wer das hier gewesen sein könnte. Ich glaube, wir haben ein paar richtig gute Freunde hier in Kießlingswalde. Mit drei von denen jedenfalls habe ich schon Bekanntschaft geschlossen."

Eleonora weinte nun doch, an Jonathans Schulter gelehnt. „Das ist so, so klein, so dreckig. Das hier, das war mein Platz. Seit meiner Kindheit schon, das war ganz einfach meins. Die anderen wollten sowieso nicht viel mit mir zu schaffen haben. Und dann kommt so ein Drecksack und, und, und scheißt das einfach zu!"

Jonathan ließ sie weinen, er strich ihr nur tröstend über das Haar. „Vielleicht ist das auch gut so", sagte Eleonora nach einer ganzen Weile. Mit ihrem Ärmel wischte sie sich über das Gesicht. „Also bitte. Meine Kindheit ist vorbei."

Sie atmete tief durch. „Jetzt begreife auch ich das. Ich habe meinen Flecken Erde in Kießlingswalde verloren. Gut, was sollte mich jetzt noch hier halten?"

Sie wandte sich wieder Jonathan zu: „Versprich mir bitte eines, Jonathan, versprich mir, dass du kein solches Schwein bist. Dass du nie so ein Dreckskerl wirst. Es kann ja sein, dass wir uns irgendwann auf die Nerven gehen, uns anöden, dass wir nichts mehr miteinander zu tun haben wollen, was weiß ich. Sei still, du weißt selbst ganz genau, dass so etwas passieren kann, auch wenn du es jetzt nicht glaubst. Wir kennen uns doch noch kaum. Aber bitte versprich mir, dass wir dann nicht alles, was war, so herunterreißen, in den Dreck schmeißen und drauf rumtrampeln."

„Das wird nicht passieren, Eleonora. Ich verspreche es dir trotzdem."

Mit einem Male wirkte Eleonora ganz ruhig, ganz entschlossen. Wer immer das hier angerichtet hatte, er hatte ihr sehr weh getan und sie zum Weinen gebracht. Er sollte nie wieder die Gelegenheit dazu bekommen. „Lass uns gehen, was sollen wir hier noch! Weißt du schon, wann es losgehen soll?"

„Ich nehme an, auch das will uns Strimelin heute Abend sagen."

„Wenn mein Vater mit dem Strimelin geredet hat, ich fürchte, dann kann es nicht mehr lange dauern, bis irgendetwas passiert. So oder so."

„Ich bin bereit."

„Ich auch."

XXXIII

Der erste Teil des bevorstehenden Abends schien Strimelin der weitaus einfachere zu sein. Da galt es ja auch nur, Ameldonck und Jonathan zu berichten, dass sie übermorgen von hier aufbrechen würden. Dann müsste er Jonathan noch ein Mal ins Gewissen reden, was um alles in der Welt ihn geritten habe, ausgerechnet mit der Pfarrerstochter etwas anzufangen und ob er ihr so etwas wie Zerbst damals wirklich zumuten wolle. Jonathan würde nicht anders reagieren wie in den gesamten letzten Stunden, bockig, trotzig, und Strimelin hatte, je länger er darüber nachdachte, immer weniger Hoffnung, den Jungen umzustimmen. Also würden sie sich ein bisschen streiten, anschließend wollte er auch noch in Ruhe ein paar Worte mit Scholze wechseln, das waren alles richtig gemütliche Aussichten im Vergleich zu dem, was ihm dann bevorstand. Er mochte noch nicht darüber nachdenken, was passieren würde, wenn er Anna berichten würde, dass sie übermorgen weiterziehen würden. Er wollte es sich nicht einmal vorstellen, er würde es eh früh genug erfahren.

Wenn Strimelin zurückdachte, dann war dies wohl die herausragendste seiner vielen ganz bewundernswerten Eigenschaften: Wenn es deutlich wurde, dass er sich durch sein Tun in Schwierigkeiten bringen würde, gab es für ihn kein Halten mehr, machte er nur um so unbeirrter weiter, so lange, bis der Ärger aber auch richtig knüppeldick kam. Nur war das früher immer sein Mundwerk gewesen, mit dem er sich diesen Ärger einhandelte. Wenn es doch nur schon Donnerstagmorgen wäre!

Ameldonck hatte ein ähnliches Problem. Da er jedoch von Strimelins Entschluss, schon übermorgen weiterzuziehen, nichts wusste, ahnte er auch nicht, dass sein Problem schneller drängend werden würde, als er hoffte. Er begann nämlich so langsam darüber nachzudenken, was er denn wohl antworten würde, falls Maria ihn bäte zu bleiben. Das war ein Punkt, über den nun wieder Ameldonck gar nicht erst nachdenken mochte. Er würde es eh früh genug erfahren.

Strimelin erzählte also in aller Kürze, was er mit Herrn Kellner besprochen hatte und warum er der Meinung war, sie sollten weiterziehen. „Ich weiß", sagte er endlich, „das kommt alles wohl ein bisschen plötzlich. Aber ich habe das Gefühl es wird hier immer weniger gemütlich für uns. Der Pfarrer, ich glaube, er ahnt, dass man ihn rausschmeißen will, aber vorher will er es wahrscheinlich noch mal so richtig krachen lassen. Ich kann mich auch täuschen, aber wenn es hier wirklich Spitz auf Knopf steht, dann möchte ich lieber nicht in der Nähe sein."

Von den fünfzig Talern erzählte er lieber nichts. Das würden sie schon noch irgendwann erfahren, bis dahin würde dieses kleine dumme, stachlige Geheimnis in ihm herumpiken. Sei's drum.

Jonathan war längst nicht so unzugänglich wie am Abend zuvor. Und Ameldonck und Strimelin hatten wohl auch inzwischen den ersten Schock darüber verdaut, dass ihr Kindchen wild entschlossen war, eine Frau mitzunehmen. Jonathan zumindest schien froh darüber zu sein, dass es weiterginge. Und dass sie zu viert sein würden, daran ließ er erst gar keinen Zweifel aufkommen.

„Ich begreife es trotzdem nicht", sagte Ameldonck und schüttelte seine schwarze Mähne. „Ich hab immer geglaubt, ich kann so etwas ganz gut geheim halten, aber scheinbar kann ich auf dem Gebiet von dir noch einiges lernen. Warum habe ich, warum haben wir nichts davon mitbekommen?"

„Ich glaube", sagte Strimelin, „diese Frage könnte ich beantworten. Aber erstens nicht hier und zweitens würde das eine ganze Weile dauern und drittens sollte das sowieso Jonathan selber tun."

„Ach, redet nur ruhig weiter", meldete der sich, „immer redet nur und rätselt herum und lasst mich bloß nicht zu Wort kommen! Strimelin weiß ja sowieso wie immer alles, und alles besser außerdem. Ich mag aber jetzt auch nicht darüber reden. Und du wirst sie schon noch früh genug kennenlernen. Dann wirst du es verstehen. Oder eben nicht. Auch egal."

Ameldonck wusste nicht, was Strimelin nun wieder zu wissen glaubte. Er war immer noch überzeugt, das Ganze sei eine leicht wirre Idee von Jonathan, von der der Junge nach ein bisschen Nachdenken von ganz alleine wieder abkommen würde. „Du hast doch in den vergangenen Jahren nicht nur vor dich hingeträumt, Jonathan. Du hast doch auch erlebt und gesehen, was wir gesehen und erlebt haben. Manchmal war es schon für uns zu dritt schwer genug, halbwegs lebendig durchzukommen, oder? Und nun zu viert?"

„Wir haben es noch nie probiert. Warum willst du also schon vorher wissen, dass es schief gehen wird?"

„Ich meine, ich verstehe dich gut. Dass man sich in ein Mädchen verguckt und dann nie mehr fort von ihr will, das ist nun mal so. Nur war das bisher bei uns immer so, dass dann der Mann bei der Frau geblieben ist."

„Ich weiß, was damals mit eurem Fiedler passiert ist, du musst es mir nicht zum hundertsten Mal erzählen. Dieses Mal ist es eben anders. Wenn es möglich wäre, würde ich ja hierbleiben, das darfst du mir ruhig glauben. Aber es geht nicht. Und ich habe auch noch viel vor. Und als erstes möchte ich beispielsweise nach Flandern, um dort endlich die Musik richtig zu erlernen. Und ich möchte jemanden mitnehmen dorthin. Nicht nur euch."

Ameldonck holte zum letzten Hieb aus. Jonathan war gestern Abend auch verletzend und ungerecht gewesen, nun wollen wir doch einmal sehen, ob der Junge auch so gut einstecken wie er austeilen kann.

„Flandern also. Ist ja auch der nächste Weg. Ich habe nur so meine Sorgen, Jonathan. Wir haben uns bislang ganz gut vertragen miteinander. Wir haben uns manchmal gestritten, aber wenn es darauf ankam, haben wir zusammengehalten. Ich habe meine Zweifel, ob das so bleibt."

„Was sollte sich daran ändern?"

„Ich kenne die Frauen ein bisschen, das wenigstens wirst du mir zugestehen müssen. Und, nur mal angenommen, die Frau mag einen von uns beiden nicht, und fängt an, dich gegen ihn aufzuhetzen?"

„Du kennst vielleicht viele Frauen, aber nicht alle. Und vor allem kennst du sie nicht, sonst würdest du so einen Quark noch nicht einmal denken!"

„Wir werden lange unterwegs sein ..."

„Ja, und?"

„Was wäre denn, nur mal so als Beispiel, sie findet irgendwann einmal mehr Gefallen, sagen wir, an mir als an dir?"

Jonathan sah zunächst verdutzt aus, dann ärgerlich, dann lachte er laut: „Vergiss es, Ameldonck. Du, du bist doch ein alter Mann!" An diesem Bissen hatte Ameldonck erst einmal zu kauen, doch so ganz einfach wollte er es dem Jungen auch nicht machen.

„Manche Frauen mögen so etwas ..."

„Vergiss es, ganz schnell, bitte. Ich weiß nicht, was andere Frauen sich dabei denken, aber Eleonora? Lächerlich! Mach dir keine Hoffnungen!"

„Schön für dich, wenn du dir da so sicher sein kannst. Zumindest hat sie also auch einen Namen. Seltsam, mir ist, als hätte ich den schon einmal gehört ..."

Jonathan sah sich erschrocken im Kretscham um, ob jemand gelauscht haben könnte. Warum musste er auch sein Maul so weit aufreißen! Jedenfalls schien keiner von der Nennung des Namens Notiz genommen zu haben, und außerdem gab es hier ja wohl noch genügend andere Eleonoren.

Er suchte nach Worten und fand keine. Wenn er es den beiden anderen hätte zeigen können, dann wäre alles einfacher, aber wahrscheinlich verstanden sie ihn ohnehin nicht. Er suchte und suchte und brachte doch nicht mehr zustande als jene Worte, die auch Eleonora benutzt hatte.

„Hört mir bitte noch einmal zu. Bitte, Strimelin, lass mich nur einmal ausreden, ehe du dazwischenquatscht. Haltet mich doch bitte nicht für so blöde oder unüberlegt oder naiv. Alles, wirklich alles, was ich gesagt habe, habe ich mir hundertmal überlegt. Ich habe hin und her gegrübelt und bin immer wieder zu dem gleichen Ergebnis gekommen."

Davon war inzwischen selbst Strimelin überzeugt.

„Dann – dann muss es wohl so sein", sagte er, ohne Begeisterung dabei zu versprühen.

„Bitte, Strimelin, ich war noch nicht fertig. Ich weiß selbst, dass es schwer werden wird. Und ich habe auch Angst, dass wir uns untereinander zerstreiten, uns anöden, nichts mehr miteinander zu tun haben wollen, was weiß ich. Das kann alles passieren. Ich möchte euch nur um eines bitten: Wir hatten bis jetzt eine gute Zeit miteinander. Ich habe euch beiden eine Menge zu verdanken, und vielleicht geht das ja auch weiter so. Das wünsche ich mir jedenfalls. Aber wenn nicht, dann lasst uns nicht alles, was war, in den Dreck zerren und drauf rumtrampeln. Es war gut mit euch, und glaubt doch mal bitte nicht, dass ich das alles so wegschmeißen will wie einen dreckigen Lappen. Im Gegenteil, ich glaube sogar, es kann noch besser werden. Das glaube ich wirklich. Und wenn nicht, dann ist es trotzdem auch gut."

Strimelin kam es vor, als sei das nicht der Jonathan, den er kannte. Er war sich nur nicht sicher, ob jenes Andere, das er aus Jonathans Worten zu hören glaubte, in dem Jungen selbst gewachsen war oder ob es jemand von außen in ihn hineingepflanzt hatte. Wie auch immer, ob das nun seine eigenen Worte waren oder nicht, in jedem Fall wirkten sie wahrhaftig und deshalb überzeugend. Und es war wahrscheinlich die längste zusammenhängende Rede gewesen, die sie von dem Jungen in den vergangenen drei Jahren zu hören bekommen hatten. Kann es sein, dass er erwachsen geworden ist? Was ist ihm passiert, was hat er erlebt, dass das so schnell ging?

„Warum kommt das alles so plötzlich", fragte Ameldonck. „Warum haben wir nichts davon gemerkt?"

Jonathan merkte, dass ihm ein Ärger in den Hals stieg, doch er verbiss ihn sich, nein, heute wollte er ruhig bleiben. „Ihr hättet etwas merken können. Ihr hättet das gemerkt, wenn ihr ein bisschen die Augen und die Ohren für mich offen gehabt hättet. Aber ihr habt doch in den letzten Tagen an nichts anderes als an euch selbst gedacht. Seht euch doch nur mal an, ihr sitzt doch jetzt auch schon wieder hier wie auf glühenden Kohlen! Na los, rennt nur hinaus, ihr habt das Gespräch mit mir hinter euch gebracht, auch wenn ihr euch vielleicht ein anderes Ergebnis erhofft habt. Aber der Punkt ist jetzt erledigt. Ihr könnt losgehen jetzt, wer weiß", Jonathan senkte die Stimme noch weiter, dass das Flüstern kaum noch zu hören war, „vielleicht erzählt ihr mir morgen ja auch, dass wir übermorgen zu fünft oder zu sechst weiterziehen, mit der Anna und der Maria!"

Der Junge hatte dabei gelächelt, fast schon gemein gegrinst über die roten Köpfe der beiden anderen, und war doch völlig ruhig geblieben dabei. Strimelin merkte, wenn das so weiterginge, dann würde sicher auch einmal der Punkt kommen, an dem er Jonathan nichts mehr würde entgegenhalten können.

„Ich will noch ein paar Worte mit Scholze reden", sagte er. „Aber, falls dir das hilft: Du hast recht. Und so etwas sage ich selten." Und damit standen er und Ameldonck auf.

„Ich hatte gerade begonnen, mich an Euch zu gewöhnen", sagte Scholze. „Und nun, nach den paar Tagen, soll schon alles vorüber sein?"

„Es war lange genug."

„Es war ja auch gut, dass ihr da wart. Die ganzen Sachen hier werden sich bald regeln. Der Streit mit dem Herrn Kellner ist bei den Ämtern, das wird sicher noch ein paar Tage dauern, aber dann kommt alles vielleicht endlich wieder zur Ruhe hier."

„Dass der Herr Kellner seines Amtes enthoben wird – das werden wahrscheinlich nicht alle in Kießlingswalde so gut finden."

„Anfangs sicher nicht. Aber, Strimelin, darum mache ich mir keine Sorgen. Im Grunde wollen die doch alle nur das eine. Ihre Ruhe. Und jeder auf seine Weise."

„Ich wünsche euch jedenfalls das Beste."

„Und es interessiert euch so gar nicht, wie alles weitergeht? Kein bisschen neugierig? Die paar Tage hättet ihr doch noch bleiben können."

„Seit mein Bein kaputt ist, Scholze, bin ich vorsichtig geworden. Ihr dürft mich ruhig auch einen Feigling nennen. Aber manche Dinge schaue ich mir lieber aus der Ferne an. Ich habe schon manches über Vulkane gehört, feuerspeiende Berge, den berühmten Vesuv in Italien zum Beispiel. Und so sehr mich das auch interessiert, so sehr es mich reizen würde, eine solche Gewalt erleben zu dürfen – direkt daneben stehen möchte ich nicht, wenn er ausbricht."

„Nein, einen Feigling würde ich euch auf keinen Fall nennen. Egal, ihr seid mir in jedem Fall willkommen, wann immer ihr mal wieder durch die Oberlausitz kommt."

„Danke."

„Wo wollt ihr als nächstes hin?"

„Ich weiß es nicht. Jonathan will nach Flandern, um dort vielleicht ein richtiger Musiker zu werden, damit er nicht sein Leben lang so ein alter Bierlatschen wie wir anderen bleiben muss. Flandern – das ist ein langer Weg, erst einmal. Gut, dass wenigstens einer von uns ein Ziel vor Augen hat."

„Habt ihr denn keins?"

„Im Moment nicht. Irgendwie fehlt mir das noch nicht einmal."

„Ihr werdet eins finden. Vielleicht haben wir ja morgen Abend noch Zeit für einen letzten ruhigen Krug Bier und einen kräftigen Schluck Branntwein."

„Sicher."

Das könnte ein Unterschied werden auf ihrem Weg nach Westen, dachte Strimelin, als er zu Anna Bühler schlich. Von nun an würde Jonathan die Richtung vorgeben. Das Ziel Hirschberg hatte er vorgegeben. Ein Ziel zu haben war gut, sich auf dem Weg dorthin alle Zeit der Welt lassen zu können, das war noch besser. Ein erreichtes Ziel zwingt einem nur zum Nachdenken über das Danach. Und nun hatte Jonathan das Ziel vorgegeben, und er hatte es offenbar eilig. Das konnte zusätzlichen Streit bedeuten, der gar nichts mit dem Mädchen zu tun hatte. Jonathan würde zum Weiterreisen drängeln, wenn sie vielleicht noch bleiben wollten, dann würde es Missstimmung geben, und es würde schwer werden, dann die Dinge auseinanderzuhalten. Aber sie würden es zumindest erst einmal versuchen. Es musste einfach gut gehen. Verfluchter Dreck, alleine weiterzuziehen, egal ob übermorgen oder in drei Monaten, aber alleine durch die Welt zu streunen, ganz alleine, danach stand ihm überhaupt nicht recht der Sinn. Du wirst alt, Strimelin, hörte er sich selbst sagen.

Anna hatte eine Überraschung für ihn bereit. Auf seine Mitteilung, dass sie übermorgen weiterziehen würden, reagierte sie erfreut, geradezu begeistert. (Strimelin war nicht wirklich überrascht. Eher war es so, dass Anna so reagierte, wie er das insgeheim befürchtet hatte.)

„Du scheinst ja regelrecht froh darüber zu sein, mich loszuwerden!"

Lachen und Kopfschütteln. Anna hüpfte in eine Ecke der Kammer, wühlte ein bisschen herum und brachte dann ein zusammengeschnürtes Bündel zum Vorschein, das sie Strimelin in die Hände legte.

„Was ist das?"

Nimm es.

„Ein Geschenk? Für mich?"

Nimm es und mach es auf.

Es waren Frauenkleider darin, wenige nur, eng zusammengerollt, ein kleiner Beutel mit wohl etwas Geld darin. Oh nein.

„Was soll das, Anna?"

Das ist meins!

„Was willst du damit?"

Anna lächelte.

Was konnte der liebe und sonst so kluge Strimelin doch begriffsstutzig sein! Statt einer Antwort wickelte sie das Bündel wieder zusammen und hängte es sich über sie rechte Schulter. Mit dem linken Arm hakte sie sich bei Strimelin unter und tat so, als liefe sie, als ginge sie neben ihm her.

„Anna, bitte. Das soll doch nicht etwa heißen, dass du mitkommen willst!"

Du hast es erraten, Strimelin. Mein Strimelin.

„Anna, das geht nicht!"

Und ob das geht!

„Anna, bitte, es geht nicht."

Ach komm, hör auf mit dem Quatsch.

„Anna, es geht wirklich nicht!"

Du willst mich veralbern, stimmt's? Von wegen, das geht nicht! Und wie das geht! Los, komm her, leg deine Hände auf meine Brüste, spiel mit meinem Po, fass mir in den Schoß, na, merkst du, wie das geht? Pass auf, ich streichele und küsse deinen kleinen Piephahn, na, wie gefällt dir das? Merkst du immer noch nicht, dass es geht? Du kannst doch gar nicht weiterziehen ohne mich, das weiß ich doch! Schau mal, dein Piephahn weiß das ganz genau. Der ist viel klüger als dein Kopf. Und du weißt es doch auch. Schon lange. Du brauchst mich doch.

Strimelin schob Anna ziemlich grob von sich. „Anna, bitte lass das. Es tut mir Leid, aber es geht nicht."

Anna stand regungslos da und sah Strimelin an. Verwirrt und hilflos zuerst, doch als aus Strimelins Augen keine Hilfe zu lesen war, da begriff sie. Oh ja, jetzt hatte sie verstanden. Ganz ruhig holte sie aus und schlug Strimelin mit der flachen Hand ins Gesicht, mit einer Kraft, die ihr außer Strimelin wohl kaum jemand zugetraut hätte. Einmal, zweimal. Dreimal. Und immer weiter. Strimelin wehrte sich nicht, er ging nicht in Deckung, er wich keinen Schritt zurück. Jeden einzelnen dieser Schläge hatte er sich redlich verdient, dessen war er sich sicher.

Dann hörten die Schläge auf. Anna drehte sich um und begann zu weinen. Vielleicht, wenn in diesem Moment Strimelin die Hände auf ihre Schultern gelegt hätte, sie in die Arme genommen hätte, sie getröstet, ihr die Tränen weggeküsst hätte, vielleicht. Aber, so unendlich dieser Moment beiden auch vorkommen mochte, er war viel zu kurz dazu. Dann riss Anna die Tür auf. Raus! Strimelin stolperte hinaus in die Dunkelheit, hörte hinter sich die Tür zuschlagen. Es war alles so gekommen, wie er es sich in seinen finstersten Gedanken vorzustellen geweigert hatte. Aber es war vorüber. Schöne Scheiße.

„Na, doch noch einen Krug Bier?", fragte Scholze, der gerade den Kretscham fegte. „Habt ihr euch geprügelt? Seit wann kämpft ihr mit den Fäusten? Dafür seid ihr doch eigentlich zu alt und zu schwächlich."

„Geprügelt?" Strimelin spürte, dass ihm wohl das Gesicht geschwollen war, so sehr, wie ihm die Wangen brannten. „Ach nein. Ich habe nur etwas abgeholt, was ich bestellt hatte."

Scholze sah besorgt aus. „Keine Bange, Scholze. Nichts Ernstes. Ist Ameldonck schon da?"

Ameldonck war nicht nur noch nicht da, er suchte im Moment auch dringend nach einem Grund, warum er überhaupt jemals wieder diese Kammer und dieses Lager, auf dem er sich neben Maria ausgestreckt hatte, verlassen sollte. Er suchte und suchte und fand einfach keinen.

„Ihr zieht weiter", hatte Maria vorhin gesagt. Das war keine Frage, das war eine einfache, klare Feststellung. „Ich spüre das, auch wenn du es nicht sagst."

„Es stimmt. Übermorgen."

„Dann bleiben uns noch zwei Nächte."

„Bist du traurig?"

„Traurig? Nein."

„Was dann?"

„Ich weiß es nicht. Nicht traurig. Ich habe von Beginn an gewusst, dass es irgendwann auch wieder vorbei sein würde. Wenn, dann hätte ich von Anfang an traurig sein müssen. Aber dann wäre das alles nicht so schön gewesen."

„Aber ich bin traurig!"

287

„Sag das noch mal!"

„Ich bin traurig!"

„Wenn ich dich nicht ein bisschen kennen würde inzwischen, dann würde ich denken, du schwindelst."

„Ach, Maria, ich weiß auch nicht, was los ist mit mir."

„Erzähl's mir. Ich sortier' das dann schon."

„Weißt du, ich habe mehr als nur eine Frau kennengelernt unterwegs."

„Das merkt man. Und, auch wenn das jetzt gemein klingt, das habe ich sehr genossen."

„Eine wie dich habe ich noch nie getroffen."

„Wie vielen Frauen hast du das schon gesagt?"

„Noch keiner."

„Ich weiß nicht warum, aber ich glaube dir sogar."

„Ich will gar nicht weg von dir."

„Aber Ameldonck! Was soll das? Was soll ich denn jetzt machen, he? Soll ich sagen: Ich komme mit dir? Dann würdest du doch nur sagen: Ach, Herrjemine, das geht nicht. Soll ich sagen: Bleib hier bei mir? Dann würdest du auch sagen: Das geht nicht, ich kann nicht."

„Warum eigentlich nicht?"

„Weil du los musst. Ich hab es dir angesehen, als du gestern Abend erzählt hast, der Junge will jetzt nach Flandern. Da war so was in deinem Blick wie: Es geht heimwärts. Und auch so etwas wie: Mein Kind braucht mich."

„Jonathan ist doch nicht mein Kind!"

„So? Manchmal könnte man das aber denken."

„Wie machst du das, dass du in meinen Kopf gucken kannst?"

„Komisch, das fällt mir gar nicht schwer. Manchmal hab ich das Gefühl, dass man dir, nein, dass ich dir alles an der Nasenspitze ansehen kann, an den Augen, den Mundwinkeln. Vielleicht kannst du dich einfach nur schlecht verstellen. Oder ich habe den lieben Ameldonck doch schon ein bisschen kennen gelernt."

„Was soll ich tun, Maria?"

„Das, wonach dir ist!"

„Und wonach ist mir? Du weißt doch alles, also sag's mir! Ich weiß so langsam nämlich gar nichts mehr."

„Du musst losziehen, was denn sonst! Vielleicht, ja, vielleicht merkst du dann unterwegs, dass du zurück willst zu mir. Dann komm ganz einfach. Ich verspreche nicht, dass ich auf dich warten werde. Aber wenn du dann kommst, und wenn das nicht erst in fünf Jahren ist – ich werde da sein."

„Ich will nicht weg!"

„Du willst. Aber noch bist du ja hier!"

Und dann war Maria eingeschlafen und hatte sich mit ihrem Rücken an ihn angekuschelt. Ameldonck spürte die Wärme von Marias Po an seiner Hüfte, hörte ihren ruhigen, gleichmäßigen Atem, das alles machte es nicht leichter für ihn. Von einem Atemzug zum nächsten änderte er seine Meinung. In ihm stieg eine Ahnung auf, wie das sein könnte, wenn man ein Zuhause gefunden hat. Nicht gleich. Er würde losziehen, und sobald er merken würde, dass er dieses Zuhause brauchte und wollte (also spätestens am Donnerstagabend – oder eben in zwei, drei Monaten), würde er zurückgehen. Nach Hause gehen. Ganz sanft weckte er Maria mit einem Kuss in den Nacken.

„Du musst gehen, ja? Schade, man könnte sich daran gewöhnen, die ganze Nacht so zu liegen."

„Ja. Schlimm, nicht?"

„Furchtbar! Furchtbar schön! Bis morgen."

XXXIV

Das Begräbnis von Hans Titzmann machte es für jeden sichtbar, dass sich die Einwohnerschaft von Kießlingswalde in drei Teile aufgespalten hatte. Da waren zunächst diejenigen, welche sich ganz dicht um den Pfarrer drängten, um keines seiner Worte zu verpassen und um ihm zu zeigen: Seht her, Herr Kellner, wir halten zu euch. Es waren eine ganze Menge, die Höpfners und Hillers, die Franckes und die Hansches, und zwischen ihnen allen stand ziemlich verloren Hans Titzmanns Witwe mit ihren drei Kindern am Sarg, auch jetzt noch klein und verheult und grau und nicht unbedingt glücklich über die Gemeinschaft um sie herum.

Etwas weiter abseits standen jene, die Titzmann einfach die letzte Ehre geben wollten und die es am liebsten gesehen hätten, wenn ein anderer Pfarrer die Beerdigung vorgenommen hätte. Da war Jacob Gründer mit seiner Familie, Jeremias Altmann, der Scholze war gekommen und Martin Köhler und auch Gustav Prätorius und noch viele andere mehr; jede Seite versuchte abzuschätzen, wer nun die Mehrheit im Dorf hinter sich wissen durfte. Da beide Gruppen annähernd gleich groß waren, nahm dies jede Seite für sich in Anspruch.

Und dann war da noch die eigentliche Mehrheit: Das waren die, welche gar nicht erst gekommen waren. Es gab immerhin genug zu tun auf den Feldern und auf den Höfen und Hans Titzmann war nun einmal ein Säufer, der den einen entscheidenden Krug Bier zu viel in seine Kehle geschüttet hatte, und der nun eben die Rechnung für sein Leben präsentiert bekommen hatte. Oder er war ein armes Schwein, und man hatte keine Lust, sich nun nachträglich noch anzuhören wie der Herr Kellner ihn in seiner Ansprache endgültig zur Sau oder zum Zeugen in seinem, Kellners, Kampf machen würde.

Kellner selbst machte sich keine Illusionen. Er hatte es im Laufe der Jahre allmählich dahin gebracht, dass ihm kaum etwas von dem verborgen blieb, was im Dorf geredet wurde, und das, obwohl er sich kaum einmal auf der Gasse draußen blicken ließ. Was gedacht wurde, das wusste er nicht, und gerade das wäre es doch gewesen, was er gerne gewusst hätte. Wenn doch all die vielen klugen Wissenschaftler, die wie der Lehnsherr dauernd etwas Neues erfinden wollten, einen Weg fänden, den Leuten in die Köpfe zu schauen, um wie vieles leichter wäre sein Leben. Das wäre dann wirklich einmal eine gottgefällige Erfindung!

Aber genauso, wie ihm die Worte aus dem Dorf zugetragen wurden, genauso, das wusste er, würde jedes seiner Worte hier weitergetragen werden, an den Lehnsherrn, an das Amt in Görlitz, an das Oberkonsistorium in Dresden. Jedes Wort konnte der Knüppel zwischen seinen Beinen, der Strick um seinen Hals oder, weniger dramatisch ausgedrückt aber genauso wirkungsvoll, die Tinte und der Siegellack auf seiner Remotionsurkunde sein. Hans Titzmann jedenfalls würde ihm nicht mehr berichten können, was man im Dorf über die heutige Predigt redete.

Zunächst erzählte er über das Leben von Titzmann. Viele aus dem Dorf mochten ihren Hans kaum wiedererkennen, so ein frommes Leben sollte er geführt haben. Bis auf den sündlichen Beginn seiner Ehe sei gar nichts Nachteiliges von ihm zu berichten gewesen, wenn, ja wenn eben nicht das Tanzen und Saufen gewesen wäre.

Kellner war an den Punkt gelangt, wo es ihm egal war, was passieren würde. Sollten sie es doch berichten, wem sie wollen.

„Wenn ein Gerechter im Glauben an Jesum Christum selig Abschied aus dieser Welt genommen hat, und wir es sehen oder davon hören, dann seufze ich und ein jeder, der seinen Wandel im Himmel sein lässt, der seufze mit mir: Meine Seele sterbe des Todes dieses Gerechten, Numeri 23, 10. Also wünsche ich allen Unbußfertigen aller Orten, vornehmlich denen, die Unrecht in sich saufen, Hiob 15, 16.; denen, die sich dem Saufen und Tanzen ergeben, auch sonderlich unter meinen lieben Zuhörern denen, die das Saufen und Tanzen fördern, lieben und üben; denen, so da sich fälschlich einbilden, sie müssten daran aus Gründen von Dienst, Pflicht oder gar Gewissen festhalten; denen, die mit Bierausschenken und Bierfiedeln denken, eine gottgefällige Nahrung zu haben; den törichten alten und vornehmlich jungen Männern und Weibern, die dazu in den Kretscham laufen, darinnen ihre Ergötzung suchen, die mehr an Tanz und Sauferei als an Gott hängen, die andere noch dazu anreizen und aufstacheln; mit einem Wort, allen die nicht abtreten und nicht abtreten wollen 2. Timotheum 2, 19. von allem falschen Wege, von Unheiligkeit und von Ungerechtigkeit, allen diesen sage und wünsche ich: Dass sie mit dem unglückseligen Hans Titzmann ersaufen mögen! Dass sie im Feuer verbrennen mögen!" Es erhob sich ein empörtes Gemurre. Die entfernter stehende Gruppe murrte auf, die nahe bei Kellner Stehenden murrten zurück, sie waren wie zwei Dorfköter, welche, mühsam am Strick gehalten, einander gegenüberstanden und sich anknurrten.

„Ich meine nicht, dass sie ersaufen mögen im Teiche, in leiblichen Wassern, aus Verblendung des Satans, aus Verzweiflung oder Verrückung. Ich meine auch nicht, dass sie in wirklichem Feuer verbrennen sollen. Ach nein, da sei Gott davor! Denn obwohl ihr mir widerspenstig seid, oder meint, ihr müsset es sein, so bin ich dennoch mütterlich gegen euch, 1. Thessaloniker 2, 7. und sorge für die Wohlfahrt eures Leibes und eurer Seelen. Nein, in Tränen aus Leid und Jammer über euer geistliches Elend und die Gefahr eurer Seelen sollen sie ersaufen, im Feuer aus Buße sollen sie brennen! Dass sie ihren alten Adam täglich ersäufen und verbrennen, damit, nach der Wahrheit unserer Evangelischen Religion herauskomme und aufstehe ein neuer Mensch, der in Gerechtigkeit und Heiligkeit sein ganzes Leben durch, bis in den zeitlichen Tod, und alsdann ewiglich lebe. Dass ein jeder dazu die Verkündigung von Christo, 1. Johannes 1, 5. annehme, damit ihm gegeben werde lebendiges Wasser, Johannes 4, 10. Dass ihm ein Brunnen oder Teich solchen Wassers werde, das in das ewige Leben quillet. Ach so kommet denn, ihr Herzen dieser Welt, die ihr immer durstet nach Eitelkeit, törichter Lust und vergänglichem Getränke, schmecket, sehet, und erfahret wie freundlich der Herr sei, Psalm 34, 9.“ Das Murren wurde allmählich bedrohlich. Kellner fand, es sei nun an der Zeit, die freundliche Theologie fahren zu lassen und mit den Leuten Klartext zu reden. Er hob die Stimme, wie das kaum jemand von ihm kannte, so dass auch die entfernt stehenden jedes einzelne Wort hören mussten.

„Ja, so ist es gut. Das also hat der Tanz- und Schwärmteufel nun schon angerichtet hier, dass die Kirchkinder dieser Gemeinde, die einst sanft wie eine Herde Schafe war, jetzt am liebsten aufeinander losgehen und sich gegenseitig den Schädel einschlagen möchten. Sehr gut. Und ihr dort hinten, ich weiß wohl, dass einige von euch nur darauf brennen, jetzt gleich loszurennen und alles frisch und brühwarm an den Lehnsherrn und die Ämter zu berichten, ihr könnt es auch jenen sagen, die sich feige zu Hause in ihren Löchern verkrochen haben: Mich werdet ihr vielleicht los! Dieses Mal hat der Fürst dieser Welt sein Spiel womöglich gewonnen, da ihm so viele willige Helfer nur allzu bereitwillig an der Hand gestanden haben. Ja, lacht nur, jubelt, und wenn es dann zum Absetzen kommt, dann lauft nur in den Kretscham und lacht und freut euch eures Sieges, lasst euch aufspielen von Juden, Heiden und besessenen Kindern, sauft, bis es euch oben und unten wieder herauskommt, hurt herum, benehmt euch nur recht wie viehisches, dummes Volk. Aber ihr sollt wissen, dass eines Tages ein anderer euch aufspielen wird, und diese Musik wird euch Hören und Sehen vergehen lassen. Dann wird von euch Rechenschaft gefordert werden: Was habt ihr getan mit meinem treuen Knecht Kellner? Und dann mögt ihr euch erst so richtig freuen und tanzen und hüpfen in der Hölle im ewigen Feuer, ich mache mir kein Gewissen mehr darum. Aber wehe, wenn ihr meint, ihr hättet nun eure Ruhe! Die Sache liegt so offen am Tage, in der ganzen Oberlausitz werden es immer mehr, die den Gräuel im Tanzen erkennen, die werden nicht ruhen, bis diesem gottlosen Treiben ein für alle Mal ein Ende bereitet ist. Und die werden nicht Halt machen vor Lehnsobrigkeiten oder vor ihr hündisch ergebenen Pfarrern, die werden das Ihre fordern und erhalten. Also tanzt, sauft und hurt nur kräftig weiter, es wird euch nicht mehr lange Gelegenheit dazu bleiben. Ihr werdet noch bitter an die Worte unseres Herrn Jesus denken, der Matthäus 7, 19 sagt: Ein jeglicher Baum, der nicht gute Früchte bringt, wird abgehauen und ins Feuer geworfen."

Damit schien Kellner am Ende seiner Predigt angelangt. Müde sah er aus, unglaublich müde, so, wie ihn die Dörfler noch nie gesehen hatten. Doch er schüttelte den Kopf, und sprach dann, viel leiser als zuvor, weiter. „Ihr habt es nicht begriffen. Mein Gott, was bin ich für ein miserabler Prediger! So lange nun schon lehre ich euch und ihr habt es immer noch nicht begriffen, werdet es wahrscheinlich nie begreifen, was wirklicher Glaube ist und will. Dass man den nicht zur Hand nehmen kann, wenn es einem passt, und wenn er stört, dann legt man ihn in eine finstere Ecke, da soll er fein Ruhe geben. Und mit solch einem Glauben meint ihr, die Seligkeit zu gewinnen. Man möchte lachen, wenn es nicht so traurig wäre, so todtraurig. Nichts und niemand kann euch helfen, wenn ihr es nicht endlich selbst begreift: Wirklicher Glaube will nicht euer Wort, nein, er will euer ganzes Denken und Fühlen, und er will vor allen Dingen, dass ihr etwas tut. Dass ihr alles das, was dem Glauben im Wege steht, mit heiligem, brennenden Eifer angreift und nicht ruht, bis es vernichtet ist. Aber was erzähle ich euch da, ihr hört mir ja doch nicht zu."

Der Sarg wurde hinabgelassen, Kellner warf eine Handvoll Erde darauf, dann ging er nach Hause. Er würde einen langen Brief an Magister Francke in Halle schreiben müssen. Sein Werk hier war getan, auch wenn er es nicht so würde vollenden können wie Francke sich dies wohl gewünscht hatte. Nun brauchte er dessen Hilfe.

XXXV

Es waren nicht allzu viele, die am Abend einen letzten Krug Bier, einen letzten Becher Branntwein auf Hans Titzmann leeren und ein letztes Mal den Musikanten zuhören wollten. Nun ja, dass die drei weiterziehen würden, das wusste kaum einer, Anna Bühler, aber die war gar nicht da, Maria, Gustav, Scholze, die hatten es noch für sich behalten, Strimelin selbst sollte es irgendwann am Abend kundtun.

Vierzig Leute waren es vielleicht, sie hatten auch schon Abende erlebt, wo sich mehr als doppelt so viele auf den Bänken aneinander drückten, von ihrem ersten Abend in Kießlingswalde oder von der Hochzeitsfeier am vergangenen Samstag gar nicht zu reden.

„Seht ihr, Strimelin", sagte Scholze, „die Leute aus Kießlingswalde sind nicht so viel anders als ihr. Die warten den Vulkanausbruch auch lieber in sicherer Entfernung ab."

„Meint ihr, dass der Vulkan wirklich Feuer speit?"

„Keine Bange. Ich nehme an, es wird ein bisschen Rauch geben, aber der verzieht sich mit dem ersten frischen Wind auch wieder. Wenn zum Beispiel ein neuer Pfarrer kommt. Den kann ja der Lehnsherr dem Konsistorium vorschlagen. Ich nehme an, dieses Mal wird er ihn sich genauer ansehen."

„Wird Zeit, dass wir losmarschieren. Sonst zählt uns der neue Pfarrer gleich als Alteingesessene mit zur Kirchfahrt."

„Das muss euch nicht beunruhigen. Ich hab euch ja schon erzählt, es passen sowieso nicht alle in die Kirche. Es sei denn, man wählt euch zum Gerichtsältesten, da bekommt ihr natürlich euren Extraplatz. Aber die Gefahr ist wohl nicht sehr groß."

„Momentan noch, wer weiß, wie es in einem halben Jahr aussieht, wenn uns die Leute so richtig ins Herz geschlossen haben ..."

„Das mag sein. Wenn der Herr Kellner erst fort ist – vielleicht ehrt man euch dann als Helden hier!"

„Aber dann lieber ganz schnell vorher noch auf und davon!"

Es war schon eine knifflige Aufgabe, für diesen Abend die passenden Lieder zurecht zu legen. Hans Titzmanns Witwe hatte ihnen die sechs Groschen gegeben und noch einmal darum gebeten, sie sollten nicht wie die Trauerklopse herumfiedeln. Allzu fröhlich draufloszuspielen war allerdings auch kaum angebracht und wäre wohl auch kaum zu machen gewesen in dieser Luft, in der den dreien alles schon nach Abschied und Aufbruch aussah, roch und schmeckte. Ameldonck hatte vorgeschlagen, sie könnten aus der großen Sammlung von Trinkliedern, die sie auf ihrem Weg aufgesammelt hatten, ein paar zum Besten geben – keine gute Idee, wie er selbst schon im nächsten Augenblick zugeben musste. Also sangen und spielten sie vom Wandern, vom Reisen, schließlich sei auch Hans Titzmanns Seele gerade auf einer Wanderschaft und man wollte dieser Seele wünschen, dass sie für sich einen recht friedlichen Platz finden werde.

Nein, das war ganz und gar kein stimmungsvolles Aufspielen heute abend. Bewegung kam erst in den Saal, als Strimelin endlich mit der Nachricht aufwartete, dass sie morgen früh Kießlingswalde verlassen würden.

„Es wird Zeit für uns", sagte er. „Wir werden oft an euch denken. An euch, Scholze, an euch, Gründer, an den Lehnsherrn, den wir nun doch nicht kennenlernen durften, an Prätorius, an euch alle, die uns hier so gut und freundlich aufgenommen haben. Und wer weiß denn schon, ob wir uns nicht allesamt irgendwann einmal wiedersehen?"

Es erhob sich ein reges Gemurmel. Diejenigen welche auf diese Ankündigung wahrscheinlich mit einem Seufzer der Erleichterung reagiert hätten, waren ohnehin gar nicht erst gekommen. Ein wenig übertrieben fand es Jonathan allerdings, als einigen beinahe die Tränen in den Augen standen, als sie ihnen dankten. „Wir hatten schon fast vergessen, wie das ist, einen ganzen Abend lang ausgelassen zu sein. Den öden Alltag ein paar Stunden lang zu vergessen. Das tat gut, und dafür danken wir euch", sagte Jacob Gründer. Aber es gab auch andere Stimmen, Christoph Hartmann beispielsweise, der meinte, die Musikanten hätten die ganze Geschichte schließlich eingerührt, nun sollten sie gefälligst auch da bleiben, bis die Suppe gegessen wäre.

Das Gemurmel verebbte jedoch mit einem Schlag, als sich die Tür des Kretschams öffnete und Eleonora in den Raum trat. Sie sah eher aus wie eine Erscheinung als wie ein Mensch, wie sie in das flackernde Licht trat, in einem langen braunen Kleid aus derbem Stoff, die braunen Haare ordentlich hochgesteckt und in den Augen einen Abglanz des Feuers, das in ihr brannte. Es fehlte nicht viel und der eine oder andere hätte sich bekreuzigt.

Jonathan sah sofort, dass in Eleonora alles in heller Aufruhr war. Er glaubte nicht, dass sie ihrem Vater etwas erzählt hatte. Sie war gekommen, ohne jemandem etwas davon zu sagen, sie hatte den einen, entscheidenden Schritt getan, sie hatte alle Türen hinter sich geschlossen. Das war mehr, als er jemals hätte verlangen dürfen von ihr. Eleonoras Blick beruhigte ihn. Keine Angst, konnte er da lesen, es ist alles gut.

„Erzählt nur weiter, lasst euch von mir nicht stören", sagte sie und ging zu den Musikern, wo sie sich neben Jonathan setzte. „Ich verspreche euch, ich werde meinem Vater nichts von dem berichten, was hier erzählt wird. Ich weiß, und ihr wisst es genauso gut, dass es genug andere hier gibt, die das tun."

XXXVI

Beinahe, beinahe, beinahe. Maria konnte es nicht mehr hören. Ihr gesamtes Leben bisher schien ihr eine Aufeinanderfolge sinnloser, boshafter Beinahes zu sein. Beinahe hätte sie schon vor zehn Jahren die Hochzeitsglocken läuten gehört. Beinahe wäre sie dann zwei Jahre später doch noch eine Braut geworden. Beinahe hätte sie sich jetzt dem Ameldonck so gezeigt, dass der ein Bild von ihr in seiner Erinnerung behielte, was ihn überreden könnte, zu ihr zurückzukommen. Beinahe, beinahe, immer wieder dieses hämische beinahe, und jedes Mal kam ihr im letzten Moment irgendeine beschissene Kleinigkeit in die Quere, die alles verdarb und versaute.

Mit zwanzig, da hatte sie dem Jakob Hüller die Ehe versprochen. Sie war so glücklich. Er war einen Kopf kleiner als sie, aber das störte weder sie noch ihn. Sie hatten gemeinsam auf dem Hof von Friedrich Förster gedient. Dessen Sohn war in die Stadt gegangen, und wenn sie nur ein wenig gewartet und gespart hätten, dann hätten sie den Hof vielleicht kaufen können, wenn der alte Förster gestorben wäre. Aber warten und sparen, das war nicht Jakobs Sache gewesen. Der war dann fortgezogen, nach Logau, irgendwo am Arsch der Welt, weil er dort als Knecht angeblich mehr verdiente und auch früher zu einem eigenen Hufen Land kommen würde. Er würde sie nachholen, hatte er ihr versprochen. Irgendwann, wenn dort alles soweit geregelt wäre. Ganz bestimmt. Anfangs hatte er sich noch wenigstens einmal im Monat in Kießlingswalde blicken lassen, später hatte er sich lediglich hin und wieder einen Brief an sie abgequält, ein paar dürre, zusammengestoppelte Zeilen, nichts, was ihrer Liebe zu ihm wirklich hätte Nahrung bieten können. Aber sie hatte gewartet, sie war ja so blöd!

Und dann war Förster gestorben und sie hatte nicht das nötige Geld zusammen und ihr Jakob gleich gar nicht. Den Hof hatte Friedrich Hartmann gekauft, der wollte Maria aber nicht als Magd haben, und so musste sie beim Spittelbauern, in Dienste gehen. Und dort saß sie dann herum, zwei Jahre saß sie da und wartete und sah keinen Mann an, während um sie herum alle ihre Alterskameradinnen heirateten und Kinder in die Welt setzten.

Sie sah keinen Mann an, aber beim Spittelbauern tat auch der Michael Fetter Dienst, und der sah sie an. Sie war schon fast völlig versauert, aber der Michael, der hätte sie trotzdem genommen, ohne alle Umstände. Und alles wäre auch gut gewesen, wenn sich nicht der alte Pfarrer Neunherz plötzlich an dieses saudämliche Eheversprechen gegenüber Jakob Hüller erinnert hätte. Er machte jedenfalls ein endloses Gewese darum, dass Maria den Jakob damals schon seit einem ganzen Jahr überhaupt nicht mehr zu Gesicht bekommen hatte, das interessierte ihn scheinbar einen Dreck, Versprechen ist Versprechen. Neunherz hatte an Jakob geschrieben, und dieser Mistkerl besaß doch die Frechheit zu antworten, nein, das Eheversprechen gebe er nicht zurück. Irgendwann werde er seine Dinge in Logau so weit in die Ordnung gebracht haben, dass er Maria zu sich holen und heiraten könne. Maria solle sich einfach nur noch eine Weile gedulden. Gedulden, das war auch so ein Wort, welches Maria zum Erbrechen oft gehört hatte.

Die Sache von sich aus zu entscheiden, dazu hatte der alte Neunherz nicht den Hintern in der Hose. Statt dessen hatte er lang und breit an den Lehnsherrn nach Dresden geschrieben und ihm die Geschichte zur Entscheidung zu überlassen. Damit war er fein raus. Nun ja, und der Lehnsherr, der hatte gerade mal wieder bis über beide Ohren zu tun, er stand im Begriff, nach Holland und nach Paris zu reisen, da waren Vorträge für die Akademie vorzubereiten, da waren Aufträge vom König und vom Statthalter abzuholen für Dinge, die er auf seiner Reise erledigen sollte, da mussten Briefe geschrieben werden, Quartiere und Kutschen organisiert werden, und am Ende hatte der Lehnsherr nicht mehr die Zeit gefunden, vor seiner Abreise noch einen Spruch in der Angelegenheit zu tun. Er hatte es wahrscheinlich schlicht vergessen, was ging ihn so eine blöde Magd in seinem Schweinedorf an! Als er sich endlich zu einer Meinung durchgerungen hatte, ein halbes Jahr später, nachdem er glücklich wieder im Lande war, da hatte er angewiesen, dass das Eheversprechen gegenüber dem Jakob ungültig wäre, er hätte lange genug Zeit gehabt, sie nachzuholen. Das war zwar alles schön und gut, nur leider zu spät, denn der Michael Fetter hatte sich inzwischen die Sache anders überlegt und sich die Rosina Hartmann geschnappt, auch so eine, die es kaum erwarten konnte, ein Kind in den Bauch zu bekommen. Und Michael konnte es wahrscheinlich ebensowenig erwarten, einer Frau eins zu machen, wenn es nur in Ehren geschähe. Und bis heute hatte das ja auch schon viermal geklappt, vier Kinder, die eigentlich ihr, Maria, zugestanden hätten.

Ein böser, bitterböser Witz eigentlich. Rosina Hartmann war die Tochter von Friedrich Hartmann, und wenn der erst gestorben wäre, dann erbte der Michael den Hof, den eigentlich sie gemeinsam mit dem Jakob haben wollte. Scheißspiel! Sie machte dem Lehnsherrn keinen Vorwurf. Nach dem, was Gustav berichtete, kam der in Dresden zeitweilig kaum zum Schnaufen. Er hatte es schlicht vergessen, die eigentliche Schuld hatte für sie aber Neunherz, der sich scheinbar kaum traute, einen Pups zu lassen, ohne vorher die Herrschaft um Erlaubnis zu fragen. Der Lehnsherr hatte ein schlechtes Gewissen gehabt wegen der ganzen Geschichte. Er hatte sie zu sich auf den Gutshof als Großmagd geholt. Das machte das Leben zwar recht angenehm, man schuftete sich nicht unbedingt den Rücken krumm und man wurde nicht wie anderswo wie ein Stück Dreck behandelt. Aber einen Mann hatte sie davon auch nicht bekommen, sah man einmal von Gustav ab, der von Zeit zu Zeit plötzlich seine glühende Liebe für sie entdeckte.

Und dann war Ameldonck gekommen, und auf einmal war alles ganz leicht und einfach gewesen. Ameldonck hatte sie gelehrt, wieviel Spaß man miteinander haben konnte, auch ohne dass gleich ein Kind heraussprang dabei. Sie hätte ja noch nicht einmal etwas dagegen gehabt, aber das musste noch eine Weile aufgeschoben bleiben. Sie musste sich gedulden. Und dieses Mal wollte sie das sogar.

Sie hatte Ameldonck genossen, selbst wenn sie allein war, spürte sie seine Hände, seine Lippen, seine Zunge an Stellen ihres Körpers, an welche sie vorher nie gedacht hatte, zumindest nicht, ohne rot zu werden. Und auch er hatte es genossen, da war sich Maria ganz sicher. Er würde fortgehen und es ohne sie nicht lange aushalten, und dann würde er wieder nach Kießlingswalde zurückkommen. Und hierbleiben. Wenn dann der Herr Kellner endlich seines Amtes enthoben sein würde und der Lehnsherr in Ruhe erfahren hätte, wie die Musikanten dazu beigetragen hatten, seinen, des Lehnsherrn Willen durchzusetzen, dann würde sich für Ameldonck sicher auch ein Platz hier auf dem Gutshof finden lassen. Einen solchen Arbeiter wie den konnte man doch in der ganzen Oberlausitz Tag und Nacht suchen und würde ihn dennoch nicht finden. Alles sah so leicht aus, so einfach. Beinahe schön. Beinahe.

Und dann kam dieses Gör hier herein in den Kretscham, wo sie überhaupt nichts zu suchen hatte. Dieses Gör, das alles kaputtmachen konnte, weil es so vieles wusste, was Maria am liebsten so schnell wie möglich vergessen würde.

Ja, sie war die Zuträgerin von Herrn Kellner gewesen. Sie war eine von denen gewesen, die jedes Getratsche auf der Straße, jedes Spektakel im Kretscham, jedes laute oder zornige Wort zwischen dem Lehnsherrn und Gustav oder den Gerichtsältesten dem Herrn Kellner brühwarm hinterbracht hatten. (Wer die anderen gewesen waren, das hatte sie nie herausgefunden, nur dass es diese anderen geben musste, das war ihr klar wenn sie in den Predigten des Pfarrers Sätze hörte, welche sie ihm berichtet hatte, und dann wieder welche, die er nicht von ihr haben, aber auch nicht selbst aufgeschnappt haben konnte. Oh ja, die Predigten des Herrn Kellner konnten einem schon manchmal das Gefühl geben, der Pfarrer sehe bis in den letzten Winkel der Seele hinein, kenne jedes Geheimnis. Das war ja schließlich kein Kunststück bei so eifrigen Gehilfen wie Maria.)

Was sonst hätte sie denn schon machen sollen? Der Neunherz, der war, kurz nachdem er die Sache mit dem Michael Fetter so richtig versaut hatte, nach Lauban gegangen, und Maria blieb hier in Kießlingswalde, sitzengelassen von allen. Und dann kam der Herr Kellner. Ein Mann, und was für einer. Verheiratet, nun gut, aber doch immerhin ein Mann. Der einzige Mann in diesem ganzen Nest, der für ihre Sorgen ein offenes Ohr hatte. Der einzige Mann, dem sie all ihren Kummer ohne Scham erzählen konnte. Der einzige Mann, der sie dennoch wie eine Frau ansah. Der sie, wenn der Kummer gar zu groß wurde, auch mal in den Arm nahm. Züchtig und keusch, sicher, aber wenigstens überhaupt! Wen hätte sie denn sonst gehabt? Gustav vielleicht? Schönen Dank auch! Gut, der Herr Kellner hatte ab und an Fragen gestellt, aber das war doch gar nicht schlimm, sie verstand das ja, schließlich konnte er doch nicht so gut laufen mit seinem kaputten Bein, sonst hätte er sich ja sicher selbst umgehorcht im Dorf. Und sie hätte ihm ja auch freiwillig alles erzählt, so lange er ihr nur zugehört hätte und sie angesehen mit diesem Blick, der ihr zu sagen schien: Maria, sorge dich nicht, du bist eine wunderschöne Frau, alles wird gut werden, alles.

Und dieses Gör wusste alles, und wenn sie es war, von der Ameldonck angedeutet hatte, dass Jonathan sie mitnehmen wollte (und daran schien kein Zweifel zu bestehen, so selbstbewusst, wie sie ihren Platz neben Jonathan eingenommen hatte), dann würde es auch Ameldonck bald wissen und dann würde es nichts auf der Welt geben, was ihn bewegen konnte, zu der Verräterin Maria zurückzukehren. Und sie würde wieder allein hier sitzen und warten.

Sie war seit vierzehn Tagen nicht mehr beim Pfarrer gewesen. Hatte in den Gottesdiensten Kellners Blicke ertragen, seine hochgezogene Augenbraue zitternd erduldet und war stark geblieben. Aber sie wusste nur zu gut, diese vierzehn Tage konnten nicht die Jahre davor ungeschehen machen.

Maria spürte, wie ihr das Blut zu Kopf stieg. Ganz vorsichtig schlich sie rückwärts in den hintersten Winkel des Kretschams, um in einem unbemerkten Augenblick aus der Tür herauszuhuschen. Sie wollte nicht mehr gesehen werden, von keinem, nicht von Ameldonck, nicht von Herrn Kellner, nicht von diesem Gör. Sie schlich sich in die Kammer, legte sich in ihren Kleidern hin und begann zu weinen.

Alles hätte so einfach sein können. Beinahe.

XXXVII

Mit dem Auftauchen Eleonoras wurde der Abend im Kretscham noch stiller, als er ohnehin schon gewesen war. Einer nach dem anderen suchte und fand einen Vorwand, um sich bei Hans Titzmanns Witwe und bei den Musikanten zu verabschieden. Und wahrscheinlich waren Strimelin, Ameldonck und Scholze die Einzigen, die begriffen, dass die, die jetzt gegangen waren, etwas Unglaubliches verpassten. Denn als sie wieder begannen zu spielen, da schien etwas durch Jonathan zu gehen, das sie in dieser Wucht noch nie erlebt hatten. Man hatte nicht mehr das Gefühl, da spielte jemand auf der Fiedel, nein, etwas spielte aus ihm heraus. Da war ein Singen, ein Glanz in den Tönen, wie es diesem alten Kasten von Fiedel überhaupt nicht mehr zuzutrauen war, da gingen ganze

Kaskaden von Tönen über den wenigen noch verbliebenen Zuhörern nieder wie ein feiner, in allen Farben des Regenbogens schillernder, feuriger Regen, da war ein Schmatzen und ein Schreien, ein Schnurren, ein Liebkosen und ein Wegstoßen, dass es selbst Strimelin den Atem verschlug. Und nur diese vier, Strimelin, Ameldonck, Scholze und Eleonora schienen zu begreifen, was passierte.

Aus so einem Stoff ist wahrscheinlich die Ewigkeit gewebt, wenn es so etwas geben sollte, dachte Ameldonck, mehr kann der Junge auch in Flandern nicht lernen. Das muss das Feuer sein, die Hölle in ihm, von welcher Strimelin gesprochen hat, dachte Scholze. Der Junge spielt endlich seine Alpträume aus sich heraus, dachte Strimelin, er zwingt sie durch seine Finger in Noten. Alles völlig falsch. Jonathan baute Häuser, Paläste voller Säle und prächtiger Gewölbe, durch welche in Gedanken er mit Eleonora ging, in welchen er mit ihr lebte. Hohe, filigran verschachtelte und lichtdurchflutete warme Räume, deren Wände über und über mit von Eleonora gemalten Bildern geschmückt waren. In die Fensterhöhlen setzte er dünne Scheiben aus Alabaster ein, die waren so wie manche Musik, kalt und hart beim ersten Anfassen, doch wenn die Sonne hindurchschien, tauchten sie den gesamten Raum in ein warmes Licht. Andere Fensterhöhlen ließ er offen, um den Blick hinaus freizulassen auf eine weite, sonnenbeschienene Landschaft. Ganz weit hinten sah man, hörte man das Meer. Das ganze Gebäude füllte sich immer mehr mit Menschen, sie alle waren gekommen, um ihnen beiden Glück zu wünschen, um sich mit ihnen zu freuen. Es hält, dachte Jonathan. Es bricht nicht zusammen! Er hätte heulen können vor Glück.

Mit einem Male brach der Ton ab. Jonathan öffnete die Augen und blickte sich um, als erwache er.

„Warum habt ihr mich nicht mehr begleitet?", fragte er.

„Du hast zu schnell die Tonart gewechselt."

„Welche Tonart?"

„Alle gleichzeitig."

Ameldonck hatte bemerkt, dass Maria plötzlich verschwunden war und wusste sich keinen rechten Reim darauf zu machen. Vielleicht wartet sie ja in der Kammer auf mich, dachte er, vielleicht will sie noch etwas vorbereiten, dass es eine besonders schöne letzte Nacht wird. Aber er spürte selbst, dass der Grund ein anderer gewesen sein könnte. Dass da etwas war, das er nicht wusste, von dem er ahnte, dass er es nicht einmal ahnte. Etwas, das er unbedingt herausbekommen musste, bevor er Maria verlassen konnte. Schließlich wollte er ja, vielleicht, zurückkommen. Als alle Gäste fort waren, zogen sich Jonathan und Eleonora nach ganz hinten in die Kammer zurück. Strimelin und Scholze waren taktvoll genug, den beiden den Kretscham ganz zu überlassen.

„Kommt mit nach unten zum Brauhaus, da hab ich noch ein paar gute Tropfen zu stehen", sagte Scholze. „Die solltet ihr vor dem Abschied wenigstens noch probiert haben. Sonst denkt ihr noch, außer einem halbwegs trinkbaren Bier und einem finsteren Rachenputzer von Branntwein kennen die gar nichts Vernünftiges hier in Kießlingswalde."

„Das klingt so ziemlich genau nach dem, was ich mir für den letzten Abend so vorgestellt habe."

„Ungarischer", sagte Scholze und entkorkte mit lautem Plopp eine Flasche. „Und? Habt ihr inzwischen eine Vorstellung, wie es mit euch weitergehen soll?"

„Ich habe einen komischen Traum gehabt vor ein paar Tagen. Ich gehe die ganze lange Strecke, die ich hierher gekommen bin, genauso wieder zurück und sammle unterwegs alle Stunden, Tage und Monate, die ich auf dem Weg liegengelassen habe, wieder ein. Ich werde immer jünger beim Gehen!"

„Schön, wenn das so ginge. Ich würde mich sofort auf den Weg machen! Immer hin und her hier im Dorf. Prosit übrigens!"

„Ich habe leider nicht lange genug geträumt, wer weiß, vielleicht wäre ich ganz und gar bis in meine Wiege zurückgelaufen. Und von da wieder losmarschiert."

„Seid ihr so unzufrieden mit eurem Leben, dass ihr's noch einmal, diesmal ganz anders leben möchtet?"

„Das eine oder andere schon. Vielleicht aber auch nicht. Prosit!"

„Habt ihr das mit der Pfarrerstochter gewusst? Für einige hier im Kretscham war das wohl ein ziemlicher Schock."

„Für mich auch, als ich das gestern begriffen habe, das dürft ihr mir glauben!"

„Ich habe davon tuscheln hören, aber so leise, dass klar war, es wusste wirklich keiner etwas Sicheres. Ich nehme an, wenn das nun spätestens morgen Mittag die Runde hier im Dorf gemacht hat, dann weiß überhaupt keiner mehr, was oben und was unten ist!"

„Es ist, glaube ich, besser, wenn wir dann schon ein Stück weg sind!"

„Dem Pfarrer rennt die Tochter weg zu einem Bierfiedler! Wenn man sich so etwas ausgedacht hätte, die hätten einen für verrückt erklärt!"

„Ich find's auch verrückt. Immer noch. Aber warten wir's ab."

„Und ich finde, ich sollte uns derweil mal noch ein paar Tropfen aus Franken holen. Nur mal so zum Vergleich, vergleichen kann ja nie schaden. Ich weiß gar nicht, wie lange der schon hier herumliegt."

Eleonora und Jonathan lagen derweil atemlos und schweißnass hinten in der Kammer und wussten nicht, wohin noch überall mit ihren Augen, ihren Händen und Mündern. Aus der kleinen Kammer mit dem alten Schemel und den muffigen Strohsäcken war eine weiche, sonnige Blumenwiese geworden. Eleonora war wirklich robuster gebaut, als man ihr das ihrer Kleidung nach hätte zutrauen können, das stellte Jonathan fest und es gefiel ihm. Ihre Schultern, ihre Brüste und Hüften, ihre Schenkel, all das bot seinen Händen Halt und notfalls auch Widerstand. Das Mädchen würde etwas aushalten können. Und auch Jonathan war viel mehr ein Mann als ein Junge, viel mehr als Eleonora vermutet hatte. Das gab ihr Ruhe und Zuversicht.

„Es ist alles so verrückt", sagte sie, als sie einmal ein paar Augenblicke voneinander abließen, um sich mit einem Schluck Bieres zu kühlen.

„Ich würde es mir nie verzeihen, wenn ich heute nicht gekommen wäre!"

„Ich bin so glücklich, Eleonora. Du bist gekommen, obwohl wir noch in Kießlingswalde waren. Morgen Abend, in Görlitz oder wer weiß wo wir dann sind, das wäre sicher auch schön gewesen, aber heute, das war etwas Besonderes. Das war Mut, das war, ich weiß es nicht. Seit heute Abend kann doch keiner mehr daran zweifeln, dass wir beiden zusammengehören."

„Da ist noch etwas anderes. Ich habe vorhin Dinge erlebt, die ich noch nie erlebt habe."

„Jetzt eben? War das dein erstes Mal?"

„Ja, du Nase! Und wenn es bei dir nicht wahrscheinlich auch das erste Mal gewesen wäre, dann hättest du das sicher auch gemerkt!"

„He, da muss was schiefgegangen sein! Ameldonck hat mir mal erzählt, beim ersten Mal, das klappt fast nie!"

„Ich meine was anderes ..."

„Och nö. Ich will nicht, dass du jetzt was anderes meinst!"

„Bitte, nimm doch mal die Finger weg! Ich möchte dich was fragen!"

„Die Antwort ist: Ja."

„Hör doch mal kurz auf damit!"

„Ich kann nicht, wenn du so neben mir liegst!"

„Finger weg, oder ich ziehe mich sofort wieder an!"

„Ich bin ja schon brav!"

„Na bitte. Geht doch! Wirklich, Jonathan, es ist mir ernst."

„Mir auch!"

„Ich möchte wissen, was du da vorhin auf der Fiedel gespielt hast."

„Soll ich ehrlich sein? Ich weiß es nicht. Ich bin doch nur ein dummer Bierfiedler, habe keine blasse Ahnung von Noten, ich kann nur das spielen, was ich irgendwo mal gehört habe. Oder das, was mir gerade einfällt. Mir ist wahrscheinlich alles Mögliche eingefallen vorhin. Vielleicht habe ich ja auch gespielt, wie ich es mir vorstelle, dich auszuziehen!"

„Du bist verrückt!"

„Ich habe nie etwas anderes behauptet!"

Eleonoras Körper war schwer und warm.

Irgendwo in der Vorkammer, in welcher Strimelin sonst schlief, stand eine Kerze auf dem Tisch und gab dem Raum ein schwächlich flackerndes Licht. Jonathan schien es, als sei es Eleonoras Körper selbst, der da strahle und leuchtete, und was bei Tageslicht am dunkelsten daran erschienen wäre, ihre Augen und das kleine schwarze Stück Fell zwischen ihren Beinen, das bildete ein Dreieck, welches alle Helligkeit in sich bannte.

„Weißt du, ich habe Bilder gesehen, als du gespielt hast. Bilder, wie ich sie noch nie gesehen habe. Ich finde nicht die Worte dafür, ich müsste versuchen, es zu zeichnen, dann ginge es vielleicht. Ich habe riesige Räume gesehen, durchflutet von Licht und voll von Bildern in allen Farben, die man sich nur vorstellen kann. Und uns, uns habe ich darin gesehen."

Jonathan lag mit einem Male ganz ruhig auf der Seite und schaute Eleonora lange und forschend an, so, als wolle er sich vergewissern, dass sie das eben wirklich gesagt hatte.

„Ich habe Räume gespielt. Ich habe nicht an das Spielen gedacht. Ich habe Räume im Kopf gehabt, genau solche, wie du sie eben beschrieben hast, und meine Hände haben sie gebaut. Um uns beide herum"

„Ich habe ein bisschen Angst, Jonathan."

„Wovor?"

„Stell dir vor, wir bleiben zusammen. Und wir beide lernen. Ich lerne, diese Bilder, solche, wie ich sie vorhin gesehen habe, wirklich auf Papier oder Leinwand oder worauf auf immer zu bringen. Und du lernst, so etwas wie das vorhin in Noten aufzuschreiben."

„Das würde nichts bringen."

„Warum nicht?"

„Bloß mal angenommen, für das, was ich vorhin gespielt habe, dafür gäbe es Noten. Dann könnte das jeder Idiot nachspielen, wenn er mit diesen Noten was anfangen kann. Das wäre nicht das Gleiche!"

„Warum?"

„Der Raum wäre ein anderer. Der Spieler würde vielleicht an einen gebratenen Ochsen denken oder an seine gestorbene Mutter. Und vor allem: Du wärst nicht da. Alles wäre anders. Das würde nicht funktionieren."

„Du hast Recht."

„Ich bin vorhin nur erschrocken. Ich meine, das kann doch eigentlich nicht sein, dass du das gesehen hast, was ich mir beim Spielen vorgestellt habe."

„Vielleicht sind wir eben alle beide verrückt!"

„Dann lass uns doch weiterspinnen! Ich spiele und du malst und du malst und ich spiele ..."

„Und ich male, was du spielst und du spielst was ich male ..."

„Genau so! Und jeder, der dann ein Bild von dir sieht, der hört die Musik in seinem Kopf, vielleicht nicht die Gleiche, die ich gespielt habe, aber so was ähnliches. Er hört ein Lied! Und wer ein Lied von mir hört, sieht plötzlich deine Bilder vor sich ..."

„Das ist unvorstellbar. Und hier neben dir kann ich mir das plötzlich vorstellen!"

„Ich glaube auch nicht, dass es so etwas gibt. Aber wir beiden, wir können das!"

„Jonathan, ich friere, so heiß ist mir!"

„Ein Lied, das ein Bild ist. Ein Bild, das ein Lied ist ..."

„Wir sind wirklich beide verrückt."

„Na endlich."

Jonathan nahm einen Schluck Bier in den Mund und ließ ihn in Eleonoras Bauchnabel tropfen. Sie tat ihm den Gefallen, zu erschrecken und nach ober zu rutschen, wodurch das Rinnsal nach unten fließen konnte, wo er es zwischen ihren Beinen wieder einfing.

„Lass es lange gehen, Jonathan. Lass es ganz lange gehen."

„Bis zum Ende."

Ingendwann schliefen sie entkräftet nebeneinander ein. Ihre Haut glühte von all den Berührungen und Küssen, und ihre Gedanken waren am Ende nur noch wilde Knäuel aus Körperteilen, Farben und Melodiefetzen.

XXXVIII

Ameldonck war Maria suchen gegangen.

Er fand sie dort, wo er sie vermutet hatte und in Tränen aufgelöst. Es dauerte eine ganze Zeit lang, ehe er aus ihrem Gestammel klug wurde, nur dass sie sich als Verräterin sah, deren Judaslohn noch nicht einmal in Silberlingen, sondern nur ab und zu in einer unschuldigen Umarmung und ein bisschen Aufmerksamkeit bestanden hatte, soviel konnte er sich zusammenreimen.

„Dass ich selbst ja eigentlich ein Jude bin, das weißt du doch, Maria. Ich hab mit eurem ganzen neuen Testament so ein bisschen Probleme. Und das größte ist: Ohne den Verräter Judas hätte es den ganzen Jesus Christus nicht als Märtyrer gegeben. Und der hat ihn auch noch selbst ausgewählt. Also ohne Verrat kein Christentum. Mach dir also keine Vorwürfe, ich tu' es auch nicht."

Maria verstand ihn nicht, wie sollte sie auch.

„Geh jetzt bitte, Ameldonck. Wenn Eleonora euch alles erzählt hat, wirst du mich nicht mehr sehen wollen."
„Was soll sie mir schon erzählen? Dass du nicht ohne Fehler bist? Dass kein einziger Mensch ohne Fehler ist?"
„Lass mich. Ich hab's einfach nicht verdient. Geh!"
„Gut, ich gehe jetzt. Aber ich werde wiederkommen. Glaub' mir, bitte." Im Gehen drückte er der liegenden Maria noch einen Kuss in den Nacken. „Halt mich nicht für einen blöden Zwanzigjährigen. Leb wohl Maria. Wir sehen uns wieder. Hast du das gehört, Maria? Wir werden uns wiedersehen. Das verspreche ich dir."

Von seinem Schleichpfad aus konnte Ameldonck spüren, dass eine unnatürliche Bewegung im Dorf herrschte. Irgendetwas ging vor sich.

Der Landreiter war sehr spät am Abend gekommen, fast schon um Mitternacht, und weil er Gustav Prätorius nicht gefunden hatte oder finden wollte (der lag schnarchend neben seiner Frau und träumte davon, wie er Maria ab morgen trösten würde, er war sogar schon gegangen, ehe Eleonora den Kretscham betreten hatte, da hatte er den Stoff für die wirklich wilden Träume doch tatsächlich verpasst!), hatte er Martin Höppner als einem der Gerichtsältesten die Nachricht mitgeteilt. Die Frau des Lehnsherrn und das neugeborene Kind waren gestorben. Bis auf weiteres waren Musik und Tanz ausgesetzt. Der Lehnsherr würde nach Kießlingswalde kommen, sobald alle Formalien geregelt wären.

Höppner wusste nicht, was er mit der Nachricht anfangen sollte, so drehte er noch seine Runde durch das Dorf, zu den anderen Gerichtsältesten, zum Schulmeister. Da war zum Beispiel Georg Gründer, der jüngere Bruder von Jacob Gründer, der meinte, dass der Herr Kellner die beiden auf dem Gewissen habe, denn ohne seinen Aufruhr wäre die Lehnsherrin wohl niemals in ihrem Zustand den weiten Weg bis nach Mühlberg gereist. Zu Ostern, fast noch im Winter, wie sollte das gut gehen! Es fand sich auch eine ziemlich Zahl, die der Meinung war, es sei nun an der Zeit, es dem Herrn Kellner heimzuzahlen. Vielleicht wären sie auch zum Pfarrhaus gegangen, wenn sie ihrer mehr gewesen wären, aber diejenigen, die auch so denken mochten, waren im Kretscham gewesen und lagen nun schwer atmend auf ihren Lagern.

„Und", fragte einer namens Martin Lange in die Runde, „was hat der Herr Kellner gesagt, als die Nachricht von der Geburt kam: Noch ist nicht aller Tage Abend. Und als die Herrin damals abgereist ist, da hat er gesagt: Kommst du in Frieden wieder, so hat mein Mund nicht die Wahrheit gesprochen."

„Was willst du damit sagen?"

„Was ich damit sagen will? Habt ihr keinen Kopf mehr auf den Schultern, um euch zwei und zwei zusammenzuzählen? Was ich damit sagen will, wollt ihr wissen? Der Pfarrer hat die Wahrheit gesagt, das will ich damit sagen! So einfach ist das! Gott hat den Lehnsherrn bestraft, weil er sich gegen den Pfarr gestellt hat! Und er wird alle anderen, die dem Lehnsherrn auf den Leim gekrochen sind, auch niedermähen!"

Das Gemurmel wurde lauter, verwirrter, aber zunehmend aggressiv. Und ohne eigentlich zu wissen, wie es gekommen war, befanden sie sich alle mit einem Male auf dem Weg zum Kretscham.

Strimelin und Scholze waren geruhsam neben ihren Bechern eingenickt und mochten auch schon eine ganze Weile so geschlafen haben, als sie der Radau weckte. Oben am Kretscham brach die anscheinend Hölle los. Sich mühsam auf die Beine zwingend machten sie sich nach draußen und blieben starr vor Schreck stehen, beide nur mit dem einen Gedanken, bitte, bitte, lass das nur einen Alptraum sein, lass mich bitte aufwachen, schnell. Strimelin schlug sich selbst mit der Hand ins Gesicht, er wurde nicht munterer als er schon war. Kein Traum. Der Kretscham brannte an allen Ecken lichterloh. Die Flammen hatten schon längst die Dachschindeln erreicht. Der ganze Bau war ja mehr aus Holz, als aus etwas anderem gebaut, das brannte alles wie Zunder.

Sie standen nebeneinander, unfähig, sich zu bewegen, geschweige denn, einen klaren Gedanken zu fassen, denn sie sahen auch die Meute, die dort oben um den Kretscham herumsprang. „Da unten sind Scholze und das Hinkebein", schrie einer, und dann waren sie auch schon umringt.

‚Der Junge!', schoss es Strimelin durch den Kopf, endlich ein klarer Gedanke. Er spähte, entdeckte in der Meute eine Lücke und stürzte los. Nach zwei Schritten wurde er von Knüppeln an der Hüfte und am Schienbein so getroffen, dass er stürzte. Er rappelte sich auf, erneut ein Hieb, der ihn auf die Knie zwang. Im Flackern des Feuers sah er noch, dass es Anna Bühler war, vor der er da kniete, die mit einem dicken Knüppel ausholte. Nun, dass diese Frau mehr Kraft hatte, als ihr manch einer zutraute, das wusste Strimelin. Dann wurde es dunkel.

Der Schlag hatte Strimelin den Schädel gespalten, Rotz, Blut und Hirn spritzten Anna auf die Füße. Mancher will sich eben nicht helfen lassen, dachte sie, dann wurde sie von den anderen wie ein siegreicher Krieger auf die Schultern gehoben und fortgetragen. Die Männer waren heiß, so ein Feuer weckt alle Lebensgeister, Anna würde sicher zu tun bekommen heute Nacht. Schade, Strimelin, es hätte so schön werden können, aber du warst es, der nicht gewollt hat.

Ein paar von den Jungen sprangen voller Übermut auf Strimelins leblosem Körper herum, dann ergriffen sie ihn an Armen und Beinen, und mit eins zwei drei warfen sie ihn in den brennenden Kretscham, manch einer von den Jungen stolz darauf, sich dabei die Augenbrauen oder ein Stückchen Haut zu versengen. Scholze hatte nicht solches Glück wie Strimelin, auf Grund seiner starken Konstitution war er zwar durch all die Hiebe und Schläge wehrlos, aber immer noch am Leben, als sie auch ihn ergriffen und in den Kretscham warfen.

Dann liefen sie, laut jubelnd, hinunter zum Bach, um auch noch das Brauhaus anzuzünden.

Jonathan erwachte von einem Geräusch, einem Klang, den er nur zu gut kannte, und den er seit Ewigkeiten vergessen wollte, endlich vergessen. Er öffnete die Augen und begriff. Er war damals nicht wirklich davongekommen. Es hatte ihn eingeholt, wiedergefunden. Der Kretscham stand in Flammen und sie in der hintersten Kammer waren ausweglos gefangen. Eleonora schlief. Oder war sie schon tot, erstickt? Es brannte und sie waren eingeschlossen, ein Blick nur, und Jonathan wusste das. So wie vor fast vier Jahren, als das Haus seiner Eltern im Wendland abgebrannt war. Sein Vater hatte ihn nachts vom Lager gerissen und aus dem Haus geschafft, dann, als letztes, sah er, wie sein Vater noch einmal in das Haus stürzte, um seine Frau, Jonathans Mutter, und seinen gerade erst acht Wochen alten Bruder dort herauszuholen. Er wollte hinterherrennen und sollte nie erfahren, wer oder was ihn davon zurückgehalten hatte. Nachdem das Feuer gelöscht war, hatten sie die drei verkohlten Körper eng umschlungen gefunden, so als hätten sie bis zum Schluss noch aneinander Trost und Hilfe und Halt und Kühle gesucht. Und Jonathan war nichts geblieben als die kleine Brandnarbe über der Augenbraue. Er hatte über Wochen, Monate kaum ein Wort geredet, er war den Verwandten, bei denen er untergekommen war und mehr noch sich selbst nur noch zur Last gefallen. Und dann war Strimelin gekommen, und niemand im Dorf hatte etwas dagegen einzuwenden, dass die Musikanten den Jungen mitnahmen, und Jonathan hatte die Musik gefunden als etwas, dieses Feuer, diesen Brand aus sich heraus zu bekommen oder ihn zumindest mit Ofensteinen zu ummauern, damit das Tötende zu etwas Wärmenden wurde, werden konnte und nun stand er mitten darin und es war nur noch tödlich. Er war nicht davongekommen, es hatte ihn laufengelassen wie man mit einem Kind spielt, das man fortrennen lässt, um es einzufangen.

Eleonora lag noch immer dort, noch schöner in diesem Licht, kaum auszudenken, wenn sie jetzt auch noch die Augen öffnete. Atmete sie überhaupt noch? Vorsichtig kniete sich Jonathan über sie, spürte ihr Herz schlagen. Sie lebte. Jonathan heulte. Er weinte so sehr, wie er sich nie hätte vorstellen können, dass man weinen kann, so, als könne er allein mit seinen Tränen dieses ganze Feuer löschen. Eleonora durfte nicht aufwachen. Sie würden hier ohnehin nicht lebend herauskommen. Sie war so glücklich gewesen beim Einschlafen. Dann soll wenigstens das ihr letzter Gedanke gewesen sein, ihr letztes Gefühl, sein ‚Ich freu' mich auf uns!', sollte der letzte Klang für sie bleiben, nicht dieses giftige und gierige Zischen und Knacken, dieses Knistern, Prasseln und Pfeifen. Auch das war Musik. Abschiedsmusik. Jonathan legte seine Daumen auf ihre Kehle und drückte zu. Ein kurzes Zucken, ein Aufbäumen, kaum spürbar, und Eleonora lag so still da wie zuvor. Nur ihr Herz schwieg jetzt auch. Jonathan nahm sie in die Arme, wenn, dann sollten sie es auch im Tod nicht schaffen, sie auseinander zu reißen. Er hatte das Gefühl zu platzen, jeder Teil seines Körpers wurde größer und immer heißer, er schrie sich das letzte bisschen Leben aus dem Leibe, doch er ließ Eleonora nicht los. Und dann versank alles in einem Glast aus Rot und Gelb und Schmerz.

In dem Augenblick, in dem er sah, wie Strimelin in das Feuer geworfen wurde, hielt es Ameldonck nicht mehr in seinem Versteck aus. Er wusste, das waren so entsetzlich viel mehr als er, es war ihm egal, als er auf sie los stürzte. Den ersten, der sich ihm in den Weg stellte, schlug er mit der Faust nieder, einem zweiten rammte er sein Knie in die Eier, einem dritten trat er in die Beine, dass der zu Boden fiel, mit dem Kopf auf einen heruntergestürzten Balken, mit brennenden Haaren rannte der hinunter zum Bach. Ameldonck sah, wie nun auch Scholze in den Kretscham geworfen wurde, er dachte nichts mehr, es war nur noch ein Gefühl da: Entweder du stirbst jetzt auch und nimmst von diesen Schweinen noch ein paar mit dir, oder du schaffst es, irgendwie hier wieder herauszukommen. Ein Schlag traf ihn oberhalb der Schläfe, ein anderer an der Schulter, er bückte sich und griff sich von den vielen umherliegenden Knüppeln den größten den er erreichen konnte. Besinnungslos um sich dreschend, prügelte er sich eine Schneise durch die Meute, traf und wurde getroffen und traf wieder und auf einmal war er nicht mehr umringt von grölenden, prügelnden Gestalten, und es war kühl.

Der Kretscham war längst nicht so massiv gebaut, wie er an ruhigen Tagen ausgesehen hatte. So schnell, wie es die um ihn herumspringende Menge kaum erwartet hatte, war er in sich zusammengesunken, nur die beiden Essen in seiner Mitte, die waren gut gemauert, die blieben noch lange stehen wie zwei einsame Türme inmitten all des Verderbens, bis sie schließlich, als seien sie von verirrten Kanonenkugeln getroffen worden, nacheinander in sich zusammenrutschten und auf das Bett aus Schutt und Glut und Trümmern und totem Fleisch und Asche herabsanken und eine gewaltige Aschewolke auf alles ringsherum schütteten. Mit einem Male war es still, man konnte einen verschreckten Vogel rufen hören, es ging wohl schon auf den Morgen zu. Die Dörfler gingen wortlos nach Hause. Wasser, das brauchte man jetzt, Wasser, um sich das Gesicht und die Hände zu waschen.

XXXIX

Vielleicht hatten sie seine Spur verloren. Er konnte sie nicht mehr hören. Oder sie schlichen sich nur leise an. Es roch modrig um ihn herum, aber da war Wasser, klares Wasser, in das er sein Gesicht tauchen, im dem er das Blut abwaschen könnte. Wie war er hierher gekommen? War er schon tot?

Maria hatte alles aus einiger Entfernung mit angesehen. Nachdem Ameldonck gegangen war, hatte sie diesen eigentümlichen Rumor verspürt, der draußen herrschte. Sie war den Weg hinüber zum Kretscham geschlichen und hatte gesehen. Dieses Feuer, dieses Brennen. Ameldonck. Strimelin. Schläge. Und sie konnte nichts tun. Regungslos stand sie im Schatten eines Lindenstammes und begriff nichts.

Das Begreifen setzte erst wieder ein, als sie den umherschwirrenden Stimmen entnehmen konnte, dass Ameldonck den flammenden Rächern wohl entkommen war. Jenes Wesen, nicht Mensch und nicht Bestie, das dort Tod und Verderben über die Töter und Verderber gebracht hatte, das musste wohl Ameldonck gewesen sein. Ihr Ameldonck. Und er war entkommen. Zunächst einmal.

Sie musste ihn finden. Es gab zwei Möglichkeiten. Die anderen würden ihn suchen, das war sicher. Und entweder sie fänden ihn zuerst oder Maria schaffte das. Und vielleicht gelänge es ihr dann, ihn irgendwie bis nach Görlitz zu bringen, dort hatte sie Bekannte. Das war eine große Stadt, das war fast schon die große Welt, das war ein bisschen Sicherheit. Das war zumindest Hoffnung. Die einzige Hoffnung. Das war Leben. Sie musste schnell sein. Schneller als alle anderen.

Er spürte keine Schmerzen mehr. Hier war Wasser, ein ganzer kleiner See. Er robbte zum Ufer hin. Jemand hatte die Stelle vor ein paar Tagen als Abtritt benutzt. Sei es drum, die Kühlung tat seinem Gesicht so gut.

Er wollte nach Hause. Wo immer das war.

Es ist alles so ein elender Dreck. Du bist Jude und bekommst auf die Fresse. Du wirst Seemann und bekommst auf die Fresse. Du wirst Musikant und bekommst auf die Fresse. Was ist das alles nur für eine verfluchte Scheiße!

Er hörte Schritte. Kamen sie näher? Es war ihm egal. Wenn ihn hier jemand fände, er würde sich nicht umdrehen, der andere bräuchte dann nur seinen Kopf lange genug unter das

Wasser zu drücken, dann würde man ihn irgendwann so finden wie den Hans Titzmann.

Die Schritte kamen näher. War es eine Person, waren es viele? Eher eine. Er wollte nicht aufblicken. Es war egal. Er wollte nach Hause. Nach Hause, das war alles, was er denken konnte. Nach Hause ...

Nachbemerkung

Kießlingswalde, Stolzenberg, Hochkirch und all die anderen Orte hat es gegeben, sie liegen heute wenige Kilometer östlich von Görlitz in Polen.

Auch einige der hier beschriebenen Personen hat es gegeben: Tschirnhaus, Jacob Gründer, Hans Titzmann und andere. Insbesondere Johann Wilhelm Kellner von Zinnendorf hat es gegeben und seinen Feldzug gegen das Tanzen (siehe J. W. Kellner von Zinnendorf: „Tantz-Greuel", 1716 – einschließlich des durch Kellner erweiterten Zitates von Bernhard von Clairvaux). Einiges von dem hier Getanen, Gesagten oder Geschriebenen ist so damals getan, gesagt oder geschrieben worden. Alles Andere war natürlich ganz anders.

Die Geschichte erzählt, wie es hätte kommen können. Manchmal ist es zum Durchspielen dieser Möglichkeit notwendig, einen Bach umzuleiten oder jemandem ein nie geborenes Kind unterzuschieben.

Mai 2003/April 2004